James Hazel



# DIE PUPPE

## Vertraue nicht dem Bösen

*Autor*

James Hazel war als Anwalt im Bereich Unternehmens- und Arbeitsrecht tätig, bevor er sich dem Schreiben zuwandte. Er interessiert sich für Kriminologie, liebt Krimis und Thriller, Indiemusik und alles, was retro ist. James Hazel lebt mit seiner Frau und ihren drei Kindern in Lincolnshire, England.

*Von James Hazel bereits erschienen*
The Mayfly. Die Chemie des Bösen

Erfahren Sie mehr über den Autor unter
http://www.jameshazelbooks.com/

JAMES HAZEL

# DIE PUPPE

## Vertraue nicht dem Bösen

THRILLER

Aus dem Englischen
von Kristof Kurz

blanvalet

Die Originalausgabe erschien 2017 unter dem Titel
»The Ash Doll« bei Bonnier Zaffre, London.



MIX
Papier aus verantwortungsvollen Quellen
FSC® C083411
Verlagsgruppe Random House FSC® N001967

1. Auflage

Redaktion: Catherine Beck
Umschlaggestaltung: www.buerosued.de
Umschlagmotiv: plainpicture/Reilika Landen
JB · Herstellung: sam
Satz: KompetenzCenter, Mönchengladbach
Druck und Einband: CPI books GmbH, Leck
Printed in Germany
ISBN: 978-3-7341-0778-8

www.blanvalet.de

Dieses Buch ist Grace gewidmet, die mich einmal
gefragt hat, ob ich ein glatzköpfiger Mann mit Brille bin.
Nur fürs Protokoll: Bin ich (noch) nicht.

»Vergeltet niemandem Böses mit Bösem. Seid auf Gutes bedacht gegenüber jedermann. Ist's möglich, soviel an euch liegt, so habt mit allen Menschen Frieden. Rächt euch nicht selbst, meine Lieben, sondern gebt Raum dem Zorn Gottes; denn es steht geschrieben: ›Die Rache ist mein; ich will vergelten, spricht der Herr.‹«

Römer 12,17-19

»Auge um Auge …«

2. Mose 21,24

# 1

## 1. November 1989

Rose kletterte die letzten Meter der Anhöhe hinauf. Der Hügel wurde abrupt steiler, der von Moos bedeckte Erdboden endete an der Felskante der Klippe. Die Sonne ging bereits unter, die Luft war kalt und feucht. Vorsichtig lief sie über den Grat. Der Pfad wurde immer schmaler, und nur ein an morschen Holzpfählen gespannter Draht trennte sie vom Abgrund. Unter ihr brachen sich die Wellen krachend am steinigen Ufer.

Der Pfad öffnete sich wieder auf ein kleines Plateau und endete abrupt an einer beinahe genau rechtwinkligen Kante, wo die Klippe senkrecht bis zum flacheren Meeresufer hin abfiel. Eine kleine Menschenmenge hatte sich dort versammelt. Als sie näher kam, löste sich eine Gestalt aus der Gruppe und eilte auf sie zu.

»Ach, Rose, Gott sei Dank.« Es war die hochgewachsene Witwe, die in Tome, einem Dorf ganz in der Nähe, einen Blumenladen hatte. Rose konnte sich nicht an ihren Namen erinnern.

»Ich bin so schnell gekommen, wie ich konnte«, sagte Rose, der die Panik in der Stimme der Blumenhändlerin nicht entging.

»Und keinen Augenblick zu früh.«

Die Blumenhändlerin scheuchte Rose auf die Menge zu, die sich bereitwillig für sie teilte. Die grimmigen Gesichter waren im Zwielicht kaum zu erkennen, doch es waren auch einige Dorfbewohner und sogar ein paar darunter, die Rose mit Namen kannte. Sie war bereits seit zwei Monaten bei der örtlichen Polizei. Inzwischen hätte sie alle kennen müssen, doch in diesem trüben Licht sah einer aus wie der andere.

»Was hat das denn so lange gedauert, Officer?«, knurrte eine Stimme unter der Kapuze eines Regenmantels hervor. Der Mantel war selbst für einen Basketballspieler zu groß, und der pummeligen Gestalt, die ihn trug, erst recht. Ohne auf die patzige Bemerkung einzugehen, ließ sie sich zum Drahtzaun an der Felskante führen. Ein gelbes Schild, das vor Absturzgefahr warnte, baumelte im Wind.

Kurz vor der Kante stand ein windschiefes, rissiges Holzschild, auf dem der Name der Klippe angeschrieben stand: DEVIL'S POINT.

»Wer hat sie zuerst gesehen?«, fragte Rose die Blumenverkäuferin.

»Vern und seine Lokalgeschichtsgruppe waren hier oben auf Exkursion.«

»Eine Exkursion? Um diese Zeit?«

»Na ja, es sollte wohl eher eine Geisterjagd werden. Angeblich geht auf dieser Klippe das Gespenst eines keltischen Seemanns um, der …«

Rose hob genervt die Hand, woraufhin die Frau glücklicherweise verstummte. Dann drückte sie den Draht herunter und stieg darüber; die Sicherheitsvorkehrungen hier waren ein Witz.

Rose blieb stehen und sah sich um. Kurz bevor die Sonne am Horizont in ihrem Rücken verschwand, überzog sie den Himmel mit einem tiefroten Schimmer. Rose schluckte schwer. Ganz am Rand der Klippe stand ein höchstens zehnjähriges Mädchen. Ihr Haar flatterte im Wind. Sie starrte aufs Meer hinaus und hatte die Arme ausgestreckt, als könne sie sich Flügel wachsen lassen und einen Sturzflug in den Abgrund wagen.

Rose drehte sich um, doch auch die Blumenhändlerin schien keine Erklärung dafür zu haben. Rose blickte ausnahmslos in ratlose Gesichter.

»Hallo?«, rief Rose vorsichtig, um das Mädchen nicht zu erschrecken.

Zunächst reagierte das Mädchen nicht. Erst beim zweiten Ruf drehte sie den Kopf. Rose erkannte ein blasses, tränenüberströmtes Gesicht.

»Hallo, Schätzchen. Ich bin Polizistin. Du stehst sehr nahe am Rand der Klippe. Magst du zu mir rüberkommen?«

Das Mädchen bewegte sich nicht. Rose machte einen Schritt auf sie zu. Die Kleine stand so nahe an der Kante, dass schon ein kräftiger Windstoß ausreichen würde, um sie von der Klippe zu wehen.

»Dir kann gar nichts passieren, Schätzchen. Dreh dich einfach langsam und vorsichtig zu mir um.«

Rose ging in die Hocke, um mit dem Kind auf Augenhöhe sprechen zu können. Der Wind peitschte ihr ins Gesicht. Das Mädchen war nur sieben, acht Meter von Rose entfernt, doch angesichts der drohenden Gefahr kam es ihr vor wie tausend Meilen. Mit klopfendem Herzen streckte sie ihre Hand aus.

»Wie heißt du denn?«

Das Mädchen schüttelte fast unmerklich den Kopf.

»Willst du mir vielleicht verraten, wo du herkommst?«

Wieder ein winziges Kopfschütteln.

Rose wollte sich gerade auf sie zubewegen, als hinter ihr eine Stimme ertönte. Es war der kleine Mann in dem viel zu großen Regenmantel.

»Officer, sehen Sie mal.«

Rose folgte seiner ausgestreckten Hand zur Taille des Mädchens. Ein zerfetztes Kleid flatterte um ihre dünnen, nackten Beine. Zuerst dachte Rose an Schlammflecken – immerhin hatte es in der Nacht stark geregnet, und der Boden war matschig.

Dann begriff sie, dass es sich bei den rostroten Linien, die sich unter dem weißen Kleid auf ihren Beinen abzeichneten und bis zu den Fußsohlen reichten, nicht um Schlamm handelte.

»Du Ärmste«, flüsterte sie. »Was ist mit dir passiert?«

# 2

**Gegenwart**

Simeon: Hey, bist du noch da?

Simeon: Hallo?

User3412: Sorry. Ja, bin noch da.

Simeon: Ich bin so gespannt auf nächste Woche.

User3412: Nächste Woche? Wir werden die Welt verändern ☺

Simeon: Ich muss mit dir reden.

User3412: Es ist nicht einfach, ich weiß. Aber jetzt sind wir so weit gekommen. Erinnerst du dich an den Treffpunkt? Wir werden ihn nicht brauchen, aber hoffentlich hilft er trotzdem. Nur die Gewissheit, dass er da ist und so.

Simeon: Das alles ist doch viel komplizierter. Ich bin mir einfach nicht mehr sicher, dass ich das Richtige tue.

User3412: Entspann dich, Simeon. Alles wird gut. Wir wollen das doch beide, oder? Die Wahrheit. Wir marschieren zu einem apokalyptischen Lied.

Simeon: Ich bin mir nicht mal mehr sicher, was die Wahrheit überhaupt ist. Das verwirrt mich alles. Gestern Nacht habe ich geträumt, dass wir vor

Publikum auf einer Theaterbühne stehen und unsere Geschichte erzählen. Und alle Zuhörer standen in Flammen. Alle. Ich konnte das verbrannte Fleisch riechen. Das ist doch krank, oder?

User3412: Okay. Das Gleichgewicht, Simeon. Wir wollen das Gleichgewicht wiederherstellen, vergiss das nicht. Wenn wir es nicht tun, wer dann? Denk immer dran: Nis, Nih, Nis.

Simeon: Nein. Ich habe mich entschieden.

Simeon: Bist du noch da?

User3412: Was meinst du?

Simeon: Ich meine die Wahrheit.

User3412: Du hast Bedenken – aber bei der Vorstellung, was geschehen wird, wenn die Welt nächste Woche die Wahrheit erfährt, ist das nur zu verständlich.

Simeon: Ich hasse mich.

Simeon: Ich hasse den, zu dem ich womöglich geworden bin. Ich weiß, was wir hier tun, und ich weiß, dass das, was passiert ist, nicht rückgängig gemacht werden kann, aber deshalb sind wir noch lange nicht im Recht. Wer wird die Wächter selbst bewachen, wenn wir tun, was wir wollen?

User3412: So funktioniert es aber nicht.

Simeon: Was soll das heißen?

User3412: Wir machen das jetzt seit 2 Jahren. Du kannst jetzt nicht einfach sagen Scheiß drauf und alles hinschmeißen, oder? Hast du mit dem Anwalt des Magazins gesprochen?

Simeon: Ich hab ihn ein paarmal getroffen.

User3412: Was ist das für einer?

Simeon: Er heißt Priest.

User3412: Und?

Simeon: Was und?

User3412: Wie ist er so?

Simeon: Na ja, ist wahrscheinlich gut, wenn er auf deiner Seite ist, und schlecht, wenn nicht.

User3412: Also legen wir uns lieber nicht mit ihm an?

User3412: Simeon? Noch da?

Simeon: Wir sollten die Polizei einschalten.

User3412: Und was werden die unternehmen?

Simeon: Das weißt du ganz genau.

Simeon: Als wir angefangen haben, war ich mit dem Plan einverstanden. Ich wusste, worum es uns geht, der Fisch stinkt vom Kopf her und so. Du hast mich inspiriert. Ich dachte wirklich, ich kann das durchziehen – dass das wirklich etwas Sinnvolles ist. Versteh mich nicht falsch – sie sollen für ihre Taten büßen, aber auf diese Weise? Bin das überhaupt noch ich?

User3412: Ruf mich an.

Simeon: Tut mir leid. Jemand muss allem ein Ende setzen.

User3412: Sei kein Narr, Simeon. Wenn wir es nicht tun, dann gewinnen sie, und weiter wird nichts passieren. Sie gewinnen.

Simeon: Das kannst du nicht mit Sicherheit sagen.

User3412: Moment.

User3412: Ich drücke es nur ungern so aus, Simeon, ABER DU GEHÖRST MIR.

User3412: Du kannst nicht einfach so aufhören. Nicht jetzt.

Simeon: Tut mir leid.

User3412: Na schön. Aber sag nicht, ich hätte dich nicht gewarnt.

# 3

Vincent Okoro saß im Gerichtssaal Nummer dreizehn in der ersten Reihe. Er hatte den Arm auf die Rückenlehne der Bank gelegt, die unter seinem muskulösen Körper ächzte. Gedankenverloren blätterte er durch die Prozessakte, die aufgeschlagen auf seinem Schoß lag. Groß konzentrieren musste er sich nicht darauf – er kannte sie sowieso mehr oder weniger auswendig.

Auch die vielen Menschen um ihn herum nahm er kaum wahr. Hinter ihm rutschten zwei Männer und eine Frau unbehaglich auf den altehrwürdigen Holzbänken der Royal Courts of Justice herum. Zu seiner Linken trug ein Gerichtsdiener in schlecht sitzender Robe mit wichtiger Miene Akten durch die Gegend. Hoch über Okoro saßen ein paar verstreute Journalisten im sanften Schein ihrer Smartphones und Tablets, mit denen sie sich bis zum Verhandlungsbeginn die Zeit vertrieben.

Dafür, dass der Fall seit zwei Jahren großes öffentliches Interesse erregte, waren enttäuschend wenige Journalisten zum ersten Tag der Verhandlung in Sachen *Elias gegen The Real Byte Limited* gekommen. Aber bis zum Prozessauftakt waren es ja auch noch eineinhalb Stunden. Selbst die Klägerin mit ihrer Entourage aus Blutsauger-Anwälten war noch nicht erschienen. Angeblich saßen sie noch in der Gerichtscafeteria und erzählten sich bei Croissants lustige Geschichten.

Noch eineinhalb Stunden – und keine Spur von Priest oder ihrem ersten Zeugen.

Okoro seufzte tief und warf die Akte auf die Bank. Dann drehte er sich um und erblickte zu seiner Überraschung Georgie Someday, die sich irgendwie in den Gerichtssaal geschlichen hatte.

»Hallo«, sagte sie fröhlich und sah ihn mit ihren grünen Augen neugierig an.

»Wie lange sitzen Sie schon hinter mir?«, fragte Okoro.

»Drei Minuten. Ich wollte Sie nicht stören.«

»Die Akte kenne ich bereits. Wo ist Priest?«

»Er hat angerufen. Er ist auf dem Weg.«

»Mit Simeon?«

Georgie verzog das Gesicht. »Das hat er nicht gesagt.«

Okoro seufzte erneut, diesmal noch tiefer. Simeon Ali – ihr Hauptbelastungszeuge – würde über den Ausgang dieses Falls entscheiden. Ohne seine Aussage konnte der Prozess ein schnelles und schmachvolles Ende finden.

Vielleicht war es doch besser, dass nicht so viele Journalisten anwesend waren.

»Rufen Sie Priest an«, sagte Okoro. »Finden Sie raus, wo er ist, lassen Sie sich bestätigen, dass Simeon rechtzeitig kommen wird und dass er bereit ist auszusagen.«

Georgie nickte, strich sich eine rote Haarsträhne aus dem Gesicht und eilte aus dem Saal.

»Morgen, Okoro«, sagte eine unwirsche Stimme.

Okoro wandte sich der Klägerseite zu, wo eine gebückte Gestalt gerade Anklageschriften auf das Richterpult stellte.

»Hagworth.« Okoro nickte seinem Gegenspieler höflich zu. Der alte Kronanwalt erwiderte den Gruß, dann mühte er sich weiter damit ab, die Akten aufrecht hinzustellen. Okoro vermutete, dass ihm das mit seinen zitternden Händen und den trüben Augen nicht leichtfiel.

»Schöner Tag heute«, murmelte Hagworth.

Okoro zuckte mit den Schultern. »Ich hätte mit mehr Presse gerechnet.«

»Ein paar Reporter lungern noch draußen in der Halle herum. *Schmierfinken.* Keine Sorge, Okoro. Sie werden die Aufmerksamkeit, die Sie sich so wünschen, ganz sicher erhalten.«

Okoro grunzte unverbindlich. Dickie Hagworth war landesweit einer der erfahrensten Spezialisten für Verleumdungsrecht. Und ein unangenehmer, snobistischer Schnösel dazu.

»Schöner Anzug«, bemerkte Hagworth. Okoro sah an sich hinab. Der Armani-Dreiteiler spannte über seinem hundertzehn Kilo schweren, muskelbepackten Körper. Dann richtete er den Blick wieder auf Hagworth. Okoro wusste nicht so recht, was er darauf erwidern sollte. Hagworth sagte nur selten etwas ohne Hintergedanken.

»Damit sehen Sie ja fast wie ein richtiger Anwalt aus, Okoro. Ich hoffe, Sie tragen die Niederlage mit Fassung.« Mit höhnischem Lächeln nahm der Kronanwalt den nächsten Aktenstapel in die Hand.

Okoro beugte sich vor, woraufhin die Bank ein weiteres Mal ächzte, und stützte nachdenklich das Kinn auf eine Hand. »Ich bin gespannt, wie Sie Ihrem Gentlemen's Club erklären, dass Sie gegen einen schwarzen Mann verloren haben.«

Die Akten vor Hagworth fielen um, und ihr Inhalt verteilte sich auf dem Boden des Gerichtssaals.

# 4

Die Morgensonne glitzerte auf dem reifbedeckten Gras. Langsam schritt die Prozession über den Hügel, hinter dem die Kirche allmählich außer Sicht geriet. Krähen saßen wie Wächter auf dem Zaun und betrachteten neugierig das Spektakel. Der Boden war feucht und roch nach frischem Tau. Nur das Rauschen des Verkehrs in der Entfernung erinnerte daran, dass der Friedhof wenige Meilen von der Innenstadt entfernt war.

Das Grab war bereits ausgehoben. Während der Pfarrer die bekannten Worte sprach und dabei leicht in der Kälte zitterte, wurde der Sarg hinabgelassen. Charlie Priest stand mit in den Taschen vergrabenen Händen ganz am Rande der Menge und hoffte, dass man ihn nicht erkannte. Doch mit seinen über eins neunzig, der athletischen Figur, den hellblauen Augen und dem vollen braunen Haar war er viel zu auffällig, um in der Menge unterzutauchen. Mehrere Trauergäste hatten sich bereits zu ihm umgedreht, ihre Nachbarn angestupst und miteinander getuschelt. Sie wussten, wer er war. Inmitten des heimlichen Flüsterns wehten immer wieder zwei Wörter zu Priest hinüber, die ihm die Nackenhaare aufstellten: Operation Eintagsfliege. Kenneth Ellinder hatte Priest angeheuert, um die Mörder seines Sohns zu finden, und schließlich und endlich war es Priest gewesen, der die Ellinders an den Rand des Ruins getrieben hatte.

Gottlob dauerte die Beerdigung nicht lange. Die wenigen Familienmitglieder und Bekannten mussten lediglich zwei unmelodische Kirchenlieder und eine uninspirierte Trauerrede über sich ergehen lassen. Fünfzehn Minuten später wurden Kenneth Ellinders sterbliche Überreste dem Erdboden übergeben.

Als einer der Sargträger die erste Handvoll Erde auf den Sarg warf, wandte sich Priest zum Gehen. Er hatte Ellinder die letzte Ehre erwiesen und sich so einer lästigen Pflicht entledigt. Das Handy in seiner Tasche hatte mehrmals vibriert. Höchstwahrscheinlich hatte Okoro Georgie befohlen, ihn anzurufen und sich danach zu erkundigen, wo er steckte. Wahrscheinlich saß sein Teilhaber bereits wie auf heißen Kohlen. Bis zum Prozessbeginn waren es noch eineinhalb Stunden, doch Okoro war eben immer gern gut vorbereitet. Außerdem hatte Priest sowieso nicht viel zu tun – alles war minutiös geplant. Er musste lediglich Ali in den Zeugenstand setzen und zusehen, wie die Medien eine Sensation daraus machten.

Als er mitten auf dem Hügel angekommen war, spürte er eine Hand auf seinem Arm.

»Charlie«, sagte eine Stimme, die weder besonders begeistert noch übermäßig feindselig klang.

Priest drehte sich um, und da war sie. »Jessica.«

Sie stand etwas höher, sodass sie sich in die Augen sehen konnten. Der Wind spielte mit ihrem Haar. Einen Augenblick lang starrten sie sich an. Ihre Miene war undurchschaubar. Diese geheimnisvolle Frau, die ihn in seinen Träumen heimsuchte, stand nun so nahe bei ihm, dass er ihre süße Haut riechen konnte – ein vertrautes und gleichzeitig unheimlich fremdes Gefühl.

»Hast du mir nichts zu sagen?«, fragte sie.

»Es tut mir leid, dass ich …«

»Das meine ich nicht.« Sie wandte sich von ihm ab und blickte in die Ferne. »Wo warst du?«

Das wusste Priest selbst nicht so genau. So viel war geschehen. Er hatte Jessica Ellinder letztes Jahr kennengelernt, als sie ihn zusammen mit ihrem Vater in seinem Büro aufgesucht hatte. Widerwillig hatte sich Priest bereit erklärt, den angeblichen Mord an Jessicas Bruder Miles aufzuklären – ein Fall, der ihn beinahe um den Verstand gebracht hätte, doch schließlich war es ihm gelungen, die Verstrickungen von Jessicas Familie mit einer geheimen Neonazigruppierung aufzudecken.

Jessica war das einzig Angenehme an der ganzen Sache gewesen. Danach hatten sie ein Treffen vereinbart. Priest hatte ja kommen *wollen*, doch er hatte sie versetzt.

»Wo warst du, Charlie?«

»Tut mir leid«, sagte er, obwohl ihm sehr wohl bewusst war, dass das als Entschuldigung nicht reichte.

Sie nickte. Er brauchte kein Psychologiestudium, um zu erkennen, dass sie enttäuscht und wütend war. Doch ob das daran lag, dass sie ihn gern wiedergesehen hätte, oder ob sie es einfach nicht gewohnt war, versetzt zu werden – darauf hatte er keine Antwort.

Er starrte auf den Boden und scharrte mit der Schuhspitze in der Erde. Priest hatte schwere Gewissensbisse, doch wie sollte er es ihr erklären? So erbärmlich es klang: In der Vergangenheit hatte jeder Versuch, eine Beziehung zu einem Menschen aufzubauen, der ihm wichtig war, in einer Katastrophe geendet. Etwas anderes schien in seiner unwirklichen Welt nicht möglich zu sein. Wenn er Jessica nun auf Distanz hielt, würde sie wenigstens immer wirklich für ihn bleiben.

»Wie geht es dir?«, fragte Priest kleinlaut.

Einen schrecklichen Augenblick lang war er überzeugt davon, dass sie ihm die mehr als verdiente Ohrfeige verpassen würde. Doch stattdessen nahm sie die Hand von seinem Arm, als hätte sie erst jetzt bemerkt, dass sie ihn peinlicherweise immer noch berührte.

»Besser, als man es erwarten würde«, sagte sie.

»Sollen wir noch mal von vorn anfangen?«, fragte er.

»Was meinst du damit?«, fragte sie. »Willst du mir das Foto von meinem gepfählten Bruder noch einmal zeigen?«

Auch das hatte er verdient. »Ich hatte damit keinen bestimmten Zeitpunkt im Sinn«, sagte er kleinlaut. »Ich meinte, dass wir uns darauf besinnen sollten, wo wir stehen, um von dort aus weiterzumachen.«

»Wo stehen wir denn genau?«

»Ich habe nicht die leiseste Ahnung.«

Das zumindest entsprach der Wahrheit, und obwohl diese schnippische Bemerkung sicher nicht der Wiedergutmachung diente, gab es womöglich noch Hoffnung. Insgeheim rechnete er schnell nach: Die Verhandlung begann in neunzig Minuten, in denen er halb London bis zur Strand durchqueren und sich an den vielen Kamerateams vorbeidrängen musste, die sich vor dem High Court versammelt hatten. Okoro würde viel früher die Geduld verlieren.

Wieder spürte er das vertraute, wütende Vibrieren des Handys in seiner Tasche.

»Wie wäre es, wenn wir uns morgen treffen?«, schlug

er nervös vor. »Bei mir? Dann können wir einen Abend lang die Welt vergessen. Soll ich uns etwas kochen? Magst du Seezunge?«

»Du willst dich auf der Beerdigung meines Vaters mit mir verabreden?«, fragte sie ohne den leisesten Hauch von Belustigung in der Stimme.

Priest scharrte wieder mit den Füßen. Was unangebrachte Flirtversuche betraf, war das hier selbst für ihn ein neuer Rekord.

Eine quälende Minute lang starrte sie schweigend auf einen undefinierten Punkt hinter ihm. Mit jeder Sekunde, die verstrich, sank seine Hoffnung. Doch dann nickte sie.

»Priest, wenn du mich noch einmal versetzt, dann *Gnade dir Gott.*«

# 5

Obwohl sich Georgie Someday beinahe pausenlos Sorgen machte, verfiel sie nicht leicht in Panik – ein kleiner, aber entscheidender Unterschied. Panik ist der Sieg irrationaler Furcht über den logischen Verstand. Wer in Panik gerät, geht vom Schlimmsten aus, hat aber keine vernünftige Strategie dagegen. Wer sich Sorgen macht, setzt seine Angst zum Positiven ein, indem er alle Möglichkeiten in seine Überlegungen miteinbezieht.

Sie stand mit dem Handy in der Hand in der riesigen Halle der Royal Courts of Justice. Bis zum Prozessauftakt waren es noch dreißig Minuten, und von Priest oder ihrem wichtigsten Zeugen fehlte jede Spur. Georgie musste zugeben, dass sie sich nicht nur Sorgen machte, sondern allmählich auch in Panik geriet.

Sie steckte das Handy weg und nahm zum achten Mal die Brille ab, um sie zu putzen. Dann verließ sie das Gebäude durch die Sicherheitsschranke und sah sich auf der Strand um. Die Passanten, die mit fest um den Körper gezogenen Mänteln vorbeieilten, interessierten sich nicht für die vielen Fernsehkameras, die vor dem Eingang zum High Court aufgebaut waren. Eine Reporterin verlas steif und mit ernster Miene ihre Ansage: »Mit einem jährlichen Budget in Höhe von fünfundfünfzig Millionen

Pfund ist die international tätige Elias Children's Foundation eine der größten wohltätigen Organisationen Englands. Sie kümmert sich hauptsächlich um Kinder, die Opfer von Krieg, häuslicher Gewalt, Missbrauch, Vernachlässigung und Ausbeutung wurden. Die Stiftung organisiert Bildungsprogramme, Katastrophenhilfe, HIV- und AIDS-Prävention in Afrika und verhindert, dass Kinder als Soldaten oder zu terroristischen Zwecken missbraucht werden. Obwohl es sich vordergründig um wohltätige Zwecke zu handeln scheint, stecken große finanzielle Interessen dahinter.

Im Sitz des High Court hinter mir wird heute ein aufsehenerregender Prozess eröffnet. Alexia Elias, Gründerin und Geschäftsführerin der Wohltätigkeitsorganisation, strengt eine Verleumdungsklage gegen das kleine, unabhängige Online-Magazin *The Real Byte* wegen eines 2014 dort erschienenen Artikels an. Die Elias Foundation stand bereits 2009 im Zentrum eines Skandals, als bekannt wurde, dass eine Zweigstelle eine im Norden der Türkei operierende terroristische Gruppierung namens Freie Volksarmee mit Spendengeldern unterstützte.

Nach einer eingehenden Untersuchung durch die zuständige Behörde wurde besagte Zweigstelle geschlossen und mehrere Mitarbeiter der Elias Foundation von der türkischen Polizei verhaftet.«

Georgie beschloss, noch eine Weile zuzuhören, obwohl ihr die Angewohnheit der eitlen Reporterin, sich ständig das Haar aus der Stirn zu streichen, auf die Nerven ging. Doch was sie zu berichten hatte, war erstaunlich gut recherchiert.

»In dem im Jahr 2014 erschienenen Artikel beschuldigt *The Real Byte* Alexia Elias, von der finanziellen Unterstützung der Terroristen in der Türkei nicht nur gewusst, sondern für ihr Stillschweigen in dieser Angelegenheit auch insgesamt vierhunderttausend Pfund Bestechungsgeld erhalten zu haben. Heute wird der auf vier Wochen angesetzte Prozess eröffnet, in dem Alexia Elias ihren guten Ruf verteidigen will …«

Auf dem Weg ins Gerichtsgebäude nickte Georgie dem davor postierten Wachmann zu. Wenn es Charlie Priest – ihr Arbeitgeber und der Rechtsbeistand von *The Real Byte* –, verpassen sollte, mit seinem wichtigsten Zeugen rechtzeitig vor Gericht zu erscheinen, würde das eine echte Sensationsmeldung abgeben. Bei der Vorstellung drehte sich ihr der Magen um.

»Nun mach schon, Charlie«, zischte sie mit zusammengebissenen Zähnen. »Heute solltest du ausnahmsweise mal pünktlich sein.«

Simeon Ali war bis 2012 Angestellter der türkischen Niederlassung der Elias Children's Fondation gewesen. Georgie hatte ihn noch nicht kennengelernt, und auch Charlie hatte ihn ihres Wissens nur wenige Male getroffen. Er hatte allen Grund, sich bedeckt zu halten. Alexia Elias und ihr Mann Dominique waren sehr mächtige Leute, deren Einfluss bis in höchste Regierungskreise reichte. In den sozialen Medien kursierten unzählige Fotos, die Alexia – mit einem breiten Grinsen im Gesicht – in wichtigen Besprechungen oder beim Tee mit Staatsministern und anderen Würdenträgern zeigten. Die Elias Foundation und ihre charismatische Gründerin hatten viele Unterstützer, von denen die meisten großzügig spendeten. Georgies Meinung nach hatte die Organisation das Türkei-Desaster nur durch eine extrem gute Öffentlichkeitsarbeit überlebt. Auf der Pressekonferenz unmittelbar nach Bekanntwerden des Skandals hatte Alexia umgeben von PR-Beratern und Anwälten den Auftritt ihres Lebens hingelegt: *»Wir wurden verraten und verkauft, aber wir werden weder im Zeichen der Unterdrückung kapitulieren noch im Angesicht des Bösen zurückweichen. Wir werden fest zusammenstehen und uns wieder darauf besinnen, wer wir sind und wofür wir eintreten. Die Elias Foundation wird sich nicht durch eine kleine Gruppe hinterhältiger Verräter in die Knie zwingen lassen«,* hatte sie mit Tränen in den Augen verkündet. *»Ich werde mit allen Mitteln darum kämpfen, das Unrecht wiedergutzumachen, das uns angetan wurde.«*

Sobald sie den versammelten Reportern mitgeteilt hatte, dass die korrupten Elemente identifiziert und aus der Organisation entfernt worden waren, war die in Tränen aufgelöste Geschäftsführerin vom Podium gestiegen und hatte ihren Ehemann mit gut einstudierter Gefühlswallung umarmt. Anschließend hatte sich ein Pressesprecher um die Fragen der sichtlich gerührten Reportermeute gekümmert.

Somit galt es als heilige Wahrheit, dass Alexia nichts von den Vorgängen in der Türkei gewusst hatte. Wer das Gegenteil behauptete, machte sich der Ketzerei schuldig.

Nicht alle Kritiker verstummten, doch die wenigen, die sich gegen sie stellten, wurden als Verschwörungstheoretiker bezeichnet und mit den Wirrköpfen in einen Topf geworfen, die glaubten, dass die Rothschilds die Welt beherrschten oder Hillary Clinton eine Außerirdische war. Dennoch gab es mehr Skeptiker, als es den Anschein hatte: Die Werbeeinnahmen von *The Real Byte* hatten sich im Zuge der extensiven Medienberichterstattung nach der Verleumdungsklage jedenfalls verdoppelt.

Priest & Co. konnte immerhin zwei Vorteile für sich verbuchen: Zum einen hatte sich die Versicherungsgesellschaft des Onlinemagazins bereit erklärt, die Gerichtskosten zu übernehmen – wenn auch nur widerwillig. Und zum anderen war Alexia so großmütig gewesen, nur das Magazin und nicht auch noch den Eigentümer Tomas Jansen persönlich zu verklagen. Das hätte die Sache dramatisch verkompliziert – nicht zuletzt dadurch, dass sich Jansen wohl einen eigenen Rechtsbeistand hätte suchen müssen.

Doch auch wenn es jemanden gab, der – vorerst – die Rechnungen bezahlte, waren Priest & Co. mit diesem Fall ein enormes Risiko eingegangen. Wenn die Versicherungsgesellschaft zu dem Entschluss gelangte, dass sie aufs falsche Pferd gesetzt hatte, würde sie ganz bestimmt einen Vorwand finden, um das Anwaltshonorar gar nicht oder nur teilweise begleichen zu müssen. *The Real Byte* und Priest & Co. spielten mit hohem Einsatz.

Georgie rief Charlie ein weiteres Mal an. Diesmal hinterließ sie eine Nachricht. Sie versuchte, so drängend wie möglich zu klingen, ohne dass ihr die Panik, die sie inzwischen vollständig erfasst hatte, allzu deutlich anzuhören war.

*Mist, Mist, Mist!*

Sie warf einen Blick in Richtung Gerichtssaal dreizehn, entschied sich jedoch dagegen, Okoro eine weitere schlechte Nachricht zu überbringen. Dabei bemerkte sie einen Mann, der wie auf der Flucht durch die Halle eilte. Dominique Elias, vermutete Georgie, Alexias Ehemann. Er hatte seine schriftliche Zeugenaussage ungewöhnlich knapp gehalten: Er liebte seine Frau und hielt sie für die personifizierte Integrität und Professionalität. Es wäre ihm sicher nicht entgangen, wenn sie Bestechungsgelder in einer solchen Höhe angenommen hätte. Dies alles hatte er nüchtern, beinahe geschäftsmäßig formuliert.

Da Georgie mit den Gedanken ganz woanders war, bemerkte sie erst nach einigen Sekunden, dass jemand mit ihr sprach.

»Miss Someday? Hallo?«

Georgie wirbelte herum. Eine junge Frau mit langem platinblondem Haar stand direkt vor ihr und strahlte sie an. Sie trug einen schwarzen Mantel, hatte ein iPad in der Hand und war sehr hübsch. Das strahlende Lächeln hätte man sogar als umwerfend bezeichnen können, doch es wurde durch einen distanzierten Ausdruck in ihren Augen wieder wettgemacht. Georgie stöhnte innerlich auf.

»Ja?«, fragte sie.

»Elinor Fox«, sagte die Frau. »Sie sind doch von Priest & Co., nicht wahr? Dürfte ich Ihnen ein paar Fragen stellen?«

Georgie verschränkte die Arme. »Von welcher Zeitung kommen Sie noch mal?«, fragte sie.

Das bezaubernde Lächeln verblasste etwas, wie Georgie mit Genugtuung bemerkte. »Von gar keiner. Ich bin unabhängige Journalistin.«

»Tut mir leid. Kein Kommentar.«

Davon ließ sich Fox nicht beirren. »Wie zuversichtlich sind Ihre Klienten, was den Ausgang dieser Gerichtsverhandlung angeht?«, fragte sie.

Die ehrliche Antwort darauf lautete wohl, dass sie in Anbetracht der Tatsache, dass das Überleben ihres Magazins von einem Gewinn des Prozesses abhing, relativ guter Dinge waren. Das kleine Onlinemagazin war auf eine große Exklusivstory gestoßen und bezahlte nun den Preis dafür. Der Herausgeber Tomas Jansen war in Dänemark geboren und hatte dort auch seinen Universitätsabschluss gemacht. Er hatte The Real Byte vor fünf Jahren gegründet, als die Nachfrage nach leicht verdaulichen Onlinenachrichten exponentiell in die Höhe schnellte. Und er war auch derjenige gewesen, der mithilfe seiner Chefredakteurin Gail Woodbead den Artikel über Alexia Elias verfasst hatte. Das kleine Team wurde von Karl Jones, dem technischen Leiter des Magazins, vervollständigt. Diese drei – und eine Handvoll externer Mitarbeiter – stellten die komplette Belegschaft des Online-Magazins dar.

Elinor Fox ließ nicht locker. »Miss Someday?«

»Kein Kommentar«, wiederholte Georgie.

»Nicht einmal eine kurze Einschätzung?«

»Nein. Vielen Dank.«

Fox verzog das Gesicht. Anscheinend versuchte sie, verständnisvoll zu wirken, doch sie konnte ihre Enttäuschung und Wut nur schlecht verbergen.

Plötzlich summte etwas an Georgie vorbei. Sie sah sich um – eine Biene landete hinter Fox. Georgie verkrampfte sich und trat einen Schritt von der Journalistin zurück, die sie verwundert anblickte.

»Verzeihung«, sagte Georgie und deutete auf das Insekt. »Ich bin allergisch auf Bienenstiche. Der Fachbegriff dafür lautete Anaphylaxie.«

»Wir bitten die Parteien im Fall Elias gegen *The Real Byte Limited* in Gerichtssaal dreizehn. Bitte alle Parteien im Fall Elias gegen *The Real Byte Limited* in Gerichtssaal dreizehn«, ertönte es knisternd aus dem Lautsprecher.

Georgie nutzte die Gelegenheit, um sich von Reporterin und Biene zu entfernen.

Sobald sie den Saal betreten hatte, wurde ihr klar, dass sie Okoro und ihren Klienten nun wohl oder übel die Nachricht überbringen musste, dass sie ohne Charlie und Simeon anfangen mussten. *Nur nicht auf den Boten schießen. Moment! Ist das etwa …*

Ein Mann kam die Stufen zum Gerichtsgebäude hinaufgeeilt und warf eilig Schlüssel und Handy vor der Sicherheitskontrolle in eine Plastikwanne. Dann blickte er auf und winkte ihr zu. Sie deutete auf ihre Uhr. Charlie Priest machte eine wegwerfende Handbewegung, als hätten sie alle Zeit der Welt.

Sobald die Wanne den Scanner passiert hatte, nahm er seine Habseligkeiten wieder an sich und scheuchte Georgie durch die Halle zu Gerichtssaal dreizehn. »Bin ich zu spät?«

»Vincent wird platzen vor Wut«, warnte Georgie ihn.

»Zweifellos. Ist Dickie in Form?«

»Sie meinen Kronanwalt Richard Hagworth?«

»Genau. Dickie.«

»Weshalb sollte er nicht in Form sein?«

»O bitte, Georgie. Da kenne ich Ikea-Tische, die gelenkiger sind. Und wo ist Simeon?«

Georgie blieb stehen. »Ich dachte, der ist bei Ihnen?«

# 6

Charlie Priest hatte reichlich Erfahrung, was Katastrophenmanagement in Gerichtsverfahren anging. Regel Nummer eins lautete: Auf keinen Fall den Eindruck erwecken, dass es eine Katastrophe gab. Der kurze Zeitraum zwischen dem Eintreffen der beiden Parteien im Gerichtssaal und dem Augenblick, in dem sich die Tür zum Beratungszimmer öffnete und der Richter – oder in diesem Fall die Richterin – den Saal betrat, konnte über Sieg oder Niederlage entscheiden. Die kleinste Unruhe konnte dafür sorgen, dass ein Zeuge oder ein Anwalt die Nerven verlor und eine jahrelang vorbereitete Anklage oder Verteidigung innerhalb von Sekunden in sich zusammenfiel.

Priest ignorierte das Brennen, das sich allmählich in seinem Magen breitmachte, und kündigte sein Eintreffen dadurch an, indem er die uralte Holztür mit Absicht lautstark gegen den Rahmen knallen ließ. Alle drehten sich nach ihm um. Sogar die Reporter ließen ihre Handys sinken und hielten nach dem Verursacher dieser plötzlichen Aufregung Ausschau.

»Dickie.« Priest nickte dem Kronanwalt zu und nahm neben Okoro Platz. Hagworth nahm den Gruß zur Kenntnis, erwiderte ihn aber nicht, sondern starrte Priest lediglich durch die runde Brille auf seiner krummen Nase neugierig an.

Okoros einzige Reaktion bestand darin, zu Priest aufzusehen und ihm mit einem vernichtenden Blick unmissverständlich klarzumachen, was er von seiner Unpünktlichkeit hielt. »Wo zum Teufel hast du gesteckt?«, flüsterte er Priest zu, als sich dieser vorbeugte, um eine Akte auf den Tisch zu legen.

»Ich war auf einer Beerdigung.«

»Was?«

Priest legte Okoro beschwichtigend eine Hand auf die Schulter und drehte sich zu den drei Leuten um, die auf der Bank hinter ihm saßen und ihn verwirrt ansahen. Er schüttelte ihnen die Hände und wandte sich dann dem Mann mit den fettigen Haaren zu, der ganz am Rand der Bank saß.

»Tomas«, sagte Priest lächelnd. »Wie geht's?«

»Wir hatten Sie eigentlich etwas früher erwartet, aber ...«

»Ich musste noch ein paar Sachen überprüfen, aber jetzt ist alles erledigt. Hi, Gail. Tolle Krawatte, Karl. Tomas, haben Sie etwas von Simeon gehört?«

»Nein.«

Tomas rutschte unruhig herum. Gail beugte sich ängstlich zu ihm vor. Als sich Priest zum ersten Mal mit der Redaktion von *The Real Byte* getroffen hatte, hatte sich ihm sofort die Vermutung aufgedrängt, dass Tomas und Gail eine Beziehung hatten – obwohl sie einen Kopf größer war als er und den Charme einer Schulleiterin im Ruhestand verströmte, während er sich sichtlich unwohl in seiner Haut fühlte. Dennoch herrschte zwischen ihnen eine gewisse knisternde Spannung wie zwischen Liebenden. Es überraschte also nicht, dass Tomas ihr in diesem entscheidenden Moment einen besorgten Blick zuwarf. Karl Jones dagegen, der technische Leiter von *The Real Byte*, saß zurückgelehnt da und fiel in erster Linie durch seine gewaltige Körperfülle, die großen Fettpolster an den unvorteilhaftesten Stellen und die herabhängenden Pausbacken auf, die ihm Ähnlichkeit mit einem Frosch verliehen. Er führte ständig eine große Sporttasche unbekannten Inhalts mit sich, die er gegenwärtig vor seinen Füßen abgestellt hatte.

Priest nickte und holte tief Luft. Ihm schwirrte der Kopf.

»Aber Sie haben doch gestern Abend mit ihm telefoniert?«

»Nein«, sagte Tomas, dessen Stimme zunehmend ängstlich klang. »Ich dachte, Sie wollten sich vor dem Gericht mit ihm treffen.«

»Wir waren um halb zehn in der Eingangshalle verabredet. Haben Sie ihn nicht gesehen?«

»Nein. Das ist sehr beunruhigend, Mr. Priest. Unser ganzer Fall …«

Priest legte eine Hand auf Tomas' Arm. »Reißen Sie sich zusammen«, sagte er drängend. »Sie werden beobachtet.«

Über die Schulter des Chefredakteurs hinweg sah Priest, wie Alexia Elias Hagworth anstupste und in ihre Richtung deutete. Zum Glück brauchten Hagworths schlaffe Halsmuskeln eine Ewigkeit, um den Befehl zum Drehen des Kopfes zu befolgen. Inzwischen hatte Tomas den Ernst der Lage erkannt und die Stimme zu einem Flüstern gesenkt.

»Wann haben Sie Simeon zum letzten Mal gesprochen?«, fragte Tomas.

»Vor ein paar Tagen. Da war noch alles in bester Ordnung. Es ist auch *jetzt noch* alles in bester Ordnung – wir haben seine Aussage bereits schriftlich, und vor heute Nachmittag oder vielleicht sogar morgen Vormittag wird er nicht in den Zeugenstand gerufen werden. Das alles hat sicher eine völlig harmlose Erklärung.«

Priest schenkte seinen eigenen Worten kaum Glauben. Er und Okoro waren ziemlich schnell zu dem Schluss gekommen, dass Simeon Ali das größte Risiko in diesem Fall darstellte. Der Zeuge hatte zwar ständig seine unbedingte Bereitschaft beteuert, weder dem Gericht noch der Welt die Wahrheit vorenthalten zu wollen, gleichzeitig hatte er sich aber auch distanziert und unnahbar gegeben. Sie hatten den Großteil ihrer Kommunikation über E-Mail und Skype abgewickelt, und die wenigen persönlichen Begegnungen mit ihm hatten im Sommer in einem Bahnhof außerhalb Londons stattgefunden. Konspirative Treffen wie aus einem Sherlock-Holmes-Roman.

»Er war doch so überzeugt von seiner Sache«, sagte Gail und beugte sich noch weiter zu Tomas vor. »Ich kann mir nicht vorstellen, dass er in letzter Minute den Schwanz einzieht.«

»Er war sich sicher, dass er beschattet wird«, sagte Tomas. »Wir hätten ihn nicht aus den Augen lassen dürfen, Mr. Priest.«

»Ich konnte ihn ja schlecht entführen und gefesselt in den Kofferraum sperren«, sagte Priest, ohne auf Tomas' anklagenden Tonfall einzugehen.

»Haben Sie ihn angerufen?«, fragte Gail.

Priest sah zu Georgie hinüber, die gerade das Handy vom Ohr nahm. Sie schüttelte den Kopf. »Da geht nur die Mailbox ran«, erklärte sie.

»Noch sollten wir uns keine Sorgen machen.« Priest lächelte zuversichtlich, bevor er sich zu Okoro umwandte. »Hast du alles mitbekommen, alter Freund?«

»Wir sollen diesen Fall also ohne unseren wichtigsten Zeugen, sondern nur auf Grundlage von Hörensagen gewinnen, sehe ich das richtig?«, knurrte Okoro leise.

»Ja, dafür bezahle ich dich verdammt gut«, zischte Priest zurück. »Da das aber zugegebenermaßen ein Ding der Unmöglichkeit ist, würde ich vorschlagen, dass wir uns einen Plan B überlegen. Du hältst sie hin, und ich suche unseren Zeugen, einverstanden?«

»Ja, einverstanden. Aber nur, weil Dickie sonst buchstäblich kurzen Prozess mit mir macht.«

# 7

Priest verließ Gerichtssaal dreizehn weitaus weniger spektakulär, als er ihn betreten hatte. Tatsächlich wurde sein Abgang nur von Alexia Elias bemerkt, die ihn nicht aus den grauen Augen ließ.

Im Flur ging Priest an mehreren Ankleideräumen vorbei. Ein Schild an einer Tür – **NUR FÜR ANWÄLTE** – ließ ihn schmunzeln. Als Advokat hätte er durchaus das Recht gehabt, seine Robe dort auf einen Drahtbügel zu hängen, obwohl ihm nichts ferner lag – erstens besaß er keine Robe, zweitens hegte er eine kategorische Abneigung gegenüber seinen Kollegen. Die wenigen Anwälte, die er tatsächlich mochte, waren eben die Ausnahme von der Regel.

Während er an den unzähligen Porträts ernst dreinblickender Richter vorbeiging, deren Namen er nicht kannte und die ihm auch herzlich egal waren, dachte er über die Klemme nach, in der er dank Simeons Abwesenheit steckte. Es ging ihm beileibe nicht darum, dass seiner Kanzlei, die bisher noch jeden Prozess gewonnen hatte, nun ihre erste Niederlage drohte. Vielmehr fürchtete er den Blick aus Alexia Elias' grauen Augen, der ihm beim Verlassen des Gerichtssaals gefolgt war. Die Medien sowie viele berühmte und einflussreiche Persönlichkeiten hatten sich zunehmend auf *The Real Byte* und damit auch indirekt auf die Anwälte des Onlinemagazins eingeschossen. Ungeachtet des Skandals in der Türkei hatte die Elias Children's Foundation Zehntausenden Kindern auf der ganzen Welt geholfen und galt weithin als leuchtendes Beispiel für Menschlichkeit und Nächstenliebe. Bei diesem Prozess ging es für beide Seiten um alles.

*Katastrophenmanagement für Anwälte, Regel Nummer zwei: Wenn man Mutter Teresa eine Hure nennt, sollte man es auch beweisen können.*

Er blieb in der großen Halle stehen, wo sich zwischen den wichtigtuerischen Anwälten mit ihren besorgt wirkenden Klienten vereinzelte Touristen fanden, die die an eine Kathedrale erinnernde Architektur des Gerichtsgebäudes fotografierten. Als Priest zum Eingang hinübersah, spürte er, wie sich das vertraute Gefühl der Derealisation in ihm breitmachte. Er nahm die große Halle in ihrer viktorianischen Pracht und die vielen Menschen, die an der Sicherheitskontrolle anstanden, unverändert wahr – doch er war nicht länger Teil der Szenerie. Als wäre er einen Schritt zurückgetreten und würde alles um sich herum wie auf einer Bühne betrachten, ohne selbst daran teilzuhaben.

Einen Augenblick lang balancierte er zwischen zwei Welten. Wie Alice, die vor dem Sprung in den Kaninchenbau in das Loch hinunterstarrt. Nur dass Alice in seiner Vorstellung nicht wie Alice, sondern wie Jessica Ellinder aussah.

»Charlie?«

Jemand zog an seinem Arm. Der Kaninchenbau verschwand, das Bild von Jessica verblasste. Stattdessen blickte er in hypnotisierende grüne Augen.

»Charlie? Alles klar?«

Er schüttelte die Benommenheit ab. »Ja. Alles bestens. Danke.«

»War das wieder einer Ihrer Dissoziations-Momente?«, fragte Georgie.

»Selbstverständlich nicht. Die kriege ich nur unter Stress«, sagte Priest ärgerlich. Dann fiel ihm ein, dass er die dissoziative Störung, unter der er litt, seiner Assistentin gegenüber mit keinem Wort erwähnt hatte. Eigentlich wusste überhaupt niemand davon – nicht etwa, weil er sich für die Krankheit, die ihn gelegentlich den Bezug zur Realität verlieren ließ, schämte, sondern weil es seiner Meinung nach nicht viel brachte, darüber zu reden. Außerdem konnte er sich glücklich schätzen. Es gab sechs medizinisch anerkannte Formen der dissoziativen Störung, und viele, die von der häufigsten – dem Depersonalisationssyndrom – betroffen waren, konnten kein normales Leben führen, da sie dauerhaft in einer gefühlsleeren, unwirklichen Welt gefangen waren. Auch Priest hatte diese Erfahrung schon früh gemacht. Im Lauf der Zeit waren die Symptome jedoch schwächer geworden, sodass sich seine Krankheit im Alltag kaum noch bemerkbar machte – bis auf die wenigen Gelegenheiten, bei denen ihm die Realität entglitt. So wie gerade eben.

Priest konzentrierte sich wieder auf das Hier und Jetzt. Gott sei Dank hatte er nicht das Gefühl, dass sich eine Dissoziationsepisode ankündigte. Es war nur ein kleiner Fehler in seiner persönlichen Matrix.

»Woher wissen Sie das denn?«, fragte er Georgie. Da sie nicht sofort antwortete, ging er zu wichtigeren Dingen über: »Und wieso sind Sie nicht im Gerichtssaal? Ich bezahle Sie nicht dafür, komplexe Persönlichkeitsstörungen zu diagnostizieren, sondern im Gerichtssaal zu sitzen.«

»Vincent hat darauf bestanden, dass ich Sie begleite«, erwiderte Georgie unbeeindruckt.

»Und unsere Klienten?«

»Er sagt, dass die im Gegensatz zu Ihnen schon allein klarkommen.«

»Das hat er nicht gesagt. So etwas würde Okoro nie sagen.«

Georgie hatte zumindest den Anstand, etwas verlegen dreinzublicken. »Zumindest habe ich es so interpretiert.«

Priest lächelte. Sie lächelte zurück, und Priest erinnerte sich an den Augenblick, an dem er ihr ansteckendes Lächeln zum ersten Mal gesehen hatte: beim Vorstellungsgespräch, als ihm die Oxfordabsolventin einen vor Auszeichnungen und Empfehlungen nur so strotzenden Lebenslauf überreicht hatte. Priest hatte es sich zum Prinzip gemacht, bei Vorstellungsgesprächen nur eine einzige Frage zu stellen. Auf die üblichen pro-forma-Plaudereien und Eignungstests, wie sie bei den renommiertesten Anwaltskanzleien Londons – dem sogenannten Magic Circle – üblich waren, konnte er verzichten. Wenn es um sein Personal ging, folgte Priest nicht irgendwelchen freudschen Theorien, sondern hörte auf seinen Bauch.

*»Wenn Sie ich wären, welche Fragen würden Sie bei einem Vorstellungsgespräch stellen?«*

*Diese Frage – seine einzige – hatte Priest schon vielen aussichtsreichen Bewerbern gestellt. Normalerweise musste er daraufhin einen endlosen betriebswirtschaftlichen Vortrag, gewürzt mit langen Passagen aus der ›Über uns‹-Sektion der Priest & Co.-Website über sich ergehen lassen.*

*Wenn er Glück hatte, bekam er auch eine mithilfe von Google zusammengestellte Analyse der Reform des Erfolgshonorarmodells im Personenschadensrecht zu hören.*

*»Gar keine«, hatte Georgie Someday zu seiner großen Überraschung ohne den geringsten Hauch von Sarkasmus gesagt. »Wenn Sie etwas über mich wissen wollen, können Sie genauso gut Ihre Assistentin fragen. Deshalb bestellen Sie Ihre Bewerber ja auch eine Stunde früher ein.«*

*Bei dieser entwaffnenden, mit einem verlegenen Lächeln präsentierten Antwort hatte Priest einfach ebenso verlegen zurücklächeln müssen.*

*Später, als er über einem Leitsatz des Berufungsgerichts gebrütet hatte, war seine kettenrauchende Kanzleiassistentin Maureen in sein Büro gekommen. Sie hatte sich bereits eine unumstößliche Meinung über Georgie gebildet, und diese Meinung gab den Ausschlag dafür, sie als Associate einzustellen: »Lassen Sie die Kleine bloß nicht wieder ziehen, Priest«, hatte sie gesagt. »Ihr Tee steht in der Küche.«*

»Sie wirken etwas unkonzentriert«, bemerkte Georgie, als sie sich durch das Gewühl aus Anwälten und ihren Klienten vor dem Eingang zum High Court drängten. »Also, noch mehr als sonst.«

»Nein, nein«, sagte er abwiegelnd. »Das sieht nur so aus, Someday. Folgen Sie mir.«

Sie wollte ihn mit sich führen, als ihnen jemand etwas zurief. Priest drehte sich um. Ein kleiner Mann mit einer Zigarette zwischen den Lippen lehnte an der Mauer des Gerichtsgebäudes. Er hatte graues, drahtiges Haar, und seine Haut hatte vom langjährigen Alkohol- und Tabakkonsum einen violetten Schimmer.

»Wie bitte?«

Erst jetzt erkannte Priest den Mann als Dominique Elias und bereute sofort, überhaupt etwas gesagt zu haben. Anscheinend hatte sich Elias zum Rauchen nach draußen geschlichen, sobald die Kamerateams verschwunden waren.

»Ich sagte: Gibt Ihnen das, was Sie tun, einen Kick, Mr. Priest?«, krächzte Elias.

Priest zögerte. Wider besseres Wissen blieb er stehen, obwohl Georgie an seinem Arm zerrte.

»Verzeihung, Mr. Elias, aber ich darf nicht mit Ihnen sprechen. So lauten die Standesregeln, wie Sie sicher wissen.«

»Haben Sie schon mal drüber nachgedacht, wie es nach diesem Prozess weitergeht, den Sie übrigens mit Pauken und Trompeten verlieren werden?«, fragte Elias, ohne Priests Einwand zu beachten. »Wissen Sie, wie vielen bedürftigen Kindern wir mit dem Geld helfen könnten, das jetzt für die Gerichtskosten draufgeht? Was glauben Sie, wie viele Kinder sind wegen Ihnen und dieser erbärmlichen Onlineklitsche, die Sie vertreten, gestorben?«

»Gar keines.«

Bevor Elias etwas erwidern konnte, bekam er einen Hustenanfall. »Jedenfalls haben Sie das Gewissen eines Anwalts«, sagte Elias mit hochrotem Kopf, sobald der Anfall vorüber war. Eines seiner Augen war leicht gerötet.

»Nein«, sagte Priest ruhig. »Nur ein größeres Verständnis von moralischen Kausalzusammenhängen als Sie.«

»Aha. Was wissen Sie denn schon von moralischen Zusammenhängen?«

»*Ihre* Seite hat Klage eingereicht, Mr. Elias«, sagte Priest gelassen – die Standesregeln verbaten ihm lediglich, mit Alexia zu sprechen, da diese am Verfahren beteiligt war. Mit Dominique konnte er sich jedoch getrost unterhalten. *Es war ja nicht so, dass eine Partei einen Zeugen für sich reklamieren konnte.* »Sie haben angefangen, vergessen Sie das nicht.«

»Wir hatten ja auch keine andere Wahl, nachdem *Ihr* Klient diesen Schmutz veröffentlicht hat.«

Dominique wollte gerade noch etwas hinzufügen, als er plötzlich verstummte. Er hatte irgendetwas auf der anderen Straßenseite bemerkt und kniff die Augen zusammen. Hatte er dort jemanden erkannt? Er lehnte sich wieder gegen die Wand. Priest folgte seinem Blick, doch es war unmöglich auszumachen, wer von den vielen Menschen auf der Straße ihn so aus dem Konzept gebracht hatte.

In der Annahme, dass das Gespräch damit beendet war, zog Priest einen imaginären Hut. »Viel Glück vor Gericht, Mr. Elias.« Als er sich umdrehte und mit Georgie davonging, war er sich sicher, dass ihnen Elias noch lange hinterhersah. Erst am Eingang zur U-Bahn-Station bemerkte Priest, dass sich Georgie immer noch an seinem Arm festhielt.

# 8

*Das kleine Mädchen sitzt vor der Mauer und starrt die rissigen Backsteine an. Ihre Hände liegen in ihrem Schoß. Über ihr ist ein Fenster. Sie kann es nur erreichen, wenn sie auf einen Kistenstapel steigt, und selbst dann sieht sie durch die trübe Glasscheibe kaum mehr als eine Kirchturmspitze. Auf dem Steinboden liegt ein kunterbunter Flickenteppich. Es dämmert; Mond und Sonne kämpfen um das schmale graue Stück Himmel, das sie durch das Fenster erkennen kann.*

*Eine Frau geht leise fluchend hinter ihr auf und ab. Sie ist zu Recht wütend. Das Mädchen hat ihr mit den Fingernägeln den Mundwinkel aufgeritzt, es hat sogar ein bisschen geblutet. Das Mädchen wollte der Frau nichts tun, es wollte nur ihre Haut spüren, herausfinden, ob sie sich dehnte wie ihre eigene, ob sie warm war wie ihre eigene.*

*Die Frau schimpft, was das Mädchen jedoch nur gedämpft hört.*

*»Wieder… wollte das nicht, es ist nur deine Schuld… weißt du, was passiert ist? Hast du… du bist nicht von mir, von mir nicht… warum ich mich mit dir belasten soll, ohne dich war alles in bester…«*

*Das Mädchen schließt die Augen und sieht die Wand*

*vor sich noch immer. Ihre Risse ähneln den Falten auf der gerunzelten Stirn der Frau.*

*»Er hasst dich, weißt du … was er mit dir macht, glaub ja nicht, dass das Liebe ist … im Gegenteil … Liebe ist ganz etwas anderes und …«*

*Plötzlich verstummt die Frau. Das Mädchen zittert. Es ist kalt – hier im Keller ist es nie warm. Selbst im Sommer scheint die Sonne nur ein paar Stunden lang durchs Fenster, und die wenige Wärme wird sofort von den nackten Wänden verschluckt. Das Fenster ist undicht, und im Winter läuft Regenwasser durch die Fugen in der Backsteinwand und sammelt sich in einer Pfütze vor der Mauer. Wenn es den ganzen Tag regnet, wird die Pfütze so groß, dass das Wasser in eine Vertiefung im Fußboden läuft. Das Mädchen wartet auf den Tag, an dem das Wasser so hoch steht, dass sie in der Vertiefung baden kann wie in einem See.*

*Das Rauschen hat aufgehört. Das Mädchen öffnet vorsichtig ein Auge. Vielleicht ist die Frau ja weg. Vielleicht darf das Mädchen jetzt in Ruhe schlafen. Manchmal ist das Mädchen lange allein. Dann werfen sie ihr das Essen die Treppe hinunter, als wäre sie ein Hund. Aber das ist egal – immer noch besser als die schimpfende Frau, die sie manchmal sogar schlägt. Und viel besser, als sich für ihn zurechtzumachen. Das ist das Allerschlimmste.*

*Die Erleichterung des Mädchens währt nur kurz. Die Frau ist noch da, ist ihr jetzt plötzlich ganz nah. Sie flüstert in ihr Ohr, und diesmal kann sie sie besser hören – noch immer nicht klar und deutlich, aber fast.*

*»Deine Mutter hat dich hergebracht. Die Schlampe. Du warst ein hässliches, fettes Kind. Ich wollte dich nicht, aber er hat sich irgendwas davon versprochen – einen*

*Vorteil, wenn man das so nennen will … dann hat sich deine Mutter umgebracht. Du warst ihr völlig egal, verstehst du – sie hat dich hierhergebracht und sich eine Woche später an einem Baum aufgehängt … wie erbärmlich …«*

*Das Mädchen kann sich zwar nicht daran erinnern, spürt aber, dass die Frau die Wahrheit sagt. Warum sollte sie auch lügen? Warum ihr Elend noch durch Boshaftigkeit vergrößern? Sie tun auch so schon genug furchtbare Dinge.*

*Das Mädchen bewegt sich nicht. So dumm ist sie nicht. Die Frau ist ganz nahe, sie spürt ihren Atem im Nacken. Das Mädchen lauscht, riecht das Parfüm der Frau, ein widerlicher, erstickender Gestank. So riecht die Welt da draußen, denkt sie. Es ist der widerliche, erstickende Geruch der Freiheit.*

*Das Mädchen zittert.*

*Die Frau ist zufrieden und verschwindet ganz plötzlich. Das Mädchen steht mit klopfendem Herzen da. Diesmal schaltet die Frau das Licht nicht ein, und das Mädchen bleibt allein im Zwielicht zurück.*

# 9

Georgie stand in einem heißen, stickigen U-Bahn-Wagen. Da kein Sitzplatz mehr frei war, hatte sie sich in eine Ecke quetschen müssen. Jedes Mal, wenn der Waggon einen Satz machte, prallte sie gegen Charlies Schulter.

Fünf Haltestellen später hatten sie Bethnal Green erreicht. Georgie sah zu Charlie auf. »Sind wir endlich da?«

Charlie runzelte die Stirn. »Nein. Ich glaube nicht.«

»Die nächste ist Mile End.«

»Hmm.«

Georgie wartete ab. Mehrere Leute stiegen aus, dann hievte ein alter Mann zwei Einkaufstaschen in den Gang und stellte sich ihnen gegenüber. »Doch, das hier ist die richtige Haltestelle!«, rief Charlie, als der Warnton das Schließen der Türen ankündigte.

Sie schaffte es knapp hinter ihm aus dem Wagen.

»Na los, Someday!«, rief Charlie über die Schulter.

»Wohin wollen wir denn überhaupt?«, keuchte Georgie. Sie musste für jeden seiner Schritte zwei machen, um mit ihm mithalten zu können. Priest ging einfach nur geradeaus – aus irgendeinem unerfindlichen Grund teilte sich die Menge vor ihm wie das Rote Meer, während sie sich an den Pendlern vorbeizwängen und schlängeln musste. Er war Moses, sie spielte Autoscooter.

»Tomas hat sich bisher ausgeschwiegen, was die Quelle seines Artikels angeht, nicht wahr?«, rief Charlie, ohne ihre Frage zu beantworten.

»Ja, Simeon ist ein etwas rätselhafter Mensch«, pflichtete Georgie ihm bei.

»Ursprünglich wollte Tomas die Verteidigung darauf aufbauen, aus den Dokumenten, die er über den Türkei-Skandal gesammelt hat, einen Rechtfertigungsgrund abzuleiten. Ohne Simeons Aussage.«

»Aber keines dieser Dokumente bringt Alexia direkt mit den Vorfällen in der Türkei in Verbindung.«

»Stimmt. Das Material ist nicht wertlos, es gibt eine E-Mail-Spur, die irgendwann zu Alexia führt, aber nichts Eindeutiges. Hagworth wird mit Sicherheit darauf hinweisen, dass das nur Indizien sind. Zunächst wollte ich den Fall ablehnen, doch dann hat mich Tomas angerufen und etwas widerwillig zugegeben, dass der ursprüngliche Artikel auf der Aussage von Simeon Ali basiert, der zum fraglichen Zeitpunkt für die Elias Foundation in der Türkei gearbeitet hat. Simeon war in der Zwischenzeit nach London gezogen.«

»Und Sie glauben, dass Simeon nichts mit der Umleitung der Gelder an die Freie Volksarmee zu tun hatte?«

Sie bewältigten die letzten Stufen zur Straße hinauf in einem solchen Tempo, dass Georgie völlig die Orientierung verlor.

Charlie überquerte die Straße und bog um die Ecke in eine Straße, die von hohen viktorianischen, etwas vom Gehweg zurückgesetzten Reihenhäusern gesäumt wurde.

»Hier war ich schon mal«, sagte Georgie, nachdem sie sich umgesehen hatte.

»Stimmt«, sagte Charlie. Etwa in der Mitte der Straße

stieg er eine kurze Treppe mit schwarzem Eisengeländer hinauf und drückte auf die Klingel neben der Haustür.

Mit einem Mal erkannte Georgie das Gebäude. »Ihre Schwester wohnt hier«, sagte sie.

»Stimmt.«

»Warum …?«

Die Tür ging auf, und Sarah Boatman erschien mit einer Tasche über der Schulter. Anscheinend war sie gerade auf dem Weg zur Arbeit, vermutete Georgie.

»Charlie?«

Charlie räusperte sich. »Guten Morgen.«

»Ich wollte eigentlich …«

»Es dauert nur eine Sekunde.«

Georgie stand in Sarahs Flur und betrachtete die Fotos an der Wand. Auf den meisten war Charlies sechsjährige Nichte Tilly schelmisch grinsend zu sehen.

Mehrere Bilder zeigten Sarah, die das Baby im Arm hielt. Sie hatte jedes Mal eine andere Haarfarbe und sah nicht ansatzweise so müde und erschöpft aus, wie es frischgebackene Mütter zu tun pflegten. Sarah hatte dieselben blauen Augen und dasselbe Lächeln wie Charlie. Bemerkenswerterweise war ihr Mann Ryan auf keinem Foto zu entdecken. Georgie hatte ihn noch nicht kennengelernt – sie hatte auch Sarah erst ein paarmal getroffen. Doch sie wusste, dass Charlie eine tiefe und kaum verhohlene Abneigung gegen seinen Schwager hegte. Zum Glück war Ryan gerade nicht zu Hause, und auch Tilly war vermutlich in der Schule.

Sie trat ein paar Schritte auf die Küche zu, da sie an der Wand davor ein paar spektakuläre Landschaftsaufnahmen entdeckt hatte. Dass sie Priest und Sarah nun besser hören konnte, war reiner Zufall. Von Belauschen konnte keine Rede sein.

»Würdest du mir den Ersatzschlüssel für die Wohnung in der Bristol Road geben?«, fragte Charlie.

»Warum?«, fragte Sarah argwöhnisch.

»Weil ich ihn brauche.«

»Charlie, ich bin mir sicher, dass dich eine Menge Leute ganz bezaubernd finden, aber mir gehst du einfach nur auf die Nerven.«

»Besten Dank.«

»Die Wohnung ist vermietet, falls du es nicht vergessen hast«, bemerkte Sarah.

»Wie es aussieht, hat sich der derzeitige Bewohner aus dem Staub gemacht.«

Georgie hörte deutlich, wie Sarah tief ausatmete. »Wo bist du diesmal reingeraten, Charlie?«

»Du musst dir wirklich keine Sorgen machen.«

»Wage es nicht, mir vorzuschreiben, was ich zu tun und zu lassen habe, sonst ...«

»So war es nicht gemeint«, sagte Charlie besänftigend. »Ich meinte nur, dass es keinen Grund zur Beunruhigung gibt. Wirklich. Der Typ hat seinen Gerichtstermin verpasst, das ist alles.«

»Meinst du den Prozess gegen die Elias Foundation, der überall in den Nachrichten ist? Meine Güte, ich hoffe, du weißt, was du tust.«

»Und wenn nicht, kenne ich glücklicherweise eine exzellente PR-Beraterin.«

»Wenn du dieses Verfahren verlierst, wirst du mehr als eine gute PR-Beraterin brauchen. Der Prozess ist in aller Munde – selbst mir machen meine Klienten deswegen schon die Hölle heiß.«

Georgie wagte sich noch ein paar Schritte vor und lauschte konzentriert. »Wer denn?«, fragte Charlie.

»Du weißt genau, dass ich dir das nicht verraten darf.«

»Warum denn nicht?«, fragte Charlie in beleidigtem Ton.

»Weil du dann bestimmt irgendwelchen Unsinn machst. Sie verklagst zum Beispiel.«

»Wenn sie Glück haben, ja.«

»Hm. Die Schlüssel sind hinter dir in der obersten Schublade.«

»Ich bin dir sehr zu Dank verpflichtet, o beste aller Schwestern.«

»Verpiss dich wieder in deinen Gerichtssaal, Charlie.«

Georgie hörte, wie eine Schublade aufgezogen wurde. Sie drehte sich schnell um und ging wieder den Flur hinunter. Als Priest die Küche verließ, tat sie so, als hätte sie die Fotos betrachtet und nicht jedes Wort mitgehört, das die beiden gewechselt hatten.

»Auf geht's, Someday«, sagte er und führte sie zur Tür. »Danke, Sarah.«

Georgie sah sich um. Sarah lehnte mit verschränkten Armen im Türrahmen. Ihre Blicke trafen sich.

»Georgie?«

»Ja?«

Sarah zögerte, verlagerte das Gewicht auf den anderen Fuß und drehte sich wieder zur Küche um.

»Passen Sie um Himmels willen gut auf ihn auf.«

# 10

Um punkt zehn Uhr betrat Richterin Peters Gerichtssaal dreizehn. Sie nickte der versammelten Menge vor sich höflich zu und setzte sich dann kerzengerade auf den Ledersessel mit der hohen Lehne.

Okoro fand, dass sie merklich gealtert war, seit er sie das letzte Mal zu Gesicht bekommen hatte. Das zusammengebundene Haar war noch grauer als bei der Vorverhandlung vor sechs Monaten. Damals hatte sie Hagworth zurechtgewiesen, weil er die Offenlegungsanordnung nicht befolgt hatte. Auch an Okoro hatte sie kein gutes Haar gelassen, obwohl *er* die Anordnung buchstabengetreu befolgt hatte.

Immerhin war sie konsequent: Sie konnte *niemanden* leiden.

»Guten Morgen«, knurrte Peters kühl. Nachdem sie einen Blick auf die Anwälte beider Seiten geworfen hatte, nahm sie eine der vor ihr stehenden Akten in die Hand. »Mr. Hagworth …«

Hagworth stand langsam auf.

Okoro sah sich um. Die Tür zum Gerichtssaal war geschlossen. Dann warf er unauffällig einen Blick auf sein Handy. Nichts. Wie es in Verleumdungsklagen üblich war, würde zunächst der Anwalt der Verteidigung sein

Eröffnungsplädoyer halten, da die Behauptung, die Gegenstand der Verhandlung war, so lange als diffamierend galt, bis das Gegenteil bewiesen war. Okoro konnte nur drei Zeugen aufbieten: Tomas Jansen, Gail Woodbead – die am Artikel mitgearbeitet hatte – und Simeon Ali selbst. Strategisch wäre es am geschicktesten gewesen, mit Ali anzufangen. Falls es Hagworth nicht gelang, Alis Glaubwürdigkeit im Kreuzverhör ernsthaft zu beschädigen, konnte die Verhandlung unter Umständen schnell vorbei sein.

Tomas als ersten Zeugen aufzurufen würde dagegen für Verwirrung sorgen. Okoro bereitete sich trotzdem auf die Befragung vor.

»Euer Ehren«, begann Hagworth, »ich erlaube mir höflichst darauf hinzuweisen, dass ich als Rechtsbeistand der Klägerin Wiedergutmachung finanzieller und anderer Natur von der beklagten Partei einfordern werde, einem Onlinemagazin, dessen überschaubare Leserschaft …«

»Ja, ja, das wissen wir bereits.« Peters wedelte ungeduldig mit der Hand. »Ich bin mit den Grundzügen des Falls vertraut, können wir also bitte fortfahren? Mr. Okoro?«

Okoro stand bedächtig auf. Sie waren auf jede Sekunde angewiesen, die er schinden konnte. Er hörte, wie die Mitarbeiter von *The Real Byte* hinter ihm unruhig auf der Bank herumrutschten. Obwohl ihnen Priest eingeschärft hatte, unter keinen Umständen die Fassung zu verlieren, machte sich Panik unter ihnen breit. Alexia starrte Okoro durch den Gerichtssaal hinweg erwartungsvoll an. Obwohl er ihr Gesicht nur aus den Augenwinkeln sah, konnte er sich gut vorstellen, welche Miene sie zur Schau trug: geheucheltes Mitleid. Ohne Alis Aussage war *The Real Byte* erledigt, das wusste sie genau.

»Euer Ehren«, sagte er gedehnt. In der Pause zwischen den Worten herrschte Totenstille. Niemand raschelte mit irgendwelchen Papieren, keine Bank knarrte, die Anwesenden schienen kollektiv die Luft anzuhalten.

Peters bemerkte Okoros Zögern und blickte auf. »Ja?«

Sarahs Mietwohnung befand sich etwa zehn Minuten zu Fuß von ihrem Haus entfernt in einem unscheinbaren Viertel mit vielen Chinarestaurants, Pfandleihen und Kreditinstituten, bei denen man ohne Probleme in drei Minuten fünftausend Pfund erhalten konnte – vorausgesetzt, man wollte einen effektiven Jahreszinssatz zahlen, der ungefähr so hoch war wie die Telefonnummer des entsprechenden Instituts.

Georgie folgte Priest die Straße hinunter. Sie kamen an mehreren Männern vorbei, die vor einem Wettbüro standen. Offenbar hatten sie auf den Gewinner eines Hunderennens gesetzt und stritten sich nun darum, wem der zugehörige Wettschein gehörte. Priest führte Georgie auf die andere Straßenseite.

Als sie unter einem wackligen Baugerüst vorbeikamen, pfiff jemand von einem Balkon im dritten Stock Georgie hinterher. Die bemerkte es gar nicht – sie war viel zu sehr damit beschäftigt, Priest bezüglich Simeon Löcher in den Bauch zu fragen.

»Simeon wohnt also in der Wohnung Ihrer Schwester?«

»Unsere Eltern haben sie uns vererbt, daher gehört sie eigentlich uns beiden, aber Sarah kümmert sich um den Papierkram und hat die Schlüssel. Ich würde sie ja sowieso nur verlieren.«

»Und was ist mit …«, platzte Georgie heraus, dann errötete sie und schlug eine Hand vor den Mund. »Oh, ich …«

»*Was ist mit William*, wollten Sie wohl sagen?« William war Charlies und Sarahs älterer Bruder. Er verbüßte eine lebenslängliche Freiheitsstrafe in einer forensischen Klinik für Schwerverbrecher am Stadtrand von London. Vor elf Jahren hatte er auf geistige Unzurechnungsfähigkeit plädiert. Der zentrale Strafgerichtshof im Old Bailey hatte ihm daraufhin jegliche Schuldfähigkeit abgesprochen und die Zwangseinweisung verfügt – ein Urteil, das beinahe so viel Aufsehen erregt hatte wie die Mordserie, die William Priest zu einem der berüchtigtsten Serienkiller Englands gemacht hatte. Er würde die Psychiatrie nie wieder verlassen.

»Ja. Verzeihung. Ich wollte nicht ... Sie wissen schon.«

Er lächelte, obwohl ihn die Erinnerung an Williams Gerichtsverhandlung immer noch heimsuchte – insbesondere jener letzte Gang vor die Presse, nachdem sie William abgeführt haben. Priest war vor die vielen Kameras und Mikrofone getreten, doch das hatte ihm nichts ausgemacht. Die Hinterbliebenen, die Angehörigen der Opfer dagegen waren ihm sehr zu Herzen gegangen. Mit denjenigen, die ihn voller Wut anschrien und ihn verfluchten, konnte er umgehen. Das war nur zu verständlich. Die anderen jedoch, die ihn nur stumm mit großen, fragenden Gespensteraugen angesehen hatten, waren viel schlimmer gewesen. »Schon gut. Sarah duldet es nicht, dass man Wills in ihrer Gegenwart auch nur erwähnt. Ich mag ihn eigentlich ganz gern – von den Morden und dem Wahnsinn mal abgesehen.«

Dem verdutzten Ausdruck in ihrem Gesicht nach zu urteilen wusste Georgie offenbar nicht, ob sie darüber lachen sollte oder nicht.

Sie wechselte sicherheitshalber das Thema. »Simeon.«

»Richtig. Irgendwann kam ich zu dem Schluss, dass es für *The Real Byte* nur eine mögliche Verteidigung gibt. Wie Sie wissen, kann man einer Verleumdungsklage nur mit einer begrenzten Anzahl von Strategien begegnen.« Priest hielt abwartend inne.

»Man kann sich auf die Meinungsfreiheit, eine hoheitliche Äußerung oder das öffentliche Interesse berufen. Oder man tritt den Wahrheitsbeweis an.«

»Korrekt, Sie Streberin. In diesem Fall ist die einzig plausible Vorgehensweise, die aufgestellten Behauptungen zu beweisen. Wir müssen also irgendwie zeigen, dass Alexia nicht nur von den Verbindungen ihrer Stiftung zu den Terroristen wusste, sondern sich ihr Stillschweigen auch von ihnen bezahlen ließ. Allerdings fiel mir recht schnell auf, dass sich Simeon Ali in seiner Rolle als Whistleblower mehr als unwohl fühlte und sich nur sehr widerwillig damit einverstanden erklärte, sich vor Gericht als Quelle für den Artikel auf *The Real Byte* erkenntlich zu geben.«

»Und ein sicheres Versteck war Teil der Abmachung?«

»Mehr oder weniger.«

»Dürfen wir das denn?«

»Rein technisch gesehen schon, obwohl Hagworth sicher Simeons Glaubwürdigkeit anzweifeln würde, wenn er herausfindet, dass wir ihn auf unsere Kosten beherbergt haben. Allerdings fürchtete Simeon tatsächlich um sein Leben – was hätten wir denn sonst tun sollen?«

Sie gingen langsamer, und Priest sah sich nach den Hausnummern um. Sie waren zwar auf der Bristol Road, doch wo genau sich die Wohnung befand, wusste er zu seinem Leidwesen nicht. Das ging ihm übrigens mit den anderen Immobilien im Besitz der Priests ähnlich – sie wurden ausnahmslos von Sarah verwaltet. Er sah auf die Uhr. Die Verhandlung hatte bereits angefangen, und Okoro würde in diesem Augenblick das Eröffnungsplädoyer halten. Hoffentlich erlaubte ihm Peters, Tomas Jansen vorzeitig in den Zeugenstand zu berufen, doch bei der merkwürdigen alten Hexe wusste man ja nie, woran man war. Sie gingen weiter. Priest hörte, wie ein Auto hinter ihnen langsamer wurde.

»Wieso war er denn der Ansicht, dass sein Leben in Gefahr wäre?«, fragte Georgie.

»Er hat einer Terrorgruppe wie der Freien Volksarmee den Geldhahn zugedreht. Dabei hat er sich zwangsläufig ein paar sehr gefährliche Feinde gemacht. Selbst Okoro ist der Meinung, dass mit diesen Leuten nicht gut Kirschen essen ist, und er war mal Staatsanwalt am Internationalen Strafgerichtshof. Okoro macht so leicht nichts Angst.«

»Und jetzt ist Simeon nicht zum Gerichtstermin erschienen. Das ist höchst …«

»Unangenehm für uns. Belassen wir es dabei.«

Priest blieb vor einem Geschäft stehen, das kaum breiter als eine Tür war und ›Laptop- und Desktopcomputerreparaturen zu vernünftigen Preisen‹ anbot. Wenn es nicht gelang, die Daten von den fehlerhaften Rechnern zu retten, musste man überhaupt nichts bezahlen.

»Hier ist es«, verkündete Priest.

»Er wohnt in einem Computerladen?«, fragte Georgie skeptisch.

»Er wohnt *über* einem Computerladen.«

Er deutete auf ein einsames Fenster, von dem aus man einen Ausblick auf die gegenüberliegende Methodistenkirche hatte.

»Und wie kommt man in die Wohnung?«, fragte sie.

Als Antwort öffnete Priest die Tür zum Computergeschäft und ging hinein. Eine schmale Theke verlief zu ihrer Linken, an der Wand zur Rechten hingen vom Boden bis zur Decke kleine Plastiktüten mit verschiedenstem Computerzubehör: Speichermodule, Motherboards, Soundkarten, Festplatten und andere unidentifizierbare Bauteile. Am Ende der Theke betrachtete ein dürrer Mann Anfang sechzig das Innenleben eines Computers durch eine dicke Brille.

»Hallo«, sagte Priest. »Graham, richtig?«

»Nein. Gary.«

Jetzt fiel Priest ein, dass ihm dieser Fauxpas schon beim letzten Mal passiert war. *Wieso kann ich mir seinen Namen einfach nicht merken?*

»Verzeihung, Gary.«

»Sie sind Priest«, sagte Gary und blickte kurz von dem Computer auf. Er hatte ihre letzte Begegnung offensichtlich etwas besser in Erinnerung.

»Ich möchte unseren Mieter sprechen«, sagte Priest und deutete mit dem Kinn in Richtung Decke.

»Den hab ich schon seit ein paar Tagen nicht gesehen.«

»Und wann genau haben Sie ihn zum letzten Mal gesehen?«

»Wie wär's, wenn Sie selbst nach ihm sehen?«

»Vielen Dank.«

Priest und Georgie zwängten sich an ihm vorbei durch den engen Gang und traten durch einen Perlenvorhang. Jetzt erinnerte sich Priest auch wieder an die schmale Treppe, die nach oben führte.

»Scheint doch ein ganz netter Kerl zu sein«, sagte Georgie, sobald sie vor der Tür zu Simeons Wohnung standen.

»Ich vergesse ständig seinen Namen. Klar, dass ihm das irgendwann auf die Nerven geht.«

Priest klopfte laut. Es war ein typisches Polizistenklopfen – obwohl er nur ungern vor anderer Leute Türen Lärm machte, konnte er gewisse Angewohnheiten nach zehn Jahren Polizeidienst nicht einfach so ablegen. Doch es war sowieso vergebliche Liebesmüh. Simeon wusste genau, was bei der Gerichtsverhandlung auf dem Spiel stand, und war trotzdem nicht aufgetaucht. Also würde er ihnen jetzt nicht einfach so die Tür öffnen.

Priest spielte im Geiste verschiedene Möglichkeiten durch. Erstens: Simeon hatte die ganze Zeit über gelogen, Gewissensbisse bekommen und war längst über alle Berge. Oder er hatte – was wahrscheinlicher war – inzwischen so große Paranoia, dass er sich nicht in der Öffentlichkeit zeigen wollte. Zweitens: Er hatte sich von der Anklage bestechen lassen. Drittens: Etwas viel Schlimmeres war geschehen.

Über die dritte Möglichkeit dachte Priest etwas länger nach. Simeon hatte mit seiner Aussage zwar Aufsehen erregt, doch die Freie Volksarmee war eine relativ kleine und, nachdem die wichtigste Einnahmequelle versiegt war, auch mehr oder weniger mittellose Organisation. Ihre Dschihad-Umtriebe in der Türkei waren weitaus harmloser als die ihrer viel ehrgeizigeren Kollegen vom IS. Mit anderen Worten: Simeon überschätzte die Gefahr, in der er schwebte.

Allerdings hatten auch Alexia Elias und ihr Mann bei dieser Gerichtsverhandlung persönlich viel zu verlieren. Wenn *The Real Byte* die Wahrheit geschrieben hatte – wie weit würden sie gehen, um ihren Ruf zu retten? Sie hatten sicher die Mittel, Simeon verschwinden zu lassen oder zu bestechen. Doch weshalb hatten sie damit bis zur letzten Sekunde gewartet?

Priest klopfte erneut. Sie warteten. Eine weitere Minute verstrich, wie Priest wohl bewusst war. Wenn sie Simeon nicht in allernächster Zeit aufspürten, konnte er den Prozess abhaken. Priest steckte den Schlüssel ins Schloss und öffnete.

Es war eine ganz gewöhnliche Wohnung. Ein schummriger Flur führte in eine Küche, in der es nach verfaulten Lebensmitteln und saurer Milch roch, und ein mit einem mitgenommenen Sofa, einem Flachbildfernseher und mehreren Bücherregalen ausgestatteten Wohnzimmer. Schlafzimmer und Badezimmer in Siebzigerjahre-Avocadogrün vervollständigten die kleine Wohnung. Priest ermahnte sich, seine Schwester bei nächster Gelegenheit zu einer Renovierung der älteren Mietwohnungen in ihrem Besitz anzuhalten.

»Simeon«, rief Priest, obwohl wohl kaum mit einer Antwort zu rechnen war.

Georgie war bereits im Schlafzimmer. »Hier sind ein paar Klamotten«, sagte sie. »Und ein Koffer – sieht ziemlich neu aus.«

»Wer ergreift denn die Flucht, ohne seinen neuen Koffer mitzunehmen?«

»Rätselhaft.«

Priest betrat das Badezimmer. Auch hier entdeckte er keine brauchbaren Spuren, nur einen ans Waschbecken geschraubten Zahnbürstenhalter und einen Monatsvorrat an Toilettenpapier und ein Handtuch auf dem Boden. Alles war trocken. Das Badezimmer sah nicht so aus, als wäre es in letzter Zeit benutzt worden.

»In der Küche sieht's fürchterlich aus«, rief Georgie

durch den Flur. Sobald Priest sich zu ihr gesellt hatte, musste er ihr recht geben. Im Spülbecken stapelte sich das dreckige Geschirr, daneben standen halb geleerte Thunfischdosen. Der Wasserhahn lief. Priest drehte am Griff, bis das Wasser nur noch tropfte und dann ganz versiegte.

»Wenn er wirklich getürmt ist, dann hat er alles so aussehen lassen, als wäre er gleich zurück«, sagte Georgie.

Priest schnalzte mit der Zunge. Da hatte sie recht. Hier wirkte nichts natürlich: Die Teller im Spülbecken waren akkurat aufeinandergestellt, und das Handtuch hatte so auf dem Boden gelegen, dass er mit der Tür daran gestoßen war. Im Schlafzimmer waren zu wenig Kleidungsstücke für jemanden, der dauerhaft hier wohnte – und zu viele für jemanden, der die Flucht angetreten hatte.

»Das ist alles inszeniert«, sagte er langsam.

»Aber von wem?«

»Keine Ahnung. Vielleicht von Simeon selbst. Haben Sie den Sessel im Wohnzimmer bemerkt?«

»Ja. Die Abdrücke im Teppich sind nicht zu übersehen.«

»Genau. Man hat ihn umgestellt, aber so, dass man es auf jeden Fall bemerkt.«

»Unheimlich.«

»So was habe ich schon öfter gesehen«, murmelte Priest. »Insbesondere in Fällen von häuslicher Gewalt. Man reagiert auf einen Notruf, und wenn man eintrifft, hat sich die Frau die Nase gebrochen, weil sie angeblich die Treppe hinuntergefallen ist. Und der Göttergatte hat inzwischen alles so hingedreht, dass es nicht so aussieht, als hätte er sie durchs ganze Haus geprügelt. Das hier hat dieselbe Atmosphäre. Alles ist zu glatt, zu konstruiert, um authentisch zu wirken. Wie eine Filmkulisse.«

»Aber was soll das bringen?«

»Keine Ahnung. Jede Menge Fragen, aber nur eine ist wichtig: Wo zum Teufel steckt Simeon Ali?«

# 11

Vincent Okoro hatte in seinem Berufsleben schon so einige Krisen durchgestanden. Davor war selbst der beste Anwalt nicht gefeit. Wenn man zu viel nachdachte, ging es einem irgendwann wie einem Seiltänzer, der sich plötzlich bewusst wird, wie weit es bis zum Boden ist. Dann dauert es nicht mehr lange, bis er fällt.

Richterin Peters funkelte ihn über ihre absurd krumme Nase hinweg böse an. Okoro fühlte sich plötzlich ins Büro seiner damaligen Schulleiterin versetzt, wo er erklären sollte, warum er seine Hausaufgaben mal wieder nicht gemacht hatte.

»Das war eine ganz einfache Frage«, sagte sie kühl. »Mr. Hagworth hat darauf hingewiesen, dass die Aussage Ihres Hauptbelastungszeugen mehrere Unterstellungen beinhaltet, die auf Hörensagen basieren. Haben Sie die entsprechende offizielle Mitteilung gemacht? Dürfte ich bitte eine Kopie haben?«

Okoro wühlte in seinem Aktenstapel. Die Mitteilung war ganz sicher rausgegangen – so etwas hätte Priest niemals vergessen. Doch wo genau sie war, daran konnte sich Okoro beim besten Willen nicht erinnern. *Wo zum Teufel steckt Georgie, wenn man sie mal braucht?* Die Akten vor ihm kamen ihm plötzlich völlig unbekannt vor.

»Sie finden sie auf Seite einhundertneun, Euer Ehren«, sagte Hagworth mit höhnischem Grinsen, hocherfreut darüber, Okoro aus der Patsche geholfen zu haben.

»Vielen Dank, Mr. Hagworth. Ah ja. Verstehe. Da wäre es doch wohl am geschicktesten, zunächst Mr. Ali anzuhören. Finden Sie nicht auch, Mr. Okoro?«

»Da bin ich anderer Ansicht, Euer Ehren«, erwiderte Okoro. »Die Verteidigung möchte zunächst Tomas Jansen in den Zeugenstand rufen. Immerhin ist er als Herausgeber von *The Real Byte* und als hauptverantwortlicher Verfasser des Artikels wohl am ehesten in der Lage, Auskunft über die Absichten zu geben, die hinter seiner Veröffentlichung standen. Ich bin mir sicher, dass das Gericht Mr. Alis Aussage dadurch besser in den Gesamtzusammenhang stellen kann.«

Peters' Augen verengten sich zu Schlitzen, was Okoro an eine Krähe erinnerte, die auf einem Zaun sitzt und einen Kaninchenkadaver beäugt. »Wollen Sie damit andeuten, dass ich die Bedeutung einer Zeugenaussage erst verstehe, wenn Sie sie für mich in den richtigen Kontext rücken?«

»Selbstverständlich nicht, Euer Ehren. Aber ...«

»Na schön. Dann rufen wir zuerst Mr. Ali auf.«

»Das wird zu meinem großen Bedauern nicht möglich sein, Euer Ehren. Mr. Ali ist nicht vor diesem Gericht erschienen.«

Peters nickte, dann konsultierte sie die vor ihr liegende Akte und ließ sich alle Zeit der Welt damit, nach einem bestimmten Dokument darin zu suchen. Okoro wäre am liebsten im Boden versunken. Er sah sich mit einem – wie er hoffte – aufmunternden Lächeln zur *Real-Byte*-Belegschaft um, erntete aber nur kühle, ängstliche Blicke. Aus dem Augenwinkel sah er, dass Alexia Elias zu seiner Rechten in sich hineinlächelte.

»Die Vorladung wurde vor neun Monaten zugestellt«, sagte die Richterin, rückte ihre Brille zurecht und warf einen weiteren Blick auf das Dokument. »Ihr Zeuge wusste also bereits seit geraumer Zeit, wann er sich wo einzufinden hatte, nicht wahr?«

»In der Tat. Nichtsdestotrotz lässt er noch auf sich warten.«

Hagworth stand auf. Okoro rechnete mit dem Schlimmsten. Der Kronanwalt würde ganz sicher versuchen, Gewinn aus der unglücklichen Lage der Verteidigung zu schlagen.

»Euer Ehren, die fragwürdigen Unterstellungen, die meiner Mandantin gegenüber gemacht wurden, können, wenn überhaupt, nur durch die Aussage von Mr. Ali gestützt werden. Wenn der sich nicht dazu aufraffen kann, seine Behauptungen vor Gericht zu bestätigen und sich einem Kreuzverhör zu unterziehen, ersuche ich Sie, der Verteidigung den Gebrauch seiner ohnehin sehr disputablen Einlassungen nicht zu gestatten.«

Peters schien in dieser Angelegenheit zum Glück noch unentschieden. »Mr. Hagworth, ich bezweifle, dass dies die angemessene Vorgehensweise ist.«

»Euer Ehren, die Ehre meiner Klientin wurde in den Schmutz gezogen. Wir verlangen einen Beweis für Mrs. Elias' angebliches Fehlverhalten. Der Ruf von Mrs. Elias, ihres Ehemanns und einer überaus angesehenen und renommierten Wohltätigkeitsorganisation wurde durch haltlose, einzig auf der fragwürdigen Aussage eines einzelnen Zeugen beruhende Behauptungen irreparabel beschädigt. Und jetzt erfahren wir, dass sich dieser Zeuge weigert, vor Gericht zu erschienen. Dass sich Mr. Okoro hier erdreistet, diese gravierende Lücke in seiner Beweisführung durch eine Änderung der Vernehmungsreihenfolge zu verschleiern, ist …«

»Ja, ja, Mr. Hagworth, ich habe verstanden, worauf Sie hinauswollen«, murmelte Peters. »Mr. Okoro, was haben Sie dazu zu sagen?«

Okoro stand auf und rückte sein Jackett zurecht. Hagworths Einwurf hatte ihm die nötige Zeit zum Nachdenken verschafft. Was er als Nächstes sagte, bestimmte darüber, ob zwei Jahre harte Arbeit umsonst gewesen waren oder nicht. Die Bänke hinter ihm knarrten, als die Journalisten im Zuschauerbereich gleichzeitig Luft holten. Die Verantwortung lastete schwer auf Okoros Schultern. Und wieso war es in diesem Gerichtssaal überhaupt so unerträglich heiß?

Peters wartete neugierig. Drei Sekunden verstrichen so langsam wie selten in Okoros Leben, dann holte er tief Luft. »Euer Ehren, unser Zeuge hatte uns zugesichert, heute Morgen vor Gericht zu erscheinen. Mein Kollege ist in diesem Augenblick dabei, Mr. Alis Aufenthaltsort in Erfahrung zu bringen. Ich entschuldige mich für die Unannehmlichkeiten, bin jedoch der Meinung, dass es im Sinne der Gerechtigkeit und nicht zuletzt aus Gründen der Zeitersparnis geboten wäre, die Verhandlung zu vertagen, bis Mr. Ali sich zu seiner Aussage äußern kann.«

»Eine äußerst unbefriedigende Lösung.« Peters verschränkte die Arme und sah Okoro missmutig an. »Mr. Hagworth, was meinen Sie dazu?«

»Da bin ich ganz Ihrer Meinung, Euer Ehren. Äußerst unbefriedigend. Ich bestehe darauf, dass die Verhandlung fortgesetzt wird, Mr. Okoro seine Zeugen präsentiert und es der Verteidigung untersagt wird, auf Mr. Alis Aussage zurückzugreifen.«

»Und wenn Mr. Ali am Montag vor Gericht erscheint?«, fragte Peters – nicht etwa, um Hagworth zu Zugeständnissen zu bewegen, sondern ihm eine Steilvorlage für einen weiteren Angriff zu liefern, vermutete Okoro.

»Nun, unser Justizsystem beruht auf konkreten und nicht auf potenziellen Gegebenheiten. Hätte es meine Klientin versäumt, innerhalb der Verjährungsfrist Anklage zu erheben, wäre die Zulassung dieses Verfahrens von der Kulanz des Gerichts abhängig gewesen. Ohne einen triftigen Grund hätten wir nicht auf Milde hoffen dürfen. Warum sollten wir also Mr. Okoro eine zweite Chance gewähren?«

Peters sah Okoro mit erhobener Augenbaue an. Der spürte, wie sich allmählich Verzweiflung in ihm breitmachte. So musste sich der Kapitän der *Titanic* beim Anblick des Eisbergs gefühlt haben, der seinem Schiff den Garaus gemacht hatte. Okoro erhob sich wieder.

»Euer Ehren, ich kann die Ausführungen meines geschätzten Kollegen zwar nachvollziehen, möchte jedoch darauf hinweisen, dass die vorliegende Situation eine andere ist als die, die er hier hypothetisch beschreibt. Was die Einhaltung der Verjährungsfrist anging, so lag das Schicksal seiner Klientin sozusagen in ihren eigenen Händen. Hätte sie es versäumt, die nötigen Schritte zu unternehmen, wäre allein sie dafür verantwortlich gewesen, und das Gericht hätte keine Veranlassung gehabt, Milde walten zu lassen. Hier jedoch liegen Umstände vor, die sich dem Einfluss der Verteidigung entziehen. Wir können dem Gericht keine Erklärung für Mr. Alis Abwesenheit geben, weil wir selbst keine haben. Im Interesse einer gerechten und fairen Verhandlung sollte die Verteidigung die Möglichkeit erhalten, Mr. Alis Aufenthaltsort in Erfahrung zu bringen und nötigenfalls eine Zeugenvorladung zu erwirken.«

»Was ihn zum Zeugen der Gegenseite machen würde«, rief ihm Peters in Erinnerung.

»Das nehmen wir in Kauf, solange *The Real Byte* die Gelegenheit bekommt, Mr. Ali zu vernehmen. Der Vorteil eines Prozessbeginns am Freitag ist, dass Euer Ehren damit die Gelegenheit bekommt, sich am Wochenende mit den Einzelheiten des Falls vertraut zu machen.«

Diese letzte Bemerkung war nicht ohne Risiko, deutete er damit doch an, dass Peters die fünf Prozessakten, die vor ihr auf dem Tisch lagen, nicht gelesen hatte.

Weitere drei Sekunden verstrichen quälend langsam.

Peters blickte in die ängstlichen Gesichter vor ihr, dann sammelte sie ihre Unterlagen zusammen und knallte sie entschlossen auf den Tisch.

»Die Verhandlung ist auf Montag vertagt«, verkündete sie mit sichtlichem Missfallen. »Mr. Okoro, wenn Ihr Zeuge auch dann nicht auftaucht, wird seine Aussage vom Prozess ausgeschlossen.«

# 12

Priest und Georgie zwängten sich an Gary – der kaum von ihnen Notiz nahm – vorbei durch den Computerladen und traten auf die Straße hinaus.

»Und jetzt?«, fragte Georgie.

Priest sah sich um. Auf der einen Seite der Bristol Street parkte eine Reihe Autos mehr oder weniger auf dem Gehweg, auf der anderen Seite war der Streit um den Wettschein inzwischen eskaliert, da ein Mann die anderen beiden lautstark beschuldigte, ihm den Schein gestohlen zu haben. Die meisten Passanten machten einen großen Bogen um das Wettbüro.

*Mist! Wo steckst du, Simeon?*

»Dieser Computerfritze weiß doch sicher etwas«, mutmaßte Priest. Obwohl er tief in seinem Inneren bereits ahnte, dass Gary ihnen nicht weiterhelfen konnte, drehte er sich wieder zum Laden um.

»Charlie?«, rief Georgie.

Er wirbelte herum. Die Tür eines alten blauen VW-Käfer öffnete sich. Die Frau, die aus dem Wagen stieg, war kaum älter als Georgie, und obwohl sie sehr attraktiv war, kam Priest das Ganze doch wenig bemerkenswert vor. Er sah Georgie ratlos an.

»Das ist eine Reporterin«, erklärte Charlie, während die

Frau zielstrebig auf sie zumarschierte. »Sie hat mich heute vor dem Gerichtsgebäude in die Mangel genommen.«

»Hallo!«, rief die Frau und hielt Priest die Hand hin. Der stöhnte innerlich auf. *Für so etwas habe ich gerade überhaupt keine Zeit.* Die Höflichkeit gebot ihm, ihre Hand zu schütteln, wobei er jedoch nach Möglichkeit vermied, ihr in die Augen zu sehen.

»Elinor Fox«, sagte die Journalistin lächelnd. »Ich berichte über den Elias-Prozess. Sie sind der Anwalt des Onlinemagazins, stimmt's?«

»Tut mir schrecklich leid, Miss Fox, aber ich bin momentan sehr beschäftigt«, sagte Priest. »Könnten wir das ...«

»Mir ist zu Ohren gekommen, dass einer Ihrer Zeugen nicht vor Gericht erschienen ist. Kann ich Ihnen da irgendwie behilflich sein?«

*Behilflich sein?,* dachte Priest verdattert.

»Sehr freundlich von Ihnen«, sagte er, sobald er ihre Worte verdaut hatte. »Aber dieses Angebot kann ich unmöglich annehmen. Außerdem wollen Sie ja sicher nicht die Verhandlung verpassen. Im Gerichtssaal ist es bestimmt spannender als hier.«

Ihre Anwesenheit verärgerte Priest. Wenn er jetzt in den Laden zurückkehrte, um sich Gary vorzuknöpfen, würde sie über alles berichten. Andererseits wollte er nicht unhöflich sein. *Katastrophenmanagement für Anwälte, Regel Nummer drei: Niemals ohne guten Grund die Presse verärgern.*

»Ich verstehe natürlich, dass Sie der Presse nicht über den Weg trauen, aber ich versichere Ihnen, dass ich dieser Türkei-Affäre auf den Grund gehen will«, plapperte Fox munter weiter. »Ich bin weder an Ihnen noch an *The*

*Real Byte* interessiert, sondern nur an der Wahrheit über Alexia Elias.«

»Dann müssen Sie den Ausgang der Verhandlung abwarten.«

»Welcher Zeuge wird denn vermisst? Etwa Simeon Ali, der Whistleblower?« Sie trat noch einen Schritt näher, sodass er ein Stück in Richtung Computerladen zurückweichen musste.

»Woher wussten Sie überhaupt, dass wir hier sind?«, fragte Georgie.

»Ich konnte in Erfahrung bringen, dass Simeon hier wohnt, und wollte mich mal umsehen.«

»Waren Sie schon mal hier?«

Fox lächelte unverbindlich.

Priest setzte Georgies Verhör fort. »Wissen Sie, wo Simeon steckt, Miss Fox?«

Fox legte den Kopf schief. »Dann wäre ich ja wohl kaum hier, oder?« Sie nickte in Richtung Computergeschäft. »Ist er nicht zu Hause?«

Priest hakte nicht weiter nach. Irgendwie ahnte er, dass Fox die Wahrheit gesagt hatte und tatsächlich nicht wusste, wo sich Ali befand. Woher auch? »Sparen Sie sich die Mühe«, sagte er. »Aus mir bekommen Sie nichts heraus. Dazu bin ich schon etwas zu lange im Geschäft.«

»Sie sind aber streng.«

Priest bemerkte die Änderung in ihrem Tonfall – ihre Stimme klang nun viel weicher – und sah ihr unwillkürlich ins Gesicht. Sie biss sich auf die Lippe, lächelte leicht und starrte ihn durchdringend an. Einen Augenblick lang dachte Priest, dass sie ihm irgendwie bekannt vorkam, doch der Eindruck war so schnell wieder vorüber, wie er gekommen war.

»Ich kann Ihnen helfen«, versicherte sie ihm und trat einen weiteren Schritt auf ihn zu. Dann griff sie an ihre Seite und sah an sich herab. »Verdammt. Ich habe meine Handtasche im Auto gelassen. Es muss ja nur ein winzig kleiner Kommentar sein. Etwas ganz Einfaches, okay?«

Priest sah Georgie an, die mit verschränkten Armen am Rand des Gehwegs stand und ihn betont teilnahmslos anblickte.

»Wie gesagt: kein Kommentar.«

»Es dauert keine Minute, wirklich. Ich hole nur schnell mein iPad.«

Fox lief lächelnd zu ihrem Auto zurück, ohne ihn aus den Augen zu lassen. Georgie trat dazwischen.

»Wir sollten gehen.«

Er nickte. »Sie ist wirklich *sehr* engagiert.«

Kurz bevor er den Gehsteig verließ, um die Straße zu überqueren, drehte er sich noch einmal um. Fox stand vor dem geöffneten Kofferraum, was Priest nicht weiter auffällig vorgekommen wäre – hätte er nicht einen Blick auf ihr Gesicht erhascht.

Er blieb stehen. Georgie lief in ihn hinein.

»Was ist denn?«

Fox sah mit leichenblassem Antlitz zu ihm auf. In diesen wenigen Sekunden hatte sich ihre Miene völlig verändert. Alles Blut war aus ihrem Gesicht gewichen, das Lächeln wie weggewischt. Als sich ihre Blicke trafen, murmelte sie etwas Unverständliches.

»Was ist?«, fragte Priest.

Georgies verwirrter Blick huschte zwischen den beiden hin und her.

»Da …«

Fox knallte den Kofferraum zu, taumelte auf den

Gehweg zurück und bedeckte ihren Mund mit einer Hand.

Priest atmete frustriert aus und eilte auf sie zu. Völlige Fassungslosigkeit zeichnete sich auf ihrem Gesicht ab – und noch etwas anderes. Etwas Heimtückisches.

Sein Blick folgte ihrer ausgestreckten Hand zum Rückfenster des Wagens.

Er spähte hinein.

»Was ist da drin?«, flüsterte Georgie alarmiert.

Priest stellte sich aufrecht hin. »Nicht *was*«, sagte er leise. »Sondern wer: Simeon Ali.«

# 13

Der Puppenspieler befand sich in einem Reihenhaus mit Rauputzfassade am Ende einer unscheinbaren Vorortstraße.

Die drei Bildschirme, vor denen er saß, waren mit einem leise summenden Server in der Ecke des Raums verbunden – alles brandneue, extrem kostspielige und speziell nach seinen Wünschen angefertigte Geräte. Der Server war die größte Herausforderung gewesen, da der Puppenspieler keine Kälte ertragen konnte und die Heizung daher stets auf vollen Touren lief. Zwei große Ventilatoren zu beiden Seiten des Servers sorgten für die nötige Kühlung.

Es war ein anstrengender Morgen gewesen. Ständig hatte er sich in der Menge verstecken und darauf achten müssen, nicht vor die Kameras vor dem High Court zu geraten. Und wofür? Die Verhandlung war für vier Wochen angesetzt. Würde die Gerechtigkeit am Ende siegen?

Vielleicht nicht vor Gericht, doch der Puppenspieler würde so oder so für Gerechtigkeit sorgen.

Für Gerechtigkeit *und* Rache.

Jetzt konnte er nichts anderes tun als warten. Er wandte sich einem Bildschirm zu, rief den Suchverlauf des Browsers auf und verzog bei den eingegebenen Begriffen das Gesicht. Ob der Computer wusste, welchen Schmutz er da produzierte?

Der Begriff ganz am Ende der Liste war ihm vertraut: »Das Mädchen von Devil's Point«. Er klickte darauf, obwohl er bereits wusste, was er zu sehen bekommen würde: Den Verschwörungstheorie-Blog eines nutzlosen Perversen, der angeblich auf der Jagd nach unerklärlichen Ereignissen war, in Wahrheit jedoch nicht die geringste Ahnung hatte. Der Puppenspieler suchte die Website nach neuen Kommentaren ab – nichts. Seit Monaten waren nur die eigentliche Geschichte und ein paar hirnlose Kommentare wie »Gruselig« oder »Abgefahren« zu lesen. Idioten, alle miteinander.

Irgendwann schien der Verfasser wohl zu dem Schluss gekommen zu sein, dass sich niemand dafür interessierte, und hatte einen neuen Blogeintrag über die sogenannten grünen Kinder von Woolpit geschrieben. Obwohl der Bewohner des Hauses mit der Legende vertraut war, las er mit verhaltenem Interesse weiter. *Im zwölften Jahrhundert waren in der Nähe der Ortschaft Woolpit zwei Kinder mit grüner Haut gefunden worden, die eine unbekannte Sprache sprachen.* Das war mehr oder weniger die ganze Geschichte.

Er kehrte auf den Eintrag mit dem Mädchen von Devil's Point zurück. Wer war sie? Wo war sie hergekommen? Was war mit ihr geschehen?

Der Blogeintrag stellte viele dämliche Fragen, ohne eine einzige zu beantworten.

Der Mann drehte sich um und starrte die Wand an, die vom Boden bis zur Decke mit Fotografien bedeckt war. Sie hingen so dicht nebeneinander, dass nur noch wenige Zentimeter Wandfläche zu sehen waren. Er nahm ein

Foto herunter, das einen zehnjährigen Jungen mit der Sonne im Rücken vor einem Haus auf einem Hügel zeigte. In der Entfernung konnte man das Meer erkennen. Ein sehr beruhigendes Bild, dachte der Puppenspieler.

Obwohl es – genau wie die grünen Kinder von Woolpit – nichts mit der Wirklichkeit zu tun hatte.

Der Puppenspieler steckte das Foto an seinen Platz zurück, nahm stattdessen das Tagebuch in die Hand und blätterte es so vorsichtig durch, als wäre es hochexplosiv. Er hatte es zwar unzählige Male gelesen, fand jedoch immer wieder ein neues Detail, eine neue geheime Botschaft. Das Tagebuch war hervorragend geschrieben, und der Puppenspieler hatte lange gebraucht, bis er begriffen hatte, dass es mehr als eine simple Erzählung war. Es war ein Portal, ein Fenster in eine geheimnisvolle Vergangenheit. Ein Schlüssel.

Der Mann las den Abschnitt noch einmal durch:

*Sie wacht auf. Die Laken sind feucht, doch sie weiß nicht, womit. Die Sonne scheint, und sie wirft einen schwachen Schatten.*
*Das Mädchen reibt sich die Augen. Sie hat keine Vorstellung von Zeit. Draußen regnet es. Sie riecht den Schimmel an der Wand. Sie weiß nicht, was Schimmel ist, aber sie findet ihn widerlich.*
*Das Mädchen taumelt zu einem Tisch hinüber, auf dem eine Holzpuppe liegt. Sie nimmt sie in die Hand. Die Puppe hat blonde Zöpfe und trägt ein rotes Kleid. Sie lächelt, doch das Lächeln ist schon fast ganz verblasst. Im Rücken der Puppe steckt ein Schlüssel. Das Mädchen zieht die Puppe auf, und eine Melodie ertönt.*

Ding, ding, ding.
*Die Puppe ist ihre Freundin. Sie brummt leicht, wenn die Musik spielt, und das fühlt sich gut in der Hand an. Tröstlich. Manchmal spricht das Mädchen mit der Puppe. Sie vertraut ihr all ihre Geheimnisse an, alles, was sie denkt. Was sie draußen in der Welt gerne tun würde.*
*Sie erzählt der Puppe, dass sie den Mann und die Frau hasst und sich wünscht, sie würden sterben.*
*Doch dieser Gedanke versetzt das Mädchen in Panik. Sie kennt nur den Keller, und außer dem Mann und der Frau hat sie niemanden, die Holzpuppe nicht mitgezählt. Vielleicht will das Mädchen gar nicht wissen, wie es in der wirklichen Welt ist. Vielleicht ist es dort noch schlimmer.*
*In der Ecke des Zimmers ist eine Toilette. Nachts hört sie die Rohre quietschen. Wie Poltergeister, die sie im Dunklen auslachen. Wenn sie sich hinunterspülen könnte – wo würde sie wieder herauskommen? Im Meer? Im Ozean?*
*Das Mädchen verscheucht diesen Gedanken wieder. Das alles ist müßig.*
*Sie ist bereits tot.*

# 14

Priest rieb sich mit der Hand übers Gesicht und starrte dann wieder den Leichnam in Elinor Fox' Käfer an.

Wortlos hatte die Reporterin den Kofferraum geöffnet, damit Priest Simeons Puls fühlen konnte, was er jedoch nur pro forma tat. Er hatte viele Tatorte gesehen und wusste, wann er eine Leiche vor sich hatte. Simeons Gesicht war zu einer grauenhaften Grimasse verzerrt, obwohl die Todesursache nicht auf Anhieb erkennbar war. Sein heruntergeklappter Kiefer schien ausgerenkt, die Augen waren aus den Höhlen getreten, die gelbliche Haut darum spannte sich über die kantigen Wangenknochen. Der Anblick erinnerte Priest an Edvard Munchs berühmtes Gemälde *Der Schrei.*

Er richtete sich wieder auf und drehte sich zu Fox um. »Mein wichtigster Zeuge liegt tot in Ihrem Auto, Miss Fox. Jetzt würde mich wirklich brennend interessieren, was Sie dazu zu sagen haben.«

Fox rang die Hände oder fuhr sich gelegentlich damit durchs Haar. Sie wirkte entsetzt, doch wie einem jeder gute Schauspieler bestätigen kann, gehört Entsetzen zu den Gemütsregungen, die relativ leicht vorzutäuschen sind. Noch wusste Priest nicht, was er von ihr halten sollte.

»Ich habe nicht die geringste Ahnung, wie er da reingekommen ist«, flüsterte sie.

Priest beobachtete sie genau. »Okay.« Er nickte, nahm sein Handy aus der Tasche und drehte sich wieder zum Auto um.

»Moment!«, rief Fox, trat vor und packte ihn am Arm. »Was haben Sie vor?«

Er sah über die Schulter hinweg direkt in ihre Augen. Sie waren weit aufgerissen, die Pupillen geweitet. *Wie ein verschrecktes Reh.*

»Im Kofferraum Ihres Wagens liegt eine Leiche«, sagte er langsam. »Das sollten wir der Polizei melden, finden Sie nicht auch?«

»Können wir nicht erst darüber reden?« Ihre Hände zitterten ebenso stark wie ihre Stimme. Georgie entfernte sich langsam von ihr, als hätte sie eine ansteckende Krankheit. »Also, ich … das alles hat nichts mit mir zu tun.«

»Das sagten Sie bereits. Dann haben Sie ja auch nichts zu befürchten.«

»Was?«, rief sie. »Das ist *mein Auto*. Was, wenn sie mir nicht glauben?«

»Das werden wir bald herausfinden«, sagte Priest und betrachtete gedankenverloren sein Handy. *In Anbetracht der Tatsache, dass meine Ex-Frau Assistant Commissioner bei der Londoner Polizei ist und mich so gut wie keiner ihrer Kollegen leiden kann, wird das für uns beide nicht ganz einfach.*

»O Gott, o Gott, *o Gott*.« Fox trippelte hektisch im Kreis, fischte ihr eigenes Telefon aus der Tasche und tippte auf dem Display herum. »Ich muss meinen Chef anrufen.«

Georgie spitzte die Ohren. »Ihren Chef?«

»Ich habe Abgabetermine«, sagte Fox giftig, kehrte ihr den Rücken zu und nahm den Apparat ans Ohr.

Priest hatte inzwischen den gesuchten Eintrag in seiner Kontaktliste gefunden und wollte gerade anrufen, als Georgie ihn am Arm fasste.

»Charlie, ich traue ihr nicht.«

Priest musterte Fox von oben bis unten.

»Ihre Reaktion kam mir nicht gespielt vor«, sagte er etwas zögerlich, als müsste er sich selbst davon überzeugen.

Georgie sah sich nervös um. »Der arme Simeon. Ich kann es einfach nicht fassen. Was machen wir denn jetzt?«

Priest kratzte sich sorgenvoll am Kinn, dachte nach und kam zu einer Entscheidung. »Rufen Sie Okoro an und sagen Sie ihm, er soll einen Geheimhaltungsbeschluss und die Vertagung des Verfahrens bis Montag erwirken. Und zwar schriftlich. Der Geheimhaltungsbeschluss ist besonders wichtig, einen Medienrummel können wir keinesfalls gebrauchen.«

»Ich bitte Sie, Charlie. Die wird doch als Erstes ein Foto von der Leiche auf Twitter stellen. Wahrscheinlich gibt sie ihrem Chef gerade die Schlagzeile durch.«

Priest sah zu ihr herüber. Fox lief auf dem Gehsteig auf und ab und telefonierte. Dabei stieß sie beinahe mit einem alten Mann zusammen, der seinen Hund ausführte. Sie warf ihm einen wütenden Blick hinterher.

Priest dachte nach. *Das Wort »Mord« steht im Raum wie der sprichwörtliche Elefant. Üblicherweise stirbt niemand, dessen Leiche in einem Kofferraum gefunden wird, eines natürlichen Todes. Doch wie verzweifelt die Elias*

*Foundation auch sein mochte, sie waren doch niemals zu so etwas fähig ...*

Priest hatte Simeon Ali nur wenige Male getroffen. Dabei hatte er immer einen aufrichtigen Eindruck gemacht – ein ruhiger, besonnener Mann, der immer langsam, etwas mechanisch und mit einer Spur Traurigkeit in der Stimme gesprochen hatte. Ali hatte stets lange Pausen zwischen seinen Sätzen gemacht, um seine Gedanken zu sortieren. Er hatte richtig von falsch unterscheiden können – und er hatte nicht darum gebeten, in eine solche Situation zu geraten.

Priest ballte die Hände zu Fäusten.

Ein so würdeloses Ende hatte er nicht verdient. Dann kam Priest ein beunruhigender Gedanke: *Wie viel Schuld an seinem Tod trage ich?*

»Wir können sie schlecht davon abhalten«, sagte Priest schließlich. »Fahren Sie zu Okoro, erzählen Sie ihm, was passiert ist, und sagen Sie ihm, dass das auf keinen Fall das Ende der Verhandlung bedeutet. Simeon ist tot – aber wir nicht. Und wir werden herausfinden, wer ihn ermordet hat, und wenn das bedeutet, dass wir die Elias Foundation komplett auf den Kopf stellen müssen.«

Georgie nickte. Er bemerkte eine Träne in ihrem Auge. Hoffentlich würde sie darüber wegkommen. Ihre geistige Reife war Fluch und Segen zugleich. Manchmal vergaß er, dass sie erst fünfundzwanzig Jahre alt war. Auch für ihn war eine Leiche im Kofferraum kein alltäglicher Anblick, doch er hatte zehn Jahre Erfahrung als Kriminalpolizist im Dezernat für Schwerverbrechen vorzuweisen.

Leider fiel ihm keine tröstlichere und ermutigendere Geste ein als ein schwaches Schulterklopfen. »Kopf hoch«, sagte er. *Ist ja irre. Was für eine aufmunternde Ansprache.*

»Und was machen Sie?«, fragte sie und lächelte immerhin höflich, als er die Hand von ihrer Schulter nahm.

Er blickte auf das Display seines Handys hinab, auf dem der rote ANRUF-Button leuchtete. »Ich rufe einen alten Freund an.«

# 15

Priest machte es sich so gut es ging auf einem bemerkenswert unkomfortablen Bürostuhl bequem und wartete, während Detective Chief Inspector Tiff Rowlinson noch einmal seine Aussage las. Obwohl es draußen nur zehn Grad hatte, war es in Rowlinsons fensterlosem Büro mitten auf dem achten Stock des Polizeireviers Holborn so warm, dass Priest das Jackett abgelegt hatte. Er vermutete, dass Tiff die Heizung absichtlich so hoch drehte, um seine »Gäste« ins Schwitzen zu bringen. Bisher hatte Rowlinson noch kein Wort gesprochen, doch das ironische Lächeln ließ vermuten, dass er den jüngsten Schlamassel, in den Priest geraten war, sehr amüsant fand.

Endlich legte er die Aussage beiseite und starrte ihn an.

»Da lässt man dich mal fünf Minuten allein, und schon …«

Priest schnalzte mit der Zunge. »Wie lange bist du jetzt schon hier in London?«

Rowlinson gehörte eigentlich zum Schwerverbrechensdezernat der South Wales Police, war jedoch versetzt worden, um bei der notorisch mit Budgetkürzungen kämpfenden Londoner Polizei auszuhelfen. Als Priest noch Detective Inspector gewesen war, hatten sie gelegentlich zusammengearbeitet (Rowlinson hatte seine Laufbahn etwa zur gleichen Zeit wie Priest bei der Londoner Polizei begonnen, war aber mehrere Jahre älter). Außerdem war Rowlinson mehr oder weniger der einzige Freund, der ihm bei der Polizei geblieben war, als Priest den Dienst quittiert hatte. Letztes Jahr hatte sie das Schicksal erneut zusammengeführt, als sie gemeinsam in einer grausamen Mordserie ermittelten, die sich als das Werk eines geheimen Neonazikults namens Haus der Eintagsfliege herausstellte. Ein Fall, aus dem sie beide – wenn auch auf unterschiedliche Art – Narben davongetragen hatten.

»Seit ein paar Wochen. Offiziell soll mit dieser Maßnahme der Austausch zwischen den Dienststellen gefördert werden. Allerdings hat sich die Hälfte der Belegschaft hier krankgemeldet.«

»Vielleicht liegt's am Stress«, vermutete Priest.

»Schon möglich.« Rowlinson verschränkte die Hände hinter dem Kopf und lehnte sich im Sessel zurück. »Übrigens habe ich vorhin deine neue Bekannte Elinor Fox vernommen. Sieht ja wirklich zum Anbeißen aus.«

»Ist mir gar nicht aufgefallen!«

»Bist du immer noch Single?«

»Tiff – du weißt doch, dass es mit uns niemals geklappt hätte«, sagte Priest. Er war nicht in der Stimmung für Rowlinsons Sticheleien. Der lachte – er hatte ein gutmütiges Lachen, wie Priest auffiel. Seines hatte eher Ähnlichkeit mit dem Abwürgen eines alten Motors.

»Ihre Geschichte klingt einigermaßen schlüssig«, fuhr Rowlinson fort. »Normalerweise stellt sie das Auto vor ihrem Haus in Blackheath ab und legt die Schlüssel immer auf denselben Platz in der Küche. Hin und wieder vergisst sie, das Auto abzuschließen. Heute hat sie ihr Haus um sieben verlassen und den Wagen in einer

Nebenstraße vor dem High Court abgestellt. Woher sie wusste, dass ihr in der Bristol Road wart, ist mir immer noch nicht klar.«

Priest zuckte mit den Schultern. »Sie meinte, sie hätte irgendwie herausgefunden, wo Simeon wohnt, aber seine Adresse stand auch in den Prozessakten. Vielleicht hat sie die ja irgendwie in die Finger bekommen. Hagworth lässt ja öfter mal seine Akten einfach so rumliegen.«

Priest war nicht besonders überzeugt von seiner Theorie, doch Rowlinson schien damit zufrieden. »Sie hat den Kofferraum gestern Abend gegen acht Uhr geöffnet, um nach einem Besuch im Fitnessstudio die Sporttasche herauszunehmen. Wenn wir also davon ausgehen, dass nicht sie es war, die die Leiche in den Kofferraum gelegt hat, hatte der Täter von acht Uhr gestern Abend bis sieben Uhr heute Morgen Zeit dafür.«

»Ihr Kofferraum war also ein ganz brauchbarer Leichenabladeplatz, aber sonst hat sie nichts damit zu tun? Glaubst du das wirklich?«

»Selbstverständlich nicht.« Rowlinson grinste nicht mehr ganz so breit. »Aber ihre Aussage klingt glaubwürdig. Also müssen wir uns fragen, wer Mr. Ali getötet hat und warum. Und weshalb seine Leiche in Fox' Kofferraum lag.«

»Überwachungskameras?«, fragte Priest erwartungsvoll.

»Fehlanzeige. Ausgerechnet da gibt's keine.«

»Sarah wird mich umbringen. Sie ist als Eigentümerin der Wohnung eingetragen, in der sich Simeon aufhielt.«

Rowlinson seufzte. »Dann muss ich sie ebenfalls vernehmen.«

»Ich weiß. Sei nicht zu grob zu ihr.«

»Keine Sorge. Das hat sowieso noch ein paar Tage Zeit,

da die Wohnung, soweit wir wissen, kein Tatort ist. Fass dort bitte nichts an, die Spurensicherung kommt erst morgen dazu, sie zu untersuchen.«

Priest nickte dankbar. »Wie wurde Simeon getötet?«

Rowlinson streckte die Arme und gähnte, dann beugte er sich vor und blätterte gemächlich durch Priests Aussage. Priest vermutete, dass Rowlinson überlegte, wie weit ihre Freundschaft reichte. Ob er ihm bereits zu viel anvertraut hatte oder noch mehr anvertrauen sollte. Sie hatten viel gemeinsam durchgestanden. Letztes Jahr hatte Rowlinson in einer Hütte in den südwalisischen Wäldern einen Mann gefunden, der sich vor seinem Tod selbst verstümmelt hatte. Ein weiteres Opfer der Neonazis, wie sich herausgestellt hatte – es war Priests Verdienst gewesen, dass Rowlinson diesen Fall zu den Akten hatte legen können.

»Die Autopsie findet Anfang nächster Woche statt. Wann genau, weiß ich noch nicht. Durch die Budgetkürzungen ist vor dem Wochenende auch kein Gerichtsmediziner aufzutreiben, der den Transport der Leiche beaufsichtigt, und Überstunden werden auch keine genehmigt, noch nicht mal für so einen Fall.«

»Aber auf den ersten Blick …«

»Sieht es aus, als wäre er erstickt. Wir haben Rückstände von Frischhaltefolie in seinem Mund gefunden. Keine Kampfspuren, aber eine Einstichstelle im Hals. Die Augen waren blutunterlaufen, was auf einen Erstickungstod hindeutet. Sobald der Bericht vom Labor hier ist, wissen wir mehr.«

»Also ist es ein Mordfall?«

Rowlinson rieb sich den Nasenrücken. »Genau. Noch mehr verfluchter Papierkram.«

»Dir ist doch klar, dass sie das alles an die Öffentlichkeit bringen wird?«

»Fox? Sie ist Journalistin, da kann man nichts machen. Von wegen Behördentransparenz und so weiter ...«

»Kannst du sie nicht irgendwie dazu bringen, das vorläufig bleiben zu lassen?«

»Das hat unsere Presseabteilung bereits versucht. Vergeblich. Da müssten wir schon einen Geheimhaltungsbeschluss erwirken.«

Da musste ihm Priest recht geben. Die üblichen Spielregeln, die für die Zusammenarbeit zwischen Polizei und Medien galten, besaßen hier keine Gültigkeit, da Fox ihre Informationen nicht in ihrer Funktion als Reporterin erhalten hatte, sondern direkt am betreffenden Vorfall beteiligt gewesen war. Rowlinson waren die Hände gebunden. Es war nur eine Frage der Zeit, bis die Öffentlichkeit nicht nur von Simeons Tod, sondern auch von der Mordermittlung erfuhr.

»Kann ich dir sonst noch irgendwie behilflich sein?«

Rowlinson atmete hörbar ein. Anscheinend überlegte er. »Nein«, sagte er schließlich. »Das war's fürs Erste. Versuch wenigstens, nicht in weitere Schwierigkeiten zu geraten, okay?«

Priest stand auf und streckte sich. »Bis später, alter Freund.«

»Ach, Priest?«, rief ihm Rowlinson hinterher. »Ich will ja nicht klischeehaft klingen, aber ... du darfst die Stadt in nächster Zeit nicht verlassen.«

Sobald er die Holborn Police Station verlassen hatte, wandte sich Priest nach rechts. Er wollte so schnell wie möglich in sein Büro zurückkehren und Tomas Jansen anrufen, der inzwischen sicher auf glühenden Kohlen saß. Priest hatte ihn auf dem Weg zum Revier über die neuesten Entwicklungen in Kenntnis gesetzt. Zu seiner Verwirrung hatte Jansen wenig Mitgefühl für Simeon gezeigt und sich lediglich dafür interessiert, was das für die Gerichtsverhandlung bedeutete.

»Was jetzt, Charlie?«, hatte er gefragt.

»Das weiß ich noch nicht so genau. Ich melde mich, nachdem ich mit der Polizei gesprochen habe.«

»Was ist mit der Gerichtsverhandlung?«

»Die kann warten. Fürs Erste.«

Priest hörte Schritte hinter sich. Dann rief jemand seinen Namen. Argwöhnisch drehte er sich um.

»Mr. Priest?«

»Miss Fox.« Die Reporterin kam mit einer Zigarette in der Hand auf ihn zu. Ihr Haar war zerzaust, wahrscheinlich, weil sie ständig daran herumgezupft hatte. Eine schwarze Linie aus verwischtem Mascara unter einem Auge ließ darauf schließen, dass sie geweint hatte.

»Elinor«, sagte sie.

»Sie haben Sie also freigelassen, Elinor«, sagte Priest und versuchte zu lächeln. Seine Mühen wurden nicht erwidert.

»Nur unter der Bedingung, dass ich in London bleibe und mit niemandem Kontakt aufnehme, der mit dem Fall Elias zu tun hat.«

»Woraufhin Sie prompt aus dem Revier marschieren und den Anwalt der Verteidigung anquatschen.«

Fox hakte sich bei ihm unter und nahm einen langen Zug von der Zigarette. Gemeinsam gingen sie die Straße hinunter. Er ließ sie das Tempo bestimmen. Sie war nervös, ihre Hände zitterten noch, doch allmählich kehrte die forsche, unverblümte Art zurück, die er schon heute Morgen auf der Bristol Road erlebt hatte.

»Wen haben Sie angerufen, als wir Simeon gefunden haben?«, fragte Priest, als sie die Kreuzung erreichten. Pendler drängten sich wie die Ameisen an ihnen vorbei. Der Verkehr staute sich, mehrere zusätzliche Ampeln waren vor mit Pylonen gesicherten Löchern in der Straße aufgestellt.

»Max, meinen Chef. Das habe ich Ihnen vorhin schon gesagt.«

»Sie sind freiberufliche Journalistin. Sie haben keinen Chef.«

Sie nahm einen weiteren Zug. »Jeder hat einen Chef, Mr. Priest. Sogar Freiberufler. Sie etwa nicht?«

»Ist schon länger her.«

Sie setzte ein Lächeln auf, das ihre Augen nicht erreichte. »Sie Glücklicher. Haben Sie eine Freundin?«

»Ist schon länger her«, sagte Priest etwas unsicher. Er spürte ganz deutlich ihre Hand, mit der sie sich immer noch bei ihm untergehakt hielt, und ihren Blick, der auf sein Gesicht gerichtet war. Er sah sich um. Was würde Jessica wohl denken, wenn sie ihn so sah?

»Wenn Ihr Chef von der Sache weiß, hat inzwischen auch die Öffentlichkeit von Simeons Tod Wind bekommen, nehme ich an.«

Sie starrte auf den Boden. Anscheinend lag dort etwas Interessantes, das sie mit der Zehenspitze anstupste. »Sie können mich nicht aufhalten. Ich habe keine Vertraulichkeitsvereinbarung unterschrieben.«

So kam er nicht weiter. »Wieso interessiert Sie der Elias-Prozess überhaupt so sehr?«

»Ich glaube, dass hinter der ganzen Sache noch mehr

steckt als ihr Verleumdungsprozess«, sagte sie bedächtig. »Und die Leiche in meinem Kofferraum stützt diese Theorie, finden Sie nicht auch?«

»Was ist mit *The Real Byte*?«

Fox zuckte mit den Schultern. »Der Herausgeber heißt Tomas Jansen, viel mehr weiß ich nicht. Jedenfalls nichts über die anderen Mitarbeiter.«

»Sie kennen Jansen?«

»*Jeder* in meiner Branche kennt Jansen. Oder hat zumindest von ihm gehört.«

Er wandte sich einen Moment ab. »Weshalb?«

»Er geht allen furchtbar auf die Nerven, wie so viele eingefleischte Sozialisten. Der einfache Mann gegen das Establishment und so weiter – das ist ein alter Hut, der schon mal besser gepasst hat.«

Er sah sie wieder an. »Sie haben wohl andere Ansichten?«

Sie lächelte schelmisch, beinahe kindisch. Priest musste unwillkürlich an Sommersprossen und Zöpfe denken. »Was *ich persönlich* davon halte, spielt keine Rolle. Ich wollte nur sagen, dass gewisse marxistische Klischees zunehmend argwöhnisch betrachtet werden.«

»Und damit sind Sie einverstanden? Oder eher nicht?«

Sie lachte, diesmal etwas erwachsener. »Mr. Priest … ich bin die Neutralität in Person.« Sie zwinkerte ihm zu … das kleine Mädchen war zurück.

»Zweifellos«, murmelte Priest.

Fox grinste zufrieden. »Was soll ich jetzt machen? Man hat mein Auto beschlagnahmt.«

»Wo wohnen Sie?« Das wusste Priest bereits, spielte aber trotzdem den Ahnungslosen.

»Blackheath.«

Sie sah ihn erwartungsvoll an. Dann senkte sie den Blick wieder und stupste erneut das Ding auf dem Boden mit der Schuhspitze an. Er zögerte. Sie war voller Widersprüche – die abgebrühte Ermittlerin und das kleine Mädchen kämpften um die Vorherrschaft in ihrem Kopf. *Kein Wunder, dass sie das so mitgenommen hat,* dachte er. Das leichte Zittern ihrer Hände war der Beweis. *Ach, was soll schon passieren?*

»Mein Wagen steht gleich um die Ecke«, sagte Priest wider besseres Wissen. »Ich kann Sie nach Hause fahren.«

Fox strahlte, umklammerte seinen Arm noch fester und ließ sich von ihm zu seinem Auto führen.

Die Straßen waren mit schwarzen Taxis, Bussen und Pendlern verstopft, die dumm genug waren, mit dem Auto durch Londons Südosten nach Blackheath zu fahren, sodass die Fahrt fünfunddreißig Minuten dauerte. Als sie ankamen, schien die Sonne durch die Wolken. Der Blackheath Park war in blasses Herbstlicht getaucht.

Sie hatten während der Fahrt kaum gesprochen. Fox hatte die ganze Zeit über mit ihren Haaren gespielt, wirkte nun aber ruhiger. Sie erzählte ihm, dass sie sich nach einem Artikel über Abtreibung, den sie an ein Lokalblatt verkaufen konnte, zu einer Laufbahn als freiberufliche Journalistin entschieden hatte. Irgendwann bedeutete sie ihm, langsamer zu fahren.

»Gleich hier durch.« Sie deutete in eine Nebenstraße, die zu ihrer Linken durch eine Eichenallee führte. Priest setzte den Blinker.

»Nett hier«, sagte er und starrte die sich im Wind wiegenden Bäume an, unter denen sie hindurchfuhren.

»Meine Eltern haben etwas dazugegeben, sonst könnte

ich mir so ein Haus gar nicht leisten. Immerhin habe ich nur das, was ich mit dem Schreiben verdiene.«

Sie erreichten mehrere Reihenhäuser, die weitab von der Hauptstraße um einen kleinen Obstgarten gruppiert waren. Priest konnte durch die Bäume hindurch den Park und dahinter eine weiße Kirche erkennen, die sich vor der tief stehenden Sonne abzeichnete.

»Hier ist es.« Fox deutete auf das letzte Reihenhaus, das zwar vier Stockwerke hoch, aber kaum breit genug für die Eingangstür und ein Fenster auf jeder Etage war.

»Sie haben Ihren Chef erwähnt … Max, nicht wahr?«, fragte Priest, als er vor dem Eingang anhielt.

»Er ist eher so etwas wie … ein Agent. Ich bringe ihm die Storys, und er verkauft sie. Dafür bekomme ich eine Provision und irgendwann mal vielleicht eine Festanstellung. Das ist eigentlich verbrecherische Ausbeutung, aber diejenigen von uns, die sich nicht in eine Zeitung hochschlafen wollen, haben nicht viele andere Möglichkeiten.«

»Das ist hart.«

»Vielleicht war es Alexia.«

»Was?«

»Vielleicht hat Alexia Simeon ermordet.«

»Glauben Sie das wirklich?«, fragte Priest verblüfft.

»Natürlich nicht persönlich. So eine macht sich nicht die Hände schmutzig. Aber vielleicht hat sie jemanden beauftragt.«

»Ich weiß nicht so recht …«

»Warum nicht? Wie viel kostet so was? Fünfzehntausend? Doch höchstens zwanzig. Das zahlt die aus der Portokasse.«

»Ja, die Summe kommt ungefähr hin.«

»Denken Sie mal drüber nach.« Sie zwinkerte ihm zu.

Das würde Priest auch tun, aber später. Vorerst hatte er andere Sorgen. »Ich kann Sie natürlich zu nichts zwingen, aber es wäre mir wirklich eine große Hilfe, wenn die Medien nichts von dem Mord an Simeon erfahren«, sagte er.

Sie machte große Augen. »Sie bitten mich um einen Gefallen?«

»Das wäre höchst unprofessionell. Nein, ich sage nur, dass es mir eine große Hilfe wäre.«

Sie lächelte verschmitzt. Priest wusste nicht so recht, ob das ein gutes Zeichen war.

»Sie kriegen einen Vorsprung, okay?«

»Wie lange?«

»Lange genug, aber die Öffentlichkeit hat selbstverständlich das Recht, die Wahrheit zu erfahren.«

Das war nicht der richtige Augenblick, um Druck auf sie auszuüben, und es hätte sowieso keinen Unterschied gemacht. Früher oder später würde es sowieso herauskommen, und wenn er selbst einen Geheimhaltungsbeschluss gegen sie anstrengte, hatte Hagworth leichtes Spiel mit ihm. Nein – Priest blieb nichts anderes übrig, als sich mit Fox' »Vorsprung« zu begnügen.

»Was machen Sie jetzt?«, fragte er.

Sie zuckte mit den Schultern und legte die Hand auf den Griff, ohne die Tür zu öffnen. »Vielleicht schnappe ich mir mindestens zwei Flaschen Pinot Grigio und nehme ein Bad. Wollen Sie, ähem …« Sie drehte sich zu ihm um und sah ihn an. »Wollen Sie mit in die Wanne?«

Er lächelte zurück und gab ihr seine Visitenkarte. »Auf Wiedersehen, Elinor.«

Sie zog eine Schnute, dann stieg sie aus, beugte sich

aber wieder in die geöffnete Tür. Dabei fiel ihr Mantel auf, sodass er den rosafarbenen BH unter der weiten Bluse erkennen konnte. Ein kurzer Blick auf das, was mir hier entgeht, dachte er.

»Darf ich Sie morgen begleiten?«, fragte sie und biss sich auf die Lippe.

»Wie kommen Sie darauf…«

»Sie werden die Ermittlungen im Mordfall Simeon nicht der Polizei überlassen, und zwei Köpfe denken schneller als einer, meinen Sie nicht auch? Schließlich wollen wir beide, dass diese Angelegenheit so schnell wie möglich aufgeklärt wird.«

»Ich rette meinen Prozess, und Sie stehen nicht länger unter Verdacht.«

»So ähnlich.« Sie strich sich die Haare aus dem Gesicht. »Ich will nur dabei sein, das ist alles. Nicht dass Sie mich für eine Stalkerin halten oder so. Auf der Uni hatte ich mal einen Stalker. Er hat mir Blumen und Grußkarten geschickt und stand nachts vor meinem Fenster. Das war nicht besonders angenehm, daher werde ich Ihnen das nicht antun.«

Sie zwinkerte wieder. Irgendetwas an ihren elfenhaften Zügen gefiel Priest. *Vielleicht war es etwas voreilig, ihr Angebot abzulehnen,* dachte er. Dann fiel ihm ein, dass er morgen Abend mit Jessica verabredet war, und er bekam ein schlechtes Gewissen, weil er so etwas überhaupt in Betracht zog.

»Ich werde darüber nachdenken«, sagte er.

Er wendete. Während er davonfuhr, beobachtete er sie im Rückspiegel. Sie stand merkwürdig steif da und sah ihm hinterher.

# 16

Am nächsten Morgen wurde Priest von Panflötenklang geweckt, der durch das offene Schlafzimmerfenster drang. Er lag quer über dem Bett und war noch halb angezogen. Als er die Augen öffnen wollte, verweigerten die Lider den Gehorsam.

Er wusste noch, dass er gestern mit schwirrendem Kopf und einer beunruhigenden Taubheit in Fingern und Zehen nach Hause gekommen war. Den weiteren Abend hatte er damit verbracht, im Wohnzimmer über den Fall nachzudenken, bis er gespürt hatte, wie sich sein Körper allmählich aus dem Griff der Realität löste. Er hatte sich selbst dabei zugesehen, wie er aus dem Raum getaumelt und im Schlafzimmer auf dem Bett zusammengebrochen war. Ein nichts ahnender Beobachter hätte ihn wohl für betrunken gehalten. Dort hatte er bäuchlings auf der Decke gelegen und von Elinor Fox' Dekolleté und dem rosa BH geträumt, bis das Bild einer sehr wütend aussehenden Jessica diese Fantasie verdrängt hatte.

Nun befand sich Priest in einem Zwischenreich zwischen Wachen und Schlafen und kämpfte verzweifelt darum, das innere Gleichgewicht nicht zu verlieren.

Der Panflötenspieler stand vor dem Royal Opera House. Bei offenem Fenster hatte er beinahe ständig das Vergnügen, Straßenmusikern verschiedenster Herkunft und Befähigung lauschen zu dürfen. Die Panflöte gefiel Priest am besten, weil sie ihn aus unerfindlichen Gründen an seine Mutter erinnerte.

*Eines der vielen Gespenster in meinem Kopf.*

Obwohl er das vertraute Gefühl niederdrückender Leere in sich spürte, hatte er im Großen und Ganzen doch Glück gehabt, da er die meiste Zeit ein normales Leben führen konnte. Die Depersonalisation kam und ging. Andere Betroffene stürzten diese Aussetzer in der Realitätswahrnehmung in tiefe, andauernde Verzweiflung. Sie müssen hilflos mit ansehen, wie ihre Körper vor ihnen herumwandelten. Wie in einem Horrorfilm, in dem sie selbst die Hauptrolle spielten. Manche zweifelten sogar daran, überhaupt noch am Leben zu sein. Priest kannte dieses Gefühl, doch er hatte das Schlimmste vorerst überstanden. Er hatte zwar nach wie vor vorübergehende Episoden der Depersonalisation – der Überzeugung, keine reale Person zu sein – und Derealisation – der Überzeugung, dass die Welt nicht real war –, doch so unberechenbar und beunruhigend diese Halluzinationen und außerkörperlichen Erfahrungen auch waren, sie hielten nie länger als ein paar Stunden an.

Wie viele Betroffene hasste Priest seine Krankheit aus tiefstem Herzen. Er hatte Monate, sogar Jahre darüber nachgegrübelt. Warum konnte er *denken*, aber nicht *fühlen*? Was war geschehen? Hatte es so kommen müssen? Was hätte er ohne die Krankheit erreichen können? Warum gerade er? Priest glaubte nicht an die menschliche Seele, aber irgendwie waren Körper und Geist doch zwei verschiedene Dinge, und Ersteres war nicht in der Lage, ohne das Zweitere zu funktionieren.

Aber wenn sein Geist seinen Körper verlassen hatte, *wo zum Teufel war er hin?*

Plötzlich wurde ihm bewusst, dass im Nebenzimmer das Handy klingelte. Unter großer Anstrengung hievte er seinen muskulösen Körper aus dem Bett und tappte ins Wohnzimmer. Das Handy lag neben dem Aquarium. Die Feuerfische schienen sich heute nicht für ihn zu interessieren. Ihre bernsteinfarben und beige gestreiften Flossen flatterten träge hinter der Plastikburg, die ihm Sarah letztes Jahr geschenkt hatte. Hemingway, der Neuzugang im Aquarium, strafte ihn mit besonders deutlichem Desinteresse.

»Euch auch einen guten Morgen«, grunzte Priest.

Das Telefon hörte auf zu klingeln. Kurz darauf erhielt er die Mitteilung, dass auf der Mailbox eine neue Nachricht auf ihn wartete: *»Charlie, hier ist Jessica. Wir haben gar keine Zeit vereinbart. Wenn ich nichts mehr von dir höre, komme ich einfach um sieben vorbei.«*

Er legte verstört auf. Sie zum Essen einzuladen war womöglich etwas unüberlegt gewesen, doch gelegentlich handelte er eben impulsiv. Außerdem hätte er niemals damit gerechnet, dass sie die Einladung annahm. Was sollte er jetzt tun? Er ließ sich schwer auf das Sofa fallen, schloss die Augen und überlegte, was er sagen und was er lieber *nicht* sagen sollte – doch da war sie plötzlich, beherrschte seine Gedanken. Ihr makelloser Körper auf seinem. Lächelnd ließ sie den seidenen Morgenmantel von den Schultern gleiten und wiegte sich auf ihm vor und zurück. Ihr leises Stöhnen war so melodisch wie die liebliche Panflöte, die ihn geweckt hatte.

Und er dachte nicht einmal an Elinor Fox' rosa BH.

Manchmal bereute es Georgie Someday, dass ihre Mitbewohnerin eine Escort-Dame war. Genau so pflegte sich Li nämlich zu bezeichnen. Georgie konnte selbstverständlich gut nachvollziehen, warum sie diesen euphemistischen Begriff wählte, doch wie immer man es auch nannte: es ging um Sex gegen Geld. Li hätte ihren Lebensunterhalt auch als Selbstständige locker bestreiten können, aber sie hatte kein Problem damit, einen Teil ihrer Einkünfte an ihre Zuhälterin abzugeben, eine geheimnisvolle Frau namens Mrs. White, die Georgie nie persönlich kennengelernt hatte. Im Gegenzug suchte Mrs. White Lis Kunden sorgfältig aus – hauptsächlich waren es verheiratete und völlig harmlose Männer aus der Mittelklasse.

Heute war mal wieder so ein Tag. Georgie hatte mehr oder weniger die Nacht durchgemacht. Erst hatte sie eine Stunde damit verbracht, jeden im Internet verfügbaren Artikel von Elinor Fox zu lesen (es waren nicht allzu viele), dann hatte sie Recherchen über die Freie Volksarmee angestellt. In den frühen Morgenstunden schließlich hatte sie Wagner aufgelegt und ihre dicke Keats-Ausgabe aufgeschlagen.

Eine weitere Nacht, in der sie nicht gewagt hatte, das Licht auszuschalten. Georgie hasste die Dunkelheit.

Nun war sie groggy. Ihr Kopf dröhnte vor Schlafmangel, und die Geräusche, die Li und ihr Kunde machten, waren auch nicht gerade entspannungsfördernd. Die Kunden, die am frühen Morgen auftauchten – wahrscheinlich hatten sie ihren Frauen erzählt, sie würden ins Fitnessstudio gehen –, waren die Schlimmsten.

Zum Glück dauerte es nicht lange.

Georgie und Li hatten nach ihrem Universitätsabschluss mit drei weiteren Bekannten eine Wohngemeinschaft gegründet, darunter war auch ein ehemaliger Psychologiestudent namens Martin Penton-Smith mit stets fettigen Haaren gewesen. Anfangs fand sie die soziale Unbeholfenheit des nicht besonders gut aussehenden Martin noch charmant, da sie sich irgendwie in ihm wiedererkannte. Auch dass er lieber für sich blieb, als die Gesellschaft anderer zu suchen, konnte sie gut nachvollziehen. Er hatte sehr nett gewirkt. Und harmlos.

Georgie war nicht zur Polizei gegangen. Was hätte sie auch sagen sollen? Sie hatte sein Zimmer freiwillig betreten. Sie waren allein gewesen. Sie hatte die falschen Signale ausgesendet. Nun war sie wütend auf ihn – nein, sie hasste ihn aus tiefstem Herzen. Und sie war wütend auf sich selbst.

Sie öffnete ihren Kleiderschrank. Ganz hinten, hinter ihrer eher eintönigen Garderobe, hatte sie Akten und Papiere zu drei Stapeln aufgeschichtet – die Ergebnisse ihrer zweijährigen Recherche über Martin. Georgie hatte seit einem Monat keinen Blick mehr darauf geworfen. Langsam setzten sie Staub an, und Georgie zwang sich, die Akten auch heute nicht zu öffnen und so ihrer Obsession neue Nahrung zu geben. Das Material widerte sie an, und gleichzeitig lockte sein Sirenengesang – das war der Preis, den sie dafür bezahlt hatte, nicht zur Polizei zu gehen. Ihre Strafe, ihre ganz persönliche Vendetta.

Dabei hatte sie nichts Interessantes über ihn herausgefunden, obwohl sie sogar seinen Computer gehackt hatte. Er sah sich Pornos an, aber welcher Mann in seinem Alter tat das nicht? Seine E-Mails waren langweilig, sein Freundeskreis klein und uninteressant. Er war ein Einzelkind. Mum und Dad bezahlten die Miete.

Anscheinend war das einzig Bemerkenswerte, was

Martin Penton-Smith in seinem Leben getan hatte, die Vergewaltigung seiner Mitbewohnerin.

Georgie schloss den Kleiderschrank und atmete tief aus.

Um sich abzulenken, nahm sie das Smartphone zur Hand. Charlie hatte ihr eine E-Mail geschrieben. Er war auf dem Weg in die Kanzlei, um gründlich über den Fall nachzudenken – ob sie auch kommen wollte? Georgie dachte an Elinor Fox. Charlie hatte das Misstrauen, dass sie gegenüber der Journalistin zum Ausdruck gebracht hatte, überraschend schnell abgetan. Genau wie bei Jessica Ellinder damals.

Sie warf einen kurzen Blick in den kleinen Spiegel auf dem Kosmetiktisch. Ihre Mutter sagte immer, sie hätte zu viele Sommersprossen, um Make-up zu tragen. Was natürlich nicht stimmte, wie Georgie wusste, doch es sparte morgens eine Menge Zeit. Schnell band sie das Haar zu einem Pferdeschwanz und schob sich die Brille höher auf die Nase.

*Charlie, wenn* ich *lügen würde, beschützt du* mich *dann auch? Bin ich hübsch genug für so einen Vertrauensvorschuss?*

Sofort schämte sie sich, dass sie so schlecht von ihm dachte. Das war ungerecht, immerhin hatte sie sich geirrt, was Jessica anging, und er hatte recht gehabt. *Ich muss lernen, ihm zu vertrauen.*

Sie rümpfte vor dem Spiegel die Nase, dann huschte sie aus dem Raum und an Lis Zimmer vorbei, wobei sie inständig hoffte, nicht ihrem Kunden zu begegnen. Vielleicht würde sie die Akten über Martin heute Abend verbrennen. Sie enthielten sowieso nichts Brauchbares.

Ja. Sie durfte nicht vergessen, auf dem Heimweg Streichhölzer zu kaufen.

Priest hatte ein schlechtes Gewissen, weil er Georgie am Samstag in die Kanzlei beorderte, aber solange Peters nichts Gegenteiliges verlauten ließ, wurde der Prozess am Montag fortgesetzt, und es war nicht garantiert, dass sie ihnen trotz des verstorbenen Hauptbelastungszeugen eine weitere Gnadenfrist zugestehen würde. Die Zeit drängte also. Wie er wusste, würde Georgie die U-Bahn nehmen und dann strammen Schrittes durch Holborn marschieren. Zeit genug also für eine schnelle Zigarette im Dachgarten seines Penthouses. Inzwischen rauchte er nur noch selten – er vermied mehr oder weniger alle berauschenden Substanzen –, hatte jedoch in letzter Zeit das Bedürfnis nach etwas Handfesterem als nächtliche Wiederholungen von Horrorfilmklassikern oder traumlosem Schlaf. Traumlos zumindest bis auf Jessica. Die Zigarette, an die sich Fox gestern vor dem Polizeirevier geklammert hatte, hatte alte Gelüste in ihm geweckt.

Nun setzte er sich in Mantel und Schal in den Schatten einer weiß blühenden Felsenbirne und zündete sich eine Mentholzigarette an. Er hatte kaum einen Zug genommen, als sein Handy zum zweiten Mal an diesem Morgen klingelte. Diesmal schaffte er es, das Gespräch anzunehmen, bevor es an die Mailbox weitergeleitet wurde.

»Hi, Sarah«, sagte Priest.

»Rauchst du gerade?«

*Woher zum Teufel weißt du das?* »Nein.«

»Du bist im Freien. Um neun Uhr morgens an einem Samstag«, sagte sie schulmeisterlich.

»Das heißt noch lange nicht, dass ich rauche.« Er nahm einen Zug.

»Wie dem auch sei, ich wollte nur anrufen und fragen, ob bei dir alles okay ist.«

Er stöhnte innerlich auf. *Ich hasse es, wenn du Mom spielst.* »Mir geht's gut, Sarah. Wirklich.«

»Du bist mir gestern nur so angespannt vorgekommen. Du tauchst einfach so mit Georgie im Schlepptau auf und verlangst die Schlüssel zur Bristol Road, ohne weitere Erklärung … die Wohnung ist keine Räuberhöhle, Charlie. Wen versteckst du da?«

»Sarah …«

»Und du hast noch zerfledderter ausgesehen als sonst. Weißt du, du siehst ja normalerweise schon so aus, als würde sich niemand um dich kümmern. Wie Tillys Stoffpuppen, die sie manchmal monatelang unter dem Bett vergisst und …«

»Sarah, du weißt doch, dass manche Pflanzen ohne Pflege am besten gedeihen.« Priest ließ den Blick über das Beet streifen, das sich um die rechteckige Terrasse zog. Violette Krokusblüten spitzten in Erwartung des nahenden Frühlings vorsichtig aus dem Erdboden.

Sarah schnaubte. »Quatsch. So eine Aufregung wegen einer winzigen Wohnung. Übrigens möchte dich eine Bekannte von mir gern kennenlernen. Anscheinend hat sie das Foto auf deiner Website gesehen und mir daraufhin gestern Abend eine Nachricht geschickt, und da dachte ich mir, *Mensch, mein Bruder will ganz bestimmt …*«

»Nicht schon wieder«, seufzte Priest.

»Nein, wirklich …«

»Moment.« Priest sprang förmlich auf. »Warte mal … was hast du eben gesagt …?«

»Dass eine Bekannte von mir …«

»Nein, davor. Das mit der Wohnung.«

»Ich sagte: *So eine Aufregung wegen einer winzigen Dreizimmerwohnung*«, wiederholte Sarah verwirrt.

»Ach du meine Güte.« Priest lief über die Terrasse zur Treppe. »Vielen Dank, Sarah. Ich muss los. Bis bald.«

Gary besaß den Computerladen in der Bristol Road nun schon seit acht Jahren und hatte so gut wie nichts daran verdient. Egal, wie fachmännisch er die PCs und Laptops reparierte, es brachte nichts ein. Musste es auch nicht, da er im Jahre 2008 beinahe vier Millionen Pfund im Lotto gewonnen hatte. Er reparierte Computer, weil es ihm Spaß machte.

Dieses finanzielle Polster erlaubte es ihm auch, den Laden nur zwischen zehn und fünfzehn Uhr zu öffnen und sich seine Kunden auszusuchen. Er behielt sich das Recht vor, selbst zu entscheiden, zu wem er nett und freundlich war und wen er geradezu grob und feindselig behandelte.

Was die attraktive Blondine anging, die sich als freiberufliche Journalistin vorgestellt hatte, war seine Entscheidung noch nicht gefallen. Einerseits konnte er Reporter nicht leiden und wollte auch keine Fragen zu dem Mann beantworten, der in der Wohnung von diesem unsympathischen Anwalt wohnte. Andererseits waren ihm ihr kurvenreicher Körper und ihr kokettes Lächeln nicht entgangen.

»Sie haben nicht zufällig einen Schlüssel für die Wohnung?«, fragte sie ihn mit einem weiteren umwerfenden Lächeln.

»Wenn ich's Ihnen doch sage, Miss: Die Wohnung gehört mir nicht«, antwortete Gary.

»Wann haben Sie den derzeitigen Mieter denn zuletzt gesehen?«

»Das hat mich die Polizei auch schon gefragt. Das ist ein ziemlicher Eigenbrötler, ich weiß noch nicht mal, wie er heißt. Aber ich dachte mir gleich, dass er in Schwierigkeiten steckt.«

»Wieso das?«

»Weil er immer so geheimnistuerisch herumgeschlichen ist. Das spürt man einfach.«

Die Journalistin starrte gedankenverloren die Tür an, die zur Treppe nach oben führte. »Wie kommt er denn in die Wohnung, wenn der Laden geschlossen hat?«

»Es gibt noch einen Hintereingang. Deshalb weiß ich auch nicht, wann er kommt und geht.«

»Vielen Dank!«, sagte sie strahlend. »Sie waren mir eine große Hilfe.« Gary grunzte eine Erwiderung und wandte sich wieder der defekten Festplatte auf der Ladentheke zu. »Darf ich mich mal umsehen?«

Er wollte gerade etwas erwidern, als ihm jemand ins Wort fiel.

»Soll ich uns aufschließen?«

Gary stöhnte. Der unsympathische Anwalt stand mit dem Wohnungsschlüssel in der Hand in der Tür.

# 17

Priest schloss die Wohnungstür auf und betrat den trostlosen Flur. Georgie folgte ihm auf dem Fuße. Er hatte sie angerufen und in die Bristol Road beordert, bevor sie die Kanzlei überhaupt erreicht hatte. Elinor Fox bildete die Nachhut. Dass sie beim Versuch ertappt worden war, sich in die Wohnung zu flirten, schien sie nicht im Geringsten zu stören.

»Was sollte das denn?«, zischte Georgie ihr zu.

»Das nennt man ermitteln. Das macht eine Journalistin nun mal.«

»Man könnte es auch als herumschnüffeln bezeichnen.« Georgie kehrte ihr den Rücken zu und stellte sich mit verschränkten Armen neben Priest.

Er starrte die Wand an. »Wie viele Räume hat diese Wohnung?«

Georgie sah sich um. »Wohnzimmer, Küche, Schlafzimmer und Bad. Eine Zweizimmerwohnung.«

»Genau. Aber Sarah hat von einer *Dreizimmerwohnung* gesprochen.«

»Der Computerheini unten meinte, dass Simeon durch den Hintereingang in die Wohnung gelangt ist. Hier gibt es aber keinen Hintereingang«, warf Fox ein, die nun ebenfalls die Wand anstarrte.

»Zumindest sehen wir keinen«, sagte Priest und schlug mit der Faust auf die Wand ein.

Seine Hand durchbrach die Rigipswand, und Georgie zuckte erschrocken zusammen. Sobald er den Arm zurückzog, spürte er einen kalten Luftzug, der aus dem Loch drang. Er spähte hinein. Es war stockdunkel, doch zweifellos befand sich hinter der Wand ein weiterer Raum.

»Zurücktreten«, grunzte Priest. »Gleich staubt's.« Er hob das Bein in der Absicht, die Wand Stück für Stück in Kleinholz zu verwandeln. Wie sich herausstellte, ging es auch einfacher: Irgendwo in der Wand klickte ein Verriegelungsmechanismus, dann klappte eine bisher unbemerkte Geheimtür auf der anderen Seite der Wand auf. Priest sah zu Fox hinüber, die direkt daneben stand.

»Genial«, sagte sie und schloss die Tür wieder, sodass ihre Umrisse nicht mehr zu erkennen waren. Ein winziger Vorsprung in derselben Farbe wie die Wand sorgte dafür, dass sie in geschlossenem Zustand praktisch unsichtbar war. Sie öffnete sich erst, wenn man Druck auf einen ganz bestimmten Punkt ausübte. Fox demonstrierte den Mechanismus ein weiteres Mal.

»Glückstreffer«, murmelte Georgie.

Priest sparte sich jeden Kommentar. Er trat aus dem Flur in den dunklen, engen Geheimraum. Mithilfe der Taschenlampenfunktion seines Handys entdeckte er einen Schalter an der Wand und schaltete das Licht im bisher verborgenen dritten Zimmer der Dreizimmerwohnung an. Eine Hintertür führte zum Treppenhaus und damit hinaus auf die Straße.

»Simeon muss das hier heimlich gebaut haben«, schlussfolgerte Priest. »Ein Geheimraum, von dem nur er etwas wusste.«

Die beiden Frauen folgten ihm. Er sah sich um. Der Raum war höchstens vier Meter tief. Die Wände waren mit einer merkwürdig pelzigen kastanienbraunen Tapete bedeckt, der Boden mit einem fadenscheinigen Teppich. Auf einem Bett lag eine nackte, fleckige Matratze, daneben standen ein Kleiderschrank, ein Schreibtisch und ein leeres Bücherregal. Es roch muffig – wahrscheinlich derselbe Gestank, der einem nach Jahrtausenden aus einem bislang ungeöffneten Pharaonengrab entgegenschlug, dachte Priest.

»Ja, wunderbare Dinge«, murmelte er.

»Das hat Howard Carter bei der Öffnung von Tutanchamuns Grab gesagt«, bemerkte Georgie.

Priest nickte.

»Wozu hat er den Geheimraum denn gebaut, wenn er ihn gar nicht benutzt hat?«

»Um etwas zu verstecken?«, vermutete Priest.

Simeon hatte nicht in diesem Bett geschlafen. Der Kleiderschrank war leer und verströmte denselben abgestandenen Geruch wie der übrige Raum, nur stärker.

»Auf die Existenz dieses Zimmers kann nur jemand kommen, dem der Grundriss der Wohnung bereits bekannt ist«, sagte Fox.

»Und?«

»Er hat von Anfang an damit gerechnet, dass *Sie* diesen Raum als Erster entdecken, Charlie.«

Sie sahen unter dem Bett und in jeder Ecke nach. Nichts. Die Hintertür war abgeschlossen, doch durch das Fenster darin konnte man einen Treppenaufgang erkennen, der zu einer Seitengasse führte.

Damit blieb nur ein Ort, an dem sie nicht nachgesehen hatten. Ihre Blicke fielen beinahe gleichzeitig darauf: die

Schreibtischschublade. Priest legte die Hand auf den lockeren, schief auf das Holz geklebten Griff. Dabei kam ihm eine Erkenntnis: Wenn diese Schublade leer war, hatte er keine weitere Spur mehr. Keinen Anhaltspunkt, nichts. Er würde gedemütigt und geschlagen in seine Kanzlei zurückkehren müssen.

*Na los, Simeon. Hilf mir aus der Patsche.*

Priest öffnete die Schublade. Zu seinem Entsetzen war sie leer.

»Verdammt«, flüsterte er und ließ den Griff los.

Alle atmeten gleichzeitig aus. »Und was jetzt?«, fragte Georgie.

Priest schüttelte den Kopf. *Scheiße!* »Keine Ahnung.« Er starrte seine Hände an. Mit den Händen fing es an – erst verlor er das Gefühl darin, dann sorgte das Depersonalisationssyndrom dafür, dass er sie wie fremde Objekte wahrnahm, die ohne seinen Willen durch ein Nebelmeer waberten. Im schlimmsten Fall kamen noch Halluzinationen hinzu, und er sah Dinge, die es nicht gab, und sprach mit Menschen, die nicht anwesend waren.

Er wollte diesen engen Raum mit seinem unerträglichen Gestank so schnell wie möglich verlassen, doch etwas hielt ihn zurück. Fox hatte sich vorgebeugt und dabei seinen Arm gestreift. Sie zog an der schmalen Schublade, bis sie sich aus den Gleitschienen löste und klappernd auf den Boden fiel.

»Entschuldigung«, sagte sie und verzog das Gesicht. »Ich wollte nicht …«

Als sie erblickte, was auch Priest sah, verstummte sie abrupt. Er beugte sich vor, hob vorsichtig die Fotografie auf, die zwischen den Holzsplittern lag, und hielt sie ins Licht.

»War wohl auf der Unterseite festgeklemmt«, sagte Georgie.

Priest nickte und drehte das Bild um. Nichts. Nur die Schwarz-Weiß-Aufnahme eines etwa zehn Jahre alten Jungen, der die Hände vor dem Körper aufeinandergelegt hatte. Er stand etwa fünf Meter von der Kamera entfernt auf einem mit Gras bewachsenen Abhang und starrte völlig ausdruckslos in das Objektiv. Auf dem Hügel über ihm war ein Haus zu erkennen. Die Fenster waren mit Brettern vernagelt, das Dach beschädigt – mehr war auf der schlechten Aufnahme nicht zu erkennen.

»Wer ist das?«, fragte Fox.

»Ich habe keinen blassen Schimmer«, gestand Priest.

»Das Foto kann noch nicht so alt sein«, bemerkte Georgie. »Wahrscheinlich absichtlich in Schwarz-Weiß gedruckt. Wegen des Effekts.«

*Aber welcher Effekt war hier beabsichtigt?* Die Worte eines ehemaligen Juradozenten hallten durch Priests Kopf: *Solange nicht das Gegenteil erwiesen ist, müssen Sie immer davon ausgehen, dass ein Beweisstück gefälscht ist.*

»Ich muss los«, verkündete Fox plötzlich, doch dann zückte sie noch das Handy und machte ein Bild von dem Foto, bevor Priest es einstecken konnte.

»Hey!«, rief Georgie. »Das ist ein Beweisstück.«

Fox beachtete sie nicht weiter, sondern verließ mit einer vage reumütigen Miene den Raum. »Tja, ich muss auch von was leben. Ciao.«

Georgie wollte ihr folgen, aber Priest hielt sie zurück. »Someday, lassen Sie sie laufen.«

Sie wandte sich ungläubig zu ihm um. »Aber wir können doch nicht einfach zulassen, dass sie das veröffentlicht!«

»Wir können sie auch nicht daran hindern. Sie hat uns einen Vorsprung versprochen, mehr ist nicht zu holen.«

Georgie schnaubte frustriert. »Na schön. Es ist trotzdem eine Schweinerei.«

Priest hielt das Foto wieder ins Licht. »Tja, so ist das eben mit der Pressefreiheit. Wir haben im Augenblick sowieso Besseres zu tun – zum Beispiel sollten wir schleunigst rausfinden, wer der Junge hier ist und was sein Foto in der Schreibtischschublade eines Toten zu suchen hat.«

Lawrence Baker stellte den Lieferwagen vor dem Haus mit der Rauputzfassade ab und vergewisserte sich noch einmal, dass die Adresse stimmte. Ja, hier ist es. Er stieg aus und klingelte. Auf der Veranda hing ein Windspiel, das gespenstisch in der Brise klimperte. Lawrence hasste diese Dinger – er fand sie richtig unheimlich.

Dem Mann, der die Tür öffnete, schenkte er dagegen kaum Beachtung. Er interessierte sich nicht für seine Kunden. Von ihm aus konnte es Jack the Ripper sein, solange er ihn bezahlte.

»Hallo«, sagte Lawrence. »Sie haben einen Möbelpacker bestellt?«

Er spähte an dem Mann vorbei ins Haus. Viel war nicht zu erkennen, aber nach Umzug sah es nicht aus. Keine bis an die Decke gestapelten Kisten, kein in einer Tür verkantetes Sofa. Lawrence wurde argwöhnisch. *Ich hoffe doch sehr, dass das hier keine Zeitverschwendung ist.*

»Bitte hier entlang«, sagte der Mann und verschwand im Haus.

Lawrence folgte ihm leicht gereizt durch den Flur ins Wohnzimmer. Die Hitze war unerträglich.

»Sagen Sie mal, ist Ihre Heizung kaputt?«, keuchte

Lawrence. »Hier ist es ja wie in einer Sauna!« Keine Antwort. »Also, worum geht's?«, fragte er ungeduldig. »Was soll wohin?«

Der Mann ging durch den mit einem Sofa und einem Fernsehgerät ausgestatteten Raum zu einem kleinen Schrank, neben dem ein ausgewachsener Tresor stand. »Da.« Er deutete darauf.

Lawrence pfiff leise durch die Zähne und untersuchte den schweren Safe mit Zahlenkombinationsschloss, klopfte die Oberflächen ab. Massivstahl. Das war keine Kleinigkeit.

»Ach du Scheiße. Wo soll der denn hin?«

»Der Ort hat leider keine Adresse, aber ich gebe Ihnen eine Karte.«

Lawrence nahm die Karte entgegen und betrachtete sie. Sah genauer hin und verzog das Gesicht. *Norfolk? An der Küste? Gottverdammt!*

»Sie machen wohl Scherze«, sagte Lawrence und gab die Karte zurück. »Tut mir leid, aber da haben Sie sich den Falschen ausgesucht.«

»Ich bezahle das Dreifache. In bar.«

*Im Ernst?*

Lawrence kratzte sich den Kopf, dachte an seine Spielschulden und das Geld, das er den Kredithaien schuldete. Ihm stand das Wasser bis zum Hals.

»Also gut«, sagte er schließlich. »Das Dreifache. Wann soll ich ihn abholen?«

Der Mann lächelte. »Ich rufe sie an. Ich muss ihn erst noch vollmachen.«

# 18

»Was halten Sie von dieser Reporterin?«

Priest schob Georgie die Ketchupflasche zu und beobachtete, wie sie sie aufschraubte und umständlich Ketchup auf ihr Frühstück kippte. Hätte er es nicht besser gewusst, hätte er vermutet, dass sie Zeit schindete, um sich ihre Antwort gründlich zu überlegen.

»Fox? Ich weiß nicht, ob wir ihr vertrauen können.«

»Das weiß ich auch nicht«, sagte Priest und wandte sich seinem eigenen Frühstück zu. Sorgfältig trennte er das Ei von den Bohnen. Dabei bemerkte er aus dem Augenwinkel, dass Georgie grinste. Es war schon spät, aber in seinem Lieblingscafé bereiteten die haarigen Hände den ganzen Tag über ein deftiges und überaus köstliches Frühstück zu. »Was ist?«

»Sie trennen die einzelnen Bestandteile Ihres Frühstücks voneinander ab?«

»Ja«. Er und verstand nicht, was daran so komisch war.

»Sie achten peinlich genau darauf, dass die Pilze nicht mit den Hash Browns in Berührung kommen?«

»Ja, und?«

Georgie stopfte sich eine Gabel voll Blutwurst in den Mund. »Ich dachte immer, ich wäre die Einzige auf der Welt, die das macht«, sagte sie kauend.

Er blickte auf ihren Teller, der genau wie seiner aussah. Sie hatte alles mehr oder weniger ähnlich angeordnet. Schulterzuckend schob er eine gebratene Tomate an den Rand der Bohnen, dann zog er, ohne aufzublicken, das Foto aus der Tasche und legte es vor ihr auf den Tisch.

»Wie kommen Sie darauf, dass das Bild erst kürzlich aufgenommen wurde?«, fragte er.

»Der Junge trägt eine Apple Watch«, sagte sie mit vollem Mund.

Priest drehte das Foto zu sich um. *Da soll mich doch …* »Gute Arbeit, Adlerauge.«

»Wir sollten eine umgekehrte Bildersuche machen«, schlug sie vor. »Solly weiß ganz bestimmt, wie das geht.«

»Dann zeigen wir ihm das Foto, sobald wir diese unglaublich fettige Mahlzeit beendet haben.«

»Die Blutwurst ist sicher nicht gerade gesund, aber überaus köstlich.«

»Das ist das Verdienst der haarigen Hände«, sagte Priest und deutete auf eine Durchreiche. »Man sieht sie nicht oft, aber die haarigen Hände bereiten das Essen hier zu.« Wenn man die Sauberkeit der Tischdecke als Maßstab nahm, war es kein Wunder, dass sie die einzigen Gäste waren. Nur Eingeweihte wussten, wie köstlich das Frühstück der haarigen Hand war.

»Wer hätte das gedacht«, murmelte Georgie und nahm noch einen Bissen. »Wenn ich dann auch so gut kochen kann, muss ich dringend aufhören, mir die Hände zu rasieren.«

Vor langer Zeit hatte Jessica auf demselben Platz Priest gegenübergesessen und die Nase über das servierte Frühstück gerümpft, worüber er sich köstlich amüsiert hatte.

Georgies Begeisterung und ihr gesunder Appetit waren dagegen sehr erfrischend.

*Oha, dabei fällt mir etwas ein,* dachte Priest. Jessica hatte auf seiner Mailbox angekündigt, um sieben bei ihm zu sein. *Und ich soll für sie kochen. Seezunge, meine Spezialität.* Kalte Angst erfasste Priest. Wieder einmal eine Gelegenheit, um ihr in aller Deutlichkeit zu beweisen, dass er als menschliches Wesen nur unzureichend funktionierte.

Priest fuhr mit der U-Bahn zur Haltestelle Kew Gardens. Er eilte an den Gemüse- und Obstständen vorbei, wo die Verkäufer ihre Ware lautstark in breitestem Cockney feilboten, und zur Themse hinunter. Da gerade Ebbe herrschte, waren die Hausboote, die dort vertäut lagen, tief im Flussschlamm versunken. Hier wohnte Solly – ein kurzer Laufsteg führte auf ein fünf Meter langes Hausboot. Das Deck war mit Pflanzen und Gartenzwergen vollgestellt. Von einem einsamen Gartenstuhl samt Tisch im Heck konnte man auf die Flussmündung blicken.

Simon Solomon – Solly – war ein kleiner, schüchterner Mann unbestimmbaren Alters mit fleckiger Haut und schwarzem Haar, das immer leicht feucht wirkte. Hinter der unscheinbaren Erscheinung verbarg sich jedoch ein messerscharfer Verstand mit einem besonderen Talent für Zahlen, weshalb sich Solly um die finanziellen Angelegenheiten der Kanzlei kümmerte. Er war jedoch nicht nur ein fähiger Buchhalter – zu seinen Hobbys gehörten auch Computerprogrammierung, Quantenmechanik und die konsequente Vermeidung aller sozialen Kontakte.

Priest klingelte. Kurz darauf erschien Solly in demselben Tweedanzug, den er auch in der Kanzlei zu tragen pflegte.

»Priest«, sagte er, ohne überrascht oder interessiert zu wirken. »Meine reguläre Arbeitszeit beginnt Montagmorgen um neun Uhr.«

»Ja, schon klar. Ich muss dich um einen kleinen Gefallen bitten.«

»Ich weiß nicht so recht.« Solly trat unbehaglich von einem Fuß auf den anderen. »Das wäre ja an und für sich kein Problem, aber ich habe nur selten Besuch. Hast du dich dekontaminiert?«

Priest wedelte mit den Händen, doch die beschwichtigende Geste hatte den gegenteiligen Effekt. Solly trat ängstlich einen Schritt zurück. »Tut mir leid, dass ich dich so überfalle, aber es geht um Leben und Tod, Solly.«

»Nun«, sagte Solly nachdenklich. »Wenn das Problem wirklich von dieser Tragweite ist, sollte ich wohl eine Ausnahme machen. Aber du musst die Schuhe ausziehen.«

»Sehr gern«, sagte Priest erleichtert, streifte die Schuhe ab und trat vor. Solly hielt ihn auf.

»Und das Jackett.«

Priest zögerte, doch Solly meinte es ernst. Der Anwalt zog das Jackett aus und hing es über einen Torpfosten. Dann wollte er weitergehen, als ihm Solly ein drittes Mal den Weg versperrte.

»Tut mir leid, Priest. Ich will ja keine Umstände machen, aber ich habe gewisse Hausregeln. Das ist bei dir doch sicher nicht anders?«

»Nun ja, um ehrlich zu sein, bin ich in dieser Hinsicht ein *klein wenig* flexibler. Darf ich jetzt reinkommen?«

»Aber natürlich. Sobald du den Gürtel abgelegt hast.«

Priest deutete darauf. »Den Gürtel?«

»Ja. Metallgegenstände sind ganz besonders heikel,

und deine Gürtelschnalle sieht aus, als wäre sie seit Jahren nicht gereinigt worden.«

Priest nickte entnervt, nahm den Gürtel ab und hängte ihn neben das Jackett. *Na, hoffentlich hält die Hose auch so.* »Noch was?«

»Das reicht fürs Erste. Hier lang, bitte.«

Solly führte Priest durch eine Tür in ein schummriges Wohnzimmer mit einem Schwarz-Weiß-Fernseher aus den Achtzigern und einem lebensgroßen Teddybären.

Priest deutete darauf. »Ach du Scheiße, Solly, was ist denn das?«

»Das ist Mutter.«

Priest entschied sich schnell dafür, keine weiteren Fragen zu stellen. Die Zeit drängte, und er musste sich noch auf Jessicas Besuch vorbereiten.

Er zog das Foto heraus und reichte es Solly. »Kannst du damit eine verkehrte Bildersuche machen?«

»Nein.«

»Wieso nicht?«

»Ich kann anhand dieser Fotografie höchstens eine umgekehrte Bildersuche durchführen. Eine verkehrte wäre nicht in deinem Interesse, nehme ich an.«

»Wie auch immer«, sagte Priest, dem allmählich der Geduldsfaden riss. Er unterdrückte das Verlangen, Solly an die Gurgel zu gehen. »Könntest du das bitte tun? Mir zuliebe? Es eilt.«

»Warte hier.«

Solly verschwand durch eine andere Tür, die Gott weiß wohin führte. Auf einem fünf Meter langen Hausboot gab es eigentlich nicht viele Möglichkeiten. *Die Folterkammer? Ach nein, wie dumm von mir – gefoltert wird ja im Wohnzimmer.*

Priests Handy vibrierte. Eine SMS von Jessica: »Hast du meine Nachricht abgehört?«

Er tippte schnell eine Antwort: »Ja. Um 7 bei mir.« *Noch einen Smiley? Den mit dem Kussmund? Überhaupt etwas?*

Schließlich entschied er sich für das zugegebenermaßen höchst einfallslose »Daumen hoch«-Emoji und schickte die Nachricht ab. Als er die Augen schloss, sah er ihr Gesicht vor sich: die dünnen Lippen, die blasse Haut, die hohen Wangenknochen, ein Antlitz, das kaum Make-up brauchte, eine klassische Schönheit. Kastanienbraunes Haar, helle Augen mit bernsteinfarbenen Sprenkeln, die ihr eine geradezu ätherische Aura verliehen. Sie hatte alle Eigenschaften, die er sich an einer Frau wünschte – Intelligenz, Ausstrahlung und Eleganz – und alle, die er verdiente: Kälte, Kratzbürstigkeit, Rücksichtslosigkeit.

Er starrte sein Handy an, wartete auf eine Antwort, doch nichts passierte. Als er, verwirrt von seinem Tagtraum, wieder aufblickte, wedelte Solly mit dem Foto vor seiner Nase herum.

»Negativ, Priest. Tut mir leid. Was bedeutet, dass das Bild noch nie im Internet aufgetaucht ist.«

Priest wurde das Herz schwer. Wie sollten sie nun den Jungen identifizieren? Andererseits hatte das Bild womöglich nichts mit dem Elias-Fall zu tun, und sie verschwendeten wertvolle Zeit, indem sie einer falschen Spur folgten. Wenn sie bis Montag nichts Brauchbares auftrieben, würde ihnen Peters keinesfalls einen weiteren Aufschub gewähren. Und dann war *The Real Byte* ruiniert, Alexia Elias stand als Heldin da, und Simeon war ganz umsonst gestorben. *Schöner Mist.*

»Trotzdem vielen Dank, Solly«, sagte Priest und ging zur Tür.

»Tut mir leid, dass ich keine größere Hilfe war.«

Solly öffnete ihm die Tür, und der kalte Windstoß, der Priest ins Gesicht schlug, verstärkte die Besorgnis noch, die an ihm nagte. *Und was jetzt?*

Er zog die Schuhe an und sammelte seine anderen Kleidungsstücke ein. »Bis später, Solly.«

»Ja. Wiedersehen, Priest. Schon merkwürdig, oder?«

Er blieb stehen und drehte sich zu Solly um. »Was ist merkwürdig?«

»Dass der unbekannte Junge vor Alexia und Dominique Elias' ehemaligem Haus steht.«

Priest wartete, bis das, was Solly soeben gesagt hatte, auch wirklich durch die vielen verwirrenden Gedanken gedrungen war, die durch seinen Kopf schwirrten.

»Wie war das?«, fragte er.

»Das sieht man doch sofort«, sagte Solly. »Es überrascht mich, dass du nicht gleich darauf gekommen bist.«

»Was meinst du?«

»Das Haus in seinem derzeitigen Zustand kam mir gleich bekannt vor, aber ich konnte es erst verorten, nachdem ich die Akten zum Elias-Fall konsultierte. Im Bug dieses Bootes befindet sich eine genaue Nachbildung meines Büros in der Kanzlei. Inklusive aller relevanten Dokumente, versteht sich – darunter auch einem Foto von Alexia aus den Prozessunterlagen, auf dem sie vor ihrem ehemaligen Wohnsitz in Norfolk steht. Dabei handelt es sich zweifelsohne um die Immobilie auf deinem Bild.«

»Lass mal sehen.«

Solly verdrehte die Augen, als hätte man Unmenschliches von ihm verlangt, verschwand durch die Hintertür und kehrte kurz darauf mit einem geöffneten Aktenordner zurück, den er Priest reichte.

»Hier.« Er deutete auf die Ausdrucke mehrerer Textnachrichten zwischen Alexia und verschiedenen Mitarbeitern der Elias Foundation.

»Was soll …«

Solly tippte mit dem Finger auf das kleine Foto von Alexia, das vor jeder von ihr abgeschickten SMS abgebildet war. Priest sah genauer hin. Der Großteil des Bilds war von Alexias selbstgefälligem Grinsen eingenommen, doch im Hintergrund … war ein Haus auf einem mit Gras bewachsenen Abhang zu erkennen.

»Hat Alexia in ihrer schriftlichen Aussage etwa ihre früheren Wohnorte angegeben?«, fragte Priest.

»Ja, in der Tat«, sagte Solly, der sichtlich stolz auf sich war. »Und da ich mir schon gedacht habe, dass dies nützlich sein könnte, habe ich die relevante Information auf dieses Blatt Papier geschrieben. Außerdem war ich so frei, im Grundbuchamt nachzusehen – das Haus befindet sich tatsächlich in Alexias Besitz.« Solly gab Priest den Schreibblock. »Den kannst du behalten. Ich habe sowieso keine Verwendung mehr dafür, wenn du ihn erst mal berührt hast.«

Georgie hatte sich gegen den Bus entschieden und ging zu Fuß nach Hause. Die Sonne kämpfte sich nach und nach durch die Wolkendecke und spiegelte sich in den abweisenden Glasfassaden der Bürotürme von Holborn, trotzdem hatte sie den Mantel fest um die Schultern gezogen – Sonne hin oder her, es war immer noch recht kalt.

Als sie endlich zu Hause ankam, war Li in der Küche

damit beschäftigt, drei Kochtöpfe und Pfannen gleichzeitig zu beaufsichtigen. Jede verfügbare Fläche war mit aufgerissenen Lebensmittelpackungen und Plastiktüten vollgestellt, die aussahen, als hätte sie ein tollwütiger Hund in die Fänge bekommen. Dampf stieg in dichten Wolken auf.

»Hi«, rief Georgie, nachdem sie sich umgesehen hatte.

»Hi«, sagte Li. »Ich mache Chop Suey. Willst du mitessen?«

»Wird das Chop Suey oder ein Atomtest?«

Li lachte leicht hysterisch. »Keine Ahnung, was dabei rauskommt. Ich hab noch nie Chop Suey gemacht.«

Georgie sah sich das Durcheinander genauer an. Sie hob eine noch zur Hälfte gefüllte Dose mit Kidneybohnen auf. »Ziemlich viel Zutaten für ein einfaches Chop Suey.«

»Was?«, schrie Li. Wasser verdampfte zischend, als sie eine Pfanne ins Spülbecken stellte.

Georgie wollte Li lieber nicht ablenken, das Chaos war auch so schon groß genug. Sie bat sie, ihr Bescheid zu sagen, wenn das Essen fertig war, und ging auf ihr Zimmer. Lis Kochaktion war Fluch und Segen zugleich. Zweifellos war der komplette Inhalt des Kühlschranks für das Gericht draufgegangen, andererseits hieß es, dass sie heute Abend keinen Kunden erwartete.

Georgie setzte sich an den Schreibtisch und schaltete den Laptop ein. Es gab viel zu tun – Aktennotizen verfassen zum Beispiel. Die Woche vor Prozessbeginn war wahnsinnig turbulent gewesen, und sie war nicht dazu gekommen, ihre Aufzeichnungen zu sortieren.

Sie öffnete mehrere Dokumente, die noch der Bearbeitung harrten, verschob ein paar Dateien auf dem Desktop, blätterte durch ihre handschriftlichen Notizen, doch mit der Arbeit wollte es einfach nicht klappen. Sie konnte sich nicht konzentrieren. Dafür war der Lockruf der Dokumente über Martin, die im Schrank warteten, viel zu laut.

*Ruhe, verdammt!*

Nur ein kurzer Blick. Es konnte doch sicher nicht schaden, die Akten einmal zu überfliegen. Sie durchzusehen und zu ordnen. Vielleicht hatte sie ja etwas übersehen? Sein Leben konnte sich doch unmöglich auf diese trostlose, provinzielle Existenz beschränken. Irgendwo in diesen Unterlagen musste sich etwas Brauchbares befinden. Doch wonach suchte sie überhaupt? Nach einem würdigeren Gegner? *Und was sagt das über mich aus?*

Sie hatte sich fest vorgenommen, die verdammten Unterlagen heute Abend zu verbrennen. Dummerweise hatte sie vergessen, Streichhölzer zu kaufen.

Sie stand auf, öffnete den Schrank und nahm den ersten Aktenordner heraus. Dann breitete sie die Papiere auf dem Bett aus, fuhr vorsichtig mit dem Finger über die Zeilen. Sie kannte ihren Inhalt beinahe auswendig.

*Nichts. Nicht das Geringste.*

»Georgie?«

Erschreckt blickte sie auf. Sie hatte Li nicht hereinkommen hören.

»Entschuldige – was gibt's?«

»Das Essen ist mehr oder weniger fertig. Ich hoffe, du magst dein Gemüse gut durch.«

# 19

Um sechs Uhr an diesem Abend hatte Priest seine Garderobe mehrmals durchgesehen, aber nichts Passenderes darin gefunden als die dunkle Jeans, das weiße Hemd und das Jackett, das er bereits trug. *Dann belassen wir es dabei.*

Er empfand ein sehr ungewohntes Gefühl, das Gift für seine Nerven war. *Man könnte mich vor einen Bezirksrichter stellen und mir sagen, dass ich fünf Minuten habe, um mich auf einen mir völlig unbekannten Fall vorzubereiten, und ich würde nicht in Panik geraten. Doch allein bei der Vorstellung, den Abend mit einer Frau zu verbringen, mit der ich bereits geschlafen habe, zittern mir die Hände. Wieso?*

Er kannte die Antwort auf diese Frage, hatte jedoch zu viel Angst, sie sich einzugestehen.

Stattdessen warf er einen Blick ins Feuerfischaquarium. Orwell und Hemingway hatten sich hinter Sarahs Plastikburg verzogen. »Ihr bleibt am besten, wo ihr seid«, murmelte Priest. »Das wird kein schöner Anblick.« Colonel Stinky dagegen – Tilly hatte ihn auf diesen Namen getauft – interessierte sich sehr für Priests Abendvorbereitungen und schwamm neugierig vor der Scheibe hin und her. Vielleicht hatte er aber auch nur Hunger.

Priest betrachtete die Fische, wie so oft, wenn er tief in

Gedanken war. *Wir haben schon eine Menge miteinander durchgemacht,* dachte er. In seiner dunkelsten Stunde, als man William überführt hatte und Priest die Verbindung zur Realität zu entgleiten drohte, waren die Feuerfische für ihn da gewesen. Inzwischen zog er ihre beruhigende, unvoreingenommene Präsenz sogar der Gesellschaft der meisten Menschen vor.

Er blätterte gerade durch eine Playlist auf seinem iPod und überlegte, was Jessica wohl gern hörte, als es an der Tür klingelte. *Mist, sie ist aber früh dran.* Er entschied sich für ein harmloses Crowded-House-Livealbum und ging zur Tür, wobei er sich dafür verfluchte, diese lächerliche Einladung überhaupt ausgesprochen zu haben.

Doch es war nicht Jessica Ellinder, die vor seiner Tür stand.

*»Elinor?«*

Sie trug einen langen cremefarbenen Mantel, hatte den Kopf zur Seite gelegt und lächelte verschmitzt. Ihm war bereits aufgefallen, dass es eine Angewohnheit von ihr zu sein schien, den Kopf schiefzulegen. Besonders dann, wenn sie etwas haben wollte.

»Darf ich reinkommen?«, fragte sie mit beinahe kindlicher Stimme.

Priest zögerte – er wollte nicht unhöflich sein, konnte sie jetzt jedoch überhaupt nicht gebrauchen. Wenn sie noch hier war, wenn Jessica auftauchte, würde das zu einigen sehr unschönen Komplikationen führen. Und dabei hatte er doch vorgehabt, wenigstens ein paar Stunden Auszeit vom Elias-Fall zu nehmen.

»Eigentlich passt mir das gerade gar nicht ...«

Sie drängte sich an ihm vorbei und marschierte in die Küche.

*Scheiß drauf, bitteschön, kommen Sie doch rein.*

»Tut mir leid«, sagte sie über ihre Schulter hinweg, als ihr bewusst wurde, wie übertrieben theatralisch ihr Auftritt war. »Ich wusste nicht mehr weiter.«

»Wie sind Sie an meine Adresse gekommen?«, fragte er und umrundete die Kücheninsel, damit er nicht mit ihrem Rücken sprechen musste.

»Ich bin Journalistin«, erklärte sie.

Allmählich verlor er die Geduld. »Was kann ich für Sie tun, Elinor?«

»Wollen Sie mir nichts zu trinken anbieten?«

»Dafür ist keine Zeit.«

Sie zuckte mit den Schultern. Selbst schuld, schien ihre Miene zu besagen. Dann schlüpfte sie aus dem Mantel. Sie trug ein tief ausgeschnittenes rotes Kleid, mit dem sie wohl sogar auf einem Opernball hoffnungslos overdressed gewirkt hätte, von Priests Küche ganz zu schweigen. Er hatte sie gerade bitten wollen, wieder zu gehen, sie darauf hinweisen wollen, dass dieser Besuch völlig unpassend war und dass sie lieber verschwand, bevor … *bevor was?* Beim Anblick des Kleids, das sich an ihre schlanke Gestalt schmiegte, fehlten ihm plötzlich die Worte.

»Ich will nur mit Ihnen reden, mehr nicht«, sagte sie leise. »Der Tote in meinem Auto, das alles … geht mir viel zu nahe. Als wäre der Stalker aus Universitätszeiten wieder da. Verstehen Sie das?«

»Ich will Ihnen nicht zu nahetreten, aber ich kenne Sie nicht und weiß nicht, auf welcher Seite Sie stehen«, sagte Priest.

Sie lachte, machte einen Schritt auf die Kücheninsel zu, beugte sich darüber und stützte neckisch das Kinn auf die Hände. Priest wusste genau – wenn er jetzt nach unten blickte, würde er erneut den rosa BH zu Gesicht bekommen. Doch diesen Gefallen wollte er ihr nicht tun.

»Dass Alexia Elias verurteilt wird, liegt auch in meinem Interesse«, sagte sie.

»Weshalb? Was hat sie Ihnen denn getan?«

»Ich habe einfach nur einen stark ausgeprägten Gerechtigkeitssinn.«

»Das ist für jemanden aus Ihrer Branche aber ungewöhnlich.«

»Also schön.« Sie richtete sich wieder auf und zuckte mit den Schultern. »Als ich noch zur Schule ging, sollten wir für die Elias Foundation sammeln. Meine Mutter weigerte sich, mir etwas zu geben. Damals war ich noch zu jung und konnte mir keinen Reim darauf machen, aber in den folgenden Jahren fiel mir auf, dass sie auf diese Stiftung richtig feindselig reagierte. Einmal habe ich ein Gespräch zwischen ihr und meinem Vater belauscht. Sie sagte, dass Alexia Elias und ihr Mann schlechte Menschen, sogar Kriminelle seien. Meine Mutter war eine sehr mitfühlende, freundliche Frau. Diese Verachtung einer Stiftung gegenüber, die Kindern helfen wollte, erschreckte mich. Mein Dad war genauso. Er sprach es zwar nicht so offen aus, aber auch er hatte große Vorbehalte. Irgendwann, als ich auf der Suche nach der nächsten Story war, schlug dieser Skandal in der Türkei gerade hohe Wellen, und ich forschte nach. Ich bin sogar nach Ankara gefahren und habe mich dort mit verschiedenen Leuten unterhalten. Meiner Meinung nach steckt Alexia Elias bis über beide Ohren mit drin.«

»Haben Sie dafür auch Beweise?«

Verlegen strich sie sich das Haar aus dem Gesicht. »Nein, aber *Sie*. Oder Sie hatten sie zumindest, bis …«

»Bis wir Simeons Leiche in Ihrem Wagen gefunden haben.«

Fox blickte zu Boden und biss sich auf die Lippen. »Genau.«

»Und jetzt wollen Sie, dass der Gerechtigkeit Genüge getan wird?«, fragte Priest. Er war nicht überzeugt.

Sie kniff die Augen zusammen. Die Flirteinlage war offenbar vorüber. »Ich bitte Sie, Charlie. Verstecken Sie sich nicht hinter Ihrem Zynismus, das haben Sie nicht nötig. Wir haben ein gemeinsames Ziel, warum arbeiten wir nicht zusammen?«

»Ich habe Sie nicht aus Simeons Wohnung geworfen. Was wollen Sie denn noch?«

»Was Sie auch immer als Nächstes vorhaben, ich will dabei sein.«

»Und woher soll ich wissen, dass ich Ihnen vertrauen kann?«

»Haben Sie die Nachrichten gesehen? Nicht ein Sterbenswörtchen über einen toten Hauptbelastungszeugen in einem sehr wichtigen Verleumdungsprozess!«

Da hatte sie recht. Die großen Schlagzeilen des Tages lauteten, dass neue Wirtschaftssanktionen gegen Nordkorea verhängt worden waren und dass sich irgendeine Boyband getrennt hatte. Von dem Prozess oder dem Mord an Simeon war nicht die Rede.

»Also wenn Sie schon nicht mit mir zusammenarbeiten wollen, sollten wir uns zumindest gegenseitig helfen. Was sagen Sie dazu?«

Wieder legte sie den Kopf schief – sie schien niemals blinzeln zu müssen.

»Was meinen Sie damit?«

»Informationsaustausch. Sie zeigen mir, was Sie zu bieten haben, und umgekehrt.« Das brachte sie so zuckersüß vor, dass Priest das Gesicht verzog. Er musste dieses Trauerspiel beenden, immerhin konnte Jessica jeden Augenblick eintreffen.

»Ich weiß nicht so recht.«

Sie seufzte mit gespielter Enttäuschung. »Wie schade. Dann müssen Sie wohl ganz allein herausfinden, wer der Junge auf dem Foto ist.«

Priest wartete, doch statt mehr zu verraten, beugte sie sich wieder über den Küchentisch, sah ihn mit ihren großen braunen Augen an und fuhr sich mit den Fingern durchs Haar. In jeder anderen Situation hätte Priest nicht für seine Selbstbeherrschung garantieren können. So ungern er es auch zugab: Nur zu gern hätte er die Hand ausgestreckt und die weiche weiße Haut ihrer Arme gestreichelt. *Warum auch nicht?*

»Sie wissen, wer das ist?«, fragte er.

»Ja.«

»Woher?«

»Wie gesagt, ich bin der Elias Foundation schon seit Jahren auf der Spur – es gibt kein Geheimnis, das sie vor mir verbergen können.«

»Alexia und Dominique Elias haben keine Kinder«, sagte Priest.

Sie lächelte wieder. Priest bemerkte, wie makellos ihre Zähne waren. »Ihnen entgeht aber auch gar nichts, oder?«

»Wer ist es?«

Sie lachte, bewegte sich aber nicht vom Fleck, sondern fixierte ihn lediglich wie ein Raubtier seine Beute.

Priest lehnte sich mit verschränkten Armen zurück.

»Das werde ich Ihnen doch nicht einfach so verraten«, flüsterte sie.

»Also gut, wie lauten Ihre Spielregeln?«, fragte er durch zusammengebissene Zähne. Sie hatten es mit einem Mord zu tun, und sie veranstaltete solche Albernheiten.

»Ganz einfach«, sagte sie. »Der Name steht auf einem Zettel, den ich in der Hand halte. Sie müssen nur die richtige Hand erraten.«

Sie streckte ihm über die Kücheninsel hinweg die Fäuste gerade so weit hin, dass er sie nicht erreichen konnte. Priest sah sich ihre Hände genau an, während seine Wut wuchs. Er hasste es, zum Narren gehalten zu werden, und Fox interessierte sich ganz offensichtlich einen feuchten Dreck für Simeon. Das musste ein Ende haben. *Aber wenn ich richtig rate …*

»Ach ja, eine Regel habe ich ja ganz vergessen: Drauf deuten reicht nicht. Du musst dir den Zettel schon holen.«

Priest sah auf die Backofenuhr – Jessica kam erst in einer halben Stunde. Fox beugte sich noch weiter vor, streckte die Fäuste aus, hob den Kopf, öffnete die Lippen und machte große Augen. Von hier aus kam er nicht an sie heran. Es war offensichtlich, wo sie ihn haben wollte.

Priest umrundete die Kücheninsel, ohne groß darüber nachzudenken. Hätte er das getan, wäre er wohl wieder zur Vernunft gekommen. Sie sah ihm dabei zu, drehte den Kopf jedoch nicht zu ihm, als er außer Sichtweite geriet. Stattdessen streckte sie katzenartig den Hals und wartete ab.

Er stellte sich hinter sie. Das Kleid, das knapp über den Knien endete, betonte den Schwung ihres Rückens und ihre schlanke Figur. Priest beugte sich vor und fuhr mit den Händen über ihre Hüfte, woraufhin sie sich versteifte.

Dann ließ er die Finger über ihre Arme gleiten, sah, wie sich die Härchen aufrichteten. Sie atmete hörbar aus. »Sei zärtlich mit mir«, flüsterte sie ihm ins Ohr.

Priest legte seine Hände auf ihre, fuhr mit dem Daumen über ihre Knöchel, schmiegte sich an sie, sog ihren Duft ein, das süße Parfüm auf ihrem Hals. Als sie sich gegen ihn drückte, regte sich etwas in seiner Leistengegend. Sie drehte sich zu ihm um, sodass sich ihre Lippen beinahe berührten.

»Schluss mit den Spielchen«, krächzte sie. »Gibt's in dieser Wohnung auch ein Bett?«

Priest lächelte und streichelte erneut ihre Arme. »Ja. Klar.«

Sie lachte. »Na Gott sei Dank.«

»Aber das brauchen wir nicht.«

»Wieso, was hast du vor?«

»Gar nichts.«

Priest löste sich von ihr. Sie wollte etwas sagen, brachte aber kein Wort heraus. Ihre Augen huschten verwirrt hin und her.

»Was?«, stammelte sie schließlich.

»Nicht nötig«, sagte er und hielt den Zettel in die Höhe, den er ihr unbemerkt gestohlen hatte. »Ich hab die richtige Hand erraten.«

Ihre Miene verwandelte sich schlagartig von zuckersüß zu stinksauer. *»Du …!«*

Sie kam nicht dazu, die wenig schmeichelhafte Bemerkung Priest und seine Fingerfertigkeit betreffend auszustoßen, da sie von einem höflichen Hüsteln von der anderen Seite des Raums unterbrochen wurde.

»Ich störe doch nicht etwa?«

Priest sah auf und geriet aus der Fassung. Jessica lehnte

mit verschränkten Armen an der Wand. Sie wirkte weder wütend noch überrascht. Eher desinteressiert.

»Jess …«

»Die Tür stand auf, also bin ich reingekommen. Entschuldige bitte, dass ich so früh dran bin«, sagte sie völlig ironiefrei.

Elinor band sich das Haar wieder zusammen, würdigte die andere Frau jedoch keines Blickes. Stattdessen sah sie Priest böse an.

»Das letzte Wort ist noch nicht gesprochen«, sagte sie, bevor sie aus der Wohnung marschierte und die Tür hinter sich zuknallte.

Priest stopfte Elinors Zettel hektisch in die Tasche. Jessica starrte ihn schweigend an. *Meine nächsten Worte sollte ich mir wirklich gut überlegen.*

»Es ist nicht so, wie es aussieht«, sagte er und begriff im selben Augenblick, wie bescheuert das klang.

»Wie sieht es denn aus?«, fragte sie.

Priest schnalzte mit der Zunge. »Nicht gut, schätze ich.«

»Da sind wir einer Meinung.«

»Ich kann …«

»Spar's dir«, unterbrach sie ihn und wandte sich ab. »Hierherzukommen war sowieso ein Fehler.«

Priests Wohnungstür fiel ein weiteres Mal krachend ins Schloss.

# 20

Georgie saß Li gegenüber im Schneidersitz auf dem Bett und hielt eine Schüssel mit verbranntem Chop Suey in der Hand.

Li reichte ihr Essstäbchen. »Damit schmeckt's noch besser.«

Georgie nahm die Stäbchen entgegen, unterzog sie einem prüfenden Blick und hob damit ein Stückchen verkohltes Hühnerfleisch auf – wenn es denn Huhn war.

»Vielen Dank.«

Li schaufelte sich einen großen Bissen in den Mund und kaute angestrengt darauf herum. »Wow. Schmeckt gar nicht mal so gut, oder?«

*Es ist fürchterlich.* Trotzdem empfand Georgie in diesem Augenblick nichts als Zuneigung für ihre kulinarisch so untalentierte Mitbewohnerin. Sie nahm so viel sie konnte zwischen die Stäbchen und tat, als würde es ihr tatsächlich schmecken. »Aber woher denn, Li. Es ist köstlich. Wirklich.«

»Du bist eine schlechte Lügnerin«, lachte Li mit vollem Mund.

Sie aßen eine Weile schweigend weiter. Georgie war sich durchaus bewusst, dass der Boden vor dem Bett mit den Unterlagen über Martin bedeckt war und hoffte, Li würde nichts damit anfangen können. Doch die warf immer wieder aus dem Augenwinkel einen Blick auf die Papiere.

»Willst du drüber reden?«, fragte Li schließlich.

Georgie starrte in ihre zur Hälfte geleerte Schüssel. Schlagartig verging ihr der Appetit. Li hatte recht – sie musste mit irgendjemandem darüber reden. Aber sie hatte es doch noch nie laut ausgesprochen, niemandem erzählt, was geschehen war, sondern es unter Schuld und Scham begraben. Bis vor Kurzem hatte sie sich noch eingeredet, dass diese Sache nicht ihr, sondern jemand anderem zugestoßen war und dass sie nur deshalb von Martin so besessen war, um … ja, warum? Um diesem Menschen zu helfen?

»Das ist schon lange her«, sagte Georgie leise.

»Na und? Das spielt doch keine Rolle.«

*Touché.* »Es war … na ja, irgendwie hab ich's wohl herausgefordert.«

»Was soll denn das heißen?«, drängte Li, woraufhin Georgie zusammenzuckte. *»Irgendwie hab ich's wohl herausgefordert?«*

»Also, ich meine … ach du liebe Güte, Li.« Georgie war den Tränen nahe. »Wir waren zusammen aus und kamen alle etwas angeheitert zurück. Ich wollte, dass er mich küsst. Mich berührt. Aber … *aber doch nicht so.*«

»Und das hast du ihm gesagt?«

»Ja. Ich habe laut und deutlich Nein gesagt.«

»Schätzchen, es ist nicht deine Schuld.«

Georgie wischte sich eine Träne aus dem Gesicht und stellte die Schüssel neben das Bett. *Warum hast du nur damit angefangen?* Zu ihrer Überraschung saß Li plötzlich neben ihr und streichelte ihre Haare, wie es ihre

Mutter immer getan hatte, als Georgie noch klein gewesen war. So lächerlich es ihr auch vorkam – Georgie fand es so tröstlich, dass sie sich erlaubte, leise in Lis Arme zu schluchzen.

»Deshalb hast du nachts auch das Licht an, oder?«, fragte Li sanft.

Georgie nickte. Sie hatte Angst vor der Dunkelheit – Angst davor, was in der Dunkelheit geschehen war und was wieder geschehen konnte.

Sie wusste, wie irrational das war. Und trotzdem ließ sie das Licht brennen.

»Schon gut«, flüsterte Li. »Schon gut. Es war nicht deine Schuld, Georgie. Red dir das bloß nicht ein.« Dann wurde ihre Stimme so ernst und kalt, dass Georgie sie kaum wiedererkannte. »Wir können es wiedergutmachen. Gemeinsam. Wir können für Gerechtigkeit sorgen.«

Der Puppenspieler saß in seinem Rauputzhaus auf einem grauen Stuhl mit hoher Lehne.

Ein langer Kratzer zog sich vom Ellenbogen bis zur Hand über seinen Arm. Feuerroter Schorf über einem Riss in der Haut.

Der Puppenspieler wartete ab. Als der richtige Zeitpunkt gekommen war, schaltete er eine Schreibtischlampe an, die auf einem großen Tresor neben dem Stuhl stand, und hob einen Aktenordner auf.

Der Ordner war ziemlich schwer. Die zerrissenen und eselsohrigen Seiten steckten Rücken an Rücken in durchsichtigen Plastikhüllen. Der Puppenspieler schlug den Ordner in der Mitte auf. Hier, wo die Tagebucheinträge in eine abstrakte, fantastische Traumwelt abdrifteten, fanden sich einige seiner Lieblingsstellen.

Er suchte einen ganz bestimmten Eintrag heraus und las ihn, obwohl er ihn bereits auswendig konnte.

*Das Mädchen sitzt im Schneidersitz da und starrt die Tür an. Für eine etwa Elfjährige hat sie eine sehr erwachsene Miene aufgesetzt. Ihre großen Rehaugen haben zu viel gesehen und zu wenig geweint, und bei ihrem Blick fragt man sich unwillkürlich: Wird sie von einem Gespenst heimgesucht? Oder ist sie das Gespenst?*

*Sie bewegt sich so schnell wie der Wind, der die Richtung ändert, schiebt einen mit Blutergüssen bedeckten Arm unter das Bett und zieht ein Buch hervor. Der Einband ist angestoßen, die Seiten verknittert, die Farben verblasst wie die Erinnerungen, die das Mädchen von ihrem Aufenthalt im Keller hat. Es fällt ihr immer schwerer, sich die Vergangenheit ins Gedächtnis zu rufen. Weil in ihrem Kopf kein Platz mehr für so etwas ist, ermahnt sie sich. Weil dort nur noch Platz für Hass ist.*

*Sobald sie den Titel liest, wird sie etwas klarer im Kopf:* Märchen für Mädchen. *Das Mädchen weiß nicht viel vom Leben jenseits des Kellers, aber sie weiß, dass das Buch aus einer anderen Zeit stammt, was irgendwie ein tröstlicher Gedanke ist.*

*Sie schlägt das Buch auf, und für einen kurzen Augenblick sieht sie Prinzessinnen mit Sommersprossen und gute Feen mit Zauberstäben, Wünsche erfüllende Flaschengeister und einen hübschen, zur Rettung der holden Maid eilenden Prinzen vor sich. Sie kann nicht alle Wörter lesen, nur ein paar.* Apfel. Schloss. Der Wolf.

Traum.

Schnee.

Böse.

*Die Mädchen in dem Buch sehen alle gleich aus. Sie haben langes, wallendes Haar, hellblaue Augen und schmale Taillen. Das Mädchen legt die Hände um die eigene Taille. Die Frau sagt, dass sich ihre Finger berühren sollen, aber das schafft sie nicht. Doch wenn das Mädchen ausatmet, dann fehlt nicht mehr viel.*

*Die Frau ist ganz anders als die gute Fee aus dem Buch, obwohl sie manchmal so tut. Sie sagt, dass sie nicht ihre Mutter und deshalb auch nicht verantwortlich für sie ist. Sie sagt, dass sie ihr helfen will. Aber das tut sie nie. Am nächsten Tag ist die Frau dann wieder abweisend und unfreundlich.*

*Manchmal hört das Mädchen, wie die Frau und der Mann miteinander reden.*

*Unten in der Wand ist ein briefkastengroßer Luftschlitz, der in einen anderen Raum führt, und wenn es windstill ist, hört das Mädchen die gedämpften Stimmen des Mannes und der Frau. Wenn sie das Ohr im richtigen Winkel an den Luftschacht hält, kann sie sogar einzelne Wörter verstehen.*

*Das Mädchen macht das Buch zu. Sie kann sie im Schacht hören und geht auf alle viere wie eine Katze, die sich in der Sonne reckt und streckt. Aus welcher Richtung die leisen Geräusche kommen, kann sie nicht sagen – sie könnten genauso gut aus einer anderen Welt stammen.*

*»Du trinkst zu viel«, sagt die zitternde Frauenstimme.*

*»Na und?«, erwidert der Mann.*

*»Du bist nur noch eine Belastung.«*

*Er hustet und prustet, dann beruhigt er sich wieder. »Hier ist meilenweit kein Mensch außer uns«, krächzt er. »Was wir hier tun, geht niemanden etwas an.«*

*Sie schnaubt. Dann ist nur noch ein raschelndes Ge-*

*räusch zu hören. Wie Papier. »Irgendwann wird jemand nach ihr suchen«, sagt sie schließlich.*

*»Nein. Keinesfalls.«*

*»Wieso bist du dir da so sicher?«*

*Das Mädchen hält den Atem an. Damit ist sie gemeint. Die beiden reden über* sie. *Zum ersten Mal haben sie über das Mädchen gesprochen.*

*Ihr Herz macht einen Satz.*

*»Weil ihre Mutter, diese Schlampe, mutterseelenallein war, und jetzt ist sie tot«, sagt er. »Niemand weiß, dass das Mädchen existiert. Tut sie ja auch nicht. Existieren, meine ich.«*

*»Wenn ich nach ihr sehe, kommt sie mir aber sehr real vor.«*

*»Dann lass sie raus!«, ruft er wütend. Das Mädchen zuckt erschrocken zurück. »Mach die Tür auf und schick sie fort, wenn dir das so zu schaffen macht.«*

*Einen Augenblick lang sagt niemand etwas.*

*»Dachte ich mir. Ist gar nicht so einfach, oder?«*

*Wieder Stille. Das Mädchen spitzt die Ohren.*

*»Es gibt noch andere, nicht wahr?«, fragt die Frau leise und voller Verachtung.*

*»Was soll das heißen?«, gibt er entrüstet zurück.*

*»Das weißt du ganz genau. Andere.«*

*»Wenn's dir hier nicht gefällt, dann hau ab. Niemand zwingt dich hierzubleiben.«*

*»Du bist doch krank«, sagt sie leise.*

*Er kichert. »Wirklich? Du bist doch auch nicht ganz unschuldig.«*

*»Und was soll das heißen?«*

*»Du hast mich schon verstanden.« Seine Stimme klingt sehr unangenehm. Das Mädchen bekommt kaum noch*

*Luft, ihre Kehle ist wie zugeschnürt. »Du siehst doch gern zu.«*

*»Du krankes Arschloch …«*

*Er fällt ihr ins Wort, seine dröhnende Stimme übertönt sie, und obwohl das Mädchen nicht alles versteht, was er sagt, weiß sie doch, dass er recht hat.*

*»Du siehst gern zu. Glaubst du, ich weiß nicht, dass du oben auf der Treppe sitzt und um die Ecke spähst wie eine kleine Spannerin? Das gefällt dir. Was, liege ich da etwa falsch? Dann lass sie gehen.«*

*In der folgenden Gesprächspause holt das Mädchen tief Luft.*

*»Aha. Das dachte ich mir«, knurrt er schließlich zufrieden.*

Der Puppenspieler atmete ebenfalls aus, kratzte über den Verband und bohrte tiefer in die Wunde hinein. Nicht mehr lange, dann hatte das jahrelange Warten ein Ende.

Dann würde die ganze Welt die Wahrheit erfahren.

# 21

Sonntagmorgen. Eine dünne Reifschicht lag über London, doch die Menschen ließen sich von der Kälte nicht abhalten und eilten mit Tüten in den Händen und Kindern im Schlepptau durch die Straße unter Priests Penthouse. Sie zogen von Geschäft zu Geschäft, stopften sich den neuesten Duft von Chanel oder das jüngste Apple-Gadget in ihre Taschen – bis sie zu Hause ankamen, würde beides schon wieder hoffnungslos veraltet sein.

Priest riss sich gedankenverloren vom Fenster los, ging ins Badezimmer und betrachtete sich im Spiegel. Seine Augenringe waren so düster wie seine Stimmung.

Als Jessica gestern Abend aus seiner Wohnung gestürmt war, hatte ihn eine Erkenntnis ereilt: Er wollte mit ihr zusammen sein. Er hatte einen Vorgeschmack auf die Verzückung genossen, die sie ihm bereitete, und er wollte mehr. Jetzt kam er sich vor wie ein ankerloses Boot, das hilflos dem Spiel der Wellen ausgeliefert war.

*Scheiße, scheiße, scheiße!*

Er schlug fest mit der Faust gegen den Spiegel. Die Glasscheibe zersplitterte sofort, kristallene Scherben regneten ins Waschbecken und auf den Boden. Ein gezacktes Bruchstück blieb im Rahmen stecken, eine verzerrte Gesichtshälfte starrte ihm daraus entgegen.

Priest betrachtete seine Hand. Die Haut um die Knöchel war zerschnitten und pulsierte schmerzhaft. Er machte sich daran, die Scherben in Zeitungspapier zu wickeln und in den Mülleimer zu werfen.

Dann ging er trotz der Kälte auf den Dachgarten und zündete sich eine Zigarette an. Sein Handy klingelte. *Wer das auch ist – er kann mich mal kreuzweise.* Er ging ran.

»Was?«, krächzte er durch den Zigarettenrauch.

»Bei dir alles klar, Priest?« Es war Okoro.

»Alles bestens. Ich habe seit dem Aufstehen leichte Kopfschmerzen, sonst nichts.«

Okoro gab ein skeptisches Schnauben von sich. »Ich sitze gerade vor der Eingabe, mit der ich die Ehrenwerte Richterin Peters morgen davon überzeugen will, dass sie uns einen Prozessaufschub gewährt. Aber außer unserer Befürchtung, dass Simeon Ali nicht mehr unter den Lebenden weilt, will mir kein stichhaltiges Argument einfallen.«

»Das ist keine Befürchtung. Er ist *wirklich* tot.«

»Peters ist eine alte Hexe, Priest. Der Zeuge, auf dessen Aussage wir unseren Fall aufgebaut haben, ist tot. Gut möglich, dass sie uns einfach nach Hause schickt. Dann bleibt *The Real Byte* auf den Prozesskosten sitzen. Vielleicht bezweifelt sie sogar, dass ein faires Verfahren überhaupt möglich ist.«

»Dann lege ich Berufung ein.«

»Schon klar«, sagte Okoro. »Aber haben deine Klienten auch den Mumm, das durchzuziehen? Die Versicherung wird da ganz bestimmt nicht mitspielen.«

Wieder fluchte Priest leise. Okoro hatte recht. Was sollte eine Vertagung schon bringen? Sie würde das Unvermeidliche nur hinauszögern – Elias hatte bereits gewonnen.

Vor seinem geistigen Auge erschien Alexia Elias' süffisantes Grinsen.

»Simeon wurde ermordet.« Priest atmete tief aus. »Die Verteidigung beantragt einen Prozessaufschub, um die Umstände seines Todes zu untersuchen und ihre Strategie im Hinblick der jüngsten Entwicklungen einer Neubewertung zu unterziehen. Wie wär's damit?«

Okoro seufzte. Er klang wenig beeindruckt. »Na schön. Einen Versuch ist's wert.«

Priest legte auf, drückte die erst zur Hälfte aufgerauchte Zigarette im Aschenbecher aus und kehrte in die Küche zurück. Dort kramte er in den Schränken, bis er eine Dose mit Erbsensuppe fand. Er öffnete sie, schüttete den Inhalt in einen Topf und stellte ihn auf den Herd. Das würde wohl oder übel als Frühstück reichen müssen.

Er setzte sich mit der Suppe an den Tisch, nahm den Zettel aus der Tasche, den er Elinor gestern Abend abgenommen hatte, und legte ihn neben den Teller. Auf die andere Seite platzierte er das Foto des geheimnisvollen Jungen. Er hatte den Zettel gestern Nacht wieder und wieder gelesen – es standen nur zwei Namen darauf. Vater und Sohn. Inzwischen war er überzeugt davon, dass sie richtig vermutete, obwohl ihm ihre Absichten nach wie vor ein Rätsel waren. Der Junge hatte dieselbe reptilienhafte Kieferpartie und dieselben eingesunkenen Augen wie sein Vater. Selbst die störrische Haltung, in der er dastand, war die gleiche.

Alexia und Dominique Elias hatten keine Kinder, jedenfalls nicht miteinander. Doch es war unübersehbar, dass Dominique Elias der Vater dieses Jungen war.

»Hallo, Julian«, murmelte Priest. »Also, wie passt du hier ins Bild?«

Okoro nahm einen großen Schluck Kaffee und starrte niedergeschlagen den leeren Bildschirm an. Seine Finger schwebten über der Tastatur, während er auf eine Eingebung wartete. Um einen Aufschub zu bitten, war ja schön und gut, doch selbst wenn Peters so gnädig war und ihn gewährte, würde *The Real Byte* letzten Endes die Gerichtskosten tragen müssen. Allein Hagworth würde mindestens fünfzigtausend verlangen, obwohl er kaum einen Finger gerührt hatte.

*Das wird der Versicherung gar nicht gefallen.*

Simeon Ali war tot, doch das bedeutete nicht zwangsläufig, dass der Prozess damit beendet war. Sie müssten schon beweisen, dass Alexia Elias Simeon umgebracht oder den Befehl dazu erteilt hatte. Solche Fälle hatte es schon gegeben. Im Jahr 2006 beispielsweise hatte ein Berufungsgericht eine Klageerwiderung für unzulässig erklärt, weil der Angeklagte den Kläger ermordet hatte.

Doch die Vorstellung, dass Alexia Elias auch nur das Geringste mit Simeons Ermordung zu tun hatte, war völlig absurd.

Die Tür zu Okoros Büro öffnete sich, und eine junge Frau mit wachen Augen kam herein. Sie hatte das Haar zu engen Cornrows geflochten, trug ein graues Nike-Vintage-Shirt und schwarze Leggins. Faith Okoro hatte von ihrem Vater lediglich den durchdringenden Blick, das gute Aussehen aber von ihrer Mutter geerbt. Somit standen die Chancen – sehr zu Okoros Leidwesen – günstig, dass sie sich ihr Medizinstudium durch gelegentliche Modeljobs finanzieren konnte.

»Mama fragt, ob du den ganzen Tag arbeiten willst. Sie lässt ausrichten, dass sie sich nicht mehr erinnern kann, wie du überhaupt aussiehst«, sagte Faith grinsend.

Winifreds Stimme hallte durch das Wohnzimmer: »Sag ihm, dass ich mir einfach einen neuen Mann suche!«

»Mama lässt ausrichten …«, fing Faith an.

»Ja, ich hab deine Mutter gehört.« Okoro hob die Hand. »Sie will sich einen neuen Mann suchen. Sag ihr, dass ich ihr dabei alles Gute wünsche.« Faith hob eine Augenbraue. »Na schön. Noch eine Stunde. Höchstens zwei.«

»Mach schon mal dein Testament, Daddy.« Faith schüttelte den Kopf. »Hat es mit diesem Prozess zu tun?«

»Nur ein paar unvorhergesehene Schwierigkeiten. Es ist ein wichtiger Fall – am Freitag war es groß in den Nachrichten.«

»Ach, du und Charlie, ihr werdet es schon hinbiegen, oder?«

Okoro sah sie misstrauisch an. Genau wie er selbst tat Faith nichts ohne Grund, auch wenn dieser Grund nur in einfachem Schabernack bestand. Das schelmische Blitzen in ihren Augen war nicht zu übersehen. »Aber sicher.«

»Hmm.« Faith grinste. »Wenn das alles vorbei ist, könntest du doch Charlie mal zum Essen zu uns einladen.«

»Faith …«, sagte Okoro in warnendem Ton.

»Er könnte neben mir sitzen und …«

»Das reicht«, sagte Okoro lachend. Bevor er sie maßregeln konnte, klingelte das Telefon. Er sah aufs Display und stöhnte innerlich auf. »Da muss ich rangehen.«

Sie warf ihm einen Luftkuss zu und verließ den Raum.

Okoro hob ab. »Hagworth«, seufzte er.

»Okoro?« Es knisterte in der Leitung. Okoro sah ihn förmlich vor sich, wie er auf einem karierten Sessel saß und verzweifelt versuchte, das Handy zu bedienen. »Okoro, sind Sie dran?«

»Ja. Was wollen Sie?«

»Einfach nur ein wenig plaudern, alter Freund. Ganz unverfänglich.«

*Alter Freund? Für wen hielt sich Hagworth eigentlich?* »Natürlich.«

»Ihre Kanzlei steckt in der Bredouille, nicht wahr? Wie es aussieht, wird Mr. Ali wohl nicht mehr aussagen.«

Okoro stieß ein verächtliches Lachen aus. *War ja klar – er ist so berechenbar wie immer.* »Wir haben noch Zeit«, knurrte Okoro.

»Das bringt meine Klientin in eine unangenehme Situation, immerhin hätten wir es vorgezogen, Mr. Alis Aussage zu widerlegen und den Prozess auf ehrliche Weise zu gewinnen. Tja, wie es aussieht, stecken Sie in einer Sackgasse.«

»Es gibt immer einen Ausweg, Hagworth. Die schriftliche Aussage Ihrer Mandantin jedenfalls kommt mir erstunken und erlogen vor.«

»Ich bitte Sie, Okoro, allein durch Kreuzverhöre gewinnt man keinen Verleumdungsprozess. Zugegeben, Sie sind ein guter Anwalt. Aber *so gut* nun auch wieder nicht.«

Okoro bemerkte plötzlich, dass er so fest mit einem Bleistift auf seinem Notizblock herumkritzelte, dass das Papier riss. »Kommen Sie zum Punkt, Hagworth. Was haben Sie anzubieten?«

Hagworth kicherte. »Wissen Sie, so ein Kuhhandel ist eigentlich nicht mein Stil, und ich habe auch noch nicht mit meiner Klientin darüber gesprochen. Um die Wahrheit zu sagen, habe ich sie seit Freitag überhaupt nicht mehr gesprochen. Daher habe ich weniger ein Angebot zu machen, als Ihnen einen Vorschlag zu unterbreiten, den Sie mit Ihren Klienten besprechen sollten. Ich verlange lediglich, dass sich ihre Klienten öffentlich entschuldigen, ihre Behauptungen widerrufen, die Gerichtskosten übernehmen und eine Entschädigungssumme von läppischen hunderttausend Pfund berappen. Was sagen Sie dazu?«

»Ich sage: Wir lassen es darauf ankommen«, sagte Okoro. Er kochte vor Wut.

»Ach du liebe Güte, Okoro, so läuft das nicht. Der Kunde ist König, wie es so schön heißt, und Sie werden wohl das tun müssen, was Ihre von Ihnen verlangen. Die sich übrigens in Anbetracht der Umstände in mehr als einer Hinsicht sehr verletzlich fühlen dürften, meinen Sie nicht auch?«

Okoro hörte auf, den Schreibblock zu massakrieren. *Was hat er da gerade gesagt?* »Was soll das heißen?«

»Erfüllen Sie die Wünsche Ihrer Kunden, Okoro. Sie können mich unter dieser Nummer erreichen.«

Hagworth legte auf. Perplex hielt Okoro den Hörer in der Hand. Das Freizeichen tutete in seinem Ohr. Die passende Untermalung dieser trostlosen Situation, bis der Ton durch ein scharfes Knacken übertönt wurde: Okoro hatte den Bleistift in der Hand zerbrochen.

# 22

Priest stieß aus der Parklücke vor seinem Haus, gab Gas und fädelte sich so knapp vor einem schwarzen Taxi auf die Straße ein, dass dessen Fahrer auf die Bremse treten musste und seinen Unmut durch lautes Hupen kundtat.

*Entschuldige, Kumpel.*

Trotz der Überwachungskameras blieb er auf dem ganzen Weg durch Holborn auf der Busspur. Am Sonntagmorgen herrschte kaum Verkehr – es war wohl der einzige Tag der Woche, an dem die Bürgersteige verstopfter waren als die Straßen.

An einer roten Ampel rief er Jessica an. Es klingelte ein paarmal, dann wurde er auf die Mailbox weitergeleitet. *Sie hat den Anruf abgelehnt!*

»Jessica«, sagte er sanft. »Wir müssen miteinander reden. Ruf mich an.«

Dabei wusste er genau, dass sie ihn nicht anrufen würde. Jedenfalls nicht heute. *Würde ich an ihrer Stelle auch nicht machen.*

Die Ampel schaltete auf Grün. Gemächlich bogen die wenigen Fahrzeuge auf die Charing Cross Road. *Kein Wunder, dass in dieser Stadt nichts vorwärtsgeht. Die Leute kommen ja noch nicht mal bei Grün in die Gänge!*

Dann wählte er Georgies Nummer, und diesmal wurde

sein Anruf mit unüberhörbarer Begeisterung entgegengenommen.

»Hi Charlie!«

»Georgie? Sind Sie angezogen?« Sie zögerte einen Augenblick, dabei hatte er es überhaupt nicht anzüglich gemeint. »Ich wollte sagen: Sind sie schon auf?«

»Aber sicher. Schon seit Stunden. Ich habe nicht besonders gut geschlafen.«

»Ich auch nicht. Schnappen Sie sich Ihren Mantel, ich hole Sie in ein paar Minuten ab. Wir machen einen Ausflug.«

Georgie hatte ihm nur die halbe Wahrheit gesagt. Als Charlie angerufen hatte, war sie zwar schon wach gewesen, hatte aber noch im Bett gelegen und gelesen. In Windeseile hatte sie sich ihres Charlie-Brown-Pyjamas entledigt (ein Geschenk ihrer Mutter, von dem sie sich einfach nicht trennen konnte) und eine Jeans, ein weißes Top und eine Daunenweste angezogen, in deren Taschen sie ihr Handy und ihre Geldbörse stopfte. Die Weste war ein total unmodisches Kleidungsstück, mit dem sie aussah wie eine verhinderte Polarforscherin – das behauptete zumindest Li. Dafür verfügte die Weste über mehrere tiefe Taschen, was ihr das Mitführen einer Handtasche ersparte.

Sechs Minuten später stand sie auf dem Bürgersteig und wartete auf Charlie. Kurz darauf hielt der Volvo vor ihr, und sie sprang auf den Beifahrersitz. Dabei schlug ihr heiße Luft entgegen, und sobald sie im Auto saß, geriet sie in Atemnot.

»Ist ja wie in einer Sauna hier«, sagte sie.

»Die Heizung ist kaputt«, erklärte Charlie. »Kurbeln Sie einfach das Fenster runter.«

»Warum haben Sie nicht Ihren anderen Wagen genommen?«, fragte sie, streckte den Kopf aus dem Fenster und schnappte nach Luft. »Sie haben doch einen Aston Martin.«

»Das Auto gehört William. Er hätte sich jeden anderen Wagen leisten können, aber aus irgendeinem Grund, den ich wohl nie begreifen werde, hat er sich für diesen entschieden. Ich habe ihm versprochen, bis zu seiner Entlassung darauf aufzupassen. Also fahre ich hin und wieder damit, damit er nicht in der Garage verrostet.«

Georgie sah ihn unbehaglich an. »Ich glaube nicht, dass William die nächste Zeit entlassen wird, oder?«

Priest lachte. »Doktor William Priest ist einer der fleißigsten Serienkiller Londons seit Jack der Ripper. Außerdem ist er ganz offiziell geisteskrank. Er wird bis zum Ende seines Lebens eingesperrt bleiben.«

»Aber warum …?«

»Weil ich es ihm versprochen habe.«

Georgie holte tief Luft und beschloss, Charlie vorerst keine weiteren persönlichen Fragen mehr zu stellen. Das ging sie sowieso nichts an. Stattdessen warf sie ihm einen heimlichen Seitenblick zu, betrachtete sein Profil, während er sich auf die Straße konzentrierte. Das markante Kinn, die unrasierten Wangen. *Dieses Versprechen würden Sie niemals brechen, nicht wahr?*

»Wo fahren wir überhaupt hin?«

»Der Junge auf dem Foto in Simeons Versteck heißt Julian Greenwood. Er ist zehn Jahre alt und der Sohn von Dominique Elias. Das Bild wurde vor Dominiques und Alexias damaligem Wohnsitz aufgenommen.«

Georgie blieb die Luft weg. »Wie haben Sie das denn herausgefunden?«

»Lange Geschichte. Ich hatte etwas Hilfe.«

»Dominique und Alexia können keine Kinder bekommen, wenn man den Gerüchten Glauben schenken will.«

»*Alexia* kann keine Kinder bekommen. Julian ist Dominiques Sohn. Ich weiß nur noch nicht, wer die Mutter ist.«

Georgie rutschte unbehaglich auf ihrem Sitz herum. Ob er das mit der *Hilfe* von Elinor Fox herausgefunden hatte? In diesem Fall war dieser Information nicht zu trauen.

»Und jetzt fahren wir zu dem Haus auf dem Foto?«

»Genau. Nach Norfolk. Also lehnen Sie sich zurück und entspannen Sie sich.«

Ein Summen ertönte, woraufhin sie beide in ihre Taschen griffen. Es war Priests Handy. Er behielt eine Hand am Lenkrad und ging ran, während sich Georgie zu allen Seiten nach Polizeiautos umsah. Charlie schien sich nicht einmal bewusst zu sein, dass er etwas Verbotenes tat. Unweigerlich hörte sie mit.

»Hi, Tiff… ja, alles bestens… Ich? Gar nichts. Ich bin gerade auf dem Weg ins Fitnessstudio… Nein, bezüglich des Mords an Simeon stelle ich selbstverständlich keine Ermittlungen an, das ist deine Aufgabe… natürlich gebe ich dir sofort Bescheid… ehrlich, Tiff, wenn ich etwas herausfinde, bis du der Erste, der… nein… ich darf mit der Klägerin nicht sprechen, das weißt du genau. Das nennt man standeswidriges Verhalten… Wirklich? Wie lange? Interessant… Morgen lässt sich sicher einrichten, schreib mir später eine SMS mit der Uhrzeit… Okay, bis dann.«

Charlie schnalzte mit der Zunge. Was er, wie Georgie beobachtet hatte, immer dann tat, wenn er eine wichtige

Entdeckung gemacht hatte oder ihn eine Erkenntnis ereilte.

»Was ist?«

»Das war Rowlinson«, sagte Priest. »Er wollte mit Alexia Elias über den Mord an Simeon sprechen. Anscheinend hat sie auch ihr Ehemann seit Freitag nicht mehr gesehen, aber das scheint ihn nicht groß zu beunruhigen. Angeblich taucht sie öfter mal einfach unter, wenn der Stress zu groß wird.«

»Das ist aber eine merkwürdige Angewohnheit, finden Sie nicht auch?«

Er verzog das Gesicht. »Wenn Sie meinen.«

»Glauben Sie, dass Alexia etwas mit Simeons Tod zu tun hat?«

Er dachte lange und gründlich über diese Frage nach. Zumindest erweckte er den Anschein. »Ich glaube, dass sie von seinem Tod immens profitiert.«

Sie fuhren nach Norden auf die M11. Der alte Volvo überquerte den Rüttelstreifen, als sie die Autobahnauffahrt verließen und mehrere Lkws überholten. Die Ausstattung des Volvo bestand aus einem holzverkleideten Handschuhfach und einem Analogradio auf einem Armaturenbrett mit vielen anderen klobigen Knöpfen und Schaltern. Ein Navi suchte man vergebens. Obwohl die Heizung so niedrig wie möglich eingestellt war, wurde heiße Luft in den Wagen geblasen, als würde der Motor mit Höllenfeuer angetrieben.

Georgie schlüpfte aus der Daunenweste.

»Hinter meinem Sitz liegt eine Karte«, sagte Charlie.

Georgie zog einen verknickten, vergilbten Straßenatlas von 2002 hervor. Dann erstarrte sie. *Dieser Atlas gehört William.*

»Suchen Sie nach einer Ortschaft namens Tome.«

Georgie hatte sich bald wieder gefangen, konsultierte das Ortsnamensverzeichnis und schlug die richtige Seite auf. »Hier.«

»Sobald wir von der Autobahn runter sind, müssen Sie mich lotsen.«

»Kein Problem, ich war bei den Pfadfindern«, sagte sie. »Fahren Sie die nächste raus.«

Gail Woodbead saß vor ihrem iPad und durchforstete das Internet, doch bis jetzt gab es noch keine einzige Meldung über Simeons Ermordung. Etwas widerwillig musste sie sich eingestehen, dass die Polizei sehr effektiv den Deckel auf der Sache draufhielt. Die Medien waren völlig ahnungslos.

Die letzten beiden Nächte hatte sie bei Tomas verbracht. Das war bedeutend unkomplizierter, es gab ja so viel zu tun und zu besprechen. Ihren Ehemann Andros, mit dem sie seit fünfzehn Jahren verheiratet war, störte es nicht. Seine anfängliche Eifersucht auf Tomas, mit dem Gail durch eine mal geschäftsmäßige, mal freundschaftliche und gelegentlich auch intime Beziehung verbunden war, hatte sich längst gelegt.

Tomas wohnte in einem dreistöckigen Townhouse, das über mehrere Gästezimmer mit separatem Bad verfügte. Er hatte nie geheiratet, obwohl es im Lauf der Zeit mehrere Frauen gegeben hatte. Und Männer. Allerdings nichts Dauerhaftes – seine Arbeit hatte stets Vorrang, und die wechselnden Partner, die Gail hatte kommen und gehen sehen, begriffen schnell, dass sie immer nur die zweite Geige in Tomas' Leben spielen würden.

Andros wünschte sich ein Kind von Gail und hätte es

wohl auch verdient, doch bisher hatte es nicht sein sollen. Als sie die vierzig überschritten hatte, waren sie zu dem unausgesprochenen Schluss gekommen, dass die Zeit beinahe abgelaufen war. Kein Wunder, dass es ihn nicht kümmerte, wenn sie bei Tomas übernachtete – anscheinend hatte er bereits aufgegeben.

Sie warf einen Blick zu Karl Jones hinüber, der in der Ecke von Tomas' Wohnzimmer vor dem Bildschirm saß. Er sah aus, als hätte er seit Tagen nicht geschlafen, konnte aber immer noch *World of Warcraft* spielen. Fast beneidete sie ihn um dieses lächerliche Spiel. Ihr war diese Möglichkeit zur Flucht nicht gegeben. Wenn er sich in seine aus Pixeln bestehende Fantasywelt zurückzog, konnte er vergessen, dass sie kurz davorstanden, das Magazin – und damit ihre berufliche Existenz – zu verlieren.

Oder er war zu dämlich, um das überhaupt zu begreifen.

Gail war seit fünf Jahren Chefredakteurin von *The Real Byte*. Sie war Tomas Jansens ansteckender Begeisterung, seiner rebellischen Ideologie, seiner ganz eigenen Interpretation sozialistischer Ideen erlegen. Von Anonymous bis zum Ku-Klux-Klan, vor der spitzen Feder von *The Real Byte* war nichts sicher. Ihre unverblümten, satirischen Beiträge hatten im Netz schnell Kultstatus erreicht. Doch jetzt sah es so aus, als würde ihnen Alexia Elias den Todesstoß versetzen.

Gail legte die Hände um die glühend heiße Kaffeetasse. Sie war müde. Die Anstrengungen der letzten vierundzwanzig Stunden forderten ihren Tribut.

»Spielst du immer noch dieses beschissene Spiel?«, fragte Tomas, der mit einer Schüssel voller Nudeln hereinkam.

Karl sah sich genervt um. Dass er sich meistens zu Hause aufhielt und ihre Gesellschaft nach Möglichkeit mied, war nicht weiter verwunderlich. Er war sowieso ein Eigenbrötler, daher war Tomas' Einladung, bei ihm zu bleiben, auch nicht ganz ernst gemeint gewesen. Doch zu Gails Überraschung hatte er sie nicht nur angenommen, sondern sich auch sonst an Tomas' Ratschläge gehalten. *Nehmt nie zweimal denselben Weg, haltet euch nicht zu lange an einem Ort auf, bleibt immer zusammen.* Welche Gefahr Tomas dadurch vermeiden wollte, war Gail immer noch nicht ganz klar. Sowohl Karl als auch Tomas schienen unter einer schweren, cannabisinduzierten Paranoia zu leiden.

»Lass mich doch mal ein bisschen abschalten«, sagte Karl.

»Blöder Kinderkram«, murmelte Tomas.

»Halt die Klappe, Tomas«, zischte Gail. »Wenigstens gibt er so Ruhe. Es wäre besser, du würdest dich auch irgendwie beschäftigen, statt hier rumzulaufen wie ein Löwe im Käfig.«

»Genau das bin ich, ein Löwe im Käfig.« Sie erwiderte seinen Blick und unterdrückte den Drang, ihn anzuschreien. *Immer mit der Ruhe, Gail.*

»Dann ruf Priest an«, sagte sie leise. »Frag ihn, wie die Lage ist.«

»Wenn es etwas Neues gibt, wird er es uns schon sagen«, knurrte Tomas, setzte sich ihr gegenüber und knallte die Nudelschüssel auf den Tisch. Dann beugte er sich vor und klemmte die Hände zwischen die Beine.

»Du hast viel zu viel Vertrauen zu diesem Anwalt«, murmelte sie und wandte sich wieder ihrem iPad zu.

»Bis jetzt hat er uns noch nicht enttäuscht.«

Gail seufzte und wischte energisch mit der Hand über den Touchscreen. *So gut* konnte Priest gar nicht sein. Er war zwar nicht auf den Mund gefallen, aber jetzt brauchte es schon ein Wunder, um das Magazin zu retten. Ein amerikanischer Verlag war kurz davor gewesen, sie zu kaufen, hatte dann wegen des Prozesses jedoch einen Rückzieher gemacht. Die Werbeeinahmen schrumpften und würden irgendwann ganz versiegen. Sie spielten auf Zeit. Tomas machte zwar den Eindruck, als könnte ihm der Stress nichts anhaben, aber sie hatte ihn schon einmal unter Druck zusammenbrechen sehen. Früher oder später würde er sich nicht mehr beherrschen können. Er war wie ein Milchtopf, ständig kurz vorm Überkochen.

Bei dieser Vorstellung lief es Gail kalt den Rücken hinunter.

Wenige Minuten später platzte Tomas erneut der Kragen. »Ich halte das nicht mehr aus! Warum ruft er nicht an? Simeon wurde ermordet, unser *Freund* wurde ermordet! Wir sollten darüber berichten und nicht hier rumsitzen und vor Angst zittern.«

»Ist das dein Ernst?«, fragte Gail. »Du willst *öffentlich machen*, was Simeon zugestoßen ist?«

Tomas sah sie voller Verachtung an. »Du weißt schon, was ich meine.«

Sie wollte gerade etwas entgegnen, als ihr Karl ins Wort fiel. »Ob das die Freie Volksarmee war?«

Tomas warf ihm einen vernichtenden Blick zu. »Bist du jetzt völlig verblödet?«

Deprimiert wandte sich Karl wieder seinem Spiel zu.

Gail schüttelte den Kopf. »Karl, in diesem Fall wären wir wohl als Nächste dran, oder?«, murmelte sie.

# 23

Priest steuerte den Volvo von der Hauptstraße auf einen Feldweg. Auf der Fahrerseite kratzten die Äste wuchernder Nadelbäume am Wagen – in der anderen Richtung erstreckten sich mehrere von einer niedrigen Steinmauer begrenzte und mit einigen einsamen Schafen bevölkerte Weiden. Die kleine Ortschaft Tome, die lediglich aus ein paar reetgedeckten Häusern, einem Pub und einer heruntergekommenen Kirche bestand, lag etwa eine halbe Meile hinter ihnen.

»Die trostlose Idylle des ländlichen England«, bemerkte Priest leise.

Gelegentlich war hinter der Baumhecke, die sich bis zum Horizont zu erstrecken schien, ein grasbewachsener Hügel zu erkennen. Priest hatte vor seinem Aufbruch auf Google Earth nachgesehen – das Haus, nach dem sie suchten, hatte er zwar gefunden, nicht jedoch die Zufahrt. Er nahm den Fuß vom Gas, worauf der Volvo dankbar seufzte.

»Da hinten war was«, sagte Georgie und drehte sich auf dem Beifahrersitz um.

Priest trat auf die Bremse und folgte ihrem Blick, sah aber nichts außer Bäumen.

»Halten Sie mal an.«

Er stellte den Wagen ab. Sie stiegen aus, um die scheinbar undurchdringliche grüne Wand näher in Augenschein zu nehmen. Nach der saunaähnlichen Hitze im Wagen traf sie die kalte Luft wie ein Schlag. Priest nahm schnell seine Jacke von der Rückbank, Georgie schlüpfte wieder in ihre hässliche, aber äußerst praktische Daunenweste.

»Da oben«, rief ihm Georgie über die Schulter zu. Dann wurde sie von der Hecke förmlich verschluckt.

»Georgie?«

Priest ging zu der Stelle, an der Georgie soeben noch gestanden hatte. *Wo zum Teufel ist sie hin?* Priest wollte gerade nach ihr rufen, als eine Hand erschien und ihn am Kragen packte. Er taumelte durch die Hecke und blickte auf der anderen Seite in Georgies grinsendes Gesicht.

»Haben Sie *Labyrinth* gesehen? Den Film von Jim Henson?«

»Eintausendmal. Ich hab ihn mal für Tilly ausgeliehen, und sie findet ihn toll. Wir gucken ihn öfter gemeinsam.«

Priest blickte zu dem Haus auf, das auf dem Gipfel des Hügels stand. Dann nahm er das Foto aus der Jackentasche und verglich es mit dem, was er vor sich sah. Es war ganz zweifellos dasselbe Haus.

»Julian Greenwood muss hier irgendwo gestanden haben.« Priest deutete auf einen überwucherten Gehweg, der sich den Hügel hinaufwand. Sie folgten ihm.

»Wenn das Alexia und Dominiques Haus ist, warum steht dann Dominiques unehelicher Sohn davor?«, fragte Georgie. »Sie meinten doch, dass er bei seiner Mutter lebt.«

»Tja, auf diesen Umstand wollte jemand wohl ganz deutlich hinweisen.« Das hatte er schon in dem Augenblick vermutet, als ihnen die Fotografie bequemerweise praktisch direkt vor die Füße gefallen war. Doch bisher hatte er diese Theorie für sich behalten.

»Glauben Sie, dass man Julian gegen seinen Willen hierhergebracht hat?«

»Nicht unbedingt.«

»Aber er war hier.«

»Sehen Sie sich die Aufnahme noch mal genauer an.«

Priest gab ihr das Foto. Sie betrachtete es eingehend, hielt es auf Horizonthöhe und ging hin und her, um Bild und Realität in Einklang zu bringen. Es dauerte nicht lange, bis sie ebenfalls dahinterkam.

»Ah, verstehe«, sagte sie. Sie hatte sich an einer markanten Tonsteinformation orientiert, die aus dem Gras ragte, und stand nun ungefähr an derselben Stelle wie Julian auf dem Foto. »Auf dem Bild fällt Julians Schatten nach vorne, auf die Kamera zu. Was bedeutet, dass die Sonne hinter ihm steht, aber …«

»Aber?«

»Aber die Bäume verdecken den Blick auf den Horizont. Um einen Schatten wie auf dem Foto werfen zu können, müsste die Sonne ziemlich tief stehen. Aber dann wäre sie schon lange hinter den Bäumen verschwunden. Um über sie hinweg zu scheinen, müsste sie sehr hoch am Himmel stehen.«

»Sehr gut.«

»Und wenn das Bild im Herbst oder Winter aufgenommen wurde?«

»Egal. Das sind Nadelbäume, die sehen immer so aus. Das Bild ist manipuliert.«

Georgie gab ihm das Foto zurück. Sie gingen weiter den Hügel hinauf.

Als sie das Haus erreichten, war Georgie etwas außer Atem, doch sie ließ sich nichts anmerken. Sie war ziemlich schlank (dünn wie ein Aal, sagte ihr Vater immer, um sie zu ärgern), hielt aber nichts von Fitnessstudios und ernährte sich lieber von Pizza als von Proteinshakes und Vogelfutter wie Li. *Ich bin eine dicke Frau im Körper einer Turnerin.*

Charlie dagegen sah so kräftig aus, als könnte er auch mit dem Haus auf dem Rücken den Hügel hinauflaufen.

»Anscheinend steht es leer. Hat es denn niemand gekauft?«, dachte Georgie laut.

»Hmm. Das ist etwas für den passionierten Heimwerker.«

Georgie trat zurück und sah sich das Haus genauer an. Der große, rechteckige Kasten aus grauem Stein war typisch für Norfolk. Die von weißen Rahmen umgebenen Fenster waren mit Brettern vernagelt, und jedes Zimmer schien über einen separaten Schornstein zu verfügen. Die Wände waren von dichten Kletterpflanzen bedeckt, die bis zum rot geschindelten Dach reichten. Die Pflanzen hatten ihre Spuren auf der Fassade hinterlassen, waren durch die Ritzen in den Brettern und im Mauerwerk gekrochen, was einen etwas verwahrlosten Eindruck hinterließ. Georgie kam es vor wie eine überdimensionierte Version des billigen Ferienhauses, in dem sie als Kind einmal ein Wochenende mit ihren Eltern verbracht hatte. Eigentlich hatte ihr die Seeluft etwas Farbe auf die Wangen zaubern sollen, doch sie hatte die meiste Zeit in ihrem Zimmer gesessen und an einem Theaterstück mit dem Titel *Der reumütige Goldfisch: Eine romantische Komödie* gearbeitet. Sie hatte es nie fertiggeschrieben.

Sie befanden sich ganz oben auf dem Hügel. Hinter

dem Haus flachte das Terrain wieder ab und ging in einen Sumpf über, der etwa eine Meile später an der Nordsee endete. Mehrere auf der Seite liegende Fischerboote waren im Marschland verstreut. Ob es sich um Wracks handelte oder ob sie nur auf die Flut warteten, entzog sich Georgies Kenntnis.

»Und jetzt?«, fragte sie.

Charlie antwortete nicht sofort. Er rüttelte an der Klinke der Haustür und hatte sie kurz darauf in der Hand. Zuerst sah es so aus, als wollte er die Tür mit der Schulter aufstoßen, doch dann tastete er in dem Loch herum, das die Türklinke hinterlassen hatte. Schließlich gelang es ihm, das Schloss zu öffnen, und die Tür sprang knarrend auf.

»Sehen wir uns mal um«, sagte er.

Sie betraten den Flur. Die cremefarbene Tapete löste sich von der Wand. In kleinen Nischen über ihren Köpfen hatten Vögel genistet, deren Hinterlassenschaften die nackten Holzdielen bedeckten. Es roch nach Schimmel. Sobald Georgie über die Schwelle und in den dunklen Flur trat, schlug ihr Herz schneller. Eine Diele knarrte, und sie zuckte zusammen.

Dann erreichten sie das ebenso finstere Wohnzimmer. In der Ecke moderte eine Sitzgruppe unter einem Laken vor sich hin, vor der Wand stand eine Kommode. Im Essbereich, unter einem mit fadenscheinigen Vorhängen versehenen Fenster, waren vier Stühle um einen Tisch gruppiert. Die Stille war richtiggehend unheimlich. Bis auf den gelegentlichen, weit entfernten Schrei einer Möwe war nichts zu hören.

»Sieht so aus, als wären sie einfach aufgestanden und gegangen«, sagte Georgie und öffnete eine Schublade mit angelaufenem Besteck.

Charlie drückte auf den Lichtschalter. Kein Strom.

»Wonach suchen wir denn?«, fragte Georgie.

»Keine Ahnung. Aber irgendwas muss hier sein, sonst hätte uns Simeon nicht an diesen Ort gelotst.«

»Ob er das Foto manipuliert hat?«

Charlie gab keine Antwort, und Georgie hakte auch nicht nach. Methodisch durchsuchten sie einen Raum nach dem anderen, doch außer Staub, klapprigen Möbeln und Vogeldreck war nichts zu finden. Im ersten Stock bot sich dasselbe Bild. Im Schlafzimmer lag eine schwarze Matratze, die einem Horrorfilm entsprungen zu sein schien, aber bis auf einige merkwürdige Rußspuren an den Wänden entdeckten sie nichts von Interesse.

»Gehen Sie völlig unbefangen ran«, sagte Priest. »Suchen Sie nicht nach Hinweisen, sondern nach Ungereimtheiten. Aus Ungereimtheiten werden Spuren und aus Spuren Beweismittel. Es funktioniert nur in dieser Reihenfolge. Untersuchen Sie die Räume wie einen Tatort: von links nach rechts.«

Die drückende Stille war Gift für Georgies Nerven, doch sie hatte die feste Absicht, ihre Beklemmung nicht zu zeigen. »Genau wie in einem Labyrinth«, sagte sie. »Wenn man immer an der linken Mauer entlanggeht, erreicht man irgendwann die Mitte.«

»Das ist dasselbe Prinzip.«

Dem konnte Georgie nur zustimmen. Während ihres Studiums hatte sie zwar viel Jura, aber nur wenig über die Beschaffung von Beweismitteln und andere Ermittlungstechniken gelernt. An der Universität hatte die richtige Auslegung der Gesetze oberste Priorität. Im richtigen Leben zählten fast immer nur handfeste Beweise.

Eine Stunde später trafen sie sich wieder im Flur.

»Das ist einfach nur eine leere Bruchbude«, sagte Georgie enttäuscht. »Am interessantesten sind noch die Möbel.«

»Ach was, finden Sie?« Charlie war damit beschäftigt, die Unterseite eines Schreibtischs aus Kiefernholz abzutasten, der schräg vor dem Eingang zum Wohnzimmer stand.

»Ja, finde ich«, sagte Georgie achselzuckend.

Sie drehte sich zur Haustür um. Trübes Licht fiel durch ein zerbrochenes Fenster. Die Schreie der aufgeregt davor kreisenden Möwen wurden immer lauter. Georgie biss sich auf die Lippe und fragte sich, wann die Sonne unterging. Selbst in Charlies Begleitung wollte sie nicht im Dunklen hier sein – das Haus kam ihr irgendwie unrein vor. Als wäre es lebendig, ein schlafender Riese auf einem Hügel, der bei Sonnenuntergang erwachte.

Zitternd trat sie gegen ein paar Zweige und Federn, die aus einem verlassenen Vogelnest gefallen waren. Eine Feder wurde aufgewirbelt und dann plötzlich wie von einem Windstoß davongeweht. Taumelnd und trudelnd schwebte sie auf dem unsichtbaren Luftzug zur Haustür.

Georgies Interesse war geweckt. Sie stieß eine weitere Feder an, die ebenfalls davongeweht wurde. Dann ging sie in die Hocke und folgte dem Luftstrom mit der Hand durch den Flur an Charlie und seinem Schreibtisch vorbei bis zu einem verstaubten Büfett.

»Schieben wir das mal beiseite«, sagte sie und stemmte die Schulter gegen das Büfett.

»Was? Warum?«

»Nun helfen Sie mir doch.«

Charlie zog mit solcher Kraft an dem Büfett, das Georgie auf der anderen Seite regelrecht mitgerissen wurde.

Sobald sie das Gleichgewicht wiedererlangt hatte, warf sie einen Blick hinter das Büfett.

»Wo die wohl hinführt?«, murmelte Charlie.

Die Tür in der Wand war nur etwa halb so hoch wie die anderen. Charlie drückte die Klinke herunter. Abgeschlossen.

»Vielleicht nur ein Wandschrank oder …« Bevor Georgie ausreden konnte, trat Charlie gegen den schwächsten Punkt der Tür. Der Riegel zerbrach, als wäre er aus Balsaholz. Die Tür schwang auf, und dahinter kam eine Treppe zum Vorschein, die in die Dunkelheit hinunterführte.

»Könnten Sie mich das nächste Mal bitte vorwarnen?«, sagte sie.

»Verzeihung.«

Georgie starrte in die Finsternis. Nach den ersten drei oder vier Stufen war nicht mehr das Geringste zu erkennen. Bei diesem Anblick bekam sie ein mulmiges Gefühl in der Magengegend. Der Luftzug, der ihr entgegenschlug, trug einen Geruch mit sich, bei dem sich ihr Magen verkrampfte.

»Da gehe ich nicht runter«, flüsterte sie. Lag es am Gestank oder der Dunkelheit, dass ihr plötzlich so übel wurde? *Wahrscheinlich an beidem.* Der Raum drehte sich, die Tür verschwamm vor ihren Augen. Sie bekam nur undeutlich mit, dass Charlie die Taschenlampenfunktion seines Handys anschaltete. Im grellen Licht sah sie, dass die Treppe nach etwa zehn Stufen einen Knick nach rechts machte.

»Sie bleiben hier«, befahl er. Sie nickte, starr vor Schreck. Selbst wenn es um ihr Leben gegangen wäre, Georgie hätte sich keinen Zentimeter bewegen können. *Dieser Gestank … ich kenne diesen Gestank …*

Charlie nahm eine Stufe nach der anderen, das Licht seines Handys entfernte sich zusehends. *Wenn dieses Haus lebendig ist, dann ist das der Schlund des Riesen!*

Eine Minute verging. Georgie war kurz davor, sich zu übergeben.

Als Charlie wieder auftauchte, erfasste sie eine Woge der Erleichterung, die jedoch schnell wieder abebbte. Er war kreidebleich und sah äußerst verstört aus.

»Gehen wir nach draußen«, sagte er. »Ich muss telefonieren.«

# 24

Tiff Rowlinson lehnte sich in dem grünen Ledersessel zurück, dem man ihm angeboten hatte, und musterte eingehend die drei Leute vor ihm. Sie sahen ihn an wie Kaninchen im Scheinwerferlicht. Lediglich die Frau schien einigermaßen gefasst. Tomas Jansen, der Anführer der Gruppe, wirkte beinahe feindselig. Kerzengerade saß er da und stellte auffällig oft Augenkontakt her, was ihn eindeutig als einen Lügner identifizierte. Das hatte man Rowlinson jedenfalls auf einer Fortbildung beigebracht. *Quatsch mit Soße,* hätte Priest jetzt gesagt. *Jeder Mensch lügt, aber einige von uns können es besser als andere.*

Und zumindest in diesem Punkt hatte er verdammt recht.

»Simeon Ali«, sagte er ungerichtet, weil er sehen wollte, ob Jansen tatsächlich als Wortführer der Gruppe agierte.

Und tatsächlich: »Was wollen Sie wissen?«, fragte der Däne wie aus der Pistole geschossen.

»Ein türkischer Einwanderer, der die Wahrheit sagen wollte«, fügte Gail Woodbead hinzu. »Introvertiert, schüchtern und freundlich. Unseres Wissens hat er keine Verwandten in England. Ob er in der Türkei Familie hat, weiß ich nicht. Er war ein guter Mensch, und wir vertrauen darauf, dass sie seinen Mörder fassen und vor Gericht bringen.« Rowlinsons Anwesenheit machte sie ganz offensichtlich wütend – ein weiteres Verdachtsmoment.

Rowlinson hob eine Augenbraue. »Mrs. Woodbead, hatten Sie eine Liebesbeziehung mit Mr. Ali?«

Sie schnaubte höhnisch. »Eine schlauere Frage fällt Ihnen nicht ein?«

Rowlinson hob entschuldigend die Hand. »Nichts für ungut, aber ich fange hier schließlich bei null an. Ich muss Sie erst kennenlernen, wundern Sie sich also nicht, wenn ich Ihnen auch persönliche Fragen stelle. Aber ich kann Ihnen versichern, dass ich auf Ihrer Seite bin.«

»Und wir sind auf Ihrer, DCI Rowlinson.« Jansen nickte zustimmend.

Rowlinson war nicht entgangen, dass Karl Jones trotz seiner beträchtlichen Körperfülle immer tiefer ins Sofa sank.

»Also schön. Wo waren Sie letzten Donnerstag zwischen zwölf und sechzehn Uhr?«, fragte Rowlinson und beobachtete genau die Reaktionen auf diese Frage. Laut Gerichtsmediziner war Ali am Donnerstag zwischen dreizehn und fünfzehn Uhr gestorben. Rowlinson hatte etwas Puffer hinzugefügt, um auf Nummer sicher zu gehen. »Fangen wir bei Ihnen an.« Er nickte Karl Jones zu, der daraufhin so erschrocken dreinblickte, als hätte ihm Rowlinson eine Ohrfeige verpasst.

»Ich war …« Karl blickte zu Boden. Anscheinend litt er unter einem plötzlichen Anfall von Gedächtnisschwund.

»Wir waren bei unseren Anwälten«, sagte Gail mit fester Stimme. »Und zwar alle zusammen. Der Prozess sollte am Freitag beginnen. Wir haben die Kanzlei um zwölf Uhr betreten und waren den ganzen Nachmittag dort.«

»Bei dieser Kanzlei handelt es sich um Priest & Co, richtig?«

»Genau. Charlie Priest, Vincent Okoro und Georgie Someday waren ständig anwesend. Damit dürften wir wohl nicht länger zum Kreis der Verdächtigen zählen, oder?«

»Sie stehen nicht unter Verdacht, Mrs. Woodbead. Das hier ist eine reine Routinebefragung. Aber vielen Dank für die Auskunft.«

Rowlinson strich sich eine blonde Haarsträhne aus den Augen und notierte sich das Alibi der Gruppe.

»Wer hätte ein Interesse daran, Simeon Ali umzubringen?«, fragte er in die Runde.

»Außer Alexia Elias, meinen Sie?«, sagte Jansen. Dabei kniff er die Augen zusammen und verzog das Gesicht, was Rowlinson gar nicht gefiel.

»Alexia Elias will den Prozess gegen Sie gewinnen. Ist das etwa ein Motiv für einen kaltblütigen Mord?«

»Was meinen Sie denn, Inspector? Sie hat eine Menge zu verlieren.«

Rowlinson knabberte nachdenklich an seinem Bleistift. Gerade als er die nächste Frage stellen wollte, klingelte sein Handy. Er blickte aufs Display und ging ran.

»Priest? Was willst du?«

»Hast du nicht gesagt, dass seit mehreren Tagen niemand Alexia Elias gesehen hat?« Priests Stimme klang ungewöhnlich leise. Rowlinson setzte sich gerade hin.

»Na und?«

»Ich habe sie gefunden.«

Früher an diesem Tag saß der Puppenspieler in seinem Rauputzhaus und dachte über die Arbeit des vergangenen Tages nach.

Simeon Ali zu töten war einfacher als gedacht, obwohl er davor noch niemanden ermordet hatte. Simeon war der erste gewesen. Der Puppenspieler hätte sich bis vor Kurzem eine solche Tat nicht einmal vorstellen können, doch er hatte keine andere Wahl gehabt. Simeon hatte ihn trotz aller warnenden Worte verraten und damit sein eigenes Todesurteil unterzeichnet.

Simeon ins Haus zu locken war kinderleicht gewesen. Ihm ein mit Rohypnol versetztes Glas Wasser zu geben genauso. Der Puppenspieler hatte dabei zugesehen, wie Simeon es austrank und dann auf dem Sofa das Bewusstsein verlor. Sein Körper war schnell erschlafft, der Puppenspieler dagegen wäre dabei vom Adrenalinrausch beinahe in Ohnmacht gefallen. Und dann hatte er den wehrlosen Simeon umgebracht.

Alexia Elias zu töten hatte eine noch größere Befriedigung dargestellt. Auch hier war es überraschend einfach gewesen, diese Hochstaplerin aus ihrem Haus in London zu locken. Sie war Hals über Kopf zu ihrem ehemaligen Heim geeilt. *Wie überaus naiv!* Der Kick nach diesem Mord war noch viel stärker gewesen. Jemanden zu töten, der noch bei Bewusstsein war, stellte eine viel intensivere Erfahrung dar. Der Puppenspieler hatte seine ganze Kraft aufbieten müssen, um es zu beenden.

Er hatte monatelang über die beste Methode nachgedacht, einen Menschen zu töten. Zunächst war es ihm am effizientesten vorgekommen, einen Draht irgendwo zu befestigen, ihn dann in einer Schlinge um den Hals des Opfers zu legen, fest anzuziehen und den Kopf dadurch mit einem einzigen Ruck vom Körper zu trennen. Indonesische Todesschwadronen hatten diese Technik in den Jahren 1965-66 bei ihren Massakern an den Kommunisten perfektioniert. Letzten Endes stellte diese Methode jedoch eine zu große logistische Herausforderung dar, vom vielen Blut und der allgemeinen Schweinerei ganz zu schweigen.

Schlussendlich entschied sich der Puppenspieler fürs Ersticken. Am leichtesten ließ sich ein Mensch vom Leben zum Tod befördern, wenn man seinem Körper das vorenthielt, was er am dringendsten brauchte: Sauerstoff. Die Seele lässt sich ersticken wie ein Feuer. Doch das Töten war nur der Anfang seiner Rache gewesen.

Der Puppenspieler war enttäuscht über Simeons Entscheidung gewesen, nicht an Alexias öffentlicher Bloßstellung mitzuwirken. Doch im Nachhinein hatte sich der Alternativplan als weitaus befriedigender dargestellt und dem Puppenspieler die Möglichkeit gegeben, die Ergebnisse seiner monatelangen Forschungen in die Tat umzusetzen. Ehrlicherweise musste er zugeben, dass er insgeheim auf diese Entwicklung gehofft hatte.

Sie würden sie bald finden. Angeblich hatte der Anwalt das Foto, das Julian vor dem alten Haus zeigte, bereits entdeckt; nun würde er dem Anwesen so schnell wie möglich einen Besuch abstatten. Es war von zentraler Bedeutung, dass der Anwalt auf die Leiche stieß. Er sollte mit eigenen Augen sehen, was mit Betrügern und Verrätern geschah, weil er kurz davor war, selbst zu einem zu werden. Doch wusste er das nicht bereits?

Der Puppenspieler atmete tief ein und zählte bis zehn. Dann wandte er sich wieder dem Tagebuch zu.

*Die Tür öffnet sich knarrend. Das Mädchen riecht den ebenso kränklichen wie faszinierenden Geruch und erstarrt. Sie weiß, was als Nächstes passieren wird. Er war seit mehreren Tagen nicht mehr hier unten.*

*Sie sieht sich nach der Holzpuppe um. Die Puppe liegt unter dem Tisch. Gut so. Sie soll es nicht mit ansehen.*

*Das Mädchen schließt die Augen und denkt an die Kirchturmspitze, die man knapp hinter den Bäumen sehen kann. Wenn sie sich auf die Kisten stellt, kann sie über das Tal hinweg bis zur Kirche blicken. Dieses einfache Bild, eine auf den Kopf gestellte Eistüte hinter den Bäumen, spendet ihr Trost. Beruhigt sie. Schenkt ihr Hoffnung. Gott wartet dort auf sie.*

*»Schätzchen«, ruft die Frau. »Schätzchen, bist du fertig?«*

*Das Mädchen antwortet nicht. Sie steht auf und öffnet die Augen, obwohl die Frau sie nicht sehen kann. Sie zittert, spürt Hände auf ihren Schultern und in ihrem Haar. Die Hände lösen ihre Zöpfe und streichen ihre Haare glatt, die so lang sind wie die der Prinzessinnen in ihrem Buch und fast über den ganzen Rücken reichen. Die Frau macht ihr Schminke um die Augen, auf die Lippen und Wangen. Das Mädchen verabscheut die Schminke. Die Frau bindet ihr eine Schleife ins Haar, dann soll sie sich breitbeinig vor die Wand stellen und geradeaus blicken.*

*»Nicht blinzeln, Schätzchen«, befiehlt die Frau. Sie grinst wie die Hexe, die Schneewittchen den Apfel gibt. »Er mag es nicht, wenn du blinzelst.«*

*Das Mädchen gehorcht. Sie wartet. Die Tür öffnet sich, die Frau verlässt den Raum. Obwohl sie ganz allein ist, steht sie mit ausgestreckten Armen und geraden, angespannten Fingern da.*

*Sie wartet, bis sich die Tür noch einmal öffnet, und als er eintritt, stößt sie keuchend schale Luft aus.*

Der Puppenspieler legte das Tagebuch beiseite, ging ins Badezimmer und sah in den Spiegel. Ein eingefallenes, faltiges Gesicht starrte zurück. Andere Menschen fühlten sich immer wohler in ihrer Haut, je älter sie wurden, reiften ins Erwachsenendasein, bis sie keine Ähnlichkeit mehr mit ihrem früheren Selbst hatten. Die Gesichtszüge des Puppenspielers dagegen alterten nicht, sondern hatten sich zu einer kaum wiederzuerkennenden Parodie seines jugendlichen Selbst verzerrt. Nach einem Autounfall vor vier Jahren hatten Nase und Wangen operativ rekonstruiert werden müssen, was den Eindruck nur noch verschlimmert hatte.

Der Puppenspieler kam sich nicht wie ein Mensch vor, der erwachsen geworden war, sondern wie eine Schlange, die sich gehäutet hatte – nur dass darunter ein völlig anderes Tier zum Vorschein gekommen war.

*Egal.* Alle Äußerlichkeiten waren unwichtig, solange das Feuer in seiner Seele brannte. Bald war es so weit. Der Gerechtigkeit würde Genüge getan, das Gleichgewicht wiederhergestellt. Die Stunde der Buße und der Rache war gekommen. *Wenn die Welt erst einmal die Wahrheit kennt, gibt es kein Entkommen mehr.*

# 25

Der Keller unter Alexia und Dominiques ehemaligem Wohnsitz war nicht mehr als eine trostlose Höhle aus rotem Backstein, in dem graues Wasser stand. Direkt unterhalb der Treppe ragte ein kleines Podest in den unterirdischen Teich hinein. War die Feuchtigkeit der Grund, aus dem sie das Haus aufgegeben hatten?

Rowlinsons Leute hatten mehrere Scheinwerfer am Fuß der Treppe aufgestellt, damit die vier Techniker der Spurensicherung in Ruhe an Alexia Elias' Leiche arbeiten konnten, die quer auf dem Podest lag. Ihre Beine ragten ins trübe Wasser. Priest stand neben Rowlinson am Ende der Plattform, während vor ihnen drei Leute in Watthosen durch das Wasser stapften, unter ihnen der Chef der Spurensicherung und der diensthabende Gerichtsmediziner, ein sehniger Mann Ende fünfzig namens O'Connell. Das Wasser reichte ihm bis zur Hüfte.

»Priest, egal, wo du bist, früher oder später taucht eine Leiche auf«, bemerkte Rowlinson. Er lehnte gegen die Wand, kaute auf irgendetwas herum und sah den Forensikern bei der Arbeit zu.

»Tja, ich bin eben ein richtiger Glückspilz«, entgegnete Priest.

Sie befanden sich hinter einem Kreidestrich, der die

Grenze des Tatorts markierte. Rowlinson betrachtete die Leiche. »Was soll das mit ihrem Gesicht?«

»Unschön.«

»Das ist wahrscheinlich eine Botschaft für uns. Oder eher für *dich?«*

»Kann schon sein.«

Rowlinson dachte nach. »Woher hast du gewusst, dass es Elias ist?«

»Sie hat diese grässliche Strickjacke und die Armbanduhr bereits im Gerichtssaal getragen. Eine Jaeger-LeCoultre. Mindestens zehn Riesen wert.«

O'Connell war aus dem Wasser gestiegen und ging vor dem Leichnam in die Hocke. Er drehte Alexias Kopf vorsichtig hin und her, sodass Priest einen Blick auf ihr verunstaltetes Gesicht werfen konnte. *So etwas habe ich noch nie gesehen.* Rowlinson neben ihm kaute.

»Und wie hast du sie gefunden?« Zur Antwort reichte Priest Rowlinson das Foto, das sie in Simeons Wohnung gefunden hatten. Der DCI nahm es entgegen und hielt es ins Licht, dann nickte er langsam. »Wo hast du das her?«

»Aus Simeons Wohnung.«

»Aus *deiner* Wohnung, die du Simeon Ali vermietet hast, wolltest du wohl sagen.« Priest entgegnete nichts darauf, sondern sah O'Connell dabei zu, wie er Alexias Kopf hob, damit weitere Fotos gemacht werden konnten. *Eines steht fest: Unsere Chance, am Montag die Prozessvertagung bewilligt zu bekommen, sind dramatisch gestiegen.*

»Verdammt noch mal, Priest. Du solltest mir doch Bescheid geben, wenn sich etwas tut.«

»Ich hab dich doch angerufen, oder nicht?« Rowlinsons Gesichtsausdruck nach zu schließen war ihm diese Bemerkung eine Spur zu schnippisch.

»Wo ist deine Tippse?«

»Georgie? Die hat vorhin bei einem von deinen Männern draußen ihre Aussage gemacht. Ich hab ihr gesagt, dass sie im Auto auf mich warten soll.«

»Diesmal wird der Superintendent darauf bestehen, dass ich euch zu einer offiziellen Vernehmung ins Revier bestelle. Das ist dir doch klar, oder?«

»Hast du meine Ex-Frau schon kennengelernt?«

Rowlinson schnaubte. »Seit ich hier angefangen habe, bin ich Assistant Commissioner Auckland zwei Mal begegnet. Jedes Mal hat sie ausgesehen, als hätte sie was Schlechtes gegessen oder wäre alles andere als erfreut, mich zu sehen.«

»Sie hat deine grauenhafte Rede als Trauzeuge nicht vergessen, wetten?«

Trotz der makabren Umstände musste Rowlinson kichern. »Tja, wenn ich mich recht erinnere, war ich da nicht mehr ganz nüchtern. Ich glaube, sie hat mir die Anekdote mit den blonden Zwillingen übel genommen, die du im Rahmen deiner Pflichtausübung als Streifenpolizist einer gründlichen Vernehmung unterzogen und …«

Rowlinson unterbrach sich, als O'Connell aufstand und das Wort an ihn richtete. »Sie ist seit mindestens vierundzwanzig Stunden tot. Die Totenstarre setzt bereits ein«, sagte er in einer tiefen, von jahrzehntelangem Tabakkonsum malträtierten Stimme.

»Wurde sie hier umgebracht oder nachträglich im Keller deponiert?«, fragte Rowlinson.

»Hier, würde ich sagen. Wenn ich sie erst mal auf dem Tisch liegen habe, kann ich das genauer bestimmen.«

»Woran ist sie gestorben?«, fragte Priest.

O'Connell blickte Priest ungläubig an. »Mit Verlaub, Sir, aber wer zum Geier sind Sie?«

»Ich bin derjenige, der die Leiche gefunden hat«, sagte Priest mit gespielter Entrüstung.

O'Connell sah zu Rowlinson hinüber. »Ist das ein Verdächtiger?«

»So was in der Art. Könnten Sie jetzt bitte seine Frage beantworten, damit wir endlich aus diesem Kackloch hier rauskommen?«

O'Connell zögerte kurz, dann gab er nach. »Sie wurde erstickt. Sie hat Frischhaltefolie im Mundwinkel.«

»Genau wie Simeon Ali«, murmelte Rowlinson.

Priest holte langsam und tief Luft. Nun war klar, dass es sich in beiden Fällen um denselben Täter handelte. *Aber was hatte man davon, sowohl Alexia als auch denjenigen umzubringen, der gegen sie aussagen wollte?*

»Was ist mit ihrem Gesicht?«, fragte Rowlinson.

O'Connell wischte sich die Nase am Ärmel ab. »Harry, reich mal die Bilder rüber.«

Ein in einen weißen Ganzkörperschutzanzug gekleideter Forensiker gab Rowlinson mehrere Polaroidfotos von Alexia Elias' Kopf. Rowlinson gab sie an Priest weiter. Dieser blätterte sie durch und stieß einen leisen Pfiff dabei aus. Aus der Nähe betrachtet war es ein wirklich grässlicher Anblick.

In seiner Zeit als Detective Inspector beim Dezernat für Schwerverbrechen hatte Priest jede Menge übel zugerichteter Leichen zu Gesicht bekommen – mehr als die meisten hochrangigen Polizisten in ihrer gesamten Laufbahn. Er war weithin als Experte für Serienkiller bekannt gewesen und hatte auch eine diesbezügliche Fortbildung in den Vereinigten Staaten genossen. Eigentlich hatte

Priest gedacht, dass ihn nichts so leicht erschüttern konnte.

Doch beim Anblick von Alexia Elias' entstelltem Gesicht musste er diese Überzeugung wohl revidieren.

*»Verdammte Scheiße«,* keuchte er.

Alexias Mund war mit einem dicken blauen Faden grob zugenäht. Eine Reihe angeschwollener Einstichstellen umrahmte ihre blutigen Lippen. Man hatte ihr die Ohren und ganze Haarbüschel vom Kopf gebrannt, sodass nur zwei faustgroße, an Lavabrocken erinnernde Klumpen übrig geblieben waren.

Und damit nicht genug. Ihre Augenhöhlen waren gerade noch zu erahnen, die restliche obere Gesichtshälfte dagegen nur noch ein blutiger, violettroter und zu einer grotesken Maske getrockneter Brei. Nur eine Haarsträhne, ihr Kinn und die Nase waren mehr oder weniger unversehrt und erinnerten daran, dass dies einmal ein menschlicher Kopf gewesen war.

»Wie kann man so etwas nur tun?«, fragte Rowlinson leise.

»Das weiß ich noch nicht genau«, murmelte O'Connell. »Mit einem Schneidbrenner, würde ich schätzen.«

# 26

Die erste Stunde der Rückfahrt nach London verlief schweigend.

Sobald sie den Motorway erreicht hatten, sah Priest zu Georgie hinüber. Sie lehnte mit verschränkten Armen an der Beifahrertür und starrte trübsinnig aus dem Fenster. Als sie ihre Aussage gemacht hatten und Alexias Leichnam abtransportiert worden war, hatte die Sonne bereits tief am Himmel gestanden.

Sie hatten hinter ihren langen, dünnen Schatten die Einfahrt überquert. Am Fuß der Böschung war ihnen immer noch der faulige Geruch des Todes entgegengeschlagen.

Priest wollte Georgie irgendwie trösten, doch er fand keine Worte. Und selbst wenn, er hätte sie wohl kaum mit Überzeugung vortragen können. Sie hätte seine Unaufrichtigkeit sofort bemerkt.

Schließlich entschied er sich für ein: »Alles okay?«

Sie setzte sich auf. »Ja. Mir geht's gut. Wirklich.« Sie drehte sich um und schenkte ihm ein Lächeln, das ihre Augen nicht erreichte. Priest nickte ihr zu, und in diesem Moment begriff er: Sie würde niemals einknicken. Sie würde nie zulassen, dass ihre Gefühle die Oberhand bekamen. Als könnte sie ihre Emotionen in kleine

Schachteln sperren und je nach Bedarf öffnen und schließen.

Wie sehr er sie doch beneidete.

»Sollen wir anhalten und einen Happen essen?«, schlug er vor. Er war nicht besonders hungrig und bezweifelte, dass sie großen Appetit hatte, aber irgendwie hielt er das Angebot für angebracht.

»Von mir aus.«

Ein paar Meilen später verließ Priest den Motorway und führte Georgie in eine Raststätte neben einer kleinen Spielhalle, aus der bunte Lichter und nervtötendes Piepen drangen. Sie stellten sich mit ihren sparsam belegten Sandwiches auf ihren Tabletts in die Schlange vor der Kasse. Priest sah eine schwarze Katze, die von einem Spieler an den Spielautomaten zum nächsten sprang. Wenn er die Augen schloss, sah er die blinkenden Lichter immer noch. Als er sie wieder öffnete, war die Katze verschwunden.

*Mist. Ich sollte in diesem Zustand nicht mehr Auto fahren.*

Er spürte das Nahen einer Dissoziationsepisode. *Die Gespenster umzingeln mich.* Er wusste noch genau, wann ihm das zum ersten Mal passiert war. Er hatte mit gerade einmal fünfzehn Jahren an einem Sommertag im Park gesessen, neben sich eine Whiskyflasche, die er aus dem Arbeitszimmer seines Vaters gestohlen hatte. Er schmeckte noch immer das Brennen des grässlichen ersten Schlucks in seiner Kehle. Die Menschen um ihn herum lachten, seine Freunde spielten Fußball, winkten ihn zu sich, damit er die Rolle des Torwarts übernahm, doch er hörte sie gar nicht. Er starrte seine Hände an. Oder zumindest starrte er irgendwelche Hände an, die zufällig mit seinen Armen verbunden waren, sich aber ganz ohne sein Zutun bewegten. Unabhängig von ihm. Dann war er ganz plötzlich nur noch ein Schatten, der seinen Körper dabei beobachtete, wie er sich aufrichtete, mehrere Meter über den Rasen taumelte und in einen Rosenbusch kotzte.

Er sah zu Georgie hinüber, die gerade einen Schokoriegel inspizierte. Ihr Haar fiel über beide Schultern, das Kunstlicht betonte ihre weichen Gesichtszüge. Sie hing ihren Gedanken nach und bemerkte nicht, dass er sie beobachtete.

»Wollen Sie den jetzt haben oder nicht?«, fragte er.

»Hmm?« Sie riss sich aus ihrem Tagtraum und schenkte ihm ein weiteres, diesmal aufrichtiges Lächeln, was offenbar stets ihre erste Reaktion auf ihn darstellte.

»Ein kleiner Schokoriegel wird schon nicht schaden.«

Priest nahm ihr den Riegel ab und warf ihn auf sein Tablett. Das ältere Ehepaar am Anfang der Schlange hatte es schließlich geschafft, das nötige Kleingeld abzuzählen, und der Nächste kam an die Reihe.

»Was war mit ihren Augen?«, fragte Georgie. Er sah sie fragend an. »Ich habe am Rande mitbekommen, wie sich zwei Forensiker über ihre Augen unterhalten haben.«

Priest kratzte sich seufzend den Nacken. Ihm war schwindlig, und er fühlte sich, als könnte er jeden Moment zusammenbrechen. »Man hat ihr Gesicht mit einem Schneidbrenner bearbeitet. Ihr die Augen, einen Großteil des Gesichts und die Ohren weggebrannt. Und ihr schließlich den Mund zugenäht.«

»Vor oder nach ihrem Tod?«

*Gute Frage.* Diesbezüglich hatte sich O'Connell nicht geäußert. »Keine Ahnung. Das werden wir nach der Autopsie von Rowlinson erfahren.«

»Die drei Affen«, murmelte Georgie.

»Was?« Es dauerte einen Augenblick, dann begriff er, was sie gesagt hatte.

»Nichts sehen, nichts hören, nichts sagen. Ihre Augen, ihre Ohren und ihr Mund wurden entfernt.«

Georgies Stimme hallte durch Priests Kopf. Er schloss die Augen und sah Alexia Elias' grausam entstelltes Gesicht vor sich. Das Blut pulsierte dröhnend in seinen Ohren, und im Hintergrund entfernte sich eine Frau in einem roten Kleid immer weiter von ihm. Sie hatte das kastanienbraune Haar zusammengebunden, sodass der anmutige Hals darunter zum Vorschein kam. *Jessica ...*

»Hallo?«

Er öffnete die Augen, und das Bild verblasste. Die Kassiererin hinter der Theke blickte ihn misstrauisch an.

Georgie brauchte eine Ewigkeit, um ihre Haustür aufzuschließen. Der Flur war dunkel, nur durch den Spalt unter der Tür zu ihrer Rechten fiel Licht. Gedämpfte klassische Musik drang an ihr Ohr, eine eindringliche, traurige Melodie. *Elgar ...? Nein, etwas Barockes.* Sie schaltete das Licht ein. Um die Klinke von Lis Tür war ein blaues Band geknotet, was bedeutete, dass gerade ein Kunde anwesend war – der anscheinend klassische Musik mochte. *Ach, natürlich! Albinoni – Adagio g-Moll. Eine merkwürdige Wahl für diesen Anlass.*

Georgie war leicht enttäuscht – üblicherweise suchte sie nach einem traumatischen Erlebnis keine Gesellschaft, sondern versuchte, allein damit fertigzuwerden, doch heute Abend hätte sie gerne mit Li gesprochen. Über eine Menge Dinge. Sie wollte ihr erzählen, was sich heute zugetragen hatte, dass man jemandem das Gesicht mit einem Schneidbrenner weggebrannt hatte und dass sie dabei gewesen war, als die Leiche gefunden worden war. Ein Polizist hatte sie vernommen, sie ordentlich in die Mangel genommen, ihre Aussage auf Widersprüche abgeklopft und sie dabei äußerst skeptisch angesehen. Sie wollte mit Li über Charlie reden, über seine Krankheit, wie sehr seine Unberechenbarkeit ihr zu schaffen machte.

Doch am dringendsten wollte sie Li fragen, was sie mit »wiedergutmachen« gemeint hatte. Georgie war nicht auf Vergeltung aus. Was hatte Li damit gemeint? Dass sie sich an Martin rächen sollte?

Georgie schlich sich an Lis Zimmer vorbei und schaltete das Licht in der Küche ein, wo sie bleiben wollte, bis sich der Kunde verabschiedet hatte – so war sie in einigermaßen sicherer Entfernung und musste die Geräusche, die aus Lis Zimmer drangen, nicht mit anhören.

»Wir sollten uns eine Katze anschaffen«, sagte sie laut.

*Genau. Ein flauschiger Gefährte, damit aus unserem Duo ein Trio wird.*

Sie nahm eine Wasserflasche aus dem Kühlschrank und ließ sich auf einen Küchenstuhl fallen. Dann schnappte sie sich die Fernbedienung, schaltete den an der Wand befestigten Fernseher ein und zappte desinteressiert durch die Kanäle, bis sie plötzlich innehielt und sich kerzengerade hinsetzte.

*Nein!*

Obwohl der Ton ausgeschaltet war, schrie sie die Laufschrift unter dem BBC-Nachrichtensprecher förmlich an: HAUPTBELASTUNGSZEUGE IM ELIAS-FOUNDATION-PROZESS TOT IN PKW GEFUNDEN.

Priest taumelte durch die Schlafzimmertür. Er nahm seine Umgebung kaum wahr und war sich deshalb auch nur vage bewusst, dass er sich in seiner Wohnung befand. Das Bett sah warm und einladend aus. Ganz anders als der feuchte Keller, in dem diese grässliche, tote Kreatur gelegen hatte.

Der Verwesungsgeruch klebte an ihm. Er wurde ihn nicht los.

Er fiel aufs Bett, dann setzte er sich auf, lehnte sich gegen das Kopfteil und zog die Knie an. Er atmete schwer, aber er war doch nicht gerannt, oder? Er saß ganz ruhig da und wurde das Gefühl nicht los, dass er aus einer Wunde blutete, doch wo war diese Wunde? *Die Loslösung von seinem Körper* hatte eine Paranoia zur Folge, die alles in den Schatten stellte.

Priest hörte Lärm aus dem angrenzenden Raum. Er erstarrte und spannte jeden Muskel seines Körpers an. Jemand war in seiner Wohnung. Mindestens zwei Personen. Sie waren hier, im Nebenraum, und kamen immer näher. Er war wie erstarrt und konnte sich nicht bewegen. Selbst als die Tür so heftig aufgerissen wurde, dass ein Stück Fußleiste von der Wand fiel, blieb er völlig reglos.

Ein Mann mit dunklem, wirrem Haar und eine hübsche, junge Frau mit langen, schlanken Beinen fielen durch die Tür und landeten neben Priest auf dem Bett. Sie waren so sehr miteinander beschäftigt, dass sie Priest überhaupt nicht bemerkten. Ihre Arme schienen verknotet und ihre Lippen aneinanderzukleben. Priest hätte gern den Raum oder zumindest das Bett verlassen, doch er konnte nicht. Der Mann kam ihm irgendwie bekannt vor, die Frau auch, aber ihre geradezu tierische Begierde ließ darauf schließen, dass sich die beiden noch nicht allzu lange kannten. Der Mann warf sich ungelenk auf sie und zog dabei das Hemd aus, dann machte er sich an den Knöpfen ihrer Bluse zu schaffen.

»Ich wollte mir nur mein Foto zurückholen«, keuchte die Frau und zwickte den Mann in den Bizeps.

»Es ist nicht *dein* Foto, und ich weiß genau, weshalb du *wirklich* hier bist«, grunzte der Mann. Seine Stimme hatte große Ähnlichkeit mit der Priests.

Priest spürte, wie er eine Erektion bekam und Schweiß auf seine Stirn trat. Es war ihm peinlich, dass es ihn derart erregte, den beiden zuzusehen.

Endlich hatte der Mann die Frau aus der Bluse befreit. Sie setzte sich auf. Ihr langes blondes Haar glänzte im Licht, als er ihre Brust küsste, den Verschluss des BHs auf ihrem Rücken öffnete und die Zunge über ihre Brustwarzen gleiten ließ. Sie stöhnte leise.

»Warum hast du mich nicht schon neulich gefickt?«, flüsterte sie.

Anstatt zu antworten, schob er die Finger in den Bund ihrer Jeans und zog sie ihr zusammen mit dem Höschen aus. Als der Mann auf seinem Bett den Kopf zwischen ihren Beinen vergrub, verlor Priest im Adrenalinrausch jegliche Selbstkontrolle.

# 27

Priest erwachte mit weltrekordverdächtigen Kopfschmerzen. Durch das geöffnete Fenster drang der Lärm des morgendlichen Berufsverkehrs, doch die Vorhänge waren zugezogen, und der Raum wurde nur durch die Leselampe neben dem Bett erleuchtet. Er setzte sich vorsichtig auf, rieb sich die Stirn, als könnte er sich die Schmerzen aus dem Kopf drücken. Was selbstverständlich nicht funktionierte.

Allmählich kehrte die Erinnerung an letzte Nacht zurück, unscharf wie das Bild eines alten Filmprojektors. Nach einer solchen Episode wusste er oft nicht, was lebhafter Traum und was Wirklichkeit war, was in das trübe Zwischenreich zwischen Schlaf und Bewusstsein gehörte. Wie in dem kurzen Augenblick unmittelbar nach dem Aufwachen, wenn man nicht weiß, was real ist und was nicht.

*Verdammter Mist, was habe ich diesmal angestellt?*

Priest lag zwar allein in seinem Bett, aus der Küche waberte jedoch der süße Duft gebratenen Specks zu ihm herüber. Als sich die Erinnerung an die Ereignisse der letzten Nacht allmählich einstellte, verkrampften sich seine Eingeweide. Er schlüpfte in eine Trainingshose und ein altes T-Shirt und schlurfte in Richtung Küche. Kurzzeitig kam ihm der Gedanke, dass Jessica ihm verziehen hatte und zurückgekommen war, dass sie mit einer Tasse Tee in der Küche auf ihn wartete …

Er öffnete die Tür, machte sich aber keine großen Hoffnungen.

Elinor Fox trug eines seiner Hemden und sonst nichts. Sie hantierte mit der Bratpfanne, die er kurz vor der Scheidung aus Dees Haus mitgenommen hatte. Die Pfanne hatte nostalgischen Wert für ihn, weil sie das Einzige war, was ihm neben den Gerichtskosten und den unangenehmen Erinnerungen von seiner ersten Ehe geblieben war. Und nun hielt sie eine Frau in der Hand, die noch energischer zu sein schien als seine Ex.

*Scheiße.*

Sie drehte den Kopf und sah ihn an, eine kalkulierte, einstudierte Bewegung. Ihr Haar war völlig glatt, ihrer Frisur hatten weder die Nachtruhe noch der wilde Sex, an dem sie, wie er sich erinnerte, mit Begeisterung teilgenommen hatte, etwas anhaben können.

»Guten Morgen«, sagte sie lächelnd und zwinkerte ihm zu.

Priest fehlten die Worte. Er erwiderte das Lächeln halbherzig und nahm an der Kücheninsel Platz.

»Wie wär's mit einem Baconsandwich?«, fragte sie ihn über die Schulter. »Ich wollte dir eigentlich ein komplettes englisches Frühstück machen, aber du hast keine Eier. Und keine Würstchen. Und keine Pilze. Eigentlich hast du nur Speck im Haus. Wovon ernährst du dich überhaupt?«

Priest kniff sich in den Nasenrücken. »Proteinshakes und Instantnudeln.«

»Ein echter Junggeselle.«

Er sah die Anzeige auf dem Ofen etwas verschwommen, glaubte aber doch, sie richtig zu entziffern: 07:12 Uhr. Der Gerichtstermin war um zehn Uhr angesetzt, er hatte jedoch vereinbart, seine inzwischen sicher hochgradig angespannten Klienten eine Stunde vorher zu treffen. Er musste in spätestens einer Stunde aufbrechen und vorher noch seine Unterlagen vorbereiten und mehrere Telefonate tätigen. Da er am gestrigen Abend nichts davon zustande gebracht hatte, war die Zeit dafür nun denkbar knapp.

»Danke, aber ich hab keinen Hunger«, sagte er.

Sie drehte sich um und lehnte sich gegen die Arbeitsfläche. »Also, wenn dir der Sinn nicht nach Essen steht ...« Sie deutete vielsagend mit dem Kinn auf den Küchentisch.

»Der Elias-Prozess«, sagte er.

»Aber natürlich. Wie dumm von mir.« Sie drehte sich ruckartig um und kippte den halb gebratenen Speck aus der Pfanne in den Mülleimer. Eine völlig sinnfreie Handlung, die ihr jedoch große Befriedigung zu verschaffen schien. »Bitteschön. Alles weg.«

Priest hob kapitulierend die Hände. »Vielen Dank.«

»Wie ist Alexia Elias gestorben?«, fragte Fox unvermittelt.

»Woher weißt du, dass sie tot ist?«

Sie runzelte ehrlich verwirrt die Stirn. »Das hast du mir doch gestern Nacht erzählt. Du erinnerst dich doch noch an gestern Nacht, oder?«

Priest schloss die Augen. *Scheiße. Was ist denn noch alles passiert, an das ich keine Erinnerung mehr habe?*

»Sie wurde erschossen«, sagte Priest und beobachtete sie genau, konnte jedoch keinerlei Skepsis erkennen.

Wenn sie die Wahrheit kannte, ließ sie es sich nicht anmerken.

»Was?«, keuchte sie recht glaubhaft. »Hat das etwas mit Simeons Ermordung zu tun?«

»Keine Ahnung. Könnte auch Zufall sein.«

Das kaufte sie ihm nicht ab. »Das bezweifle ich.«

Priest wusste nicht, was er noch sagen sollte. Normalerweise machte es ihm nichts aus zu schweigen, doch unter Elinor Fox' durchdringendem Blick wurde ihm schnell unbehaglich zumute. Sie nahm ihn mit den Augen förmlich auseinander.

»Ich mache mich mal fertig«, sagte er und deutete in die ungefähre Richtung des Schlafzimmers.

»Alles klar«, trällerte Fox. Bevor er etwas erwidern konnte, hatte sie sein Hemd abgestreift und sich leicht über die Arbeitsplatte gebeugt. Ihr nackter Modelkörper war perfekt wie eine Marmorstatue. Sie hielt ihm das Hemd hin. »Das brauchst du sicher.«

Priest kämpfte sich durch die Menge, die sich vor dem Eingang zum Gerichtsgebäude versammelt hatte. Hauptsächlich handelte es sich um Journalisten der verschiedenen Nachrichtenagenturen. Der Prozessbeginn hatte nur für mäßiges Interesse gesorgt, nun allerdings schien so ziemlich jede Zeitung des Landes vertreten zu sein.

Georgie hatte ihn bereits per SMS davon unterrichtet, dass die Nachricht von Simeons Tod an die Öffentlichkeit gedrungen war. Doch das war kaum überraschend. Der »Vorsprung«, den ihm Elinor versprochen hatte, war sowieso größer gewesen als gedacht.

Er sah sich nach ihr um. Priest hatte es nicht übers Herz gebracht, sie aus seiner Wohnung zu scheuchen, und sie hatte beteuert, dort auf ihn zu warten, aber er vermutete, dass sie so schnell wie möglich zum Gericht gefahren war.

*Aber sie ist nicht unter den Journalisten.* Er hatte ihr keinen Schlüssel gegeben, sondern sie nur angewiesen, die Tür beim Verlassen der Wohnung hinter sich zu schließen. *Zum Glück habe ich keine Kaninchen.*

Er legte den Inhalt seiner Taschen in eine Plastikschüssel und ließ sich vom Sicherheitspersonal abtasten. Dann ging er in die Gerichtscafeteria, wo Tomas Jansen allein und mit finsterer Miene vor einer Tasse Kaffee saß. Priest bestellte einen Earl Grey und setzte sich zu ihm an den Tisch.

»Tomas, wo sind die anderen?«

»Bei Vincent im Gerichtssaal.«

»Ist Hagworth schon aufgetaucht?«

Jansen schüttelte den Kopf. Seine Augen waren gerötet, die Haut fleckig – der furchtlose Journalist, den Priest vor achtzehn Monaten kennengelernt hatte, war nur noch ein Schatten seiner selbst. »Noch nicht. Wie geht es jetzt weiter, Charlie? Ist es vorbei? Werden wir gewinnen?«

»So einfach ist das leider nicht.«

»Alexia Elias hat *uns* verklagt, und jetzt ist sie *tot*. Ich verstehe nicht …«

»Der Klagegegenstand geht auf die Nachlassverwalter über«, erklärte Priest. »Die Richterin wird uns einen Aufschub gewähren. Sie hat keine andere Wahl. Die Nachlassverwalter werden beantragen, aus Alexias Nachlass entschädigt zu werden. Dann entscheiden sie, ob sie den Prozess fortführen wollen.«

»Und wenn sie ihn fortführen wollen?«

»Darum kümmern wir uns, wenn es so weit ist. Aber

nicht jetzt, Tomas. In den letzten Tagen ist viel passiert. Zu viel, um alles auf einmal zu besprechen.«

Jansen nickte langsam, trank seinen Kaffee aus und stellte die Tasse ab. Priest fiel auf, wie sehr seine Hände zitterten. Und er hatte noch etwas bemerkt: Als er ihm mitgeteilt hatte, dass die Gerichtsverhandlung nicht automatisch beendet war, hatte er deutlich blanke Wut in seinen Augen gesehen. Und da war Priest unwillkürlich zu der Erkenntnis gelangt, dass niemand stärker von Alexias Tod profitierte als Tomas Jansen.

»Gestern hat uns ein Polizist einen Besuch abgestattet«, sagte Jansen und starrte an Priest vorbei ins Leere.

»DCI Rowlinson?«

»Ja, ich glaube, so hieß er. Er wollte wissen, wo wir waren, als Simeon Ali ermordet wurde.«

»Das ist reine Routine«, sagte Priest und hob die Teetasse auf. »Das Ausschlussverfahren ist ein wichtiger Bestandteil jeder Ermittlung.«

»Sie waren doch auch bei der Polizei.«

Priest schrieb den anklagenden Unterton dem Stress zu, unter dem Jansen stand. »Stimmt.«

»Was ist passiert? Wieso sind Sie kein Polizist mehr?«

Priest dachte an den Augenblick zurück, in dem er seinem Vorgesetzten den Dienstausweis auf den Tisch geknallt und auf Nimmerwiedersehen verschwunden war. Danach hatte er ein halbes Jahr lang als Barkeeper gearbeitet – Gläser poliert, Bier gezapft und Unruhestifter vor die Tür gesetzt. Der überqualifizierteste Barkeeper Londons, hatte sein damaliger Boss gesagt. *Wie hatte der noch mal geheißen?*

»Es kam zu einer Meinungsverschiedenheit zwischen mir und der Behörde«, sagte Priest schließlich.

Jansen lächelte. Er schien es zu schätzen, dass Priest die Frage nicht direkt beantwortet hatte. Doch das gehörte wahrscheinlich zu seinem Beruf. »Was denn für eine Meinungsverschiedenheit?«

»Sie waren der Meinung, dass ich wüsste, was ich tue. Ich war der Meinung, dass sie sich da täuschten.«

Jansen lachte. »Sehr gut, Charlie. Äußerst schwammig. Sie hätten einen guten Journalisten abgegeben.«

»Was haben Sie Rowlinson erzählt?«, fragte Priest.

»Dass wir die ganze Zeit über in Ihrer Kanzlei waren. Zusammen mit Ihnen, Vincent und Georgie.«

Priest nickte. »Verstehe.«

»Interessant, finden Sie nicht auch?«, fragte Jansen, stützte das Kinn auf eine Hand und starrte nachdenklich in Priests Tee. Priest vermutete, dass er sich absichtlich geheimnisvoll gab und den aufmerksamen Amateurdetektiv spielte – doch ihm war schleierhaft, was Jansen damit bezweckte.

»Was denn?«, fragte Priest.

»Nun ja, wir waren nicht alle anwesend, oder? Jedenfalls nicht die ganze Zeit über.«

Priest ging mit Tomas in Gerichtssaal dreizehn und ließ ihn in der dritten Reihe Platz nehmen. Gail und Georgie waren bereits eingetroffen. Letztere warf ihm ein entschlossenes Lächeln zu, als er sich hinter Okoro setzte und den Laptop aufklappte.

Zu seiner Linken mühte sich Hagworth mit einem Aktenordner ab. Zu Priests Überraschung saß Dominique Elias hinter ihm. Er hatte die Hände auf dem Tisch gefaltet und blickte starr geradeaus.

Die Tür am vorderen Ende des Saals öffnete sich, und

Justice Peters marschierte herein. Sie hatte das Haar zu einem Dutt hochgesteckt und eine bibeldicke Ausgabe der Verfahrensregeln in Zivilprozessen in der Hand. Alle Anwesenden erhoben sich, sogar die Journalisten auf den hinteren Bänken. Sie knallte das Buch auf den Tisch und bedeutete den Versammelten, sich zu setzen, obwohl es Hagworth kaum auf die Beine geschafft hatte.

Alle nahmen Platz. Peters machte sich eine ausführliche Notiz, dann sah sie auf.

»Würden Sie bitte den Zuschauerbereich räumen.«

Zuerst reagierte niemand. Peters wartete einen Augenblick ab, dann wandte sie sich direkt an die versammelten Journalisten.

*»Würden Sie bitte den Zuschauerbereich räumen.«*

Der Gerichtsdiener öffnete die Tür, und zögerlich verließen die Reporter den Saal. Peters wartete, bis sich die Tür hinter dem letzten murrenden Journalisten geschlossen hatte, bevor sie das Wort an die Anwälte richtete.

»Mr. Hagworth«, sagte sie. »Dem Vernehmen nach ist Ihre Klientin verstorben.«

»So ist es, Euer Ehren. Sehr zu meinem Leidwesen.«

»Mr. Elias.« Peters sah zu der einsamen Gestalt hinüber, die hinter Hagworth über den Tisch gebeugt dasaß. »Das Gericht möchte Ihnen sein herzliches Beileid aussprechen.«

Elias nickte höflich und unverbindlich.

»Mr. Okoro, Ihr Zeuge ist ebenfalls verstorben?«

Okoro stand auf. »Das stimmt, Euer Ehren.«

Peters schüttelte den Kopf. »Das ist sehr bedauerlich. Damit bleibt uns anscheinend keine Wahl, als den Prozess zu vertagen. Wer von Ihnen möchte einen Geheimhaltungsbeschluss beantragen?«

# 28

Priest starrte auf das Brett und überlegte den nächsten Zug. Er hatte eine ansehnliche Streitmacht in Osteuropa versammelt, mit der er nach Asien vorstoßen konnte, doch das kostete ihn die letzten Reserven; er hatte bereits Afrika und einen Großteil von Nord- und Südamerika verloren. Seine Möglichkeiten schwanden zusehends.

»Ich spiele wirklich sehr gern *Risiko* mit dir, Bruderherz«, sagte William. Im Laufe der Zeit war seine Stimme immer rauer und kehliger geworden, und auch sonst hatten die acht Jahre in einer Hochsicherheitspsychiatrie zumindest körperlich ihren Tribut gefordert. Doch geistig war William noch voll da – vorausgesetzt, er konzentrierte sich.

»Hmm.« Priest überlegte weiter fieberhaft, wie er sich aus seiner misslichen Lage befreien konnte.

»Meine Güte!«, rief William plötzlich aus. »Ich habe mich ja noch gar nicht erkundigt, wie es mit deinem Prozess vorangeht. Charles, ich habe in den Nachrichten gesehen, dass ein wichtiger Zeuge unter mysteriösen Umständen ums Leben gekommen ist. Hoffentlich gereicht dir das nicht zum Nachteil. Obwohl – aus deiner Stimmung und der Tatsache, dass du mich an einem Wochentag besuchst, lässt sich wohl folgern, dass dies durchaus der Fall ist.«

William hatte nicht immer so gesprochen. Wie alle Priests war er zwar von Natur aus eloquent, doch nun drückte er sich zunehmend wie eine Figur aus einem Sherlock-Holmes-Roman aus. Priest vermutete, dass das Absicht war. William hatte einen weitaus größeren Hang zur Theatralik als seine jüngeren Geschwister.

»Die Klägerin ist unter ebenso mysteriösen Umständen gestorben, also steht es Unentschieden.« *Eine Tatsache, die Fox noch nicht überall verbreitet hatte, doch das war wohl nur eine Frage der Zeit.*

William lehnte sich fröhlich zurück. »Nun, wenn jemand den Karren aus dem Schlamm der Juristerei ziehen kann, dann du. Darf ich fragen, welch schlimmes Schicksal die besagten Personen ereilt hat? Ich nehme doch an, dass eine Verbindung zwischen den beiden Todesfällen besteht.«

»Frischhaltefolie«, sagte Priest. Er stationierte seine letzte Reserve in Australien und bewegte einen kleinen Trupp über die europäische Grenze in Williams Territorium.

William quittierte den Vorstoß mit einem unwilligen Knurren. Dies war der einzige Bereich der Karte, auf dem er verwundbar war. Der Wärter hinter ihm hustete nervös.

»Frischhaltefolie. Soso«, murmelte William und zählte die Würfel ab. Priests Truppen waren den seinen im Verhältnis von drei zu eins überlegen. »Faszinierend. Eine recht intime Tötungsmethode, möchte ich meinen. Das ist, wie jemanden zu erwürgen. Wenn man jemanden erwürgen oder mit Frischhaltefolie ersticken will, muss man ihn schon richtig hassen. Man muss sich darauf einstellen, dass das Opfer drei, vier Minuten lang in deinen

Armen herumzappelt. Manchmal auch länger, das hängt von der Konstitution des Betreffenden ab. Nein, meiner Erfahrung nach weniger von der physischen Konstitution als vielmehr vom Lebenswillen. Das ist jedenfalls bei mir so.«

*Ist, nicht war. Gegenwart. Nicht dass sie eine Anhörung überhaupt in Betracht ziehen würden, aber das mit der Bewährung wird so schnell nichts werden, alter Freund.*

»Hast du das mal versucht?«, fragte Priest. Vor dem Würfeln stießen die Brüder die Fäuste gegeneinander – ein Ritual, das noch aus ihrer Kindheit stammte.

»Nein. Ich habe einmal eine Apparatur entwickelt, die Ähnlichkeit mit einem Hundehalsband hatte. Der darin verborgene Gummischlauch konnte mithilfe einer eingebauten Pumpe aufgeblasen werden. Aktiviert wurde die Vorrichtung mittels einer Fernbedienung, die ich mir in die Hose genäht hatte«, erzählte William beiläufig, während er würfelte.

»Hattest du Gelegenheit, diese Apparatur zu testen?«

Priest sah wie gebannt zu, wie William nach jedem glücklichen Wurf einen Spielstein seines jüngeren Bruders mit dem Finger umwarf.

»Bedauerlicherweise nicht, dabei hatte ich bereits einen wirklich vielversprechenden Banker aus der Fleet Street als Versuchskaninchen im Auge.«

Der nervöse Wärter hinter William hustete erneut und trat von einem Bein aufs andere. Priest sah ihn warnend an, sodass der Mann das, was er hatte sagen wollen, für sich behielt. Der Wärter war noch jung und hatte wohl noch vor nicht allzu langer Zeit die Schulbank gedrückt. Priest kannte ihn nicht – offenbar war er neu hier und die Plaudereien eines Serienmörders noch nicht gewohnt.

»Nun«, sagte Priest und betrachtete die ihm noch verbliebenen Karten. »Auf dem ersten Opfer wurde ein Nadeleinstich gefunden, aber es gab keine Hinweise auf eine tätliche Auseinandersetzung. Da muss ich dich leider enttäuschen.«

»Ach, wie langweilig. Das ist so einfach wie die Zubereitung eines Mikrowellengerichts. Da es nicht zu einer körperlichen Auseinandersetzung kam, muss der Mörder nicht unbedingt männlichen Geschlechts sein, nicht wahr?« William warf ihm einen vielsagenden Blick zu, obwohl Priest diese Möglichkeit bereits in Betracht gezogen hatte. »Hat der Täter Trophäen erbeutet? Unterwäsche, Finger, womöglich einen Augapfel?«

»Leider nicht. Aber das Gesicht des zweiten Opfers wurde entstellt.«

»Ach?« Das weckte Williams Interesse. Er gab Priest die Würfel. Der junge Wärter ließ sie nicht aus den Augen. Nur gelegentlich warf er einen Blick auf die Kamera über ihnen. *Die hilft ihm auch nichts, wenn Will hier so richtig loslegt.* »Ich nehme an, dass der Mörder dem ersten Opfer – vom Tötungsakt abgesehen – kein Haar gekrümmt hat, richtig?«

»Richtig.«

»Hm.« William hatte Priests Angriff abgewehrt, und dieser hatte keine Reserven mehr. Sein letzter Kontinent war schutzlos. »Pech, mein lieber Charles. Mein Sieg bei dieser letzten Konfrontation war statistisch übrigens äußerst unwahrscheinlich. Deine Strategie hatte Hand und Fuß, Bruderherz. Du hast einfach nur Pech.«

»Was du nicht sagst«, murmelte Priest gerade so laut, dass William es hören konnte.

»Wie wurde das Gesicht entstellt?«

»Die Augen und Ohren wurden mit einem Schneidbrenner weggebrannt, der Mund zugenäht«, sagte Priest mit finsterer Miene.

»Allerhand. Ziemlich reißerisch. Waren es wenigstens saubere Stiche?«

»Im Gegenteil. Und der Schneidbrenner wurde auch recht amateurhaft gehandhabt.«

»Na, dann kannst du ja alle Chirurgen und Automechaniker ausschließen.« Priest sah auf. William begutachtete die Karten, die er auf der Hand hatte und arrangierte seine Reservetruppen. Anscheinend hatte er diese letzte Bemerkung nicht als Witz gemeint.

»Vielen Dank, Wills. Sehr hilfreich.«

»Gern geschehen. Übrigens, Charles: Macht dir der Mord so zu schaffen oder die Blondine, mit der du letzte Nacht geschlafen hast? Wie heißt sie? Ihr Name beginnt mit einem Vokal, hab ich recht?«

Priest fühlte sich ertappt. Zu Williams sichtlichem Vergnügen fehlten ihm die Worte. Dann kam er zu der Erkenntnis, dass William einen materiellen Hinweis entdeckt hatte, der ihn zu dieser Vermutung verleitete, und sah an sich hinab. Tatsache: An seinem Jackettärmel hing ein langes blondes Haar. Er zupfte es ab und ließ es auf den Boden fallen.

»Die bringt dir nichts als Ärger, Bruderherz«, warnte William. »Sei vorsichtig.«

»Und woher weißt du das so genau?«

»Sie hat dir heute Morgen Frühstück gemacht und dabei dein Hemd getragen. Etwas anmaßend nach der ersten Nacht, findest du nicht auch?«

Priest kam sich vor, als sei ihm sein Bruder ständig einen Schritt voraus – doch dieses Gefühl hatte er, seit er drei Jahre alt war.

»Auf deinem Hemd sind Fettspritzer, und du duftest leicht nach gebratenem Speck«, bemerkte William voller Freude. »Du machst dir nie selbst Frühstück, dafür hast du überhaupt keine Zeit, daher muss sie es gewesen sein. Und zwar in deinem Hemd. Würdet ihr euch besser kennen, hättest du ihr sicher irgendwann erzählt, dass du ein englisches Frühstück ausschließlich in diesem schrecklichen Café zu dir nimmst.«

»Vielleicht habe ich meine Gepflogenheiten ja geändert«, gab Priest zu bedenken, doch es klang wenig überzeugend. William fiel nicht darauf herein.

»Quatsch. Du bist ein Gewohnheitstier, wie es im Buche steht. Egal, zurück zum eigentlichen Thema: Die Augen des zweiten Opfers wurden vernichtet – weil es etwas nicht sehen darf oder als Bestrafung dafür, dass es etwas gesehen hat?«

»Das weiß ich noch nicht.«

William hatte seine Truppen an der Westfront seines asiatischen Einflussgebiets zusammengezogen und bereitete eine Invasion Europas vor. Sein Sieg war nur noch Formsache, aber Priest spielte trotzdem weiter. Er wollte William nicht um die fünf Minuten bringen, die von der einstündigen Besuchszeit noch übrig waren.

»Also gut. Hier.« William gab Priest den Würfel. »Wurde das Gesicht vor oder nach dem Tod verstümmelt.«

»Auch das weiß ich nicht – wir warten auf den Autopsiebericht.«

»Ach!«, rief William. »Wie unbefriedigend! Hast du keine Vermutung?«

»Nach dem Tod.«

»Weshalb?«

»Aus organisatorischen Gründen. Der Gerichtsmediziner sagt, dass es nur ein Täter war, und da keine Spuren einer Fesselung vorhanden sind, gehe ich davon aus, dass sie erst ermordet und dann verstümmelt wurde. Und wenn es sich um denselben Täter handelt, muss das erste Opfer auch erst außer Gefecht gesetzt worden sein. Dessen Leichnam war übrigens unversehrt.«

»Hochinteressant – hier ging's offenbar ums Prinzip.«

»Sieht ganz so aus.« Priest würfelte. Mit einem wie zu erwarten desaströsen Ergebnis.

»Du hast sicher bereits an die drei Affen gedacht. Vielleicht geht's darum?«

»Ja, der Gedanke ist mir auch schon gekommen.«

»Sehr gut. Wer hat die Leichen gefunden?«, fragte William, während er konzentriert das Spielbrett betrachtete.

»Ich.«

»Verstehe. Nun, du bist nicht der erste Priest, der mit Leichen zu tun hat. Ich will ja mal schwer hoffen, dass du sie nicht auf dem Gewissen hast, oder etwa doch?«

William lachte und nahm einen weiteren von Priests Spielsteinen vom Feld. Als sich Priest fünf Minuten später endgültig geschlagen gab, kicherte er noch immer vor sich hin.

# 29

Wie so oft, wenn er seinen Bruder besucht hatte, fand sich Priest kurz darauf im Haus seiner Schwester wieder, um die übliche Standpauke über sich ergehen zu lassen. Sarah war bitter enttäuscht darüber, dass er den Kontakt zu William überhaupt noch aufrechterhielt. Sobald sich die Tore der Fen-Marsh-Hochsicherheitsanstalt hinter ihm geschlossen hatten, war er schnurstracks zu Sarah gefahren, um bei ihr sein Gewissen zu erleichtern. Aus irgendeinem Grund brauchte er ihre Wut, um mit sich selbst ins Reine zu kommen. Bis zum nächsten Mal jedenfalls.

Sarah war bester Laune. Sie wirbelte mit Feuereifer durch die Küche, kochte Tilly Mittagessen und machte Priest Tee, obwohl sie genau wusste, weshalb er bei ihr aufgeschlagen war.

»Ich habe leider keinen Earl Grey«, sagte sie und biss sich auf die Unterlippe. »Ich hatte zwar eine Schachtel für dich gekauft, aber die hat mir den ganzen Schrank vollgestunken.«

»Schon gut, Sarah. Was du gerade dahast.«

Sie reichte ihm eine Tasse, die er dankbar entgegennahm. »Sonst kann ich dir nur kaltes Wasser anbieten.«

Während sich Sarah weiter um Tillys Mittagessen kümmerte, ließ Priest den Blick über mehrere auf dem

Frühstückstisch liegende Papiere schweifen: Zahlungsaufforderungen und ein paar von Lilly gemalte Bilder. Anscheinend waren gerade Schulferien, da seine Nichte begeistert im Nebenraum spielte. Ganz unten im Stapel lag ein Schulzeugnis, das er interessiert überflog. Tilly war eine gute Schülerin. Sie hatte durchweg hervorragende Noten, war fleißig und aufmerksam, obwohl sie manchmal etwas verbissen zu Werke ging und den Lehrern des Öfteren widersprach, doch das lag wohl in der Familie. Glücklicherweise sah Priest keine Anhaltspunkte dafür, dass sie die nutzlosen Gene ihres Vaters in ihrer Entwicklung beeinträchtigten. Im Gegenteil – sie gedieh trotzdem prächtig.

»Tilly, Essen ist fertig!«, rief Sarah.

Tilly tappte in die Küche. Ihr widerspenstiges rotblondes Haar wippte auf und ab, als sie auf den Stuhl neben Priest kletterte, um den Teller mit Sandwiches in Empfang zu nehmen.

»Onkel Charlie!«, rief sie. »Dein Hintern stinkt.«

»Tilly, Schluss damit! Ab mit dir!« Bevor Sarah sie aus dem Raum scheuchen konnte, beugte sich Priest zu ihr vor.

»Nicht so schlimm wie deiner, du Zwerg«, flüsterte Priest.

Sie lief kichernd davon. Nach weiterem Tellergeklapper knallte Sarah den Geschirrspüler zu und setzte sich mit einer Tasse Tee zu Priest.

»Welche Laus ist dir denn diesmal über die Leber gelaufen?«, fragte sie, stützte das Kinn auf die Hand und sah ihn eindringlich an.

»Ach, die Arbeit«, seufzte Priest. »Dieser Verleumdungsprozess läuft nicht besonders gut.«

»Wage es ja nicht zu verlieren. Wie geht's unserem Mieter in der Bristol Street?«

»Der ist tot.«

»Tot!« Vor Überraschung spuckte Sarah eine Mundvoll Tee in die Tasse zurück. Wieder musterte sie ihn mit forschendem Blick, dann begriff sie. »Es war in den Nachrichten, aber ich habe es überhaupt nicht miteinander in Verbindung gebracht.«

»Ja«, sagte er und spitzte die Lippen. »Der tote Zeuge in meinem Verleumdungsprozess war gleichzeitig unser Mieter.« Er hoffte inständig, dass sie ihn nicht anschrie.

Sarah nickte mit leicht geöffnetem Mund und gerunzelter Stirn. »Du verdammter Idiot.«

»Dieser Einschätzung muss ich uneingeschränkt zustimmen.«

Sie schüttelte den Kopf und nahm einen großen Schluck Tee. »Wir werden die Wohnung fürs Erste wohl nicht mehr vermieten können, oder?«

»Wahrscheinlich nicht.«

Eine Weile lang saßen sie schweigend da. *Alles in allem steckt sie es ziemlich gut weg,* dachte er. *Ob sie auf ihre alten Tage etwas milder wird?*

»Was ist mit ihm passiert?«, fragte sie schließlich. »In den Nachrichten hieß es nur, dass die Todesursache noch ungeklärt ist.«

»Das ist alles Quatsch. Nach der Autopsie heißt es bestimmt, dass er an einer Weintraube erstickt ist oder so. Sobald er aus den Schlagzeilen ist, wird womöglich die Polizei bei dir auftauchen. Aber das ist nur eine Routinebefragung, mach dir keine Sorgen.«

Sie sah ihn misstrauisch an. *Sie hat mich durchschaut. Sie* weiß, *dass ich sie anlüge.* Aber sie verzichtete darauf nachzuhaken, wandte sich mit einem mitleidigen Schulterzucken von ihm ab und trank ihren Tee aus. »Wenn du das sagst.«

»Tilly ist gut in der Schule«, sagte er.

»Hast du momentan eine … Affäre?«, wollte sie wissen. Die Frage traf ihn völlig unvorbereitet, aber das war wohl auch beabsichtigt. Er spürte, wie ihm das Blut in den Kopf schoss, als er an Elinor und ihre gemeinsame Nacht dachte. Seither hatte er nichts mehr von ihr gehört. Keine SMS, keine E-Mails. Sie hatte einfach nur mit ihm gevögelt und … wo zum Teufel steckte sie nur?

*O Mann, was für ein Schlamassel.*

»Ich werte dein unbehagliches Schweigen als ein Ja«, sagte Sarah schließlich trocken.

Priest suchte vergebens nach einer passenden Antwort. Er zuckte nur mit den Schultern und setzte eine, wie er hoffte, unverbindliche Miene auf.

Sarah nickte. »Na, anscheinend wird das mit der Hochzeit wohl noch eine Weile dauern.«

»Es ist furchtbar kompliziert«, gab er kleinlaut zu.

»Wie alles, was mit dir zu tun hat. Mein Bruder, die menschliche Zwiebel – hinter jeder Schale kommt gleich die nächste zum Vorschein.«

Sie lachte, woraufhin sich Priest etwas weniger unbehaglich fühlte. Vielleicht bereute Elinor die ganze Sache ja und war nach Blackheath zurückgekehrt, und er hatte freie Bahn, um sich wieder mit Jessica zu versöhnen. *Sich mit Jessica zu versöhnen. Als ob das so einfach wäre.*

»Ich muss zurück zur Arbeit«, sagte er, stand auf, kramte in seiner Tasche und warf einen Schlüsselbund auf den Tisch. Sie hob ihn auf und sah ihn an. »Deine Schlüssel zur Wohnung in der Bristol Road. Du kannst sie zurückhaben, die Polizei hat mir Simeons Schlüssel gegeben.«

»Danke.« Sie spielte gedankenverloren damit herum. »Wann wissen Sie denn ganz genau, was mit ihm passiert ist?«

»In ein paar Wochen, schätze ich. Da gibt's noch eine Menge zu klären.«

»Aha. Wofür ist der hier?«, fragte Sarah und hielt einen kleinen Schlüssel in die Höhe, der ebenfalls am Bund befestigt war.

»Keine Ahnung«, sagte Priest. »Ist ja deine Wohnung.«

»Dieser Schlüssel gehört nicht zur Wohnung.«

Priest lief es kalt den Rücken hinunter. Sie hielt den Schlüssel ins Licht, als wäre er ein lange verschollenes, uraltes Artefakt. Er setzte sich wieder.

»Wie meinst du das?«, fragte er.

»Na ja …« Sie hob einen Schlüssel nach dem anderen hoch. »Vordertür, Hintertür, Fensterschloss, Gaszähler … und der hier.«

Priest betrachtete den überzähligen Schlüssel – es war nur ein einfacher, kleiner Schlüssel, in dessen Kopf die Ziffer 6 graviert war. »Der hat sicher dem Mieter gehört.«

»Aber wie kommt er an den Bund? Der war doch hier, in deiner Schublade.«

»Aber erst seit Kurzem«, sagte Sara. »Die Hausverwaltung hatte mich angerufen – der Mieter wollte einen neuen Satz, weil der alte Schlüssel zum Hintereingang klemmte. Sie haben ihm ihren gegeben und mir seinen zurückgeschickt.«

Priest machte große Augen. Adrenalin schoss durch seinen Körper. Jeder Fall hat seinen Wendepunkt – plötzlich taucht ein neues Beweisstück auf, das einem wie ein

Leuchtfeuer den Weg durch die Finsternis weist. War dies der Wendepunkt?

»Ich hab's mir anders überlegt«, sagte er und legte seine Hand auf den Schlüsselbund. »Die nehme ich wieder mit.«

# 30

Georgie saß auf dem Beifahrersitz von Charlies Volvo und drehte den Schlüssel zwischen den Fingern hin und her. Priest hatte den Wagen in der Bristol Road in etwa hundert Meter Entfernung zu seiner Wohnung auf der gegenüberliegenden Straßenseite abgestellt. Heute war ziemlich viel los, und auch die Störenfriede, die schon letztes Mal vor der William-Hill-Filiale herumgelungert hatten, standen mit Dosenbier bewaffnet wieder davor.

Charlie hatte das Handy am Ohr und wartete darauf, dass jemand seinen Anruf entgegennahm. Als er endlich einen Polizisten am Apparat hatte, verdrehte er die Augen und warf Georgie einen verärgerten Blick zu.

»Hallo? Ja ... könnte ich bitte mit DCI Rowlinson sprechen ... Priest ... richtig, Priest. Er weiß Bescheid ... wenn Sie ihn einfach nur ... bitte ... ja, ich warte.«

Er tippte auf dem Touchscreen herum und legte das Telefon auf das Armaturenbrett. »Freisprechmodus«, erklärte er.

»Glauben Sie, dass Simeon geahnt hat, was ihm bevorsteht und den Schlüssel mit Absicht weggegeben hat?«, fragte Georgie.

»Schon möglich. Wenn ihm der Schlüssel wichtig war, hätte er ihn sicher nicht am Bund vergessen.«

Georgie betrachtete den Schlüsselkopf mit der undeutlichen, abgegriffenen Ziffer sechs darauf. »Sieht wie ein Schließfachschlüssel aus«, meinte sie.

»Ja, auf diesen Gedanken bin ich auch schon gekommen.«

»Deshalb sind wir hier, oder? Um rauszufinden, in welches Schloss dieser Schlüssel passt.«

Bevor Charlie antworten konnte, quäkte Rowlinsons Stimme aus dem Handy. Die Tonqualität war bescheiden, trotzdem war deutlich ein Echo zu hören.

»Priest«, sagte Rowlinson. »Wer ist diesmal gestorben?«

Charlie beugte sich vor, damit der ironische Unterton auch wirklich voll zur Geltung kam. »Würde es dir etwas ausmachen, wenn ich meine eigene Wohnung betrete? Ich glaube, ich habe die Heizung angelassen.«

»Kommt überhaupt nicht infrage. Die Spurensicherung ist doch gerade erst weg.«

»Ich dachte, die Wohnung ist kein Tatort.«

»Und ich dachte, ich hätte dir klargemacht, dass du dort trotzdem nichts zu suchen hast.«

»Du lieber Himmel, Tiff. Du machst dir keine Vorstellung davon, wie sehr Sarah ausflippen wird, wenn sie erfährt, dass ihr die Bude auf den Kopf gestellt habt.«

»Wieso habe ich das untrügliche Gefühl, dass du mich nicht ernst nimmst?«

Charlie lachte. Er hatte ein sehr einnehmendes Lachen, bemerkte Georgie, und er lachte nur, wenn er etwas auch lustig fand. Da wusste man immer, woran man war.

»Ende nächster Woche darfst du ja wieder in deine verfluchte Wohnung«, sagte Rowlinson. »Aber bis auf Weiteres ist das ein Tatort.«

»Okay, aber behalt das bitte für dich, ja? So ein Mord verringert die Weitervermietbarkeit doch erheblich.«

Rowlinson tat mit einem undefinierbaren Geräusch sein Missfallen über diesen Scherz auf seine Kosten kund. »Mal sehen. Soll ich der Spurensicherung sagen, dass sie noch ein bisschen umdekorieren soll?«

»Das wäre ganz großartig.«

Bevor Rowlinson noch etwas sagen konnte, beendete Priest das Gespräch und wandte sich Georgie zu. »Jetzt wissen wir, dass die Wohnung leer ist – und bis auf den Polizeibeamten, der dort drüben im Café sitzt und nach Verdächtigen Ausschau hält, auch unbewacht.«

Georgie blickte in die Richtung, in die Charlie deutete. Etwa auf halbem Weg zwischen ihnen und dem Computerladen befand sich hinter dem Wettbüro mit den Betrunkenen davor ein Starbucks.

»Woher wollen Sie denn wissen, dass ein Polizist dort auf der Lauer liegt?«, fragte sie.

»Die Spurensicherung ist gerade weg, und es bringt wenig, jemanden in die Wohnung zu setzen. Stattdessen wird der Eingang vierundzwanzig Stunden lang beobachtet.«

»Falls der Täter tatsächlich an den Ort des Verbrechens zurückkehrt«, murmelte Georgie.

»Und das ist fast immer der Fall. Georgie …« Charlie legte seine Hand auf ihre Schulter. Das kam unerwartet, doch sie spürte praktisch sofort seine Körperwärme. Sie drehte sich um. Er sah sie mit seinen leuchtenden blauen Augen so durchdringend an, dass sie einen Moment lang dachte …

»Sie müssen für ein kleines Ablenkungsmanöver sorgen«, sagte er.

Sie blinzelte verwirrt. »Wie bitte? Ich soll *was*?« *War das sein Ernst?*

Ruckartig nahm er seine Hand weg und sprang aus dem Volvo. Anscheinend war es sein Ernst. Hektisch löste sie ihren Sicherheitsgurt und stieg ebenfalls aus.

»Nur ein paar Minuten«, sagte er. »Länger wird es nicht dauern.«

Sie sah ihn entgeistert an. »Und wie soll ich einen mit der Observierung eines Gebäudes betrauten Polizeibeamten ablenken?«

»Da fällt Ihnen schon was ein.« Er wollte sich gerade umdrehen, als er ihre Verzweiflung bemerkte und innehielt. »Handeln Sie einfach aus dem Bauch heraus, ohne lange nachzudenken. Improvisieren Sie. Wenn Sie die nächste Stunde damit verbringen, einen Plan zu schmieden, wird Ihnen irgendwann klar, wie bescheuert das Ganze ist.«

»Was?«

Er ging schnell Richtung Starbucks. »Hier überquere ich die Straße«, rief er ihr über die Schulter zu.

Wie erstarrt beobachtete sie, wie er eine Lücke im Verkehr abwartete und dann über die Straße ging. Kurze Zeit später war er auf der anderen Seite und näherte sich dem Computerladen. Georgie sah sich verzweifelt um, doch ihr wollte beim besten Willen nichts Brauchbares einfallen. Planlos setzte sie sich in Bewegung, rannte beinahe über den Gehweg, um mit Charlie Schritt zu halten. Dabei kam sie den Betrunkenen vor dem Wettbüro immer näher. Charlie wandte sich um und hob fast unmerklich den Daumen.

*O Gott, er meint es wirklich ernst.*

Georgie spürte, wie Panik in ihr aufstieg. *Man wird ihn beim Versuch, in die Wohnung einzudringen, verhaften. Und das ist allein meine Schuld!*

Einer der Betrunkenen geriet ins Torkeln und hielt sich an seinem Kameraden fest. Dieser schubste ihn von sich, woraufhin er gegen den dritten, kleineren Mann prallte. Die beiden kollidierten und stießen eine Reihe derber Flüche aus, darunter einige, die Georgie noch nie gehört hatte. Unter anderen Umständen hätte es eine wirklich komische Situation sein können.

Sie blieb stehen. *Verdammt, verdammt, verdammt!* Direkt neben ihr war ein an einem Laternenpfahl befestigter Mülleimer. Er war mit Aufklebern bedeckt, die für längst vergangene Veranstaltungen und Konzerte warben. Der Mülleimer war voll bis zum Rand. Ganz oben lag eine zur Hälfte geleerte Colaflasche.

Georgie sah erst die Flasche und dann die Betrunkenen an, die ungefähr auf der Höhe des Starbucks auf der anderen Seite standen.

*Das kann ich unmöglich tun.*

Sie warf einen Blick auf die andere Straßenseite. Charlie hatte den Computerladen beinahe erreicht und machte keine Anstalten, langsamer zu werden. Dann bemerkte sie eine Polizistin in einem Fenster des Starbucks. *Ob die Beamtin Charlie erkannt hat? Wenn sie ihn die Wohnung betreten sieht, wird sie sofort Rowlinson Bescheid geben …*

Sie sah sich nach Überwachungskameras um. Nichts. Ihr blieben nur wenige Sekunden.

*Scheiß drauf!*

Georgie packte die Colaflasche und warf sie so fest sie konnte auf die Betrunkenen, dann ging sie hinter einem Bushäuschen in Deckung.

Sie spähte durch die Lücke zwischen den Metallwänden des Häuschens. Ihre Hoffnung, die Flasche würde auf dem Gehweg zerspringen und so die Betrunkenen aufscheuchen, erfüllte sich nicht. Stattdessen prallte die Flasche vom Rücken des kleineren Mannes ab, der daraufhin mit einem wütenden Schrei ein weiteres Mal gegen seine Kumpanen taumelte. *Tut mir schrecklich leid!*

Georgie hatte schlecht gezielt – und dennoch mit der Flasche die gewünschte Wirkung erzielt.

Sobald der kleine Mann das Gleichgewicht wiedergefunden hatte, rammte er seinem Nebenmann die Faust in den Magen. Der ging zu Boden, was dem dritten ein verwirrtes Kreischen entlockte.

»Der blöde Arsch, haut mir eine Flasche ins Kreuz«, schrie der kleine Mann und rieb sich den Rücken.

»Du Pisser!«, schrie das unschuldige Opfer und rappelte sich auf. »Ich bring dich um!«

Er warf sich auf den Kleineren, während der Dritte völlig verdutzt danebenstand. Die Schlägerei rief die Polizistin auf den Plan – sie verließ ihren Beobachtungsposten im Starbucks.

»Aufhören!«, rief sie und griff nach dem Tränengasspray an ihrem Gürtel.

Georgie verzog das Gesicht und wandte sich ab, um das, was als Nächstes passierte, nicht mit ansehen zu müssen. Mit geschlossenen Augen lehnte sie sich gegen die Bushaltestelle. Der Aufruhr wurde immer größer. Sie hörte, wie die Polizistin über Funk Verstärkung anforderte, hörte, wie ein Auto hupte, weil ein Raufbold den anderen auf die Straße geschubst hatte.

Sie öffnete die Augen wieder. Mehrere Menschen waren stehen geblieben, um das Spektakel zu beobachten. Ein Zischen ertönte, als die Polizistin jemandem Reizgas in die Augen sprühte, dann folgte ein Schmerzensschrei.

Schnell schloss Georgie die Augen wieder, als ihr einfiel, was sie einmal über Reizgas gelesen hatte: Angeblich war der von den Chemikalien verursachte Schmerz so stark, als würde einem kochendes Wasser in die Augen gekippt.

*O Gott.*

Jemand prallte lautstark gegen die Wand des Bushäuschens. Sie zuckte zusammen und kreischte vor Schreck.

»Tut mir leid«, sagte Charlie.

Verwirrt sah sie ihn an. Er reckte den Hals, um den Tumult besser sehen zu können.

»Gute Arbeit, Someday«, flüsterte er.

»Hoffentlich war es das wert«, gab sie atemlos zurück.

Er nahm eine Broschüre aus der Tasche und gab sie Georgie. »Das Budget Gym. Ein Fitnessstudio in der Grace Street«, verkündete er mit sichtlicher Begeisterung über seine Entdeckung. »Die Broschüre war an der Pinnwand in der Küche. Die Spurensicherung hat wahrscheinlich gedacht, dass sie nicht wichtig ist.«

Georgie war nicht ganz klar, worauf er hinauswollte. »Aber es ist wichtig, weil …?«

Charlie ließ den Motor an. Der Volvo erwachte keuchend zum Leben. »Weil es in einem Fitnessstudio Spinde gibt.«

# 31

Priest stieß aus der Parklücke, wendete und fuhr die Bristol Street wieder hinunter. Georgie rutschte unruhig hin und her. Sie wollte einen letzten Blick darauf werfen, was hinter ihnen vor sich ging, aber das Bushäuschen versperrte ihr die Sicht.

Als sie die Kreuzung am Ende der Bristol Road erreichten, wurden sie von zwei Streifenwagen mit Blaulicht geschnitten, die mit quietschenden Reifen an ihnen vorbeirauschten.

»Das war doch nicht so schlimm, oder?«, fragte Georgie.

»Aber woher denn.«

»Genau«, redete sich Georgie ein.

»Haben Sie diesen Mann wirklich mit einer Colaflasche beworfen?«, fragte Priest eine halbe Meile später. Georgie sah ihn nur bedröppelt an. »Guter Wurf, Someday!«

»Wie geht es jetzt mit dem Prozess weiter?«

Langsam arbeiteten sie sich durch den zähen Verkehr zum Fitnessstudio vor. Der kleine Schlüssel in Priests Tasche schien förmlich zu glühen.

»Tja«, seufzte er und lehnte sich im Sitz zurück, um seinem schmerzenden Rücken etwas Linderung zu verschaffen. »Ich kann mir nicht vorstellen, dass Dominique kampflos aufgibt.«

»Aber beide Seiten haben ihren wichtigsten Zeugen verloren. Eine faire Verhandlung ist jetzt ja wohl kaum noch möglich.«

»Vielleicht schon, aber ich will Peters nicht unbedingt mit Menschenrechten kommen. Immerhin ist fraglich, ob sie überhaupt ein Mensch ist.«

»Die Nachlassverwalter werden es sich zweimal überlegen, wenn zum Erbe auch schmutziges Geld gehört«, vermutete Georgie.

»Sie gehen also davon aus, dass *The Real Byte* die Wahrheit geschrieben hat?«, fragte Priest.

»Was glauben Sie denn?«

Priest manövrierte an einer Baustelle vorbei, dann grinste er. »Ich glaube, dass die Wahrheit bei einem zünftigen Verleumdungsprozess nichts verloren hat.«

Das Fitnessstudio in der Grace Street war von der billigen Sorte. Auf den großen Fenstern zu beiden Seiten der Drehtür priesen große Schilder eine monatliche Mitgliedschaft für lediglich neun Pfund an.

Das Studio verfügte noch nicht einmal über einen Empfangsbereich. Sobald man die Drehtür passiert hatte, stand man in einem großen Raum mit Betonboden. An einer Wand war ein bodenlanger Spiegel angebracht. Am gegenüberliegenden Ende des Studios standen drei Männer um eine Hantelbank und unterhielten sich. Sobald Priest und Georgie eintraten, verstummten sie und sahen zu ihnen herüber.

»Besuchen Sie ein Fitnessstudio?«, fragte Georgie. Priest entging nicht, wie nervös sie war.

»Nein. Ich hasse Fitnessstudios.«

»Und wieso sind Sie dann so … gut in Form?«

»Viel rotes Fleisch«, sagte er.

Eine junge Frau mit Nasenpiercing und blauen Haaren umrundete einen Tresen am Ende des Raums. Priest ging auf sie zu. Georgie folgte ihm und spürte dabei die interessierten Blicke der drei Männer auf sich. Der größte von ihnen war weiß, die anderen schwarz. Höchstwahrscheinlich Stammkunden.

»Kann ich Ihnen irgendwie weiterhelfen?«, fragte die blauhaarige Frau, verschränkte die Arme und starrte Georgie feindselig an.

»Haben Sie Spinde?«, fragte Priest.

Die Blauhaarige sah ihn verständnislos an. »Ja, wir haben Spinde. Aber Sie hab ich hier noch nie gesehen.«

»Ein Freund von mir ist Mitglied bei Ihnen. Er hat mir den Schlüssel hier gegeben, weil ich etwas aus seinem Spind holen soll. Wäre das möglich?«

Die Frau sah ihn einen Augenblick wortlos an, dann brach sie in Gelächter aus. »Was soll denn der Scheiß? Kann er seinen Krempel nicht selbst holen?«

Priest beugte sich über den Tresen. »Er ist verhindert.«

»Hey, Mims!«, rief der kleinste der Männer aus der Ecke. »Macht der Typ Ärger?«

Priest sah sich um. Die drei Männer kamen auf sie zu. Der Kleine führte die Gruppe an. Er hatte ein Handtuch um die Schultern und eine dunkle Tätowierung um ein Auge, wodurch er wie ein Cyborg aussah. Georgie trat hinter Priest.

»Ich suche die Spinde«, sagte Priest und richtete sich zur vollen Größe auf, damit sie wussten, mit wem sie es hier zu tun hatten. Er war fast zehn Kilo leichter als der schwerste der Männer und hoffnungslos in der Unterzahl. Trotzdem sollten sie sehen, dass er keine Angst vor ihnen hatte.

Mims starrte den Spindschlüssel an. »Nummer sechs?«, fragte sie argwöhnisch. »Benny, er hat einen Spindschlüssel. Nummer sechs.«

Der Mann namens Benny baute sich vor Priest auf und tippte ihm mit dem Finger gegen die Brust. »Was willst du hier, Großer?«, fragte er.

»Nur an diesen Spind hier«, sagte Priest ruhig. »Mehr nicht.«

Es stand drei gegen einen, und Benny sah nicht so aus, als hätte er Lust auf eine gepflegte Diskussion. Außerdem durfte Priest Georgie nicht vergessen. Sie war so weit zurückgetreten, dass sie beinahe an der Wand klebte. Ein Mann stand zwischen ihr und der Tür. Priest sah die Angst in ihren Augen. Er selbst blieb ruhig und gelassen, ließ Benny nicht zu nahe an sich heran, wich aber auch nicht zurück. In solchen Situationen war er schon öfter gewesen – wenn auch nicht als Anwalt, sondern als Polizist. Es war wie ein komplizierter Tanz – ein falscher Schritt, und …

»Her mit dem Schlüssel!«, befahl Benny. »Gib den Scheißschlüssel her, du Wichser«, brüllte er, als Priest nicht reagierte.

Priest sah Georgie an – sie war leichenblass. Dann blickte er in Bennys kleine, gerötete Augen.

*Er lässt mir wohl keine andere Wahl.*

Es dauerte nur wenige Sekunden, und bis auf Priest verstand niemand, was genau geschah. Benny taumelte zurück, da ihm Priest die Hand mit einer solchen Wucht gegen die Brust gerammt hatte, dass es ihm die Luft aus der Lunge drückte. Wie zu erwarten, ging sofort der nächste Mann auf ihn los. Priest duckte sich unter seinem unkontrollierten Faustschlag weg, schob ein Knie zwischen die Beine des Mannes und nutzte die Hebelwirkung, um ihn über die Schulter auf den dritten Angreifer zu schleudern. Die beiden Männer fielen um wie die Kegel und krachten in einen Kniebeugenständer.

Priest sah sich um. Benny sah so aus, als wäre er die nächsten Minuten kampfunfähig. Der Mann, den er über die Schulter geworfen hatte, war mit einer Platzwunde auf seinem Kopf beschäftigt, der dritte lag reglos mit dem Kopf auf den Gewichten im Kniebeugenständer.

Er wandte sich wieder der blauhaarigen Frau zu, die ihn mit offenem Mund anstarrte.

»Die Spinde. Bitte«, sagte Priest mit etwas mehr Nachdruck. Sie nickte und deutete stumm auf eine Tür, ohne den Blick von ihm zu nehmen. »Herzlichen Dank.«

Er stieg über Benny hinweg, der immer noch Atemprobleme hatte, und ging zur Tür. Erst jetzt fiel ihm auf, dass Georgie nicht mehr an seiner Seite war. Er drehte sich um: Sie stand eben so entsetzt da wie die Blauhaarige.

»Worauf warten Sie denn?«, fragte Priest.

Eine Sekunde später nickte sie, machte einen Satz über Benny und folgte ihm in den Umkleideraum. Priest schloss die Tür hinter ihnen. Der Schlüssel steckte, und er drehte ihn herum.

»Haben die denn noch nicht genug?«, fragte Georgie.

»Wahrscheinlich nicht.«

»Irgendwie hab ich den Kung-Fu-Einführungskurs in meinem Jurastudium verpasst.«

»Ja, das Jurastudium ist heutzutage erstaunlich breit gefächert.«

Er führte Georgie durch den Umkleideraum, der seit Monaten nicht mehr geputzt worden war. Es roch wie auf einer Marihuanaplantage. In der Mitte stand eine Bank, an der Wand waren mehrere schmutzstarrende Waschbecken angebracht, gegenüber eine Spindreihe. Jemand hatte eine Plastiktüte über den Rauchmelder gestülpt.

»Nummer sechs – hier.« Georgie deutete auf den letzten Spind in der obersten Reihe.

Priest eilte darauf zu und versuchte, den Schlüssel ins Schloss zu stecken. Er passte nicht. *Verdammt!*

»Andersrum«, sagte Georgie. Sie ergriff seine Hand und drehte sie samt Schlüssel herum. Jetzt stand sie direkt neben ihm. Ihre Panik schien wie weggeblasen.

Das Schloss klickte, und die Spindtür öffnete sich.

Sie spähten hinein. Dann griff Priest in den Spind und nahm den einzigen Gegenstand heraus, der sich darin befand.

»Ein Handy«, murmelte Priest.

Jemand schlug mit einem Wutschrei gegen die Tür. Dann wurde heftig an der Klinke gerüttelt.

»Wir nehmen wohl besser den Hinterausgang«, schlug Priest vor. »Irgendwie habe ich das dumpfe Gefühl, dass wir hier nicht länger willkommen sind.«

# 32

Der Hinterausgang führte auf eine schmale Gasse hinaus. Wäre nicht der Fahrradrahmen gewesen, der auf einem Müllhaufen vor der gegenüberliegenden Wand lag, hätte man glauben können, dass sie seit der letzten Pestepidemie niemand mehr betreten hatte.

Georgie gab ein Geräusch von sich, als hätte sie etwas Falsches gegessen – wahrscheinlich als Reaktion auf den Gestank, der von dem Müllhaufen vor der Tür aufstieg.

»Was ist das?«, fragte sie und rümpfte die Nase.

»Keine Ahnung«, keuchte Priest. »Aber wenn wir noch länger hier rumstehen, versucht der Haufen womöglich, Kontakt mit uns aufzunehmen.« Er sah sich zu beiden Richtungen um und ging dann nach rechts. »Da lang geht's zum Auto.«

Während sie durch die Gasse eilten, sah sich Priest das Handy aus Simeons Spind genauer an. Es war ein älteres Nokia-Modell, das noch nicht einmal über einen Touchscreen verfügte. Priest drückte auf den Einschaltknopf. Nach ein paar Sekunden leuchtete das Display auf, kurz erschien ein pixeliges Nokia-Logo, dann suchte das Telefon nach einem Signal. Der Akku war so gut wie leer.

»Und jetzt?«, fragte Georgie.

Sie hatten das Ende der Gasse erreicht. Priest blieb stehen und wartete, bis das Handy vollständig hochgefahren hatte. Es war nicht durch eine PIN-Eingabe gesichert – sehr verwunderlich angesichts des Aufwands, den Simeon betrieben hatte, um es zu verstecken. Aber andererseits war vielleicht genau das seine Absicht gewesen. Georgie hatte recht: *Simeon wollte, dass jemand dieses Handy findet.*

»Ich glaube, wir sind endlich auf eine brauchbare Spur gestoßen.«

»Kann man damit online gehen?«

»Das Ding hat gerade mal ein Farbdisplay. Warten wir's ab.«

Nach einer Ewigkeit war das Telefon endlich einsatzbereit. Priest scrollte durch das Menü, bis er die Option zum Senden und Empfangen von SMS erreichte. Da eintreffende und ausgehende Nachrichten in verschiedenen Ordnern gespeichert wurden, war es sehr mühsam, die Nachrichten in der richtigen Reihenfolge zu lesen.

»Er hat mehrere SMS von jemandem erhalten, den er im Adressbuch unter dem Namen ›USER3412‹ abgespeichert hat«, sagte Priest.

»Worum geht's in diesen Nachrichten?«

»Keine Ahnung, ich werde nicht so recht schlau daraus. Außerdem weiß ich nicht, wann die SMS abgeschickt wurden. Das lässt sich nirgends einsehen, aber irgendwie muss man ja auf die Metadaten zugreifen können.«

Sie gingen weiter, bis sie zu einem Pub kamen. Trotz des schlechten Wetters saßen mehrere alte Männer im Außenbereich vor ihrem Ale. Anscheinend hatte sie das Rauchverbot in Gaststätten immun gegen die Kälte gemacht.

Schließlich gelang es Priest, mehrere zusammenhängende Nachrichten hintereinander zu lesen:

Simeon: Ich bin mir nicht mal mehr sicher, was die Wahrheit überhaupt ist. Das alles verwirrt mich. Gestern Nacht habe ich geträumt, dass wir vor Publikum auf einer Theaterbühne stehen und unsere Geschichte erzählen. Und alle Zuhörer standen in Flammen. Alle. Ich konnte das verbrannte Fleisch riechen. Das ist doch krank, oder?

User3412: Okay. Das Gleichgewicht, Simeon. Wir wollen das Gleichgewicht wiederherstellen, vergiss das nicht. Wenn wir es nicht tun, wer dann? Denk immer dran: Nis, Nih, Nis.

Simeon: Nein. Ich habe mich entschieden.

»Das Gleichgewicht wiederherstellen«, sagte Priest laut. Und wofür steht Nis, Nih, Nis?

Wie aus heiterem Himmel spürte Priest einen heftigen Schmerz in der Seite. Zuerst dachte er, er wäre angeschossen, dann begriff er, dass jemand mit voller Wucht in ihn hineingelaufen war. Er flog quer über den Gehweg und krachte in den Tisch, an dem die alten Männer vor ihren Pints saßen. Glas klirrte, Holz splitterte, Georgie kreischte.

Die alten Männer schrien empört auf und sprangen zurück. Priest spürte einen scharfen Schmerz im Arm, aber er beachtete ihn nicht weiter. Adrenalinbefeuert sprang er auf, ballte die Fäuste und machte sich für den nächsten Angriff desjenigen bereit, der ihm gerade den Stoß versetzt hatte. Doch nichts geschah. Er hörte nur leiser werdende Schritte und die Flüche der alten Männer.

»Er hat das Handy!«, rief Georgie und deutete panisch die Straße hinunter.

Es dauerte einen Augenblick, bis er ihre Worte verarbeitet hatte, dann wurde ihm klar, dass ihm der Angreifer das Handy geklaut hatte. Er stieß den zerbrochenen Tisch von sich und rannte los.

Priests Muskelkraft konzentrierte sich auf den Oberkörper, und sein Gewicht machte ihn nicht gerade zu einem Weltklasseläufer. Doch die Gewissheit, dass er des Rätsels Lösung so nahe war, beflügelte ihn richtiggehend, sodass der Vorsprung des Angreifers zusehends dahinschmolz; der Dieb trug einen dunklen Kapuzenpullover, eine Jogginghose und war weitaus kleiner und dünner als Priest. Normalerweise wäre ein so schmächtiges Bürschchen einfach von ihm abgeprallt – dass er Priest hatte zu Fall bringen können, war allein einer Kombination aus Glück und dem richtigen Aufprallwinkel geschuldet.

Mit einem Wutschrei zog Priest den Kopf ein und sprintete los. Für jeden seiner Schritte musste der Dieb zwei machen. *Du entkommst mir nicht!*

Am Ende der Straße lief der Dieb nach links und direkt in eine Reihe vor einem College geparkter Mofas hinein. Sie fielen wie die Dominosteine um und Priest direkt vor die Füße. Er sprang mit einem einzigen Satz über die ersten beiden Mofas, dann blieb er mit dem Fuß am dritten hängen. Ein Teenager stand auf der anderen Straßenseite, wedelte hektisch mit den Armen und schrie etwas auf Spanisch.

»Scheiße!«, knurrte Priest.

Um seinen Fuß zu befreien, trat Priest so fest er konnte gegen das Mofa. Schmerz durchfuhr sein Bein, während das Mofa unter einem weiteren Hagel spanischer Flüche kreiselnd über die Straße schlitterte. Jedes Mal, wenn Priest auftrat, durchfuhren ihn höllische Schmerzen, aber dass er überhaupt auftreten konnte, verriet ihm, dass nichts gebrochen war. Der Vorsprung des Handydiebs war wieder etwas größer geworden. Er lief die Straße hinunter und konnte nur knapp einem schwarzen Taxi ausweichen, das die Kreuzung überquerte.

Priest rief dem spanischen Mopedbesitzer eine aufrichtige Entschuldigung zu und nahm trotz des lädierten Beins die Verfolgung wieder auf.

Am Ende der Straße bog der Dieb nach rechts ab. Wieder holte Priest auf. Nun liefen sie an einem schmalen Grünstreifen vor mehreren Reihenhäusern zu ihrer Rechten entlang. Zu ihrer Linken rauschte der einsetzende Feierabendverkehr auf einer sechsspurigen Schnellstraße vorbei. Die Pendler, die so schnell wie möglich die Innenstadt verlassen wollten, ahnten nichts von der dramatischen Verfolgungsjagd, die sich nur wenige Meter entfernt abspielte. Lediglich eine niedrige Leitplanke trennten Priest und den Dieb von dem donnernden Verkehr.

»Hey!«, rief Priest. Er bezweifelte zwar, dass ihn der Dieb über den Verkehrslärm hinweg hören konnte, doch es war ein gutes Gefühl, seine Wut hinauszuschreien. »Hey! Stehen bleiben.«

Der Dieb sah sich um. Plötzlich schien er zu begreifen, dass er im Begriff war, diesen Wettlauf zu verlieren. Sein Gesicht konnte Priest nicht erkennen. Er orientierte sich grob an den Laternenpfählen und schätzte, dass er noch etwa fünfeinhalb Sekunden zurücklag.

Beim nächsten Pfahl waren es noch vier Sekunden.

»Du bist zu langsam, mein Freund!«, rief Priest spöttisch, woraufhin der Dieb einen weiteren Blick über die Schulter warf. »Gib auf!«

Priests Beine brannten, und sein rechtes Schienbein fühlte sich an, als wäre es auf doppelte Größe angeschwollen, aber der Schmerz war nur Hintergrundrauschen, ein Gefühl, dessen er sich bewusst war, um das er sich jetzt nicht kümmern konnte. Jetzt zählte nur, das Handy zurückzubekommen.

*Ich werde Simeons Mörder finden, und du wirst mich nicht davon abhalten!*

Priest kam an einem weiteren Laternenpfahl vorbei. Noch drei Sekunden.

Ohne sich umzusehen, änderte der Dieb die Richtung. Halb fiel, halb rannte er die Böschung auf die Schnellstraße hinunter. Da diese nicht über einen Standstreifen verfügte, war sofort wildes Hupen zu hören, was den Dieb jedoch nicht groß beeindruckte. Er lief einfach am Fahrbahnrand weiter.

*Ach du Scheiße!*

Priest folgte ihm den Abhang hinunter, doch das feuchte Gras zwang ihn dazu, etwas langsamer zu laufen, damit er nicht hinfiel. Wenn er jetzt das Gleichgewicht verlor, würde er direkt auf die Straße rollen. Inzwischen hatten mehrere Fahrer die Gefahr erkannt und wurden langsamer, um den Dieb nicht zu überfahren, aber der Verkehr war so dicht, dass den Läufern kaum ein Meter Platz blieb.

Mit jedem vorbeifahrenden Auto traf Priest ein Windstoß, der ihn noch weiter auf die Straße zu zerren drohte. Der Dieb hatte ähnliche Probleme und schien seine Entscheidung zu bereuen – zu Recht, denn bei diesem starken Verkehr war es nur eine Frage der Zeit, bis die

Verfolgungsjagd auf die eine oder andere Art ihr Ende fand.

Ein Sattelschlepper raste laut hupend auf sie zu. Die mittlere Spur war hoffnungslos verstopft, sodass er nicht ausweichen konnte. Er würde nur Zentimeter an dem Dieb vorüberfahren – und für Priest war noch weniger Platz.

Einen Augenblick lang sah es aus, als wollte der Dieb die Straße verlassen und wieder die Böschung hinauflaufen, doch im letzten Moment täuschte er links an und sprang nach rechts und direkt vor den Lkw. Hupe, Bremsen und über den Asphalt schlitternder Reifengummi bildeten einen grässlichen Chor. Priest sah die Panik im Gesicht des Fahrers, der voll auf die Bremse trat. Der Sattelauflieger geriet ins Schlingern und rutschte auf die mittlere Fahrspur. Mehrere Autos wichen auf den Mittelstreifen aus. Eines davon prallte gegen den hohen Randstein, woraufhin es mehrere Sekunden lang auf zwei Rädern dahinrollte, bevor es vor den Sattelschlepper glitt, als würde es über Eis schlittern.

Der Verkehr kam zum Erliegen, ein Hupkonzert ertönte. Der Sattelschlepper blieb mit quietschenden Reifen stehen. Das Auto, das sich beinahe überschlagen hätte, war mit der Leitplanke kollidiert. Der Fahrer stieg aus und hielt sich den Kopf. Glücklicherweise hatten die Fahrzeuge hinter dem Sattelschlepper rechtzeitig gebremst, sodass es wie durch ein Wunder zu keinen ernsthaften Zusammenstößen gekommen war.

Völlig außer Atem betrachtete Priest die Schnauze des Sattelschleppers, die offenbar keinen Schaden davongetragen hatte. Dann warf er einen Blick auf die Gegenfahrbahn, auf der der Verkehr ebenfalls zum Stillstand gekommen war. In der Entfernung erkannte er den Dieb, der auf der anderen Straßenseite die Böschung hinaufrannte und hinter dem Hügel verschwand.

Diesmal verzichtete Priest auf eine Verfolgungsjagd.

# 33

Priest brachte so leicht nichts aus der Ruhe. Aber als er sich jetzt der Tür näherte, krampfte sich sein Magen zusammen.

*Vielleicht ist sie nach Hause gefahren? Sie hat ganz bestimmt nicht so lange gewartet.*

Nach der erfolglosen Hatz auf der Schnellstraße hatte Priest Elinor völlig aus seinen Gedanken verbannt. Erst jetzt, als er mit dröhnendem Kopf und brennenden Oberschenkeln vor seiner Haustür stand, ereilte ihn die Erkenntnis, dass es wohl nicht besonders schlau gewesen war, sie allein in seiner Wohnung zurückzulassen.

Dass er am liebsten die Flucht ergriffen hätte, als sie das Hemd ausgezogen und nackt in der Küche gestanden hatte, war weder Reue noch Abscheu noch Scham oder einer anderen zweitrangigen Empfindung geschuldet.

Nein, der Grund dafür war eine Angst, die ihn schon seit vielen Jahren heimsuchte: *Wozu bin ich fähig, wenn ich mich nicht mehr an meine eigenen Taten erinnern kann?*

Er öffnete die Tür und spähte hinein. Die Jalousien waren heruntergelassen, sodass die Küche nur durch das Licht im Flur erhellt wurde. Vielleicht hatte sie es ja vergessen. Er hörte die vertraute Betriebsamkeit von Covent

Garden in der Ferne. Die Straßenmusikanten spielten ihr nicht enden wollendes Lied.

Leise betrat er die Wohnung und schloss die Tür hinter sich. Dann sah er sich um. Auf den ersten Blick sah es aus, als sei er allein in der Wohnung. Die Feuerfische hatten sich in eine Ecke des Aquariums verkrochen.

*Jungs, ihr habt das leider alles mitbekommen. Zum Glück könnt ihr nicht reden.*

Erinnerungsfragmente stiegen in ihm auf, während er das Bett betrachtete, in dem sie gemeinsam gelegen hatten. Vielleicht hatten sie ja nur Oralsex gehabt? Dieser Gedanke war nur ein schwacher Trost und wahrscheinlich sowieso nur Wunschdenken.

Er durchkämmte jeden Raum. Als er schon glaubte, dass sie gegangen war, bemerkte er den Lichtschimmer im Türspalt des Badezimmers. Er presste das Ohr an die Tür. Als er Wasser laufen hörte, wurde ihm ganz anders.

Priest drückte die Tür auf. Ihr Quietschen hallte durch das Badezimmer. Elinor Fox saß in der mit grünem, schaumigem Wasser gefüllten Wanne und drehte sich nicht einmal zu ihm um.

*Mist.*

»Willkommen zu Hause«, trällerte sie, während sie ganz in Gedanken einen Waschlappen über sich auswrang, sodass das Wasser den Schaum von ihren Brüsten spülte.

»Was machst du hier?« Der Anblick ihres nackten Körpers sorgte dafür, dass seine Stimme nicht ganz so streng klang, wie sie eigentlich hätte klingen sollen. Sie war fit und durchtrainiert. Ihre Hand lag auf ihrem Bauch, die Fingerspitzen verschwanden im Wasser zwischen ihren Schenkeln.

Verwirrt sah sie ihn an. »Wonach sieht es denn aus? Ich nehme ein Bad.«

Priest wandte sich ab, doch es war zu spät – sie hatte bereits bemerkt, dass sein Blick über ihren Körper gewandert war. Seine Verlegenheit schien sie zu erregen. Ihre Hand tauchte noch tiefer ins Wasser.

»Willst du nicht reinkommen?«, fragte sie neckend.

»Da hängt ein Handtuch.«

»Du bist plötzlich so abweisend.«

»Elinor, hör mal, wir haben gestern eine Grenze überschritten, die wir nicht hätten überschreiten dürfen. Das tut mir leid.«

»Es tut dir leid?«

Priest wusste nicht recht, ob ihre Wut echt oder nur gespielt war.

»Was tut dir leid? Dass ich noch immer hier bin oder dass du mich gefickt hast?«

Er hob die Hände. Er war viel zu müde zum Streiten. »Ich wollte damit nur sagen, dass wir beide in einen Mordfall verwickelt sind und es deshalb womöglich nicht gerade schlau ist …«

»Schon komisch, gestern warst du da noch ganz anderer Ansicht.«

Sie hatte recht, dachte Priest. Er war sich sehr wohl bewusst, wie das auf sie wirken musste, und er konnte nicht von ihr verlangen, es zu verstehen. Er verstand es ja selbst kaum.

»Tut mir leid«, wiederholte er. Er sah ihr ins Gesicht, versuchte, ihrem Blick standzuhalten und nicht nachzusehen, was ihre Hände taten.

Sie schnaubte verächtlich und kniff die Augen zusammen. »Wie heißt denn dein Problem?«

Priest hielt die Luft an. *Muss das jetzt sein?* Das Problem hieß Jessica, doch auch abgesehen davon war Elinor Fox eine zwielichtige Gestalt, vom falschen Lächeln bis hin zu ihrer merkwürdig schwachen Stimme. Sie war gefährlich, und dennoch konnte er den Blick nicht von ihrem nackten Körper in seiner Badewanne abwenden.

Er wollte einige wohlüberlegte Worte sagen, aber sie kam ihm zuvor: »Die Rothaarige von neulich?«

Priest nickte und biss sich auf die Lippen. Das schien der einfachste Ausweg zu sein. *Obwohl es Jessica ganz und gar nicht gefiel, dass man ihr kastanienbraunes Haar als rot bezeichnete.*

Elinor Fox sah ihn misstrauisch an. »Hab ich mir doch gleich gedacht«, murmelte sie.

Dann bemerkte er einen merkwürdigen Glanz in ihren Augen, doch als er etwas dazu sagen wollte, war er bereits verschwunden.

»Hau ab«, sagte sie, schloss die Augen und lehnte sich zurück.

*Verzeihung, aber das ist mein Badezimmer.*

Priest drehte sich um, erleichtert darüber, dass die Unterhaltung vorüber war.

»Ach übrigens«, rief sie ihm hinterher, als er die Tür öffnete. »Weißt du, wie Simeon gestorben ist?«

»Er ist erstickt.«

*Früher oder später findet sie es ja sowieso heraus.*

Sie nickte, als wäre das das Normalste von der Welt, nahm die Hände aus der Wanne und legte sie auf die Ränder. Die Show war vorüber.

Priest wartete noch einen Augenblick ab, dann schloss er die Tür hinter sich.

Er schwitzte, er war müde, und das Pochen in seiner

Leistengegend widerte ihn an. Er ließ sich auf das Sofa im Wohnzimmer fallen, schlug die Beine übereinander und wippte mit dem Fuß im Takt zum gedämpften Rhythmus der Straßenmusikanten.

Ein paar Minuten später regte sich etwas – sie stolzierte, das nasse Haar nachlässig zusammengebunden, in den Raum. Gespannt wartete Priest, was sie zu sagen hatte.

Sie ging auf ihn zu. Ein feines Lächeln umspielte ihre Mundwinkel. Mit den Nägeln fuhr sie über das Glas des Aquariums, und plötzlich verspürte Priest eine Leere in der Brust – ein erwartungsfrohes Kribbeln.

»Feuerfische«, sagte sie nach einem Blick ins Aquarium.

»Stimmt genau.«

Sie beobachtete sie eine Weile, folgte Hemingways Bewegungen mit dem Finger.

»Der hier ist kleiner als die anderen.«

»Er heißt Hemingway.«

»Was willst du denn mit den Fischen?«

»Meine Schwester hat mir den großen – Orwell – vor Jahren geschenkt. Ich bin auf einem Strand in Südafrika mal auf einen getreten und wäre fast gestorben. Sie hat mir das Aquarium als Überraschung in die Wohnung gestellt. Das war das beste Geschenk überhaupt. Und weil meine Nichte auch so begeistert davon ist, habe ich noch welche dazugekauft.«

»Und jetzt sind sie deine einzigen Freunde.« Sie drehte sich zu ihm um. »Wie rührend.«

Priest nickte. Wieder rang er mit sich selbst. Sie war völlig unsympathisch: arrogant, berechnend, unmoralisch. Aber ihr Körper, ihre Lippen, die langen Beine, wie sie das Haar über die Schulter warf, um den maximalen

Effekt zu erreichen – all das sprach eine andere Sprache, die er zwar nicht verstand, sein Unterleib dagegen umso besser.

Sie hatte vor dem Aquarium nichts zu suchen. Jedes Mal, wenn er die Fische betrachtete, dachte er an Tilly und wie gern sie die Tiere mochte. Elinors Anwesenheit kam ihm irgendwie bedrohlich vor. Sie ging auf ihn zu, beugte sich vor und nahm ihren Mantel von der Sofalehne. »Irgendwann kommst du wieder angekrochen, du wirst schon sehen.«

Ohne eine Antwort abzuwarten, rauschte sie davon. Kurz darauf fiel die Wohnungstür ins Schloss.

Priest atmete erleichtert aus. Ob er Jessica anrufen sollte? Beim Klang ihrer Stimme würde es ihm sicher gleich besser gehen, auch wenn sie ihm nur sagte, dass er sie in Frieden lassen sollte. Aber das konnte warten. Aus dem Augenwinkel hatte er mitbekommen, dass etwas von Fox' Mantel heruntergefallen war, als sie ihn aufgehoben hatte.

Er sah sich auf dem Sofa um. Da war es. Ich will verdammt sein.

Priest hob das Haar auf, das an Fox' Mantel geklebt hatte, und betrachtete es genau. Es war lang und ganz eindeutig blau.

# 34

Der Garten hinter dem Rauputzhaus endete an einem klapprigen Zaun. Dahinter schloss sich eine grasbewachsene Senke an – eine ehemalige Bahnlinie. Die Gleise hatte man schon vor langer Zeit abmontiert, hier und da rotteten noch hölzerne Schwellen vor sich hin. Die Senke war mit Disteln und Unkraut überwuchert.

In einer Viertelmeile Entfernung führte eine ebenso morsche Fußgängerbrücke aus Holz über die Senke, die zu beiden Seiten mit Brettern vernagelt war. Blechschilder warnten davor, sie zu betreten.

Die Einzigen, die sich in die Nähe der Bahngleise verirrten, waren abenteuerlustige Kinder.

Der Puppenspieler saß hinter einem Erdhügel und betrachtete ein etwa zweihundert Meter entferntes Kaninchen durch das Zielfernrohr. Das Tier hatte sich vor ein paar Minuten ins Freie gewagt und ahnte nichts von der Gefahr, in der es schwebte.

Das Gewehr zu beschaffen war nicht einfach gewesen. Es war eine schöne Waffe, ein Mosin-Nagant-Scharfschützen-Repetiergewehr, sorgfältig restauriert, betriebsbereit und für eine stolze Summe aus Russland importiert. Zu Beginn des Zweiten Weltkriegs war dieses Gewehr die Standardwaffe der russischen Soldaten gewesen, die

Hochpräzisions-Scharfschützenausführung gab es seit den Dreißigerjahren. Der Puppenspieler hatte die Waffe nach monatelangen Verhandlungen vor vier Wochen erhalten. Inzwischen war er ein ganz brauchbarer Schütze.

Zum Glück. Eigentlich hatte er sich das Gewehr zum Selbstschutz angeschafft, doch der Verräter hatte ihn gezwungen, den Plan zu ändern. Nun spielte das Gewehr bei seinem Vorhaben eine zentrale Rolle.

Das Kaninchen hatte großes Glück und kam mit heiler Haut davon: Irgendetwas erschreckte es, sodass es schnell in Sicherheit hoppelte.

Enttäuscht packte der Puppenspieler das Gewehr zusammen und verstaute es in seinem Koffer. Dann schlich er die Böschung zum Garten hinauf und kehrte ins Haus zurück, wo er die Waffe auf den Küchentisch legte und sich wieder dem Tresor im Wohnzimmer zuwandte.

Der Puppenspieler hatte schon vor vielen Jahren begriffen, dass der Tresor eine potenzielle Todesfalle darstellte, aber erst vor Kurzem war ihm bei einer Wiederholung von *Apollo 13* klar geworden, dass man in dem Tresor nicht an Hypoxämie, also an Sauerstoffmangel sterben würde, wie er immer geglaubt hatte, sondern an einer erhöhten $CO_2$-Konzentration im Blut. An genau derselben Ursache also, die den Apollo-13-Astronauten beinahe zum Verhängnis geworden wäre.

Überlebensfragen faszinierten den Puppenspieler. *Besonders die Dreierregel: Man konnte drei Minuten ohne Luft, drei Stunden in extremer Hitze oder Kälte, drei Tage ohne Wasser und drei Wochen ohne Nahrung überleben.*

Dummerweise ließ sich die Überlebenszeit im Tresor nicht eindeutig berechnen, da in Expertenkreisen Uneinigkeit herrschte, was bestimmte Variablen betraf.

Der Safe hatte eine Höhe, Tiefe und Breite von einem Meter sechzig und stellte daher einen perfekten Würfel dar, der über viertausend Liter Luft fasste. Luft enthielt etwa einundzwanzig Prozent Sauerstoff und weniger als ein halbes Prozent Kohlenstoffdioxid. In einer Stunde erzeugt der Durchschnittsmensch dreizehn Liter Kohlenstoffdioxid und verbraucht fünfzehn Liter Sauerstoff. Anderen Quellen zufolge waren es sogar achtzehn Liter. Bezüglich der Frage, ab wann genau eine Kohlenstoffdioxidkonzentration tödlich war, gingen die Meinungen auseinander, doch sechs Prozent stellten einen allgemein akzeptierten Wert dar. Zur Sicherheit hatte der Puppenspieler bei seiner Kalkulation der Überlebenschancen in dem luftdichten Safe eine Konzentration von acht Prozent veranschlagt, was ungefähr dreihundertzwanzig Litern $CO_2$ entsprach.

Den Berechnungen des Puppenspielers zufolge konnte es ein Mensch, der dreizehn Liter pro Stunde ausstieß, etwa vierundzwanzig Stunden im Tresor aushalten, bevor er an einer Kohlendioxidvergiftung starb. Bei einem Ausstoß von achtzehn Litern waren es nur noch achtzehn Stunden.

Der Puppenspieler ging vor dem Tresor in die Hocke und drehte an der Zahlenscheibe, bis sich das Schloss mit einem Klicken öffnete.

Vorsichtig zog er die Tür auf und spähte in den Tresor.

Nichts rührte sich. Um ganz sicherzugehen, griff der Puppenspieler hinein und betastete den kalten, leblosen Körper.

Der Puppenspieler schloss den Tresor wieder. Den Kadaver würde er später entsorgen.

Merkwürdig – obwohl der Deutsche Schäferhund über

eine weitaus kleinere Lungenkapazität verfügte, hatte er nicht länger ausgehalten als ein Mensch.

Der Puppenspieler musste seine Berechnungen noch einmal überprüfen.

# 35

Hin und wieder bahnte sich ein heller Sonnenstrahl den Weg durch die Wolken am morgendlichen Himmel und fiel auf die Hochhäuser an der Chancery Lane. Priest zwängte sich an den vielen Pendlern und wenigen frühen Touristen vorbei in eine ruhigere Seitenstraße, die in The Nook führte. In den überfüllten Cafés wurde englisches Frühstück und Orangensaft serviert. Trotz der Kälte saßen mehrere Geschäftsleute in den Außenbereichen, rauchten Selbstgedrehte und planten den Tag, der vor ihnen lag. Einer von ihnen winkte Priest freundlich zu, doch der erkannte ihn nicht. Über ihm knatterte lautstark ein Polizeihubschrauber vorbei. Die Frühstückenden hoben die Stimmen, um sich über den Rotorenlärm Gehör zu verschaffen, beachteten den Helikopter sonst jedoch nicht weiter.

Priest eilte die Treppe zu seiner Kanzlei hinauf und stürmte durch die Tür, da er erwartete, den Eingangsbereich leer zu finden. Stattdessen sah er sich der missbilligenden Miene der Frau gegenüber, die hinter dem Empfangstresen saß.

»Sie habe ich doch schon mal gesehen«, sagte Maureen trocken. »Aber ich komme beim besten Willen nicht auf Ihren Namen.«

»Wenn ich mich vorstellen darf: Charlie Priest, Ihr Arbeitgeber.« Priest verbeugte sich tief. »Stets zu Diensten.«

»Merkwürdig. *Priest,* sagten Sie? Wie der Inhaber dieser Kanzlei? Unmöglich.«

»Sie sind früh dran, Maureen.«

»Irgendjemand muss hier ja die Stellung halten, während Sie auf der Suche nach Ärger durch die Stadt gondeln. Wie ich höre, ist Ihr wichtigster Zeuge verstorben. Wie läuft der Prozess?«

Priest ging zur Treppe. »Maureen, ich könnte eine Tasse Tee vertragen.«

Sie holte tief Luft, setzte die Ohrhörer wieder auf und tippte weiter. »Die Teeküche ist gleich neben Ihrem Büro.«

»Sie sind zu freundlich.«

Plötzlich fiel ihr etwas ein. Mit einem höhnischen Lächeln griff sie unter den Schreibtisch und zog einen Umschlag hervor. »Das wurde für Sie abgegeben«, sagte sie und reichte ihn weiter.

»Und wer hat ihn abgegeben?« Er betrachtete den Umschlag, auf dem über seinem Namen und der Adresse STRENG VERTRAULICH – NUR ZU HÄNDEN DES EMPFÄNGERS geschrieben stand.

Maureen zuckte mit den Schultern und tippte weiter. »Von einem Kurier. Seinen Namen habe ich leider nicht mitbekommen.«

Kurze Zeit später betraten Okoro und Georgie sein Büro. Okoro trug ein cremefarbenes Ralph-Lauren-Sakko mit einem marineblauen Einstecktuck in der Brusttasche, Georgie eine Strickjacke, die aussah, als wäre sie von einem Flohmarkt übrig geblieben.

»Wie es aussieht«, sagte Okoro und nahm Priest gegenüber Platz, »hat sich dieser Fall für beide Seiten nicht gerade günstig entwickelt.«

»Ja. Und das ist noch sehr vorsichtig ausgedrückt«, sagte Priest und bedeutete Georgie, sich ebenfalls zu setzen.

»Hagworth hat mich am Wochenende angerufen und einen Vergleich vorgeschlagen«, sagte Okoro. »Da klang er noch recht siegesgewiss. Wahrscheinlich, weil er von der irrigen Annahme ausging, dass seine Klientin noch lebte.«

»Der Vergleich ist jetzt wohl vom Tisch.«

»Er hat mir gestern eine Nachricht hinterlassen. Ich soll ihn zurückrufen.«

»Das hat keine Eile.« Priest griff unter den Schreibtisch und schaltete seinen PC ein. Die beiden Bildschirme erwachten zum Leben. »Lassen wir ihn erst mal schmoren.«

»Es gibt sowieso nichts zu besprechen«, sagte Okoro und lehnte sich zurück. »Wir kennen ja noch nicht mal die Nachlassverwalter. Ich würde sagen, der Fall liegt vorerst auf Eis.«

»Schon möglich«, sagte Priest gedankenverloren. *Aus rechtlicher Sicht vielleicht, aber das Ganze ist viel komplizierter.* Er riss den Umschlag auf, den Maureen ihm gegeben hatte. Darin befand sich eine mit Federhalter geschriebene Nachricht.

CAFÉ OLIVERO, CHANCERY LANE, 10 UHR

»Was Wichtiges?«, fragte Okoro und hob eine Augenbraue.

Erst jetzt fiel Priest auf, dass er seit geraumer Zeit auf die Nachricht starrte.

»Tomas hat mir eine E-Mail geschrieben«, sagte Georgie. »Und zwar um Viertel nach vier heute Morgen. Anscheinend lässt ihm der Fall keine Ruhe. Er möchte, dass wir uns alle zusammensetzen, um das weitere Vorgehen zu diskutieren.«

»Okay, diese Besprechung setzen wir für morgen Nachmittag an. Aber nicht zu früh, ich muss nach dem Mittagessen noch etwas erledigen. Haben Sie Okoro von dem Telefon erzählt, das wir gefunden haben?«

»Hat sie«, sagte Okoro, bevor Georgie antworten konnte. »Habe ich das richtig verstanden: Du hast drei Männer in einem Fitnessstudio außer Gefecht gesetzt und den Dieb dann auf einer sechsspurigen Schnellstraße verfolgt?«

Priest nickte, als wäre das keine große Sache. »Bedauerlicherweise haben wir das Handy verloren, aber ich konnte einen Blick auf einen interessanten SMS-Dialog zwischen unserem Freund Ali und einem gewissen USER3412 werfen.«

»Simeon Ali wurde zu seiner Aussage gedrängt. Man hat ihn unter Druck gesetzt«, sagte Okoro.

»Ich bitte dich«, sagte Priest, wandte sich seinen Bildschirmen zu und beobachtete Okoro aus dem Augenwinkel. »So was hatten wir doch längst vermutet.«

»Das macht ihn aber nicht zu einem Lügner«, gab Okoro zu bedenken.

»Stimmt. Aber tot ist er trotzdem.«

Okoro stieß einen Pfiff aus und lehnte sich noch weiter in dem Stuhl zurück, der bereits unter seinem beträchtlichen Gewicht ächzte.

»Und jetzt?«, fragte Georgie.

»Jetzt tun wir genau das, was Sie vorgeschlagen haben, Miss Someday.« Georgie sah ihn verständnislos an. »Wir versuchen, den Prozess mit der Begründung zu beenden, dass eine faire Verhandlung nicht länger möglich ist.«

»Das wird nicht klappen«, bemerkte Okoro.

»Wahrscheinlich nicht, aber das wird Hagworth Angst machen. Und derjenige, der in Alexias Abwesenheit den Prozess weiterführt, wird sich genau überlegen, ob er die ganze Sache nicht beendet. Solly soll einen Kostenplan machen, mit dem wir verhandeln können, und der Versicherung ein optimistisches Bild der Lage vermitteln.«

Okoro streckte sich und gähnte. »Geht klar. Dann mal an die Arbeit.« Er wuchtete sich aus dem Stuhl, woraufhin Georgie ebenfalls aufstand.

»Und was soll ich machen?«, fragte sie.

Priest kannte den Blick in ihren Augen – *Hunger.* Genau wie er wollte sie um jeden Preis herausfinden, was hier gespielt wurde. Wenn es sein musste, würde Georgie in ihrer Flohmarktstrickjacke dafür bis ans Ende der Welt gehen.

»Sie kommen mit«, sagte Priest. »Ich spendiere Ihnen einen Kaffee.«

Eine E-Mail von Maureen erschien auf dem Bildschirm, der Priest am nächsten war. *DCI Rowlinson wartet am Empfang auf Sie.*

»Ist es jetzt so weit?«, fragte Georgie unsicher.

»Jetzt ist es so weit.«

# 36

Tiff Rowlinson nahm Priest gegenüber Platz und sah sich im Büro um. Sein Haar war zurückgekämmt. Durch welche Zauberkunst er es schaffte, dass jede Strähne perfekt an ihrem Platz sitzen blieb, war Priest ein Rätsel. Rowlinson hatte einen an den Ecken leicht angestoßenen Pilotenkoffer dabei, den er behutsam neben dem Stuhl abstellte.

»Kann ich dir ein Heißgetränk anbieten?«, fragte Priest.

»Danke, aber ich hab's eilig«, sagte Rowlinson. »Schönes Büro.«

»Es genügt unseren Ansprüchen, auch wenn die Miete eine Unverschämtheit ist. Ich bin nicht der große Small-Talk-Meister, also könntest du bitte zur Sache kommen?«

Rowlinson seufzte, griff in den Koffer und nahm ein iPad heraus. Während er weitersprach, tippte er darauf herum.

»Wir vermuten, dass Ali und Elias demselben Täter zum Opfer fielen«, sagte Rowlinson. »Beide Morde wurden mit äußerster Präzision ausgeführt – von jemandem, der wusste, was er tat. Es war kein Auftragskiller – ein Profi würde wohl niemanden mit bloßen Händen erwürgen. Aber auch kein Anfänger. Wir warten auf die Obduktionsergebnisse.«

»Und wie sieht's mit dem Motiv für besagte Morde aus?«

»Um die Wahrheit zu sagen: Da sind wir noch nicht besonders weit.« Rowlinson rieb sich den Nacken. Er schien unter großem Druck zu stehen. Er hatte Ringe unter den Augen, und mehrere Falten, die Priest noch nie an ihm bemerkt hatte, zeichneten sich auf seinem Gesicht ab. »Selbstverständlich hat es irgendwie mit deinem Fall hier zu tun, aber ich habe das dumpfe Gefühl, dass es um mehr geht. Das Ganze ist viel komplexer.«

»Da muss ich dir voll und ganz zustimmen.«

Rowlinson blickte von seinem iPAd auf und sah Priest in die Augen. »Wenn du mir ganz im Vertrauen verraten könntest, ob sich Alexia Elias wirklich von Terroristen hat bestechen lassen, wäre mir das eine große Hilfe. Damit könnte ich in eine ganz neue Richtung ermitteln. Ich weiß nicht, ob du mitbekommen hast, dass der Innenminister eine neue Budgetkürzung bei der Polizei plant …«

»Tiff, wenn ich dir diesbezüglich irgendwie helfen könnte …«

»Jetzt hör mal zu, Priest! Wir sind so knapp bei Kasse, dass ich mich höchstpersönlich vor den Kopierer stellen muss.«

Priest hob beschwichtigend die Hand. Rowlinsons Ausbruch überraschte ihn – für gewöhnlich war er auch unter größtem Stress die Ruhe selbst.

»Die Wahrheit lautet schlicht und einfach: Ich weiß es nicht«, sagte Priest.

Rowlinson fuhr sich mit einer leicht zitternden Hand durchs Haar. »Was soll das heißen, *du weißt es nicht*?«

»Ich führe einen Verleumdungsprozess. Da geht es um Beweise, nicht um die Wahrheit. Wenn sich diese beiden Dinge in Einklang bringen lassen, ist das nur ein glücklicher Zufall.«

»Oder ein unglücklicher.«

Darauf sagte Priest nichts.

»Na schön, dann lass es mich in *deiner* Sprache ausdrücken«, fuhr Rowlinson fort. »Wie hoch ist die Wahrscheinlichkeit, dass das Gericht zu dem Schluss kommt, Ali hätte die Wahrheit gesagt? Wenn er noch am Leben wäre, selbstverständlich.«

»Sechzig, womöglich eher fünfundfünfzig Prozent. Aber das hilft dir nicht weiter, Tiff. Meine Beweise müssen längst nicht so wasserdicht sein wie deine. Ich muss nur nachweisen, dass das, was *The Real Byte* geschrieben hat, plausibel ist. Mit anderen Worten: Dass der Artikel mit einer Wahrscheinlichkeit von mindestens einundfünfzig Prozent der Wahrheit entspricht. Müsste ich dies zweifelsfrei beweisen, hätte ich den Fall schon vor achtzehn Monaten hingeschmissen.«

»Priest, ich hasse Anwälte. Von ganzem Herzen«, knurrte Rowlinson.

»Ich weiß.«

»Versuchen wir's anders.« Rowlinson drehte das i-Pad zu Priest herum und lehnte es gegen einen Tacker, sodass es aufrecht dastand. Auf dem Bildschirm war ein pausiertes Video zu sehen. Worum es sich dabei handelte, konnte Priest nicht erkennen.

»Das hier geschah gestern auf der A3, einer aus London herausführenden Schnellstraße.« Rowlinson drückte auf START. Das Video war von einem Auto aus aufgenommen worden, das auf dem Mittelstreifen fuhr. Priests Magen verkrampfe sich, und er biss sich auf die Innenseite der Lippe – er wusste genau, was als Nächstes kam. »Dieses Video wurde von der Dashcam im Fahrzeug eines Justizvollzugsbeamten aufgenommen. Die Jungs haben einen ziemlich gefährlichen Job, daher beherzigen sie immer zwei Regeln: Nie auf demselben Weg nach Hause fahren und immer die Dashcam einschalten. Das Video wurde gerade eben auf YouTube hochgeladen. Sieh dir das an …«

Der Vollzugsbeamte überholte einen grünen Focus und näherte sich einem Sattelschlepper. Hinter der grasbewachsenen Böschung am Straßenrand rauschten die Reihenhäuser vorbei, dann endete der Standstreifen, sodass die Straße direkt am Seitenstreifen vorbeiführte. Plötzlich leuchteten Bremslichter auf, und das Fahrzeug des Vollzugsbeamten geriet ins Schleudern.

»Bist du jetzt bei der Verkehrspolizei?«, fragte Priest.

»Sehr witzig. Eigentlich wollte ich dir das hier zeigen …« Rowlinson klickte auf der Bildlaufleiste am unteren Rand herum, bis der Fahrer die Kontrolle über den Wagen zurückgewonnen hatte. Dann ließ er das Video Bild für Bild weiterlaufen.

»Siehst du?« Rowlinson deutete auf zwei deutlich sichtbare Gestalten, die gegen den Verkehr am Straßenland entlangrannten.

Priest stöhnte innerlich auf – er war wirklich nahe dran gewesen, den Dieb zu schnappen.

Die erste Gestalt lief vor dem Sattelschlepper über die Straße und schaffte es in gerade mal vier Einzelbildern auf die andere Seite. Dann brach Chaos aus. Rowlinson hielt das Video an. Die zweite Gestalt sah der ersten hinterher. Priest atmete auf. Gott sei Dank war die Auflösung so schlecht, dass man ihn nicht identifizieren konnte. Rowlinson stellte nur Vermutungen an, auch wenn er diesmal ins Schwarze getroffen hatte.

»Ich glaube, das bist du, Priest.« Rowlinson deutete auf die Gestalt, die am Straßenrand stand.

»Das ist zugegebenermaßen ein stattlicher Mann. Aber es könnte wohl jeder sein, Tiff.«

Rowlinson steckte das iPad wieder in die Tasche. »Ich will gar nicht wissen, was du da getrieben hast.«

»Das wäre für einen Polizisten aber die naheliegende Frage. Wobei es sich bei dieser Person definitiv nicht um mich handelt«, sagte Priest nachdrücklich. Rowlinson fand seinen Zynismus nicht im Mindesten lustig.

»Weißt du, weshalb ich dir diese Frage nicht stelle? Weil du mich dann wieder anlügen würdest, und das verkrafte ich nicht.«

»Aber Tiff, wir sind doch auf derselben Seite …«

»Wirklich?«

Priest antwortete nicht. Rowlinson würde seine Meinung nicht mehr ändern, und so hing die Frage in der Luft, bis Rowlinson schließlich nickte, als wäre Priests Schweigen Antwort genug. Er nahm die Tasche und stand auf.

»Priest, vergiss nicht, wer deine wahren Freunde sind«, sagte Rowlinson auf dem Weg zur Tür. »Ich kann dir nicht ständig aus der Patsche helfen.«

Gail saß an Tomas' Küchentisch und starrte auf ihr iPad, ohne etwas wahrzunehmen. Die Küche war dreckig. Anscheinend fühlte sich niemand fürs Saubermachen verantwortlich. Schmutzige Töpfe und Pfannen stapelten sich auf der Arbeitsfläche neben einem zur Hälfte gegessenen Salat und den Resten des Abendessens, das sie sich vorgestern von einem Chinarestaurant hatten liefern lassen.

Niemand sagte etwas, die Stimmung war auf dem Tiefpunkt. Karl hatte sich seit Längerem nicht blicken lassen.

Gails Postfach quoll vor Nachrichten über. Die traditionellen Medien wollten sich die Exklusivberichterstattung über die Gerichtsverhandlung sichern. Die hatten ja keine Ahnung.

*Alexia Elias wurde ermordet. Jemand hat ihr das Gesicht mit einem Schneidbrenner weggebrannt.*

Sie sah auf ihr Handy. Andros hatte sich nicht gemeldet. Sie hatten sich heute Morgen gestritten.

»Warum bist du nicht hier bei mir?« Es war sein gutes Recht, diese Frage zu stellen.

»Es ist doch nur für ein paar Tage, höchstens eine Woche. Wir sollen zusammenbleiben, sagt Tomas.«

»Warum denn? Wovor hat er denn so eine Scheißangst?«

»Zwei Menschen wurden *ermordet*«, hatte sie so aufgebracht gesagt, dass sie ihre eigene Stimme kaum erkannte.

»Umso mehr solltest du jetzt bei mir sein. Ich komme auf der Stelle rüber.«

Das hatte sie ihm ausgeredet und ihm versprochen, heute Abend nach Hause zu kommen, obwohl sie nicht im Entferntesten vorhatte, dieses Versprechen auch zu erfüllen. Irgendwann hatte er beleidigt nachgegeben. Sie hatten sich auseinandergelebt, und beide wussten genau, dass ihre Ehe kurz vor dem Ende stand.

Doch das war nicht der Grund, weshalb Gail lieber bei Tomas blieb.

»Was machst du da?«

Sie schreckte auf. Er war barfuß, daher hatte sie ihn nicht kommen hören. Er trug eine Jogginghose und ein weißes T-Shirt. Sein Haar war völlig durcheinander, und er hatte dunkle Ringe unter den geröteten Augen. Tomas Janson sah völlig fertig aus.

»Ich sehe nach, was die Medien bereits wissen und was nicht«, sagte sie schnell.

»Mach dir da mal keine Sorgen. Wir sollten feiern. Ding-Dong, die Hex ist tot!«

Bevor er den Kühlschrank öffnete, warf er ihr noch einen warnenden Blick zu. *Keine Widerrede: Sei gefälligst fröhlich.*

»Auf so einen Sieg hätte ich gerne verzichtet.«

Tomas schnaubte verächtlich, nahm die Milch aus dem Kühlschrank und trank direkt aus der Flasche. Dann stellte er sich hinter Gail und sah ihr über die Schulter. Sie rührte sich nicht. Er war so angespannt, dass sich ihr die Haare im Nacken aufstellten.

»Willst du mir etwas sagen, Gail?«, fragte er leise.

Gail spürte, wie es ihr die Kehle zuschnürte. *Dass Alexia tot ist, passt dir sicher ausgezeichnet in den Kram,* wollte sie sagen. Tomas war schon einmal gewalttätig geworden. Das vermutete sie zumindest, da Bella – Tomas' Ex-Freundin – eines Tages mit blauen Flecken auf den Armen zur Arbeit gekommen war. Doch das war kein Beweis, und Bella hatte niemals ein Wort darüber verloren.

Sie traute ihm nicht. Aber sie würde bleiben, bis sie die Wahrheit in Erfahrung gebracht hatte. *Wenn du irgendetwas damit zu tun hast, werde ich es herausfinden.*

»Tja, dann können wir uns ja alle wieder entspannen«, sagte sie. Seine Aufregung war förmlich mit Händen zu greifen.

»Nein. So einfach ist es nicht, sagt Priest.«

»Du bist sicher enttäuscht.«

Ohne zu antworten, beugte er sich über sie. Sie zuckte zusammen, widerstand jedoch dem Drang, ihn wegzustoßen, obwohl er ihr so nah war, dass sie sein billiges

Aftershave und den morgendlichen Mundgeruch riechen konnte.

»Was soll das heißen?«, fragte er mit leiser Stimme.

*Wie kann einem jemand so vertraut und gleichzeitig so fremd sein?,* fragte sie sich.

»Nichts, nur … dass dir Alexias Tod nichts gebracht hat.«

»*Uns,* wolltest du wohl sagen.«

»Dem Magazin. *Deinem* Magazin.«

»Was soll das denn heißen?«

»Gar nichts.«

Sie hielt den Atem an. Ob er auch das Blut hören konnte, das durch ihre Ohren rauschte? Tomas verlagerte das Gewicht und stand still da. Sie schloss die Augen. *Ist dieser Mann fähig, einen Mord zu begehen? Mich zu töten?* Ob es nun an seinem beunruhigenden Schweigen oder an der Erinnerung an Bellas blaue Flecken lag: Insgeheim traf sie eine Entscheidung. *Ja, er ist dazu fähig.*

»Gail, wir sitzen alle im selben Boot.«

Sie spürte seinen heißen, schalen Atem und seine Hand auf ihrem Rücken. Schweiß trat ihr auf die Stirn, und ihre Kopfhaut juckte. »Oder etwa nicht?«

»Doch, natürlich«, krächzte sie. Ihr Mund war staubtrocken. »Aber wenn wir den Prozess verlieren, ist das nicht das Ende für mich. Ich weiß nicht, ob du von dir dasselbe behaupten kannst.«

»Wir gehen gemeinsam unter, oder nicht? So lautet unser Plan.«

»*Dein* Plan, Tomas.«

»Was soll das denn heißen? Wir haben den Artikel gemeinsam geschrieben.«

»*Du* hast den Artikel geschrieben. Ich habe nur ein

paar unwichtige Änderungen vorgenommen, aber es war dein Artikel.«

Sie durfte es nicht zu weit treiben. *War er zu einem Mord fähig, um sein Magazin zu retten? Ja. Doch war er auch dazu fähig, sie hier und auf der Stelle umzubringen?*

»Was ist mit Simeon?«, fragte sie.

»Was soll mit ihm sein?«

»Weißt du …« Sie drehte sich zu ihm um, sah ihm in die Augen. *Weißt du, was mit ihm passiert ist?* Es sprengte jede Vorstellungskraft und ergab nicht den geringsten Sinn.

Für den Mord an Alexia hatte Tomas ein Motiv, doch was war mit Simeon?

»Gail, du verlierst allmählich den Durchblick.«

Sie lehnte sich an ihn, obwohl jede Faser ihres Körpers dagegen protestierte. Aber sie wollte ihm beweisen, dass sie keine Angst hatte. »Im Gegenteil, Tomas. Aber was ist mit dir? Dir raucht der Kopf so stark, dass ich es *riechen* kann.«

Er schlug direkt neben ihr so fest mit der Faust auf den Tisch, dass das iPad einen Satz machte. Gail zuckte zusammen, ihr Herz raste, ihre Muskeln verkrampften sich. Doch der Schlag, mit dem sie gerechnet hatte, kam nicht. Tomas hatte bereits die Küche durchquert.

»Bis später«, sagte er kühl und zog sich den Mantel an. Sie starrte ihm einfach nur hinterher. »Sag mir Bescheid, bevor du gehst.«

Er knallte die Tür hinter sich zu. Gail sah auf ihr iPad hinab. Sie schaffte es nicht, es zu entsperren, dafür zitterte ihre Hand viel zu stark.

# 37

Priest sah nachdenklich den Dampfschwaden hinterher, die sich wie flüchtige Gespenster aus seinem Earl Grey erhoben und in Nichts auflösten – genau wie die Gedanken, die unaufhörlich durch seinen Kopf kreisten, ohne jemals Gestalt anzunehmen.

Er dachte daran, wie ihm Tomas in der Cafeteria des Gerichtsgebäudes von Rowlinsons Besuch erzählt hatte. Und dass er behauptet hatte, am Tag vor der Verhandlung in der Kanzlei gewesen zu sein.

*»Nun ja, wir waren nicht alle anwesend, oder? Jedenfalls nicht die ganze Zeit über.«*

*Da hatte er recht.* Ich *zum Beispiel war nicht die ganze Zeit über anwesend.*

Priest hatte sich entschuldigt – angeblich, um zu telefonieren. In Wahrheit hatte er gespürt, dass sich eine Dissoziationsepisode ankündigte und war an die frische Luft gegangen, bis er sich wieder in der Gewalt hatte. Wie lange war er weg gewesen? Eine Stunde? Länger?

*Das wird Rowlinson gar nicht gefallen.*

Er löffelte noch mehr Zucker in seinen Tee.

Es war fünf vor zehn. Das Café Olivero in der Chancery Lane war brechend voll. Die meisten Gäste blieben für sich und verschanzten sich mit ihren großen Lattes hinter ihren Laptopbildschirmen. Künstlertypen, dachte Priest. Lange Mäntel und gestreifte Schals, dabei war es überhaupt nicht kalt. Wahrscheinlich hätten sie sich in einer Kontaktanzeige als »unkonventionell« beschrieben.

*Obwohl, gibt es überhaupt noch Kontaktanzeigen?*

Die Tür öffnete sich. Priest sah auf, erblickte einen roten Haarschopf in der Menge und hob die Hand. Georgie musste sich an ein paar Studenten vorbeizwängen, die aufgeregt über ihr Lehrmaterial diskutierten, dann setzte sie sich zu ihm an den Tisch.

»Ich bin ziemlich oft hier!«, verkündete sie. »Sie etwa auch?«

»Eher nicht«, sagte Priest und warf einen Blick über die Schulter. Georgie hatte die Tür offen gelassen, sehr zum Ärger derjenigen, die unmittelbar daneben saßen. Eine stämmige Frau in einer Jeansjacke machte viel Aufhebens darum, sie wieder zu schließen.

»Es ist überhaupt nicht kalt«, protestierte Georgie.

»Damit der Kaffeeduft nicht verloren geht.«

»Ach so. Wen treffen wir hier überhaupt?«

Wieder öffnete sich die Tür. Ein großer Mann erschien im Eingang und sah sich um. Er war ungefähr sechzig, trug einen langen grauen Mantel, hatte ein abgehärmtes Gesicht mit eingesunkenen Wangen und trüben Augen. Irgendwie erinnerte er an einen Totengräber.

»Auf den Mann da drüben.«

Georgie drehte sich um. Wo sich Georgie beschwerlich durch die Menge hatte zwängen müssen, bahnte sich der Mann scheinbar mühelos einen Weg durch den Raum. Alle schienen ihm bereitwillig Platz zu machen. Er setzte sich neben sie.

»Georgie, das ist Jack Oldham. Jack, darf ich vorstellen: meine Kollegin Georgie Someday.«

Jack und Georgie gaben sich die Hände. »Sehr erfreut«, sagte er und sah ihr in die Augen.

»Sie sind doch der Vorstandsvorsitzende der Elias Foundation«, stellte Georgie verdattert fest.

»Und Sie sind die brillante junge Dame, von der mir Priest schon so viel erzählt hat«, sagte Jack, ließ Georgies Hand los und lächelte sie etwas müde, aber aufrichtig an.

Georgie wandte sich zu Priest um. »Dürfen wir denn …?«

»Sie haben doch wohl nicht ernsthaft geglaubt, dass ich eine Wohltätigkeitsorganisation für Kinder in den Ruin treibe, oder?« Priest hob die Augenbrauen. Allmählich begriff Georgie.

»Ach …«

»Ich habe noch vor Verhandlungsbeginn Kontakt mit Charlie aufgenommen«, erklärte Jack. »Wir wussten bereits, dass Alexia Elias Dreck am Stecken hat, der Vorstand verfügte jedoch nicht über die nötigen Beweise, um gegen sie vorzugehen und sie aus der Stiftung zu entfernen; dafür war sie einfach zu mächtig.«

»Alexia war die Gründerin der Stiftung. Sie ließ in die Satzung schreiben, dass ihre Position unangreifbar war«, erklärte Priest. »Der Rechtsweg stellte die einzige Möglichkeit des Vorstands dar, ihr die Kontrolle über die Stiftung zu entreißen.«

»Und dafür brauchten wir Beweise«, fügte Jack hinzu. »Zumindest bessere Beweise, als uns derzeit vorliegen.«

Georgie deutete unwillkürlich auf Jack. »Also sind Sie auf unserer Seite?«

»Sie hatten recht, Charlie«, sagte Jack lachend. »Sie ist wirklich schnell von Begriff.«

»Was ist mit *The Real Byte*?«

»Darüber sollten wir uns so wenig Gedanken wie möglich machen«, sagte Priest. »Um es mal so auszudrücken: Die Anwaltskammer wird nicht gerade begeistert sein.«

»Hier geht es um das Allgemeinwohl«, sagte Jack und warf ihr einen verschwörerischen Blick zu. »Die Öffentlichkeit hielt Alexia Elias für eine Heilige. Nur wenige Mitglieder des Aufsichtsrats kannten ihre wahre Natur.«

»Also wussten Sie von der Bestechung?«, fragte Georgie. »Ich dachte, die Stiftung steht voll hinter Alexia.«

»Das tut sie offiziell auch, ja. Wir hatten keine andere Wahl. Aber, wie gesagt: Einige von uns kennen die Wahrheit. Diese Frau hat sich seit Jahren aus der Stiftung bedient, als wäre es ihre Privatbank. Und das Bestechungsgeld hat sie auch genommen, da bin ich mir sicher, obwohl ich es nicht beweisen kann. Dazu wäre nur Simeon in der Lage gewesen.«

»Sie hat das Geld der Stiftung *unterschlagen*?«

»Ich will es mal so sagen: Hohe Summen – Hunderttausende – flossen über einen längeren Zeitraum in mehrere Treuhandfonds, die sich in Alexia Elias' persönlichem Besitz befanden.«

»Und Sie konnten nichts …?«

»Dagegen unternehmen, nein. Wie Ihr Chef schon sagt: Ohne stichhaltige Beweise hätten wir sie nicht aus der Stiftung entfernen können. Alexia ist – *war* – sehr geschickt darin, ihre Spuren zu verwischen.«

»Sie hat jeden, der an die Öffentlichkeit gehen wollte, bestochen«, fügte Priest hinzu.

»Bedauerlicherweise ist Korruption in der Stiftung gang und gäbe«, sagte Jack traurig. »Sie ist verdorben bis ins Mark.«

»Der Artikel in *The Real Byte* war der ideale Vorwand, um gegen sie vorzugehen«, erklärte Priest. »Wir wussten, dass Alexia keine andere Wahl blieb, als eine Verleumdungsklage anzustrengen. Und wir waren sehr zuversichtlich, dass wir diesen Prozess gewinnen würden – bis Simeons Leiche im Wagen dieser Journalistin auftauchte. Aber selbst wenn wir verlieren, werden wir so viel Schmutz aufgewirbelt haben, dass etwas davon kleben bleibt. Das war der Anfang vom Ende.«

»Nur wurde sie vorher ermordet«, warf Georgie ein. Ihre Verwirrung war wie weggeblasen. Sie war schnell von Begriff, da hatte Priest schon recht.

»Und genau deshalb habe ich dieses Treffen anberaumt«, sagte Jack. »Was können wir jetzt tun, Charlie?«

»Die Satzung der Elias Foundation sieht vor, aus dem Vorstand einen Interimsvorsitzenden zu wählen«, sagte Priest. »Ich würde vorschlagen, dass Sie sich zur Wahl stellen – falls Sie sich Hoffnungen machen dürfen, diese Wahl auch zu gewinnen.«

»Davon gehe ich aus. Im Vorstand sitzen genug integre Leute. Das Problem sind die Angestellten, aber sobald wir die Kontrolle über die Stiftung haben, können wir rasch die Spreu vom Weizen trennen.«

»Sehr gut.« Priest wandte sich Georgie zu. »Das ohne Hilfe zu organisieren wird nicht leicht. Deshalb wollte ich, dass Sie in alles eingeweiht sind, Someday. Wir werden uns über ein paar Vorschriften hinwegsetzen müssen. Wenn Sie damit nicht einverstanden sind, sagen Sie's jetzt.«

Georgie strahlte übers ganze Gesicht. »Ich bin voll und ganz damit einverstanden«, sagte sie aufgeregt.

»Das dachte ich mir. Zunächst werden Sie Jack mit

dem Papierkram helfen. Der Vorstandsbeschluss muss so schnell wie möglich durchgewinkt werden.«

»Das wäre eine große Hilfe«, sagte Jack. »Können wir uns irgendwie dafür revanchieren?«

Priest legte das Foto von Julian Greenwood vor Jack auf den Tisch. Der beugte sich vor, rückte die Brille zurecht und betrachtete es.

»Das ist Julian Greenwood«, erklärte Priest. »Das Bild wurde vor Dominiques und Alexias ehemaligem Anwesen in Norfolk aufgenommen. Wir haben es nach Simeons Tod in seiner Wohnung gefunden. Es war auf die Unterseite eines Schreibtischs geklebt.«

»Verstehe«, murmelte Jack, hob das Foto auf und sah es noch genauer an. »Das ist Dominiques Sohn, nicht wahr?«

Priest nickte. »Genau. Das Bild wurde manipuliert und auf alt getrimmt. Julian war nicht in Norfolk.«

»Aber weshalb sollte man so etwas tun?«

»Keine Ahnung. Ich schätze, irgendjemand will uns damit etwas mitteilen, aber was, weiß ich nicht.«

»Das ist sehr beunruhigend.« Jack legte das Foto auf den Tisch zurück, nahm die Brille ab und kniff sich in den Nasenrücken. »Dass Dominique einen Sohn hat, ist kaum bekannt.«

»Und wer ist die Mutter?«, fragte Priest.

»Das entzieht sich meiner Kenntnis. Soweit ich weiß, ist das Kind das Ergebnis eines One-Night-Stands. Die Mutter hat sich nach der Geburt bei Dominique gemeldet und erhielt – kaum überraschend – Schweigegeld, höchstwahrscheinlich aus Stiftungsmitteln.«

Priest kratzte sich am Kopf. Mehrere Geschäftsleute betraten das Café, das aus allen Nähten zu platzen drohte, was für erneute Unruhe sorgte.

»Können Sie mehr über Julian Greenwood herausfinden?«

Jack atmete hörbar ein. »Mal sehen, was sich machen lässt.« Er stand auf. »Ich muss los. Der Vorstand muss sofort zusammentreffen. Hat mich sehr gefreut, Georgie. Charlie.« Er nickte ihnen zu und verließ das Café.

Priest nahm einen Schluck von seinem lauwarmen, viel zu süßen Earl Grey, dann sah er Georgie an. Indem er sie in alles eingeweiht hatte, war er ein hohes Risiko eingegangen. Selbst Okoro wusste nichts davon. Doch er vertraute auf ihren Gerechtigkeitssinn, und der dankbare Blick, den sie ihm zuwarf, verriet ihm, dass sich das Wagnis gelohnt hatte.

»Und, wie fühlen Sie sich jetzt?«, fragte er.

»Als hätte ich ganz zu Anfang eine wichtige Besprechung verpasst.«

Priest stand auf. »Tut mir leid, aber anders ging es nicht.«

»Schon gut. Was haben Sie jetzt vor?«

Priest blickte an den Kaffeetrinkenden vorbei durch das Fenster auf die Chancery Lane hinaus. Es hatte angefangen zu regnen, und die Passanten strömten in die Geschäfte, um nicht nass zu werden. Priest erinnerte sich an das blaue Haar, das er in seiner Wohnung gefunden hatte, und an Jessicas Gesichtsausdruck, bevor sie aus seiner Wohnung gestürmt war.

»Ich muss noch etwas erledigen«, sagte er. »Und Sie werden etwas im Internet recherchieren.«

# 38

Eine Galerie spann sich über den riesigen Empfangsbereich von Ellinder Pharmaceuticals International (EPI), rote Designersitzgruppen waren auf dem Marmorboden verteilt. Auf dem Empfangstresen, der sich in einem perfekt symmetrischen Halbkreis durch den hinteren Teil des Raums schwang, war in etwa dreißig Zentimeter hohen Buchstaben der Name der Firma angebracht. In einer Cafeteria zur Linken saßen mehrere Leute vor ihren Laptops und Tablets. Es roch nach Desinfektionsmittel.

Als letztes Jahr ans Licht gekommen war, dass sowohl der Anführer einer verbrecherischen Geheimorganisation namens Haus der Eintagsfliege als auch deren wichtigste Unterstützerin den Namen Ellinder trugen, war der Börsenkurs des Unternehmens empfindlich eingebrochen. Der gute Name des Pharmazieunternehmens war für immer beschmutzt. Jessica hatte sich den denkbar schlechtesten Zeitpunkt ausgesucht, um den Vorstandsvorsitz zu übernehmen. Nun versuchte sie nicht zuletzt durch den Verkauf mehrerer ausländischer Tochtergesellschaften zu retten, was zu retten war. Durch geschickte Diplomatie hatte sie den völligen Zusammenbruch des Unternehmens verhindern können. Dabei hatte sie Glück im Unglück gehabt: In den Skandal waren so viele hochrangige Persönlichkeiten verwickelt gewesen, dass EPIs Beteiligung kaum noch wahrgenommen wurde.

EPI hatte einen schweren, aber keinesfalls tödlichen Schlag hinnehmen müssen.

Priest näherte sich dem Tresen. Ein Mann in den Zwanzigern mit glänzendem schwarzem Haar und einem verkniffenen Ausdruck auf dem von zu viel Selbstbräuner orangefarbenen Gesicht lächelte ihn mechanisch an.

»Kann ich Ihnen helfen, Sir?«

»Ich möchte zu Jessica Ellinder, bitte«, sagte Priest mit gespieltem Selbstvertrauen.

Der Empfangsmitarbeiter hob eine gezupfte Augenbraue. »Selbstverständlich. Haben Sie einen Termin?«

»Nein.«

»Sie sind nicht angemeldet?«

»Nein.«

Der Mann zögerte kurz, dann wandte er sich seinem Bildschirm zu. Mehrere Klicks später teilte er Priest mit, dass sich Miss Ellinder in einer Besprechung befinde, er ihr aber gern ausrichte, dass Priest *unangemeldet* vorbeigekommen sei. Priest lehnte das Angebot ab und fragte nach dem Weg zur Toilette, woraufhin er mit sichtlichem Widerwillen nach rechts geschickt wurde.

»Vielen Dank. Sie waren sehr hilfsbereit.«

Die Toiletten befanden sich in einem von der Eingangshalle abgetrennten Bereich – und somit auch außer Sichtweite des Rezeptionsmitarbeiters. Zwischen dem Eingang zur Männer- und Frauentoilette führte eine gläserne Doppeltür in ein Treppenhaus. Ein Schild wies darauf hin, dass nur Befugte Zutritt hatten und Gäste sich bitte an der Rezeption anmelden sollten. Zusätzlich war die

Tür durch ein Schloss samt Tastenfeld gesichert, für das Priest der Code fehlte.

*Zumindest weiß ich jetzt, dass sie im Haus ist. Und wie in allen Konzerngebäuden wird sich auch hier die Chefetage ganz oben befinden.*

Priest sah sich um. Solange niemand auf die Toilette musste, würde man ihn nicht bemerken. Er sah sich das Schloss genauer an. Eigentlich wurde es mit einem Schlüsselchip geöffnet, der Ziffernblock war nur für den Fall gedacht, wenn jemand seinen Chip vergaß. Priest nahm eine Dose mit LCD-Bildschirmreiniger aus der Tasche und sprühte das Tastenfeld damit ein. Sobald sich das feine Pulver gelegt hatte, schaltete Priest den Blitz seiner Handykamera ein und fotografierte die Tasten.

Er sah sich das Bild genau an. Schwarzlicht-Leuchtspray oder Aluminiumpulver waren dafür noch besser geeignet, doch so etwas pflegte er dieser Tage nicht mehr bei sich zu führen. Das Reinigungsspray konnte zwar keine Fingerabdrücke sichtbar machen, aber im grellen Licht waren zumindest Abnutzungsspuren auf den Ziffern eins, drei, fünf und neun zu erkennen. Jetzt musste er nur noch die richtige Reihenfolge erraten.

Priest schnalzte mit der Zunge, dachte kurz nach und tippte dann eine Kombination ein. Das Schloss öffnete sich mit einem satten Klicken, und er drückte die Tür auf.

*Neunzehnhundertdreiundfünfzig. Das Gründungsjahr der Firma. Das war ja leicht.*

Hinter der Tür befand sich eine von Glaswänden eingefasste Wendeltreppe, die sich wie ein transparentes Rückgrat durch das Zentrum des Gebäudes schlängelte. Priest blickte auf. Es waren mindestens fünfzehn Stockwerke. Ohne Aufzug.

*Mist.*

Er lief die Treppe hinauf, wobei er zwei Stufen auf einmal nahm. Als er den obersten Stock erreichte, brannten seine Oberschenkel wie Feuer. Doch was noch schlimmer war: Er fand sich vor einer weiteren verschlossenen Tür wieder. Und hier war weit und breit kein Tastenfeld zu sehen.

*Doppelmist.*

Er hielt sich am Treppengeländer fest und verschnaufte. War er so weit gekommen, nur um an dieser Glastür zu scheitern? Er spähte in den Flur dahinter. An den Wänden zwischen den Bürotüren hingen Poster mit Hinweisen zum Arbeitsschutz und mit verschiedenen Diagrammen versehene Korkpinnwände.

Neben der Tür stand ein Mann und tippte auf seinem Handy herum. Priest klopfte gegen die Glasscheibe, um seine Aufmerksamkeit zu erregen. Der Mann drehte sich erschrocken um. Er hatte ein jugendliches Gesicht und öliges Haar.

*Ausgezeichnet. Ein Auszubildender.*

Priest deutete auf den schwarzen Transponderleser auf seiner Seite der Tür. Nach mehreren Augenblicken begriff der Azubi, was Priest von ihm wollte, näherte sich und öffnete ihm misstrauisch.

»Eigentlich darf ich hier niemanden reinlassen«, sagte er.

»Da haben Sie völlig recht«, sagte Priest und legte dem jungen Mann vertrauensvoll eine Hand auf die Schulter. »Man kann nicht vorsichtig genug sein, oder?«

»Sir, Sie haben keinen Mitarbeiterausweis«, bemerkte der Azubi.

»Auch das haben Sie ganz exzellent beobachtet. Deshalb bin ich Ihnen auch sehr zu Dank verpflichtet, dass Sie mich reingelassen haben.«

»Verstehe«, sagte der Azubi, dem sein Gewissenskonflikt deutlich anzusehen war.

»Könnten Sie mir bitte sagen, wo ich Jessica Ellinders Büro finde?«, fragte Priest, nahm den Azubi sanft am Arm und führte ihn den Flur hinunter.

»Also …«

»Das wäre mir wirklich eine große Hilfe. Wie Sie sicher schon bemerkt haben, bin ich mit dem Gebäude noch nicht so richtig vertraut. Immerhin ist heute mein erster Tag.«

»Ach.« Der Azubi sah ihn unsicher an. Einen Augenblick lang befürchtete Priest, es übertrieben zu haben. »Sie sind neu hier?«, fragte der junge Mann freundlich. Offenbar hatte er Priests Geschichte geschluckt. »Ich auch. Ich habe letzte Woche hier angefangen.«

»Unmöglich. Ich hatte Sie jetzt glatt für ein Vorstandsmitglied gehalten!«

»Eigentlich helfe ich nur im Archiv aus. Ich habe vorhin Tee in den Konferenzraum gebracht. Miss Ellinders Büro ist gleich da vorne, aber sie ist im Augenblick in einer Vorstandssitzung. Macht es Ihnen etwas aus, solange in ihrem Büro zu warten?«

Priest grinste. »Überhaupt nicht.«

Georgie kam sich vor, als hätte jemand ihren Kopf abgenommen und verkehrt herum wieder angeschraubt.

Einerseits war es eine gute Nachricht, dass Charlie insgeheim mit dem Vorstand der Elias Foundation zusammenarbeitete. Jetzt begriff sie die größeren Zusammenhänge und musste keine Gewissensbisse mehr haben, weil Priest & Co. gegen eine wohltätige Stiftung vor Gericht zogen.

Andererseits wurde sie durch diese jüngste Entwicklung daran erinnert, welch gefährlichen Drahtseilakt sie hier vollführten.

Sie hatte kein Problem damit, dass Charlie sie nicht schon früher ins Vertrauen gezogen hatte. Er war der Chef, und wäre er der Meinung gewesen, sie hätte es schon früher erfahren sollen, hätte er entsprechend gehandelt.

*Hör auf, dich selbst zu belügen.* Sie saß am Schreibtisch in ihrem Büro, wartete darauf, dass der Kamillentee abkühlte, und starrte das leere Worddokument auf dem Bildschirm vor ihr an. *Ich bin stinksauer.*

Doch um ihre Gefühle konnte sie sich später kümmern. Immerhin waren schon zwei Menschen gestorben. Auf grässliche Weise. Sie schrieb gerade den Entwurf des Vorstandsbeschlusses, über den Jack abstimmen lassen musste, um zum Interimsvorsitzenden gewählt zu werden, als eine SMS von Li eintraf: *Hi, Süße. Sollen wir uns heute Pizza holen und über du weißt schon was reden? Ich hätte da ein paar Ideen. Xx.*

Georgie lächelte und legte das Handy auf den Tisch zurück. Eine nette Idee – und gleichzeitig konnte sie sich nichts Schlimmeres vorstellen.

# 39

Jessica Ellinders Chefsessel war überraschend bequem, obwohl er Priest auf den ersten Blick etwas hart erschienen war. Das Leder war trügerisch weich, und er musste nur minimale Veränderungen vornehmen, um die ideale Sitzposition zu erreichen.

Das Büro war nicht ganz so protzig, wie man es von der Geschäftsführerin eines millionenschweren Konzerns erwartet hätte. Er vermutete, dass sie ihr eigenes Büro behalten hatte und nicht in das ihres Vaters umgezogen war. Nach seinem Tod war sie förmlich auf den Chefposten katapultiert worden. Die Vorstellung, auch noch sein Büro zu übernehmen, war dagegen eher weniger verlockend gewesen.

Mit mehreren Aktenschränken, einem Schreibtisch, mehreren Stühlen und einem alten Faxgerät – *wer zum Teufel schickt denn heutzutage noch Faxe?* – war der Raum eher spartanisch eingerichtet. Besonders auffällig war das Fehlen jeglicher persönlichen Gegenstände. Keine Fotos mit lächelnden Familienangehörigen auf dem Schreibtisch, keine gerahmten Zeugnisse an der Wand, keine Staubfänger, kein albernes Mangerspielzeug, noch nicht einmal Gemälde oder andere Kunstwerke. Das Büro hätte irgendwem oder niemandem gehören können.

Als er sich gerade überlegte, die Schubladen zu durchsuchen, öffnete sich die Tür, und Jessica stürmte herein. Zuerst bemerkte sie ihren Gast überhaupt nicht. Erst als sich die Tür hinter ihr schloss, blieb sie mit offenem Mund wie erstarrt stehen.

»Was zum Teufel …?«

Sie sah atemberaubend aus. Die Ansprache, die sich Priest zurechtgelegt hatte, war mit einem Mal wie weggewischt. Sie trug einen cremefarbenen Bleistiftrock, der knapp über dem Knie endete, und dazu eine tiefblaue Bluse mit gerafften Ärmeln. Sein Blick wanderte zu ihren Beinen hinunter. Er hatte noch nie so perfekt geformte Waden gesehen. Ihre Haut war von einer warmen olivfarbenen Sonnenbräune, die ihm auf der Beerdigung ihres Vaters noch nicht aufgefallen war. Er schluckte, als ihn ein Gedanke durchzuckte: *War sie etwa mit einem anderen im Urlaub gewesen?*

»Hallo«, sagte Priest kleinlaut.

Jessica knallte die Akten, die sie in der Hand hatte, auf den Schreibtisch, und es sah ganz so aus, als würde sie gleich anfangen zu weinen.

»Wie in Gottes Namen bist du hier reingekommen?«

»Jessica, ich muss schon sagen, ganz besonders für einen Pharmakonzern sind die Sicherheitsmaßnahmen in diesem Gebäude unter aller Kanone.«

»Raus.«

»Warte mal, ich …«

»Raus hier!«

Priest hatte eigentlich vorgehabt, sitzen zu bleiben, doch er ertappte sich dabei, wie er aufsprang und in einer beschwichtigenden Geste die Hände hob.

*Meine Güte, wie schön sie ist.*

»Nun hör mir doch zu«, flehte er.

Sie wandte sich angewidert von ihm ab. »Und weshalb sollte ich das tun?«

»Lass es mich doch erklären.«

»Was genau willst du mir denn erklären? Was diese kleine Schlampe in deiner Wohnung zu suchen hatte oder den Hausfriedensbruch hier?«

Priest suchte verzweifelt nach einem Argument, um sie zum Zuhören zu bewegen. Wahrscheinlich verfügte die Firma über einen Sicherheitsdienst, und die Vorstellung, aus dem fünfzehnten Stock eines Bürogebäudes geworfen zu werden, behagte ihm überhaupt nicht. Er versuchte es mit einem alten Anwaltstrick, mit dem man normalerweise die Aufmerksamkeit des Richters erregte.

»Bitte gib mir eine Minute, um dir zu erklären, dass alles ein Missverständnis war und dass wir wieder von vorne anfangen sollten. Wenn mir das nicht gelingt, mache ich mich sofort vom Acker.«

Sie verschränkte die Arme, was er als Zeichen dafür deutete, dass der Countdown lief.

»Ich weiß, wie es für dich aussehen muss, und du hältst mich jetzt sicher für einen Psychopathen. Und ja, ich bin manchmal etwas … seltsam.«

Sie legte den Kopf schief. *Was du nicht sagst,* sollte das wohl heißen.

»Ich leide an einer Krankheit …«

»Ein Depersonalisationssyndrom, ich weiß.«

Wieder blieben ihm die Worte, die er sich so sorgfältig zurechtgelegt hatte, im Halse stecken. Sie wusste nicht nur, dass er krank war, sie kannte sogar die genaue Bezeichnung seiner Krankheit. *Wer hat ihr das denn erzählt?,* überlegte er fieberhaft.

»Genau.« Er kam sich sehr klein vor. Sie ragte überlebensgroß über ihm auf. »Nur aus Interesse: Woher weißt du das?«

Sie trat vor, und nun bestand kein Zweifel mehr, wer die Hosen anhatte. »Mein Vater hat sich über dich schlaugemacht, Charlie. Er war immer sehr gründlich, und er kannte *deinen* Vater. Hast du allen Ernstes geglaubt, dass deine Krankheit ein Geheimnis bleibt?«

»Nein«, gestand Priest und räumte damit das Offensichtliche ein. »Dann bringt es mir auch nicht viel, das als Vorwand anzubringen, nehme ich an.«

Sie seufzte, doch ihre Mundwinkel zuckten. »Nein. Das bringt gar nichts«, sagte sie. Beinahe hätte sie gelächelt.

»Wie wäre es stattdessen mit einer Entschuldigung?«

Das Lächeln wollte sich nicht zeigen. Sie drängte sich an ihm vorbei, und aus der Nähe war ihr Gesicht genau so, wie er es in Erinnerung hatte: hohe Wangenknochen, herrische Miene, makellose Haut, boshaft funkelnde Augen, wenig Make-up.

»Zuerst mal will ich meinen Schreibtisch zurück«, sagte sie und stellte sich dahinter, ohne sich zu setzen. »Dann sehen wir weiter.«

Priest atmete auf. Das war schon besser. Wenn sie ihn wirklich rausschmeißen wollte, hätte sie das schon längst getan.

»Wie läuft das Geschäft?«, fragte er und deutete vage in den Raum.

»Nicht so toll. Wir verfügen zwar über genug Eigenkapital und haben wertvolle Patente auf neue Medikamente angemeldet, aber der Konzern blutet immer weiter aus. Ich verkaufe Tochterfirmen, als wären sie im Sonderangebot. Wenn das so weitergeht, ist es fraglich, ob es die Firma in einem halben Jahr überhaupt noch gibt.«

»Rosige Aussichten also.«

»Was willst du, Charlie?«, fragte sie leise.

Es klang weder bedrohlich noch herausfordernd. Es interessierte sie wirklich. Priest schwirrte der Kopf. Er blickte auf seine Hände hinab. Sie waren kein Trugbild, es waren nur nicht unbedingt *seine* Hände. Er schämte sich, und mehr noch: Er hatte *Angst*. Er hatte Angst davor, es vermasselt zu haben. Nach Williams Verhaftung hatte Priest mehrere Jahre in einem emotionalen Niemandsland zugebracht, gequält von dem endlosen Paradox, das das Depersonalisationssyndrom nun einmal mit sich brachte: Er fühlte *nichts,* und diese Gefühllosigkeit brachte ihn an den Rand der Verzweiflung. Mit der Zeit hatten die Symptome nachgelassen, doch völlig verschwunden waren sie nie. Der Nachhall der Krankheit suchte ihn noch immer heim. Und jetzt, nach vielen Jahren, nach über einem Jahrzehnt, sah Charlie Priest einen Ausweg, einen schwachen Hoffnungsschimmer am Horizont. Mit dieser Frau konnte er glücklich werden und die Geister der Vergangenheit begraben.

Hatte er diese Chance nun vertan?

Sein Magen krampfte sich zusammen.

»Ich werde dieses überwältigende Gefühl einfach nicht los«, sagte er und sah ihr in die Augen. »Ich habe es weiß Gott versucht, aber es ist unmöglich.«

Sie wirkte argwöhnisch. Gereizt. Distanziert. »Was für ein Gefühl?«

»Dass es zwischen uns eine ganz besondere Verbindung gibt.«

Der Satz hing in der Luft, und Priest spürte, wie sich

ein Abgrund vor ihm auftat – ein schwarzes Loch, das seine Energie zu verschlucken schien. Er war völlig ausgelaugt. Die Gerichtsverhandlung hatte ihn viel Kraft gekostet, er sah Alexias verstümmeltes Gesicht vor sich, und Simeons Tod machte ihm ebenfalls schwer zu schaffen. Er hatte die Antwort auf alle Fragen – Simeons Handy – bereits in der Hand gehalten und zugelassen, dass sie ihm ein unbekannter Dieb wieder entriss.

»Eine Verbindung zwischen uns«, wiederholte sie langsam mit ihrer tiefen, melodischen, rauchigen Stimme. Wut packte ihn, stieg in seiner Brust auf, breitete sich aus. »Tut mir leid, aber es gibt keine …«

Er trat einen Schritt auf sie zu, umfasste ohne Vorwarnung ihren Nacken mit der Hand, zog sie in seine Umarmung, legte den Mund auf ihren und schmeckte die Süße ihrer Lippen. Sie riss erschrocken die Augen auf, begriff, was er hier tat, und versetzte ihm eine so schallende Ohrfeige, dass Priest im ersten Moment glaubte, das Bewusstsein zu verlieren.

»Wie kannst du es wagen!«, schrie sie.

Er wollte sich von ihr zurückziehen. Das Entsetzen über das, was er getan hatte, war größer als seine Wut. Sie gab ihm eine weitere Ohrfeige. Als sie zum dritten Mal ausholte, packte er ihr Handgelenk. Er atmete schwer.

Sie warf sich auf ihn.

Zuerst glaubte Priest an einen Angriff, dann spürte er, wie sie ihn in den Hals biss und ihre Hände um seine Hüfte schlang. Er taumelte gegen die Wand.

Sie küsste ihn lange und ungeschickt, ihre Zungen trafen sich, er spürte, wie sich das Verlangen in seinem Körper ausbreitete, während sie verzweifelt an seinem Gürtel nestelte. Er legte die Hände um ihr Hinterteil, drehte sie herum und presste sie gegen die Wand. Sie keuchte auf, als er den Rock hochschob und die Strumpfhose aufriss.

»Wie war sie?«, zischte sie in sein Ohr, während sie seinen Gürtel auf den Boden fallen ließ.

»So war es nicht«, grunzte er. Diese Bemerkung verstärkte seine Abscheu und sein Scham noch. Er legte ihr Bein um seinen Rücken. Sie ergriff seinen Schwanz, rieb daran, doch das reichte ihm nicht – er wollte mehr, er wollte *sie*. Er nahm ihre Hand weg und drückte sich gegen sie.

»Nein, warte«, keuchte sie.

»Ich will dich.«

»Ich bin noch nicht bereit dafür.«

Er atmete frustriert aus und zog ihren Kopf zurück, damit er ihren Hals küssen konnte. »Jessica ...«

»Auch wenn wir es jetzt tun, ich gehöre nicht dir.«

Sie schnappte nach Luft, brachte die Worte kaum heraus, dann küsste er sie wieder, legte eine Hand auf ihre Brust, öffnete einen Blusenknopf nach dem anderen. Und kurz bevor er ihre nackte Brust umfasste, erreichten sie den Punkt, von dem es kein Zurück mehr gab.

»Na schön«, keuchte er atemlos. »Du gehörst mir nicht.«

Sie entspannte sich und schloss die Augen. Er stellte sich vor sie, drang in sie ein. Sie stöhnte vor Verlangen, das seinem eigenen in nichts nachstand.

# 40

Nachdem er masturbiert hatte, lag der Puppenspieler reglos und keuchend auf dem feuchten Bettlaken. Der tragbare Gasofen in der Ecke lief auf Hochtouren, die Luft im Raum war heiß und stickig. In der Entfernung krähten die Dohlen auf dem verlassenen Bahngleis.

Der Puppenspieler hatte die Schlagzeilen gelesen. Sie waren praktisch überall: HAUPTBELASTUNGSZEUGE IM ELIAS-FOUNDATION-PROZESS TOT IN PKW GEFUNDEN. Doch wieso wurde nirgendwo die Quelle dieser Story genannt? Unerhört, dass diejenigen, die die Anerkennung verdient hatten, leer ausgingen. Wie immer hatten sich talentlosere, egoistische Schwachköpfe ins Scheinwerferlicht gedrängt.

Der Puppenspieler rutschte auf einen trockeneren Teil der Matratze und starrte die Wand an, die vom Boden bis zur Decke mit Fotografien bedeckt war. Er griff nach dem Tagebuch unter dem Bett. Er wusste genau, wo die entsprechende Stelle zu finden war. Seine Lieblingsstelle. Er kannte sie auswendig, hatte sie sich mit einer beinahe religiösen Hingabe eingeprägt. Das Tagebuch war nicht nur eine Offenbarung für ihn gewesen, es hatte sein Leben völlig verändert. Es war ein Schlüssel, der ihm eine verborgene Welt eröffnet hatte. Das Tagebuch, der Schlüssel, war die ganz persönliche Tora des Puppenspielers und dieser Abschnitt der heiligste: Er beschrieb den Augenblick, in dem die Flucht vor dem Bösen gelungen war.

Den Exodus.

*Er nimmt den Finger weg, und obwohl es eine Erleichterung ist, weiß sie, dass der Schmerz erst am Morgen vergehen wird. Sie hatte sich nicht einmal für ihn zurechtmachen können, so eilig hatte er es gehabt. Das war Fluch und Segen zugleich gewesen.*

*»Na also«, sagt er, als wäre alles normal, als hätte es ihr Freude bereitet. Das Mädchen weint nicht. Er mag es nicht, wenn sie weint.*

*Das Licht brennt, der Fernseher läuft. Sie dreht den Kopf und beißt sich auf die Lippe. Eine Nachrichtensendung – ein Mann spricht in die Kamera, unverständliche Worte laufen unter ihm über den Bildschirm. Der Ton ist ausgeschaltet. Während er beschäftigt gewesen war, hatte sie in den Apparat gestarrt.*

*Er verschwindet schnell wieder, murmelt, dass er schon spät dran ist. Dabei passt er nicht auf, stößt gegen einen Tisch, flucht leise. Manchmal schwankt er und stolpert. Und der Geruch. Wenn er so riecht, ist es schlimmer als sonst. Der Geruch erinnert sie ganz leicht an den Gestank des widerlichen, erstickenden Parfüms der Frau.*

*Die Tür schließt sich hinter ihm, das Schloss klickt, und sie wartet darauf, dass der Riegel einrastet und sie wieder in dem stickigen Keller gefangen ist. Der Riegel macht ihr nichts aus. Manchmal stellt sie sich vor, wie sie die Augen schließt und den Riegel einfach dadurch bewegt, dass sie an ihn denkt. Wie in dem Film mit dem grünen Mann, der die Wörter durcheinanderbringt. Auch das ist eine Welt, von der sie nicht weiß, ob es sie wirklich gibt.*

*Sie wartet. Und wartet.*

*Doch der Riegel rastet nicht ein.*

*Zuerst glaubt sie, es überhört zu haben, als er die Tür hinter sich geschlossen hat, aber dann blickt sie durch den kleinen Spalt zwischen Tür und Rahmen. Und in dem Spalt ist nichts außer Luft.*

*Das Mädchen setzt sich leise hin und zählt bis zehn. Dann singt sie stumm das »Alphabet-Lied«. Immer noch nichts. Die Tür ist nicht verschlossen.*

*Sie kann sich nicht bewegen. Es tut immer noch weh, und sie blutet etwas, aber das ist nicht der Grund, weshalb sie vor Angst wie erstarrt ist. Was, wenn sie Ärger bekommt, weil die Tür offensteht? Was, wenn sie glauben, dass sie abhauen will?*

*Vorsichtig steht sie auf und betrachtet die Tür. Vielleicht kann sie sie ja irgendwie von innen verschließen, damit sie nichts merken.*

*Sie lauscht an der Tür, presst ein Ohr dagegen. Nichts. Nur ein leises Summen von oben. Dieses Geräusch hört sie ab und zu, weiß aber nicht, was es ist.*

*Sie läuft zum Tisch, holt die Holzpuppe und zieht sie auf. Gehorsam spielt die Puppe ihre Melodie.*

Ding, ding, ding.

*Sie geht mit der Puppe zur Tür zurück. Lauscht wieder. Nichts. Sie drückt die Klinke herunter. Sie hat die Klinke noch nie vorher berührt. Noch nie. Sie hat alles in diesem Raum berührt, bis auf die Decke, die Lampe und die Klinke.*

*Sie lässt sich überraschend leicht herunterdrücken. Einen Augenblick lang fragt sie sich, ob sie nicht doch ab-*

geschlossen ist, aber dann öffnet sie sich mit einem leisen Klicken. Das Mädchen macht einen Satz zurück. Die Puppe singt immer noch. Der Türspalt ist so breit, dass sie hindurchsehen kann.

Viel sieht sie nicht. Nur weitere Backsteine und … ist das eine Treppe?

Das Mädchen drückt die Tür etwas weiter auf. Sie sieht immer noch nicht viel. »Und was jetzt?«, fragt sie die Puppe.

Die Puppe zwinkert ihr zu.

Eigentlich will sie die Tür ja nur öffnen, um auf die andere Seite zu schleichen und nachzusehen, ob sie den Riegel irgendwie vorgeschoben bekommt, bevor sie die Tür auf ihrer Seite schließt. Sie drückt die Tür so weit auf, dass sie knapp hindurchschlüpfen kann. Das Mädchen ist schmutzig, und Blut läuft ihr Bein hinunter. Sie kann sich kaum bewegen. Alles tut weh.

Doch dann ist sie plötzlich auf der anderen Seite. Genau wie das kleine Mädchen, das in den Wandschrank steigt und sich in einem verschneiten Wunderland wiederfindet.

Nur dass hier kein Schnee liegt. Eine enge Treppe führt nach oben.

Sie bleibt stehen und hält den Atem an. Sie muss schon einmal hier draußen gewesen sein, irgendwann, als sie noch jünger gewesen war. Die Frau hat gesagt, dass ihre Mutter sie hierhergebracht hat.

Jetzt ist sie hier und kann nicht weiter. Sie gehört in das Zimmer. Das Mädchen weiß nicht einmal, ob sie außerhalb des Zimmers überhaupt atmen kann. Oder wird ihr Kopf explodieren wie in dem gruseligen Film über die Reise zum Mars?

*Dann fällt ihr die Kirche wieder ein. Und der Baum. Sie kann den Kirchturm von ihrem Fenster aus sehen. Seine Spitze ist höher als alles andere, bis auf den Baum. Sie weiß noch, was sie über die Kirche gedacht hat.*

*Dass Gott dort ist und auf sie wartet.*

*Sie sieht die Puppe an, rechnet damit, dass sie weint, aber sie ist nicht traurig, dass das Mädchen geht. Die Puppe freut sich. Sie ist stolz auf das Mädchen, auf das, was sie tun wird.*

*Sie blickt die Treppe hinauf ins Dunkel. Dann trifft sie eine Entscheidung.*

*»Na los«, flüstert das Mädchen der Puppe zu. »Wir gehen gemeinsam.«*

# 41

Jessica löste sich aus seiner Umarmung, zog die Strumpfhose hoch und zupfte sich wieder einigermaßen zurecht, wobei sie es vermied, ihm in die Augen zu sehen.

Etwas ratlos zog Priest den Reißverschluss seiner Hose hoch, setzte sich auf die Schreibtischkante und beobachtete sie. Sie nahm einen kleinen Spiegel aus einer teuer aussehenden Handtasche und richtete ihre Frisur, die Priests Meinung nach gar nicht gerichtet werden musste. Vielleicht war eine Seite etwas zerzaust, weil er ihr beim Höhepunkt mit der Hand durchs Haar gefahren war – sie hatte kurz die Augen geöffnet, und in diesem Moment hatte er geglaubt, etwas darin zu erkennen: einen Beweis für die Verbindung, die sie so kategorisch ausgeschlossen hatte.

Dann war der Augenblick vorüber, und sie war wieder die Geschäftsführerin von Ellinder Pharmaceuticals. Und so distanziert wie zuvor.

»Ich habe in fünfzehn Minuten ein Meeting«, verkündete sie.

»Soll ich gehen?«

Sie steckte den Spiegel in die Tasche zurück und holte ein Lippenbalsam heraus, das sie äußerst sparsam auftrug – als wäre selbst das ein Zugeständnis, das sie nicht machen wollte.

»Ich habe in fünfzehn Minuten ein Meeting«, wiederholte sie.

Priest kratzte sich den Hinterkopf. Die plötzliche Verwandlung von der heißblütigen Liebhaberin, die seinen Rücken zerkratzt hatte, zu der kalten, abgeklärten Frau, die ihm die Tür aufhielt und darauf wartete, dass er ihr Büro verließ, verwirrte ihn.

»Na schön«, sagte Priest. »Sehen wir uns denn irgendwann wieder?«

Er ging zur Tür und blieb kurz davor stehen. Er hätte sie gern geküsst, doch sie wirkte so reserviert, dass er es sich schnell wieder anders überlegte.

»Ja«, sagte sie schließlich. »Ich ruf dich an.«

Priest kehrte in die Kanzlei zurück, wo ihn eine sichtlich aufgeregte Georgie erwartete.

»Sehen Sie sich das an«, sagte sie, führte ihn zu ihrem Schreibtisch und ließ ihn auf ihrem Stuhl Platz nehmen. Dann beugte sie sich vor und hantierte mit der Maus. Sie hatte das Haar hochgesteckt und trug eine ärmellose Bluse. Ihr mit Sommersprossen bedeckter Arm streifte seine Wange. Ob sie riechen konnte, dass er gerade Sex gehabt hatte?

»Passen Sie auf«, sagte sie.

Sie hatte das YouTube-Video gefunden, das die Verfolgungsjagd über die Schnellstraße aus der Perspektive der Dashcam zeigte. Es war dieselbe Szene, die ihm Rowlinson bereits vorgeführt hatte. Der Verkehr floss ruhig dahin, bis Georgie auf die Bildlaufleiste am unteren Bildschirmrand klickte.

Bisher war das Video über tausendmal angesehen worden und hatte beinahe zweihundert »Likes« erhalten.

»Hier, bei null dreiundfünfzig«, sagte sie und spielte das Video von genau dieser Position ab. Zuerst konnte Priest nichts Ungewöhnliches erkennen. Dann deutete sie auf die rechte obere Ecke des Bildschirms.

»Das ist der Dieb, den ich verfolgt habe!«, rief Priest.

Eine verschwommene Gestalt in einem dunklen Kapuzenpullover kletterte die Böschung auf der anderen Straßenseite hinauf. Georgie hatte das Video einen Sekundenbruchteil vor der Massenkarambolage angehalten.

»Ich habe ein Standbild hiervon gemacht«, erklärte Georgie, minimierte das Browserfenster und rief ein anderes Programm auf, das Priest gänzlich unbekannt war. »Mit dieser Software kann man die Bildqualität optimieren. Das ist nur Freeware, also kann man keine Wunder erwarten, aber ...« Sie klickte auf einen roten, mit START markierten Button am oberen Bildschirmrand. Der Computer rechnete mehrere Sekunden, dann erschien das vorher sehr pixelige Bild des Diebs etwas klarer als zuvor.

Priest seufzte zufrieden. »Da soll mich doch ...«

Das Bild war nur unerheblich deutlicher als zuvor, aber nun war zu erkennen, dass dem Dieb beim Klettern die Kapuze vom Kopf gerutscht war. Darunter kam ein blauer Haarschopf zum Vorschein.

»Die Frau aus dem Fitnessstudio«, sagte Georgie triumphierend.

Priest lehnte sich zurück. Die plötzliche Aufregung wich ebenso schnell der Ernüchterung. *Das blaue Haar auf meinem Sofa stammte von Fox' Mantel. Das kann nur eines bedeuten: Sie ist uns zuvorgekommen.*

»Na los, Georgie«, sagte er und sprang auf. »Lösen wir ein paar Rätsel.«

Das Fitnessstudio schloss um dreiundzwanzig Uhr. Es war Viertel vor, und niemand schien von den späten Öffnungszeiten Gebrauch zu machen. Das italienische Restaurant nebenan machte mehr Umsatz, aber das war kein Wunder: Die warme rotviolette Beleuchtung und die gemütliche Einrichtung wirkten um einiges ansprechender als das grelle Kunstlicht der Muckibude.

Vor dem Restauranteingang tat sich etwas. Ein Pärchen verließ das Lokal, ein anderes ging hinein. Mehrere Leute steuerten auf das Pub an der Ecke zu. Ein Mann stand allein vor einem rund um die Uhr geöffneten Kiosk und rauchte eine Zigarette. Ansonsten war es auf der Grace Street beinahe unheimlich ruhig.

Georgie kauerte nun seit beinahe einer halben Stunde in einer kleinen Nische gegenüber des Fitnessstudios. Der Plan lautete, bis kurz vor Ladenschluss zu warten, wenn möglichst wenige Kunden anwesend waren. In ihrer Ungeduld war sie viel zu früh gekommen. Jetzt stand sie frierend in einer nach Urin stinkenden Ecke und beobachtete das spärliche Kommen und Gehen. Vor zehn Minuten hatte eine Frau mit Dreadlocks und einer großen Sporttasche das Studio verlassen, seitdem hatte sich nichts mehr getan. Hin und wieder ging Mims – die blauhaarige Frau – am Fenster vorbei.

*Hoffentlich bist du allein.*

Georgie zog ihre Jacke noch fester um sich. Seit ihrer Ankunft war die Temperatur um mindestens fünf Grad gesunken, und der dünne Anorak half wenig gegen die Kälte. Ihr Atem stieg in weißen Wolken aus ihrem Mund auf. Das Fitnessstudio ohne Begleitung zu betreten kam ihr plötzlich gar nicht mehr so schlau vor.

»Sie müssen allein rein«, hatte Charlie gesagt.

»Wirklich? Glauben Sie nicht, dass …?«

»Wenn sie mich sieht, wird sie sofort die Flucht ergreifen. Sie sind weniger bedrohlich.«

Was, wenn die drei Typen von letztem Mal auch anwesend waren? Was sollte sie dann ohne Charlie tun? Dann würde sie höchstwahrscheinlich auf dem Grund der Themse enden.

Georgie zitterte.

Ihre Beine klebten am Boden und wollten ihr nicht gehorchen. Georgie vermutete, dass ihr Beobachtungsposten normalerweise einem Obdachlosen als Unterschlupf diente. Das erklärte zwar den Gestank, aber nicht ihre Unfähigkeit, sich zu bewegen.

Sie hatte eine Heidenangst.

»Ach, das ist doch lächerlich«, sagte sie laut und zwang ihre Beine dazu, sich in Bewegung zu setzen. *Es ist nur ein Fitnessstudio.*

Reiß dich zusammen, ermahnte sie sich, während sie über die Straße stolperte. *Es gibt nur wenige Monster, die die Angst wert sind, die wir vor ihnen haben.* Während sie sich dem grellen Neonlicht näherte, wiederholte sie diesen Satz wie ein Mantra, doch selbst André Gides tröstliche Worte konnten nichts gegen den Knoten in ihren Eingeweiden ausrichten.

Georgie öffnete die Tür, woraufhin im rückwärtigen Teil des Fitnessstudios eine Klingel ertönte. Schnell sah sie sich um. Niemand zu sehen. War die Frau etwa nach Hause gegangen, ohne die Tür abzuschließen?

»Wir schließen gleich«, rief eine gelangweilte Stimme, woraufhin Georgie zusammenfuhr.

Sie wirbelte herum. Mims war gerade dabei, Hanteln einzusammeln und sie in eine Kiste in der Ecke zu legen.

Die junge Frau sah auf. Das blaue, strohige Haar war völlig durcheinander. Zuerst sah sie Georgie desinteressiert an, dann erschien ein Ausdruck des Wiedererkennens auf ihrem Gesicht.

»Moment mal«, sagte Mims und baute sich vor Georgie auf. »Sie waren doch mit dem Typen hier, der Benny verdroschen hat.«

»Charlie hat ihn nicht verdroschen«, widersprach Georgie.

Mims fletschte die Zähne, und Georgie rechnete schon damit, dass sie zum Angriff übergehen würde. Doch stattdessen fluchte Mims laut, drehte sich um und lief zur Hintertür. Georgie folgte ihr halbherzig – *sie* würde ganz sicher niemanden über eine Schnellstraße hinweg verfolgen. Aber das musste sie auch gar nicht.

Kurz bevor Mims den Hintereingang erreichte, schwang die Tür auf, und sie prallte von Charlies breiter Brust ab.

»Sieh einer an«, sagte er, hob die protestierende Mims vom Boden auf, trug sie in ihr Büro und setzte sie auf den Stuhl hinter dem Schreibtisch. »Ich glaube, Sie haben etwas, das einem Freund von mir gehört.«

# 42

Zweimal versuchte die blauhaarige Frau, die Flucht zu ergreifen, und zweimal musste Priest sie wieder einfangen und auf den Stuhl setzen – beim zweiten Mal so schwunghaft, dass sie vorerst keinen Widerstand mehr leistete.

Georgie wirkte sehr bleich im Neonlicht, und Priest bemerkte, dass ihre Stimme leicht zitterte, als sie Mims bat, doch endlich ein Einsehen zu haben. Er hatte sie nur ungern allein vorgeschickt, aber irgendwer hatte ja die Hintertür im Auge behalten müssen. Immerhin wusste er nur zu gut, wie schnell Mims rennen konnte. Die Hintertür aufzubrechen war relativ einfach gewesen: Das Schloss war schon jahrzehntealt und dementsprechend wacklig.

»Also gut«, zischte Mims schließlich und warf die Hände in die Höhe. »Was zur Hölle wollen Sie von mir?«

»Das Handy meines Bekannten«, sagte Priests ruhig.

»*Ihres* Bekannten? Das war Simeons Handy!«

Priest und Georgie sahen sich verwundert an. »Sie kannten Simeon?«

»Scheiße, klar kenne ich den«, knurrte sie. »Moment mal, was soll denn das heißen, *kannten*?«

Priest zögerte – sie wusste es ganz offensichtlich nicht. Ihr Gesichtsausdruck verwandelte sich von tiefer Verachtung zu Besorgnis. Die Augen funkelten nicht mehr böse, sondern sahen ihn fragend an. Sie hatte Angst um Simeon, aber sie wusste nicht, dass er tot war. Er hatte hier eine hochintelligente Frau vor sich – das blaue Haar und die Piercings in Nase und Ohren waren nur Fassade. Hatte er sie etwa falsch eingeschätzt?

»Tut mir sehr leid«, sagte er, »aber Simeon Ali ist tot.«

Mims blickte mit offenem Mund zu Boden. Ihre Augenlider flatterten. Priest rechnete damit, dass sie gleich anfangen würde zu weinen, doch sie wischte sich nur mit dem Handrücken übers Gesicht. Eine Geste des Trotzes, nicht der Trauer. Wahrscheinlich war das ihre Art, damit umzugehen.

»Woher wussten Sie, dass Simeons Handy hier ist?«, fragte sie leise.

»Das spielt keine Rolle.« Priest wich der Frage aus. »Sie sind Mims, richtig?«

Mims nickte, setzte sich im Schneidersitz auf den Stuhl und stützte die Ellenbogen auf den Tisch. Georgie verließ das Zimmer, um ihr ein Glas Wasser zu holen. Priest nahm einen Stuhl aus der Ecke und nahm ihr gegenüber Platz.

»Sie sind der Anwalt, oder?«, fragte Mims. »Der dieses Onlinemagazin vertritt.«

»Stimmt. Ich heiße Priest.«

»Wieso können Sie so gut kämpfen?«

»Ich war bei der Polizei.«

»Hat man Sie rausgeschmissen?«

Priest lächelte schwach. Mims Feindseligkeit war verpufft. Jetzt saß sie wie ein Häuflein Elend vor ihm und starrte traurig vor sich hin. Das Wasser, das Georgie vor ihr auf den Tisch stellte, beachtete sie gar nicht.

»Ich habe gekündigt«, sagte Priest. »Tut mir leid, dass ich Ihren Freunden eine Abreibung verpasst habe.«

Mims lachte höhnisch, doch die echte Belustigung darunter war nicht zu überhören. »Als Freunde würde ich die nicht bezeichnen. Benny und die anderen Arschlöcher kommen her, weil es hier so billig ist. Um ehrlich zu sein: Mitzubekommen, wie die mal jemand zurechtstutzt, war die verdammte Rennerei danach beinahe wert.«

»Sie wussten, dass ich Simeons Handy hatte?«

»Ich wusste, dass Sie den Schlüssel gestohlen hatten und an seinem Spind waren. Ich bin Ihnen gefolgt, und es hat nicht so ausgesehen, als würde Ihnen das Handy, mit dem Sie da rumgefuchtelt haben, auch gehören – Sie hätten doch ein bekacktes Smartphone und nicht so einen alten Scheiß wie Simeon.«

»Und woher wussten Sie, dass wir den Schlüssel gestohlen haben? Was wir übrigens nicht getan haben.«

»Wenn Sie das sagen. Simeon hätte ihn niemals hergegeben, deshalb habe ich das gedacht. Das Zeug in seinem Spind hatte nichts mit dem Fitnessstudio zu tun.«

»Was war das für Zeug?«

Mims zuckte mit den Schultern. »Keine Ahnung. Na ja, er … wir …« Sie glitt in einen tranceähnlichen Zustand. Ihre Augen blickten an Priest vorbei ins Leere. Anscheinend wurde ihr jetzt erst so richtig bewusst, dass Simeon tot war.

»Sie und Simeon waren … was? Freunde? Ein Paar?«

»Wir haben gefickt«, sagte Mims patzig. »Ja, wir waren zusammen«, fügte sie mit etwas weicherer Stimme hinzu. »Oder so ähnlich. Ist jedenfalls schon eine Weile her. Ich hatte ihn seit Monaten nicht gesehen.«

»Tut mir leid, dass Sie es auf diesem Weg erfahren mussten. Wie lange waren Sie zusammen?«

»Ein Jahr. Vielleicht auch länger.«

Priest nickte. Die erste kristallene Träne bildete sich in Mims Augenwinkel. Georgie trat unbehaglich von einem Fuß auf den anderen. So eilig die Angelegenheit auch war, sie mussten Mims etwas Zeit lassen. Priest biss sich auf die Lippe.

»Mims, wo ist das Handy jetzt?«, fragte Georgie, die offensichtlich ähnlich dachte.

»Bei mir zu Hause«, sagte Mims, ohne sie anzusehen. »Wie ist er gestorben?«

Priest holte tief Luft. »Er wurde ermordet.« Diesmal sah sie entsetzt zu ihm auf. »Erstickt und in einen Kofferraum gesteckt.«

Mims bedeckte den Mund mit der Hand. Ihre Augen füllten sich mit Tränen. »O Gott. Nein!«

»Tut mir leid.«

»Wann ist das passiert?«

»Er wurde am Donnerstag ermordet. Am Freitag haben wir seine Leiche gefunden. Und jetzt sind wir auf der Suche nach dem Mörder.«

Mims schüttelte ungläubig den Kopf. »Die Polizei ...«

»Tut alles, was in ihrer Macht steht. Genau wie wir.«

Einen Augenblick lang kämpfte Mims schweigend mit den Tränen. Sie wollte sich ganz offensichtlich keine Blöße geben, und im Gegenzug wollte Priest sie auch nicht durch irgendwelche Beileidsbekundungen in Verlegenheit bringen. Er blieb einfach sitzen, als sie aufstand und sich ihnen zuwandte.

»Sie können mit zu mir kommen«, sagte sie. »Ich muss hier nur noch abschließen.«

»Vielen Dank. Wir warten dann vor der Tür auf ...«

»Nein«, sagte Mims streng und sah Georgie an. »Sie nicht. Ich kann sie nicht leiden. Nur wir beide, Herr Anwalt.«

Vorsichtig legte der Puppenspieler den Schneidbrenner wieder in die Kiste zurück und nahm das iPhone vom Tisch. Er hatte mehrere Bilder aus unterschiedlichen Winkeln von Alexias verstümmeltem Gesicht gemacht und war mit dem Ergebnis mehr als zufrieden. Das ganze Arrangement hatte etwas Abstraktes. Irgendwann würde man die Schönheit seiner Taten erkennen und diese Bilder in die Tate Gallery hängen, damit alle sie bewundern konnten.

Der Puppenspieler lud die Fotos auf ein MacBook herunter und legte die drei besten in einem gesonderten Ordner ab. Dann fuhr er mit einem unauffälligen, schon etwas mitgenommenen Ford Mondeo zu einem Internetcafé in Soho. Dort fügte er die Bilder als Anhang zu einer Mail hinzu, die lediglich eine Handynummer zum Inhalt hatte.

Dann lehnte er sich mit verschränkten Armen zurück und wartete auf die NACHRICHT-GESENDET-Meldung.

Sein erstes Gespräch mit Dominique Elias war in vielerlei Hinsicht eine Enttäuschung gewesen. Der Puppenspieler hatte aufgrund der Arroganz des alten Mannes und seinen plumpen, blasphemischen Täuschungsversuchen die Beherrschung verloren und war vom Plan abgewichen. Trotzdem – er war mehr als fair gewesen. Er hatte Elias vorgewarnt, ihm anschaulich die Konsequenzen geschildert, doch der hatte nicht hören wollen.

*Er wollte nicht hören, und das hat er jetzt davon.*

Der Puppenspieler sah sich um. Es war ein schäbiges Café mit Rastafarikunst an den Wänden und mehreren Schrumpfköpfen, die von der Decke baumelten. Diese waren selbstverständlich aus Plastik, der Puppenspieler fand sie trotzdem widerlich. Der einzige andere Kunde, ein Schwarzer in den Dreißigern, starrte am Tisch gegenüber gebannt auf den Bildschirm. Die Frau hinter dem Tresen schien sich ausschließlich für ihre Nägel zu interessieren. Der Puppenspieler fand den Geruch, ja das ganze Café unerträglich. Trotz der orangefarbenen und gelben Wände war es ein trauriger Mikrokosmos, der Zeugnis von der Einsamkeit des Menschen auf diesem sterbenden Planeten ablegte. Aber es war nun einmal eines der wenigen Londoner Internetcafés ohne Überwachungskameras. Sie würden ihm nicht auf die Schliche kommen, selbst wenn es ihnen gelang, die IP-Adresse des Computers in Erfahrung zu bringen, von dem er die Mail verschickt hatte. Der Puppenspieler war ein Meister darin, in der Menge unterzutauchen. Er war farblos und unscheinbar. Doch das würde sich bald ändern.

Ein Telefon klingelte. Der Puppenspieler sah auf den Tisch herab. Neben dem Rechner vibrierte ein Handy. Er ging ran.

»Ja?«

Sein Gegenüber brachte kein Wort heraus. Der Puppenspieler hörte lediglich einen Mann, der unvorstellbare Qualen litt.

»Ah, Dominique«, sagte er lächelnd. »Sind Sie jetzt bereit, mir zuzuhören?«

# 43

Mims wohnte in einer Seitenstraße der Grace Street, mehr oder weniger gegenüber des Bag of Nails, jenem Pub, vor dem sie Priest das Handy gestohlen hatte. Als sie an dem Lokal vorbeigingen, hörten sie das Wummern der Musik durch die Wand. Mehrere Männer standen vor der Tür, teilten sich eine selbst gedrehte Zigarette und sahen Mims, die Priest zu einem Reihenhaus führte, gelangweilt hinterher.

Georgie war nur widerstrebend bereit gewesen, im Auto zu warten.

»Es dauert doch nur ein paar Minuten«, hatte er gesagt.

»Können Sie mir wenigstens den Schlüssel hierlassen, damit ich die Heizung anmachen kann?«

»Aber nur fünf, höchstens zehn Minuten. Die Batterie ist beinahe so alt wie Sie.«

Die kleine Küche von Mims Einzimmerwohnung stammte noch aus den Siebzigerjahren und duftete nach Räucherstäbchen. Eigentlich war das Apartment ziemlich gemütlich – warm, sauber, einfach eingerichtet. Das Wohnzimmer war ungefähr so groß wie das kleinste von Priests Badezimmern. Auf dem Zweisitzersofa lag eine Strickdecke, davor standen ein Beistelltisch von Ikea und ein winziger Flachbildfernseher auf einer Kommode.

Eine graue Katze in einem Korb in der Ecke öffnete träge ein Auge, als sich Priest auf das Sofa setzte, interessierte sich sonst jedoch nicht weiter für den Neuankömmling.

»Das alles ist sicher ein großer Schock für Sie«, begann Priest, obwohl er genau wusste, wie abgeschmackt es klang. Glücklicherweise hatte Mims alle Feindseligkeit abgelegt. Sie ließ sich neben ihm auf das Sofa fallen.

»Irgendwie schon, ja.«

»Sie sind doch viel zu schlau, um in einem Fitnessstudio zu arbeiten.«

»Woher wollen Sie wissen, wie schlau ich bin?«

Priest deutete mit dem Kinn auf ein Foto, das ganz ohne Rahmen hinter dem Fernseher stand. Es zeigte Mims mit ihrem straßenköterblonden Haar, wie sie freudig ein Universitätsdiplom in die Kamera hielt.

»Ach so«, seufzte sie. »Klar. Summa cum laude in Astrophysik an der Uni Glasgow.« Als sie das Foto betrachtete, machte sich Enttäuschung auf ihrem Gesicht breit.

»Was ist passiert?«, fragte er.

Sie atmete tief aus und überlegte, wie viel sie ihm anvertrauen sollte. »Ich würde jetzt ja gern sagen, dass es mir mit meiner überaus brillanten Doktorarbeit gelungen ist, die Existenz dunkler Materie zu beweisen, woraufhin mich die schiere Genialität meiner Entdeckung aus der Bahn geworfen hat … aber in Wahrheit hatte ich eine Affäre mit einem Dozenten, was … nun ja, was meine Karriereoptionen plötzlich stark eingeschränkt hat.«

»Was hat denn eine Affäre mit einem Dozenten mit Ihren Aufstiegschancen zu tun?«

»Anscheinend haben Sie von Physik keine Ahnung«, entgegnete Mims. »Lassen Sie es mich so sagen: Ich hatte eine Affäre mit einem der bedeutendsten Physiker der letzten zweihundert Jahre. Damit hatte ich in der Branche keine Chance mehr. Jeder hätte sofort Bevorteilung vermutet.«

»Und da haben Sie Ihre Haare blau gefärbt und sind nach London gezogen.«

»*Zurückgekehrt*«, verbesserte sie ihn. »Meine Eltern kommen aus Barking.«

»Wohnen die da immer noch? Ernsthaft?« Trotz des eher mäßigen Scherzes lächelte sie.

»Gemeinheit. Übrigens: Tut mir leid, dass ich Sie umgestoßen habe. Ich bin an der Uni viel gelaufen und trainiere immer noch im Studio. War kein schlechtes Rennen, oder?«

Priest grinste. »Sie können sich's auf YouTube noch mal ansehen. Zweihundert ›Likes‹.«

»Cool.«

Mims sprang auf, ging zur Kommode, kramte in einer Schublade herum, nahm das Handy heraus und gab es Priest.

»Ich hab es nur kurz eingeschaltet, dann war der Akku leer«, sagte sie. »Ich habe kein Ladekabel dafür. Wie gesagt, ich habe Simeon seit Längerem nicht gesehen, aber das heißt nicht …«

»Dass er Ihnen egal ist«, ergänzte Priest. Mims nickte mit traurigem Blick. »Wollen Sie mir nicht erzählen, was passiert ist?«

Sie setzte sich mit untergeschlagenen Beinen neben ihn. Priest fiel auf, dass sie dieselbe Position auch auf dem Bürostuhl im Fitnessstudio eingenommen hatte. Sie schien nicht in der Lage zu sein, gerade zu stehen oder zu sitzen. Sie machte sich immer irgendwie krumm.

»Ich weiß, dass Simeon Ihnen helfen wollte«, sagte sie und sah Priest ins Gesicht. »Er war übrigens sehr von Ihnen angetan. Er hielt sie für einen Kämpfer für die Sache der Unterdrückten. Genau, wie er es auch war – oder sein wollte. Er hat für die Elias Foundation und einmal sogar direkt für Alexia gearbeitet. Er wusste also, was für ein Mensch sie war. Aber sie hat keine …«

»Bestechungsgelder von der Freien Volksarmee angenommen«, vollendete Priest den Satz.

Mims sah ihn entgeistert an. »Woher wussten Sie das?«

»Ich habe es vermutet.«

»Aber Sie sind doch der Anwalt dieses Onlinemagazins.«

»Stimmt«, gab Priest unumwunden zu. »Aber ob man weiß, dass ein Klient lügt oder nur vermutet, dass gewisse Beweise gefälscht sind, ist ein Riesenunterschied. Vor Gericht geht es nicht um die Wahrheit; es geht darum, was man beweisen kann.«

»Vielleicht habe ich das Ganze etwas zu naiv betrachtet.«

»Naiv würde ich das nicht nennen.« Priest schüttelte den Kopf. »Eher optimistisch. Und auch wenn sich Alexia Elias nicht bestechen ließ, sie war keine Heilige. Sie hatte sich genug zuschulden kommen lassen – nur eben nicht das, was man ihr vorgeworfen hat. Ich vermute, dass Simeon sie zu Fall bringen wollte, weil er wusste, dass sie korrupt war, es aber nicht beweisen konnte. Und dann hat ihm irgendjemand eingeredet, dass er nichts zu beweisen brauchte. Er musste sich nur etwas Überzeugendes einfallen lassen und dann die nötigen Unterlagen dazu fälschen. Irgendjemand würde darüber berichten, und schon war Alexias guter Ruf ruiniert – Wahrheit hin oder her.«

Als er verstummte, konnte Mims nicht länger an sich halten. Tränen liefen über ihr Gesicht. Die Fassade der unnahbaren Blauhaarigen, die sie anfangs zur Schau gestellt hatte, brach in sich zusammen, und die verletzliche Frau darunter kam zum Vorschein. Sie nickte und wischte sich die Tränen mit dem Ärmel aus dem Gesicht. Priest holte ihr eine Toilettenpapierrolle. Kurz darauf hatte sie sich wieder einigermaßen beruhigt.

»Stimmt genau«, sagte sie und tupfte sich die Augen. »Anfangs dachte er noch, er müsste einfach nur mit *The Real Byte* Kontakt aufnehmen und ihnen die Story erzählen. Selbstverständlich wusste er, dass es falsch war, aber er wollte sie unbedingt aufhalten. Sie war durch und durch korrupt. Sie hat Spendengelder mithilfe der Stiftung gewaschen und an sich und ihre Freunde verteilt. Das konnte Simeon nicht beweisen, doch als sich eine andere Gelegenheit ergab, sie zur Rechenschaft zu ziehen ... so war Simeon eben. Er hatte keine Angst, egal, wie mächtig seine Gegner waren. Aber dann lief alles schief ...«

»Die Story reichte nicht. Die PR-Abteilung der Elias Foundation tat alles, was in ihrer Macht stand, um sie zu vertuschen. Alexias Freunde sprangen ihr zur Seite, andere wurden bestochen. Schließlich verklagte sie das Magazin, und Simeon konnte sich nicht länger verstecken.«

»Und jetzt ist er tot«, schluchzte Mims. »Aber warum? Wofür?«

»Mims, hatte Simeon zu irgendeinem Zeitpunkt in Erwägung gezogen, die Wahrheit vor Gericht zu sagen?«

Sie sah zu ihm auf. Ihre Wangen waren gerötet und feucht, doch Priest sah deutlich, wie der Groschen bei ihr fiel.

»Meinen Sie etwa, dass derjenige, der Simeon angestiftet hat, ihn auch umgebracht hat, weil er die Wahrheit über Alexia sagen wollte?«, fragte sie. Ihre Stimme zitterte ebenso wie ihre Hände.

»Das ist durchaus möglich«, sagte Priest ernst. »Das ist sogar sehr wahrscheinlich.«

# 44

Es war kurz vor Mitternacht. Kleinere Männergruppen taumelten aus dem Bag of Nails, ihr ausgelassenes Gelächter hallte durch die Nachtluft bis in Mims Wohnung hinauf: Das Gejohle war gleichzeitig einschüchternd, primitiv und nervtötend. Mims hatte ihnen starken Kaffee gemacht. Priest stand zwar überhaupt nicht der Sinn danach, er nahm die Tasse jedoch trotzdem dankbar entgegen. Er war müde und spürte das stärker werdende Pochen dröhnender Kopfschmerzen.

Er nippte an dem Kaffee, der fürchterlich bitter schmeckte. Eine U-Bahn rumpelte unter ihnen vorbei, und die alten, einfachverglasten Fenster klirrten in ihren Holzrahmen. Wahrscheinlich die Victoria Line – die Tunnel dieser Linie reichten nicht allzu tief unter die Erde.

»Hat sich sonst noch jemand nach Simeon erkundigt?«, fragte Priest. »Eine Journalistin vielleicht?«

Mims zog eine Augenbraue hoch. »Die Blondine?« Priest nickte. »Eine *ganz reizende* Person.«

»Hat Sie Ihnen Ärger gemacht?«

Mims zögerte. »Nein. Sie ist ein paarmal im Fitnessstudio aufgetaucht oder hat davor auf mich gewartet. Zuerst wollte sie mir weismachen, dass sie eine Bekannte von Simeon ist, aber darauf bin ich nicht reingefallen. Dann hat sie gesagt, dass sie die Wahrheit über Alexia rausfinden will. Hab ihr gesagt, sie soll sich verpissen.«

»Wurde sie handgreiflich?«

»Handgreiflich?« Mims sah ihn verwirrt an. »Nein. Vielleicht hab ich mich mal an ihr vorbeigedrängt. Wieso? Kennen Sie sie?«

Priest wechselte schnell das Thema. »Wissen Sie, wer Simeon zu der ganzen Sache angestiftet hat?« *Wenn ich denjenigen finde, finde ich vielleicht auch Simeons Mörder,* dachte er. *Zu diesem Schluss ist sie sicher auch schon gekommen, aber bis jetzt hat sie es mir noch nicht verraten.*

»Keine Ahnung«, seufzte sie. »Ich wünschte, ich wüsste es.«

»Sie haben sich Simeons Handy angesehen, nicht wahr?«

»Ja«, gestand sie. Es war ihr sichtlich peinlich. »Er hatte einen regen SMS-Austausch.«

»Mit einem gewissen USER3412.«

»Genau. Da klingelt überhaupt nichts bei mir. Wir waren zwar nur ein Jahr zusammen, aber ich weiß trotzdem ziemlich viel über Simeon.« Sie tippte sich an die Stirn. »Ich habe ein fotografisches Gedächtnis. Ich kenne seine PIN-Nummern, seine Passwörter und seine Usernamen. Er konnte nichts vor mir geheim halten, der Arme. Aber die Ziffernfolge drei, vier, eins und zwei sagt mir nicht das Geringste.«

»Wie hat er die Person bezeichnet, die ihn dazu angestiftet hat? Mit einem Decknamen? Er muss doch irgendwann mal über sie gesprochen haben.«

Mims seufzte. »Ich wusste, was er vorhatte, und wir

haben uns deswegen oft gestritten. Der Gewissenskonflikt, in dem er sich deshalb ständig befand, ging mir tierisch auf die Nerven. Irgendwann wusste er nicht mehr, auf welcher Seite er eigentlich stand. Aber wer ihm das Ganze eingeredet hat, weiß ich nicht. Wahrscheinlich hat er es mir nicht verraten, um mich zu schützen. Ich schätze, er kannte mich einfach nicht so gut wie ich ihn.«

»Das ist allgemein ein Männerproblem«, sagte Priest.

»Von dem Sie aber anscheinend nicht betroffen sind.« Sie sah ihn mit müden Augen an und legte einen Arm auf die Sofalehne.

»Nein«, sagte Priest nach kurzem Zögern. »Dafür habe ich ganz andere Probleme als der Großteil meiner Geschlechtsgenossen.«

Niedergeschlagen verließ Priest Mims Wohnung. Hinter der aggressiven Fassade und dem blauen Haar steckte eine junge Frau, die einen Freund und Geliebten verloren hatte. Man hatte ihr jeden Enthusiasmus geraubt, ihr Intellekt lag brach. Wie viele desillusionierte, kluge Köpfe wie sie gab es wohl auf der Welt, die Großes hätten bewirken können, ihr Talent aber auf ähnliche Weise verschwendeten?

Er trottete zum Volvo hinüber und stieg ein. Georgies Kopf lehnte an der Seitenscheibe. Sie war eingeschlafen, schnarchte leise und wachte selbst dann nicht auf, als er den Motor anließ. *Sie ist völlig weg.*

Er fuhr sie nach Hause, hielt an und stellte den Motor ab.

»Georgie«, flüsterte er und berührte ihren Arm.

Sie regte sich. »Haben wir heute Sport? Kannst du mir eine Entschuldigung schreiben?«

»Schon gut. Wir sind da.«

Georgie wachte auf und stellte überrascht fest, dass sie in Priests Auto saß. »Oh, Verzeihung. Bin ich eingeschlafen?«

»Nur ganz kurz. Tut mir leid, dass Sie so lange warten mussten.«

»Hab ich Ihr Auto vollgesabbert?«

Priest lächelte. »Nein. Aber das wäre auch nicht so schlimm gewesen.«

Er fasste seine Unterhaltung mit Mims kurz zusammen, zeigte ihr Simeons Handy, das er mitgenommen hatte, und erzählte ihr von seiner Theorie, dass derjenige, der Simeon dazu überredet hatte, mit *The Real Byte* Kontakt aufzunehmen, sie womöglich auch zu seinem Mörder führen könnte – und damit, falls Rowlinsons Gerichtsmediziner recht hatte, auch zu demjenigen, der Alexia umgebracht hatte.

»Und wie passen die drei Affen ins Bild?«, fragte sie gähnend.

»Keine Ahnung. Ich hoffe, dass uns das Handy ein paar Antworten liefern kann, sobald ich ein passendes Ladekabel aufgetrieben habe. Aber vorher muss ich dringend etwas Fettes und Ungesundes essen.«

Da pflichtete sie ihm bei. Und dann – entweder, weil sie noch im Halbschlaf war oder tatsächlich ihre Zuneigung zum Ausdruck bringen wollte – beugte sie sich vor und gab ihm einen Kuss auf die Wange, bevor sie ausstieg und auf ihre Haustür zu taumelte.

Elinor Fox hatte ein Gedächtnis wie ein Sieb. Deshalb führte sie ständig ein iPad mit sich, um alles Wichtige sofort aufzuzeichnen. Datumsangaben und andere Zahlen waren ganz besonders problematisch. Womöglich litt sie unter einer leichten Form der Dyskalkulie, doch sie weigerte sich, das nachprüfen zu lassen. Sie hasste es, in eine Schublade gesteckt zu werden.

Dafür hatte sie ein Talent dafür, andere unauffällig zu beschatten. Das hatte sie oft genug geübt, indem sie wildfremden Menschen bis zu ihrer Haustür gefolgt war. Sie hatte sich sogar eine Datenbank mit den Adressen aller Personen angelegt, die sie observiert hatte, und sich dort alle verdächtigen Verhaltensweisen – plötzliches Stehenbleiben oder eine Beschleunigung des Schritts, häufige Blicke über die Schulter und so weiter – notiert. Das war alles andere als einfach. Den FBI-Richtlinien zufolge war die unbemerkte Überwachung eines Fahrzeugs nur möglich, wenn den Beschattern mindestens vier Autos zur Verfügung standen. Doch mit Glück und dem richtigen Abstand zum Zielfahrzeug konnte man eine Verfolgung durchaus auch allein bewerkstelligen – vorausgesetzt, man befand sich in einer urbanen Umgebung, in der genügend Verkehr herrschte.

Fox' gegenwärtige Zielperson dagegen hatte die meiste Zeit untätig in einem Pkw herumgesessen. Die Beschattung war so langweilig gewesen, dass Fox zwei ganze Tüten Tortillachips verdrückt hate. Nach einer gefühlten Ewigkeit hatte Priest Mims' Wohnung verlassen, war in sein Auto gestiegen und davongefahren. Fünfzehn Minuten später hatte er angehalten, um Georgie aussteigen zu lassen. Wahrscheinlich vor dem Haus, in dem sie wohnte.

Fox hatte auf der anderen Straßenseite geparkt und die Scheinwerfer ausgeschaltet. Gott sei Dank hatte Priest ihren Wagen bei dem immer noch regen Verkehr nicht erkannt. Nachts sahen die meisten Autos sowieso gleich aus.

Sie hatte sich schnell die Adresse notiert. Als Georgie die Tür öffnete, war die Innenbeleuchtung angegangen, sodass Fox ganz deutlich sehen konnte, wie sie ihn küsste, bevor sie aus dem Wagen stieg.

Jetzt war Fox alles klar. Sie hatte Georgie schon von Anfang an verdächtigt. Die Frau, die in Fox' Anwesenheit in Priests Wohnung geplatzt war, spielte keine Rolle. Sie hatte auch nicht wie eine enttäuschte Liebhaberin reagiert, sondern einfach nur mit verschränkten Armen dagestanden. Nicht gerade erfreut, aber auch nicht empört. Ob es Priests Schwester gewesen war?

Nein, ihre Rivalin war die rothaarige Georgie. *Drei sind eine zu viel, Schätzchen,* dachte Fox. Sollte sie das Haus weiter beobachten, sobald Priest weggefahren war? Um herauszufinden, welche Wohnung Georgie gehörte? *Noch nicht. Zuerst will ich mein Revier markieren,* dachte sie und ließ den Motor an.

Als Priest endlich bei sich zu Hause ankam, war es kurz vor zwei Uhr nachts. Er hatte sich vorher noch ein Kebab geholt. Der Salat war mindestens eine Woche alt gewesen, dementsprechend schwer tat er sich nun mit der Verdauung. Er hätte seinen rechten Arm dafür gegeben, sich jetzt neben Jessica zu legen und die Wärme ihres Körpers spüren zu können. Sie hatten bereits zweimal Sex gehabt, aber noch nie im selben Bett geschlafen. Er wollte mehr. Selbst jetzt, um zwei Uhr morgens, todmüde und mit quälenden Kopfschmerzen, wollte er mehr.

Er war enttäuscht, mehr noch: wütend, da ihm Jessica versagt blieb und er – dem Mantel, der über seinem

Küchenstuhl hing nach zu urteilen – mit Elinor vorliebnehmen musste. *Moment mal – wie zum Teufel ist sie hier reingekommen?* Er öffnete den Küchenschrank, in dem er seine Tassen und Gläser aufbewahrte, und sein Verdacht bestätigte sich: Der Reservewohnungsschlüssel, der für gewöhnlich am Schlüsselbrett an der Schranktür hing, fehlte.

Er musste gleich morgen Früh den Schlüsseldienst anrufen. Und danach eine einstweilige Verfügung erwirken.

Priest schlich durch die Küche und öffnete die Schlafzimmertür. Eine weibliche Gestalt lag unter der Decke und schlief, als wäre das das Natürlichste der Welt.

*Du kannst mich mal, Goldlöckchen.*

Priest schloss leise die Tür und ging ins Gästezimmer.

# 45

Priest wachte auf, weil jemand auf ihm saß.

Er war in seinem Gästebett. Die Decke bedeckte kaum seinen Körper, die Kissen waren kalt. Er lag auf dem Rücken und spürte ein Gewicht auf seiner Leistengegend. Mit einer düsteren Vorahnung öffnete er die Augen.

Elinor Fox lächelte auf ihn herab. Zugegebenermaßen war sie mit ihren elfenhaften Gesichtszügen und dem seidenen Haar sehr attraktiv. Wieder mal war sie in eines seiner Hemden geschlüpft. Die obersten drei Knöpfe standen offen, und sie trug keinen BH. Der Oberkörper unter dem Schwanenhals war sonnengebräunt.

»O Gott«, stöhnte Priest.

»Fast«, sagte sie und zwinkerte ihm zu. »Die weibliche Ausgabe. Gut geschlafen? Du bist gestern Nacht gar nicht ins Bett gekommen.«

»Das war schon besetzt.«

Elinors Lächeln verpuffte, ihre Lider flatterten. Sie fuhr mit einem Finger über Priests Brust und biss sich auf die Lippe. Es war alles nur Show, und eine erbärmliche dazu. Priest kämpfte gegen den Drang an, sie von sich herunterzustoßen, und schluckte seine Wut hinunter.

*Wie alt ist sie überhaupt? Ende zwanzig. Höchstens.*

»Ich werde nicht schlau aus dir«, sagte sie und ließ den

Finger über die Bettdecke gleiten. »Erst fällst du über mich her, und jetzt tust du, als wäre nichts passiert. Allmählich frage ich mich, ob ich mir das Ganze nicht nur eingebildet habe.«

*Komisch, mir geht's ganz genauso.*

»Die Sache ist kompliziert«, keuchte er und starrte an ihr vorbei an die Decke. Er würde sie weder abwerfen noch ihr nachgeben, da er genau wusste, dass sie mit dem einen oder anderen rechnete. Diese Genugtuung würde er ihr nicht verschaffen.

»Machst du Fortschritte bei der Lösung unseres kleinen Rätsels?«, fragte sie. »Ich kann mir nicht vorstellen, dass du gestern Nacht nur zum Vergnügen so lange unterwegs warst.«

»Was hattest du mit Mims zu schaffen?«

»Mit wem? Ach, die mit den blauen Haaren. Sie war Simeon Alis Geliebte. Eigentlich ist das furchtbar traurig: Sie war alles, was er hatte. Simeon hatte keine Familie hier, noch nicht mal richtige Freunde. Er war ein Einzelkind, die Mutter tot, der Vater noch in der Türkei, und mit dem hat er sich sowieso nicht so gut verstanden. Außer Mims wird wohl niemand um ihn trauern.«

»Woher weißt du das alles?«

Sie grinste schelmisch und fuhr mit der Zunge über die Oberlippe. Einen Augenblick lang wirkte sie alles andere als attraktiv, dennoch spürte Priest ein Brennen in der Leistengegend.

»Wenn du es unbedingt wissen willst«, sagte sie, beugte sich vor und stützte sich mit den Händen an seinen Schultern ab. Ihr Haar fiel ihm ins Gesicht. »Ich bin ihm monatelang gefolgt.«

»Weshalb?«

»Weil ich im Elias-Fall recherchiert und seit Ewigkeiten herausgefunden hatte, wer der Whistleblower ist. Da dachte ich, es wäre ganz sinnvoll, ein paar Hintergrundinformationen einzuholen.«

Priest hatte die ständigen Andeutungen ebenso satt wie ihr billiges Parfüm, die aufdringlichen Flirtversuche und die abgeschmackte Geste, mit der sie das Haar über die Schulter warf. *Sie verschweigt mir etwas.*

»Weißt du auch, wie Simeon überhaupt in diesen Schlamassel geraten ist?«, fragte er in einem Ton, der unweigerlich ihre Aufmerksamkeit erregte.

Sie setzte sich auf und legte einen Finger an die Lippen. »Mal überlegen …«

»Irgendjemand wusste, dass Simeon für die Elias Foundation gearbeitet hat und eine Menge über Alexia wusste. Und dieser jemand hat ihn dazu überredet, damit an die Öffentlichkeit zu gehen. Das ist die große Frage, Elinor: *Wer war es?*«

Noch während er sprach, kam ihm ein Einfall: War es Elinor selbst gewesen? Hatte sie Simeon dazu gedrängt?

Sie lachte, vermied es jedoch, ihm in die Augen zu sehen. Ihr Lachen klang seltsam: Das hohle Bellen stand in krassem Gegensatz zu ihrem hübschen Gesicht. Das Geräusch ging ihm auf die Nerven, doch als ihre schlanke Gestalt auf ihm herumrutschte, reagierte sein Körper unwillkürlich.

»Elinor«, sagte er und versuchte, sich zu konzentrieren.

»Wusstest du, dass sie einen Abschluss in Astrophysik hat? Mims, meine ich.«

»Warst du es?«, fragte er.

»Wo steckt überhaupt deine kleine Freundin? Die Rothaarige?«

Priest schüttelte ungläubig den Kopf. »Was geht dich das an?«

»Ist mir nur gerade eingefallen.«

»Warst du das, Elinor? Hast du Simeon da reingezogen?«

Elinor lachte wieder. »Nein, Schätzchen, das warst *du*.«

»Na schön. Du hast gesagt, dass deine Mutter Alexia für einen schlechten Menschen hielt. Deshalb interessiert dich dieser Fall ja auch so. Wer ist deine Mutter? Was hat sie mit der Elias Foundation zu tun?«

Elinor atmete aus. Ihr Lächeln war finster und grausam. »Ach Charlie, mach doch nicht alles so kompliziert. Dieses Kreuzverhör ist unglaublich ermüdend.«

Sie beugte sich wieder vor, küsste ihn direkt auf die Lippen und fuhr mit der Hand über sein Gesicht. Priest hatte so etwas kommen sehen, ließ es jedoch geschehen. Ihr Mund schmeckte fremd und gleichzeitig vertraut. Er schloss die Augen, während sie in seinem Haar wühlte und mit der anderen Hand die Decke zurückschlug. Sein Herz klopfte schneller. Er ließ die Finger über ihr nacktes Bein gleiten, woraufhin sie tief Luft holte, mit der freien Hand einen weiteren Hemdknopf löste und es über ihre Schulter zog. Sie löste sich von ihm, nahm seine Hand und legte sie auf ihre Brust. Als sie seine Hüfte erreichte, hielt er inne.

»Warte.«

Er streckte den Arm aus und öffnete die Nachttischschublade. Fasziniert verfolgte sie, wie er Handschellen daraus hervorzog und ihr gab.

»Oh, Charlie.« Sie leckte sich die Lippen und lachte. »Du alter Lustmolch.« Sie warf sich auf ihn, küsste seinen Hals, nahm die Handschellen über seinen Kopf; er griff hinter sich, während sie an ihm hinaufglitt und die Bettdecke von sich trat. Die Handschellen klickten, und sie stöhnte frustriert. Sie wollte wieder an ihm herabgleiten, damit er in sie eindringen konnte, doch ihre Hand war an das Kopfteil gefesselt.

»Warte …«, keuchte sie und blickte auf. Beide Hände waren ans Bett gekettet. »Moment mal!«

Priest schob die Hand unter ihre Hüfte und hob sie von sich herunter. Sie schrie überrascht und wütend auf – dann kippte sie zur Seite, als er vorsichtig unter ihr hervorglitt. Halb stieg, halb fiel er aus dem Bett. Dabei verdrehte sie sich den Arm, was ihr einen Schmerzensschrei entlockte.

*»Scheiße noch mal, was soll das?«,* kreischte sie und starrte erst ihre gefesselten Hände und dann Priest an.

»Das sind echte Hiatt-Handschellen aus rostfreiem Stahl«, erklärte er. »Topqualität. Heutzutage haben sie ja diese starren Modelle, aber damals in den Neunzigern, als ich noch auf Streife ging, waren die der letzte Schrei.«

»Du mieses Arschloch!«, keifte sie. »Was soll das?« Sie riss so fest an den Handschellen, dass das Bett zitterte, doch mehr geschah nicht. Das Kopfteil war aus Gusseisen. Dabei hätte sie sich leicht befreien können, hätte sie in aller Ruhe über das Problem nachgedacht.

»Vorsicht«, sagte er. »Wenn du dich zu heftig bewegst, klemmst du dir den Speichennerv ein und riskierst eine sogenannte Arrestantenlähmung. Ziemlich schmerzhafte Angelegenheit.«

Sie rüttelte noch eine Weile am Kopfteil, dann gab sie klein bei, sank aufs Kissen zurück und knurrte wie ein wilder Hund.

»Du mieser Wichser«, zischte sie.

»Wie du meinst. Bleib einfach hier sitzen. Mal sehen, ob du später etwas hilfsbereiter bist.«

»Verpiss dich.«

»Dein Wunsch ist mir Befehl«, sagte Priest fröhlich, zwinkerte ihr zu und verließ den Raum.

# 46

Priest eilte mit den Akten und dem Handy, das Mims ihm gegeben hatte, die Treppe zu seiner Kanzlei hinauf. Es war erst halb sieben, und in The Nook war es noch relativ ruhig, obwohl der Strom der Pendler allmählich anschwoll. Schon bald würden Geschäftsleute und Angestellte mit Kaffeebechern und Aktentaschen die Durchgangsstraße verstopfen, in der sich die Büroräume von Priest & Co. befanden. Dunkle, regenschwere Wolken hingen am Himmel, der Wind ließ das Laub über die Straße tanzen. Es war wieder kälter geworden, und im trüben Morgenlicht ereilte Priest die zwingende Erkenntnis, dass der Winter nahte.

Auf dem East Colonnade Market in Covent Garden herrschte normalerweise sympathische Betriebsamkeit zwischen dem Duft handgemachter Seife, dem Glänzen ungewöhnlicher Schmuckstücke und ausgefallener Haushaltswaren. Für Priest hatte das Durcheinander aus Straßenmusikern, Flaneuren und Schaustellern einen ganz eigenen Charme. Als Priest nun hindurchschlenderte, machten sich die Verkäufer für den Tag bereit wie ein sich einstimmendes Orchester. Zum Glück hatte der arabisch aussehende Handyzubehörverkäufer bereits geöffnet. Erst musterte er Priest skeptisch, dann kramte er aus einem Haufen alter Gerätschaften ein Ladegerät für ein Nokia 5100, Baujahr 2003.

Priest fand es nicht allzu tragisch, dass er allein in der Kanzlei war, immerhin hatte er seit zwei Tagen nicht geduscht und sich seit drei Tagen nicht rasiert. Vermutlich roch er wie ein Landstreicher. Selbst das volle, seidenweiche und noch immer braune Haar, mit dem Priest gesegnet war, fühlte sich ölig an, als er sich Gesicht und Kopf rieb, um die Müdigkeit zu vertreiben. Er wollte die nächsten paar Stunden im Büro verbringen. Irgendwann in nächster Zeit würde Elinor sicher darauf kommen, dass sie die Handschellen einfach nur bis zum Anschlag an den Querstreben des Kopfteils schieben musste. Dann konnte sie an den Schlüssel in der Nachttischschublade gelangen.

Wie lange sie dazu wohl brauchte? Zehn Minuten? Weniger? Wahrscheinlich würde sie dann seine Wohnung komplett verwüsten, doch das nahm er in Kauf. Früher oder später würde sie einen Fehler machen. Das war bei ihrem Temperament nur eine Frage der Zeit.

Priest schloss das Handy an das Kabel. Während es auflud, ging er in das um diese Zeit noch menschenleere Piccolo Café gegenüber, kaufte sich einen großen Plastikbecher mit Tee, wünschte dem Besitzer einen schönen guten Morgen und kehrte ins Büro zurück.

Das Handy hatte sich selbst eingeschaltet, der Akkustand betrug acht Prozent. Priest verbrachte die nächsten zwei Stunden damit, seinen Inhalt gründlich zu durchforsten.

Georgies Wecker klingelte um Punkt halb sieben. Schlaftrunken streckte sie die Hand danach aus und stieß den Wecker auf den Boden.

Georgie hielt sich streng an eine Regel: Egal, wann sie ins Bett ging, sie stand stets um sechs Uhr dreißig auf. *Erfolgreiche Menschen brauchen kaum Schlaf,* hatte ihr verstorbener Vater immer gesagt. Thomas Edison zum Beispiel hatte pro Nacht nur drei bis vier Stunden geschlafen. Georgie hatte sich diesen Ratschlag schon zu Teenagerzeiten zu Herzen genommen und befolgte ihn noch immer, obwohl sie inzwischen erkannt hatte, dass sie diesbezüglich nichts mit Edison gemeinsam hatte.

Eine halbe Stunde später war sie geduscht und angezogen. Li würde irgendwann am Vormittag aufstehen und das Haus gegen Mittag verlassen. Ihre Kunden blieben niemals über Nacht. Selbst Lis Dienstleistungen hatten ihre Grenzen.

Georgie war immer noch müde und freute sich auf einen zehnminütigen Powernap nach dem Frühstück. Natürlich würde der wie üblich länger dauern – sich mit einem Nickerchen von zehn Minuten zufriedenzugeben, dazu bedurfte es schon übermenschlicher Kräfte.

Der gestrige Abend war sehr aufregend gewesen. Erst hatte sie ganz allein das Fitnessstudio betreten, dann zu ihrer Enttäuschung im Auto warten müssen, während Charlie mit Mims sprach. Wenigstens hatte Charlie das Handy wieder. Vielleicht fanden sie darauf ja einige Antworten.

Sie verbrachte die nächste halbe Stunde damit, liegen gebliebenen Papierkram zu erledigen, dann stopfte sie Handschuhe, ihre Geldbörse, das Handy, die Lesebrille, Taschentücher und diverse Haargummis in ihre Thermoweste. Dabei fiel ihr aus irgendeinem Grund Elinor Fox ein. Elinor mit ihrem neckischen Lächeln auf den hübschen Lippen, dem wohlgeformten Körper mit den kleinen Brüsten. Eigentlich waren sie sich von der Physis her ziemlich ähnlich – wie kam es also, dass Elinor so viel weiblicher wirkte als Georgie? *Wieso fällt Charlie auf sie herein, obwohl ich sie sofort durchschaut habe?* Fox' Reaktion auf Simeons Leichnam in ihrem Wagen hatte Georgie zutiefst beunruhigt. Sie war sofort in helle Panik ausgebrochen – hätte sie nicht zuerst starr vor Schock sein müssen?

Andererseits hatte Georgie nicht gerade viel Erfahrung in solchen Dingen und wusste nicht, wie der Durchschnittsbürger auf eine Leiche in seinem Kofferraum reagierte. *Wie hättest du denn reagiert?*

Sie schlüpfte in ihre Chucks. Um Zeit zu sparen, würde sie heute die U-Bahn zur Arbeit nehmen. Zweifellos war Charlie bereits in der Kanzlei und mit Simeons Handy beschäftigt. Was mochte er darauf wohl finden? Sie platzte vor Neugier. Georgie sah aus dem Fenster nach dem Wetter, blickte über die viktorianischen Reihenhäuser auf der gegenüberliegenden Straßenseite zum Fluss hinunter. Das Sonnenlicht spiegelte sich im grauen Wasser, bis dieses vom Boot einer Rudermannschaft beim morgendlichen Training aufgewirbelt wurde. Ihr Blick wanderte zur Straße vor ihrem Haus zurück, an deren Rand mehrere Autos verbotenerweise abgestellt waren. Sicher, es gab weit und breit keine anderen Parkplätze, aber …

Georgie hielt inne und sah dann genauer hin. Panik stieg in ihr auf. *War das wirklich …?* Sie trat noch näher ans Fenster. Direkt unter ihr stand eine Gestalt in einem Kapuzenmantel und sah zu ihr herauf. Im schwachen Licht war das Gesicht nur undeutlich zu erkennen, doch es kam Georgie bekannt vor. Das war … war er das wirklich?

*Martin.*

Am liebsten hätte sie sich wieder ins Zimmer zurückgezogen und unter dem Schreibtisch verkrochen, doch sie konnte sich nicht bewegen. Er stand mit den Händen in den Taschen auf dem Gehweg auf der anderen Straßenseite und sah zu ihrem Fenster hinauf. Wie lange war er da schon? Hatte er darauf gewartet, dass sie ans Fenster kam?

Woher wusste er überhaupt, wo sie wohnte?

Sie riss sich vom Fenster los, taumelte zurück und fiel aufs Bett. Während sie an die Decke starrte, erinnerte sie sich an seine Hand auf ihrer Kehle, als er sie in genau diese Position gezwungen und ihre Beine mit seinem Knie aufgedrückt hatte.

*Das ist nicht fair!*

Wütend sprang Georgie vom Bett und stürmte aus dem Raum, lief die Treppe hinunter und mit geballten Fäusten und klopfendem Herzen zur Haustür. *Wie kann er es wagen, sich hier blicken zu lassen!* Sie riss die Tür auf, rannte nach draußen und spürte die eiskalte Luft auf ihrem Gesicht. Sie lief um die Ecke und auf die Straße, auf der er gerade noch gestanden und sie beobachtet hatte.

Doch sie sah nur Straßenlampen und geparkte Autos. Sie drehte sich um die eigene Achse. Eine Frau, die ihren Hund ausführte, warf ihr einen misstrauischen Blick zu. Der Hund bellte. Ein Lkw stieß rückwärts in eine Einfahrt.

Dann entdeckte sie ihn kurz vor der nächsten Kreuzung. Er hatte den Kopf eingezogen, die Hände in den Taschen vergraben und die Kapuze aufgesetzt. Wieder stieg die Wut in ihr auf. *Wie kannst du es wagen.* Sie lief los. Der Lkw-Fahrer trat auf die Bremse und fluchte. Sie beachtete ihn nicht weiter. Nun zählte allein, Martin einzuholen. Sie geriet ins Stolpern, verlor das Gleichgewicht und prallte mit dem Mann im Mantel zusammen. Sie packte seine Schulter, und ihr Schwung riss sie zu Boden.

»Hey!«, schrie der Mann verärgert.

»Na warte!«

Er wirbelte herum und fiel in eine Hecke. Angst zeichnete sich auf seinem Gesicht ab.

*Ihrem* Gesicht.

Georgie sprang zurück. Unmöglich. Das war nicht Martin.

»Was soll das denn?«, rief die Frau und klopfte den Schmutz von ihrem schweren, übergroßen und bis zum Hals zugeknöpften Mantel. Es war Elinor Fox. Die Kapuze war von ihrem Kopf gerutscht. Sie hatte das lange Haar hochgesteckt. Georgie spürte, wie sich ihr Magen verkrampfte. Sie war sich völlig sicher gewesen. Wie hatte sie sich nur so irren können? *Wie?*

»Ach, Georgie«, sagte Elinor und entspannte sich wieder. »Sie sind's. Sie haben mich aber erschreckt.«

»Elinor? Was tun Sie hier?«

»Ich lasse mich von einer wütenden Anwältin aus unbekannten Gründen in eine Hecke schubsen.« Georgie verschränkte die Arme. »Na schön, okay, ich wollte mit Ihnen über die Gerichtsverhandlung sprechen«, gab Fox zu.

Georgie drängte sich an ihr vorbei. »Da gibt es nichts zu besprechen.«

*»Warten Sie!«*

Fox' beinahe flehende Stimme ließ sie innehalten. Sie drehte sich um. Die Journalistin trat von einem Fuß auf den anderen und gab sich alle Mühe, so unschuldig wie möglich dreinzublicken. Sie hatte kein Make-up aufgelegt, und ihre Wangen waren gerötet. *Ist sie etwa zu Fuß hier?*

»Warten Sie. Ich will Gerechtigkeit, genau wie Sie! Elias muss zur Rechenschaft gezogen werden.«

»Und wieso wollen Sie das?«

»Weil ich sie von jeher hasse. Meine Mum hat mich auf ihre Spur gebracht, und ich habe nachgeforscht. Niemand wollte den Mund aufmachen. Nur Simeon.«

»Also ist das so etwas wie ein persönlicher Rachefeldzug?«

Fox schnaubte frustriert. »Scheiße, reden Sie doch keinen Blödsinn. Wir sind auf derselben Seite!«

»Trotzdem – das wäre eine ziemlich plausible Erklärung.« Georgie verschränkte die Arme. »Ihre Mum hat sie auf die richtige Spur gebracht, und Sie machen einen Kreuzzug daraus.« Wieder setzte sie sich in Bewegung, und wieder hielt Fox sie auf. Diesmal versuchte sie sogar, *freundlich* zu sein.

»So warten Sie doch, Georgie. Es tut mir leid, okay? Eigentlich habe ich hier auf Charlie gewartet, aber dann kamen Sie aus der Tür. Das ist alles. Können wir uns nicht einfach unterhalten?«

Georgie zögerte. Sie war kurz davor, Fox eine Abfuhr zu erteilen. Sie spürte, dass sie log, doch aus irgendeinem Grund war Georgie trotzdem bereit, sie anzuhören. Wieso nur sah sie plötzlich so unschuldig aus? Sympathisch geradezu? Darauf fiel Georgie nicht herein – Fox konnte ihre Freundlichkeit an- und abschalten, wie es ihr beliebte. Und doch … Georgie musste eben vorsichtig sein und aufpassen, was sie sagte, immerhin hatte sie es mit einer Reporterin zu tun. Vielleicht konnte sie ja herausfinden, was Elinor Fox wirklich antrieb, und das würde sich ganz bestimmt als nützlich erweisen. Denn sie war dem Ehepaar Elias ganz bestimmt nicht nur wegen einer abfälligen Bemerkung ihrer Mutter so gram.

»Also schön«, sagte Georgie und bemühte sich mit leidlichem Erfolg um ein Lächeln. »Sie haben zehn Minuten.«

Das nächste Café befand sich in der Kensington Street. Um diese Zeit waren kaum Gäste anwesend, lediglich eine Frau, die in den neuesten Dan-Brown-Roman vertieft war, sowie ein älteres Pärchen, das seine Rühreier mümmelte. Der ideale Ort für ein vertrauliches Gespräch also.

Fox bestellte eine Cola, Georgie ein stilles Wasser. Fox bezahlte, wogegen Georgie nichts einzuwenden hatte. Sie wollte, dass sie sich in ihrer Gegenwart entspannte, und Fox hatte sicher ähnliche Absichten. Die Psychospielchen waren also bereits in vollem Gange. Die Journalistin hatte ihren viel zu großen Mantel über ihren Stuhl gehängt. Besaß Charlie nicht auch so einen?

Fox räusperte sich und beugte sich vor. »Ich habe Grund zur Annahme, dass Alexia jahre-, wenn nicht jahrzehntelang Stiftungsgelder veruntreut hat«, sagte sie in verschwörerischem Ton. »Nur kann das leider niemand beweisen.«

»Und woher wissen Sie das?«

»Das ist nur Spekulation«, gab Fox zu. »Aber ich habe meine Quellen.«

»Arbeiten Sie schon immer freiberuflich?« Georgie hoffte, sie durch den Themenwechsel aus dem Konzept zu bringen. Anscheinend war ihr das auch gelungen, weil die Journalistin kurz das Gesicht verzog.

Fox nahm einen Schluck von ihrer Cola. »Ich habe in meinem Heimatort bei mehreren Regionalzeitungen gearbeitet. Das war nicht besonders spektakulär, aber jeder fängt ja mal klein an. Ganz besonders dann, wenn man keine Beziehungen hat.«

»Also stammen Sie nicht aus London?«

Fox lächelte, was Georgie beinahe sympathisch fand. »Nein, ich komme aus einem kleinen Küstenort. Ich bin ein richtiges Landei. Ich war achtzehn, als wir nach London zogen. Meine Mutter bekam eine Stelle als Schulleiterin. Das hatte sie immer gewollt, und in Norfolk gab es ja kaum Aufstiegsmöglichkeiten.«

Georgie spitzte die Ohren. *Norfolk.* »Dominique und Alexia Elias haben in Norfolk gewohnt.«

Fox nickte, als täte das nichts zur Sache, dann wechselte sie ihrerseits unvermittelt das Thema. »Arbeiten Sie schon lange für Charlie?«

»Eine Weile.«

»Und, gefällt es Ihnen?«

»Er ist ein guter Chef und ein guter Anwalt.«

»Ein guter Chef«, wiederholte Fox aus unerfindlichen Gründen.

Sie schwiegen eine Weile. Georgie spürte, dass sie eine Pattsituation erreicht hatten. Die *freundliche* Fox zog sich allmählich zurück.

»Sie scheinen gut miteinander auszukommen«, sagte Fox und drehte den Kopf leicht zur Seite.

»Wir arbeiten gut miteinander zusammen«, sagte Georgie.

»Jede Wette.«

Dieser leicht aggressive Tonfall gefiel Georgie überhaupt nicht.

»Außerdem wüsste ich nicht, was Sie das angeht.«

»Natürlich«, sagte Fox ohne einen Hauch von Aufrichtigkeit. »Das geht mich gar nichts an.«

»Hat mich gefreut«, sagte Georgie und stand auf. »Danke für das Wasser.«

»Kein Kommentar also?«

»Nicht heute.«

Georgie wollte gehen. Dass Fox ihre Beziehung zu Charlie angesprochen hatte, brachte sie ins Grübeln. Hatte sie hier irgendetwas verpasst? Etwas verunsichert ging Georgie zum Ausgang. »Wiedersehen, Georgie«, rief ihr Fox hinterher. »Ach, und passen Sie auf, dass Sie nicht von einer Biene gestochen werden!«

# 47

Gail Woodbead lag noch im Bett. Sie hatte die ganze Nacht über kein Auge zugetan. Wie sie sich auch drehte und wendete, sie hatte keinen Schlaf gefunden. Stundenlang hatte sie mit offenen Augen dagelegen und die Laken mit ihrem Schweiß durchnässt.

Sie griff nach ihrem Handy. Eine Nachricht von Andros: *Wann kommst du nach Hause?*

Gail legte das Telefon beiseite und starrte wieder an die Decke. Sie hatte ihm schon gestern Abend versprochen, nach Hause zu kommen, und hatte immer noch nicht die Absicht, dieses Versprechen zu erfüllen.

Sie hatte sich entschieden. Sie würde das Ende der Verhandlung abwarten und dann auf Nimmerwiedersehen verschwinden. Alles hinter sich lassen. Andros. *The Real Byte.* Tomas Jansen. London. Vielleicht sogar England. Warum auch nicht, die Welt war groß genug.

Sie stieg aus dem Bett. Aus dem Nebenzimmer drang Musik – Tomas war bereits auf, vielleicht hatte er auch gar nicht geschlafen. Sie duschte, bis es kein heißes Wasser mehr gab, dann wusch sie sich das Shampoo mit kaltem Wasser ab. Und die ganze Zeit über dachte sie an Tomas und seinen großen Plan, Alexia Elias in den Untergang zu treiben. Und sie dachte an Bella.

Bella hatte im Alter von zwanzig Jahren als Praktikantin bei *The Real Byte* angefangen. Attraktiv, intelligentes Gesicht, rabenschwarzes Haar. Jung, hübsch und naiv. Genau Tomas' Typ. Er hatte nicht lange gebraucht, um sie ins Bett zu kriegen. Was anfangs keine große Sache gewesen war. Bella kam fröhlich und über beide Ohren grinsend zur Arbeit und errötete jedes Mal, wenn er ihr zuzwinkerte.

Die Veränderung war nicht über Nacht geschehen. Doch wenn Gail jetzt, Jahre später, an Bella dachte, hatte sie ein ganz bestimmtes Bild vor Augen: ein leichenblasses Gesicht mit einem Bluterguss von der Größe einer Männerfaust auf der Wange.

»Was ist passiert?«, hatte Gail gefragt.

»Nichts.« Sie hatte sich wütend und voller Scham abgewandt und war weder am nächsten Tag noch überhaupt jemals wieder zur Arbeit erschienen.

Gail drehte das Wasser ab, wickelte sich in ein Handtuch und betrachtete ihr Spiegelbild. Eine Frau mittleren Alters mit Krähenfüßen und erschlaffenden Brüsten starrte ihr entgegen.

*Scheiße, das ist doch lächerlich.*

Sie hielt inne. Die Dielen im Flur knarrten. Jemand war vor der Badezimmertür. Die Tür war dünn wie Papier, und ihr Schloss hätte besser in ein Puppenhaus gepasst.

Karl hatte irgendwann einmal die Bemerkung fallen lassen, dass die Polizei davon ausging, dass Simeon und Alexia von demselben Täter ermordet worden waren, obwohl Gail schleierhaft war, wie er an diese Information gelangt sein konnte. Wahrscheinlich über Snapchat oder eine andere kindische Plattform. Wie auch immer – Gail hielt es durchaus für wahrscheinlich, dass sie es mit zwei verschiedenen Tätern zu tun hatten.

Mit Simeons Tod hatte *The Real Byte* jegliche Hoffnung verloren, den Prozess noch zu gewinnen. Im Mordfall Alexia dagegen war Tomas der Hauptverdächtige. Er hatte am meisten zu verlieren gehabt. Für Simeons Mord hatte jeder von ihnen ein Alibi. Doch wie es sich für Alexias Todeszeitpunkt verhielt, hatte niemand wissen wollen. Noch nicht.

Man hatte Bella ins Gesicht geschlagen, und es war nicht garantiert, dass Tomas es getan hatte. *Alexia Elias dagegen war verstümmelt worden.*

Je länger Gail darüber nachdachte, desto mehr ergab alles einen Sinn. *Nachdem er von Simeons Ermordung erfahren hatte, hatte Tomas beschlossen, die Sache selbst in die Hand zu nehmen – und Alexia zu ermorden.*

Und was jetzt? Sollte sie der Polizei von dieser Theorie erzählen? Sie hatte nicht den geringsten Beweis dafür. Sollte sie Charlie Priest ins Vertrauen ziehen? Nein, sie wusste nicht mit Sicherheit, ob der Anwalt nicht doch auf Tomas' Seite war.

Sie lauschte an der Tür. Nichts. War er in sein Zimmer zurückgekehrt? Gail hielt den Atem an. Zwei Schatten durchschnitten den Lichtstreifen, der unter der Tür hindurchfiel.

Sie legte die Hand auf die Klinke, um sich im Notfall dagegenstemmen zu können. Doch etwa eine Minute später verschwanden die Schatten wieder. Gail atmete aus.

Als Priest auflegte, fühlte er sich wie ein Apnoetaucher beim Durchbrechen der Wasseroberfläche. Gierig und dankbar saugte er den süßen Sauerstoff in die Lunge, gleichzeitig wusste er, dass er den Anblick der Korallen auf dem Meeresgrund nie vergessen würde.

Er hatte Solly Simeons Handy gegeben und ihn gebeten, es auf weitere Dateien zu untersuchen, da er selbst mit der Software des veralteten Geräts völlig überfordert war.

Vorher hatte er die darauf abgespeicherten SMS per Hand abgeschrieben, um sie sich leichter einprägen zu können. Es gab zwei Empfänger. Einmal handelte es sich um einen sogenannten Shortcode, eine sechsstellige Nummer, die sich weder zurückverfolgen ließ noch im britischen oder amerikanischen Shortcodeverzeichnis gelistet war. Simeon hatte ausschließlich Nachrichten an diese Nummer geschickt, aber keine empfangen. Der Inhalt war immer derselbe:

*OK.*

Er hatte diese Nachricht jeden Tag gegen dreiundzwanzig Uhr geschickt. Insgesamt zweiundvierzig Mal.

Bei dem anderen Empfänger handelte es sich um jenen ominösen USER3412 – derjenige, der im Hintergrund die Fäden zog, wie Priest vermutete.

Mims hatte recht – Simeon hatte Alexia Elias zutiefst verachtet, aber keine Beweise für eine Straftat auftreiben können. Obwohl für Simeon und seine Kollegen, die »sich anderweitig orientiert hatten«, wie er sich ausdrückte, der Fall sonnenklar gewesen war. Wahrscheinlich hatten auch sie sich bestechen lassen. USER3412 hatte Simeon dazu gebracht, sich eine Geschichte im Zuge des Türkei-Skandals auszudenken. Die ersten SMS waren beinahe zwei Jahre alt. Sie zeichneten das Bild eines tief verletzten Mannes, der glaubte, das Richtige zu tun und es auch getan hätte, wenn ihn sein Gewissen nicht in letzter Sekunde davon abgehalten hätte. Die SMS waren ein trauriger Nachruf auf einen Möchtegernhelden, der in einem erschreckenden Finale endete:

Simeon: Tut mir leid.

User3412: Na schön. Aber sag nicht, ich hätte dich nicht gewarnt.

Priest kratzte sich im Nacken. William hatte ihn darauf hingewiesen, dass der Täter ebenso gut eine Frau sein konnte. Priest war geneigt, ihm zuzustimmen. Somit gehörte auch Elinor Fox zum Kreis der Verdächtigen, doch weshalb hätte sie Simeon ermorden sollen? Für den Mord an Alexia hatte sie ein Motiv, aber nicht für den an ihrem Hauptbelastungszeugen.

Außerdem hatte er sich USER3412s Wortwahl und Ausdrucksweise genauer angesehen. Manche Sätze waren absichtlich einfach gehalten oder sogar falsch – und daneben fanden sich makellose, geschliffene Passagen wie von einem Schriftsteller.

*Eine Inszenierung, genau wie wir sie in Simeons Wohnung vorgefunden haben.*

Doch wieso sollte jemand, der vom Schreiben lebte, absichtlich schlecht schreiben?

*Jemand, der vom Schreiben lebte …*

Elinor war ihm immer einen Schritt voraus gewesen, doch das machte sie noch lange nicht zur Mörderin. Außerdem – stellte es wirklich ein Motiv dar, dass ihre Mutter schlecht über Alexia Elias gesprochen hatte? Wohl kaum. Außerdem hatte Rowlinson sie ebenfalls laufen lassen, was bedeutete, dass er keinen physischen Beweis gefunden hatte, der Elinor mit der Leiche in ihrem Kofferraum in Verbindung brachte. Obwohl sie offen zugegeben hatte, Simeon monatelang beschattet zu haben.

Doch vielleicht war das auch voreilig von Rowlinson gewesen. Plötzlich fiel Priest siedend heiß ein, dass er sie in seiner Wohnung zurückgelassen hatte, mit Handschellen ans Bett gefesselt. *Dass mir das nicht gleich eingefallen ist.*

Er stand auf, als es an der Tür klopfte. Georgie stürmte herein.

»Ich wollte Ihnen nur sagen dass Sie vielleicht glauben dass Elinor Fox' Reaktion auf Simeons Leiche echt war aber ich habe darüber nachgedacht und bin mir was Fox angeht wirklich nicht sicher weil ich jedes Mal wenn ich die Augen schließe ihr Gesicht sehe als sie in den Kofferraum geblickt hat und da hat sie ganz teuflisch gegrinst bis Sie sich umgedreht haben und …«

»Georgie, immer mit der Ruhe.« Priest hob die Hände, und sie verstummte. »Holen Sie Luft, sonst fallen Sie mir noch in Ohnmacht.«

»Tut mir leid, ich habe nur gedacht …«

»Ja, und da stimme ich Ihnen voll und ganz zu.« Priest nickte. Sie schien seinen Tonfall nicht bemerkt zu haben.

»Okay, vielleicht haben Sie ja recht, aber verdächtig ist sie trotzdem.«

»Ich stimme Ihnen zu, habe ich gesagt!«

Georgie schloss die Tür hinter sich und biss sich auf die Lippen. »Ach so.«

»Na los«, sagte Priest, nahm sein Jackett von der Stuhllehne und schlüpfte hinein. »Wollen Sie mich begleiten?«

»Wohin denn?«, fragte sie mit großen Augen. Sie folgte ihm durch den Empfangsbereich nach draußen.

»Zu mir«, rief er ihr über die Schulter hinweg zu. »Ich habe Fox mit Handschellen an mein Gästebett gefesselt.«

Georgie blieb stehen. »Sie haben was? Ach, egal«, meinte sie, bevor Priest zu einer Erklärung ansetzen konnte. »Sie hat sich befreit.«

»Woher wissen Sie das?«

»Ich war gerade mit ihr in einem Café. Ich glaube, sie hat Ihren Mantel getragen.«

Nun blieb Priest wie vom Donner gerührt stehen. *Was hat ihr Fox wohl alles verraten? Himmel, sie muss die Wohnung direkt nach mir verlassen haben.* »Ich dachte, Sie können sie nicht leiden.«

»Kann ich auch nicht. Ich wollte Sie aushorchen.«

»Und, hat das geklappt?«

»Nicht so richtig«, gestand Georgie zu Priests großer Erleichterung.

»Dann sollten wir erst recht zu meiner Wohnung fahren. Womöglich ist sie dorthin zurückgekehrt.«

»Wieso haben Sie sie überhaupt dort gelassen?«

»Weil ich ein Vollidiot bin. Na los!«

# 48

Priest drängte sich durch die Menge vor dem Royal Opera House. Georgie musste förmlich laufen, um mit ihm mithalten zu können. Die Musiker und Straßenkünstler blickten besorgt zu den dunklen Wolken am Himmel auf. Der Wind drehte, und es roch nach Regen.

»Sie haben aber einen Zahn drauf«, keuchte Georgie.

»Fox hat sich ziemlich schnell befreit. In welchem Café waren Sie denn?«

»In einem gleich bei mir um die Ecke. Sie stand vor meinem Haus.«

»Mist. Woher weiß sie denn, wo Sie wohnen?«

»Keine Ahnung. Wird man diese Klette denn nie los?«

Ein paar Minuten später erreichten sie Priests Haus. Er führte Georgie durch den Eingangsbereich, der von einem kegelförmigen, spektakulären Kristalllüster gekrönt war.

Priest nickte dem Pförtner zu, der den Gruß erwiderte und eine Sicherheitstür öffnete, die zu drei Aufzügen und einer breiten Treppe führte.

»Meine Güte, Sie müssen doch unglaublich viel Miete bezahlen«, murmelte Georgie.

»Woher denn«, entgegnete Priest. »Mir gehört die Bude.«

»Das Penthouse?«

»Das ganze Gebäude.«

Eine Minute später öffnete Priest die Wohnungstür. Sie traten ein. Aus dem leichten Pochen in seinem Kopf war ein dröhnendes Inferno geworden.

Priest hob die Hand, und Georgie blieb stehen. Er schloss leise die Tür. Der kurze Flur führte in die Küche. Alles war ruhig. Eine sanfte Brise wehte durch den Raum. Anscheinend stand irgendwo ein Fenster offen. Von unten war Verkehrslärm zu hören, sonst war alles gespenstisch ruhig.

»Was ist mit dem Pförtner?«, fragte Georgie.

»Ted? Bei dem muss sie nur mit den Wimpern klimpern und behaupten, dass sie mich kennt. Er ist sehr nett, aber wahrscheinlich der schlechteste Pförtner Londons. Sie hat sogar einen Schlüssel. Wenn sie an ihm vorbei ist, kann sie auch problemlos in die Wohnung gelangen.«

Er durchquerte Küche und Wohnzimmer und betrat einen weiteren schmalen Flur. Durch das Oberlicht fiel die Sonne auf die elegant gerahmten Hochglanzfilmposter an den vertäfelten Wänden: *Nosferatu, Die Nacht der lebenden Toten, Die Stunde, wenn Dracula kommt, Die Vögel* und sein Lieblingsfilm: *Freaks*. Die Tür zum Gästezimmer am Ende des Flurs stand einen Spalt offen.

Er drehte sich zu Georgie um, die den dicken Alfred Hitchcock auf dem *Vögel*-Plakat betrachtete. Sie sah ihn verwirrt an, woraufhin er ihr mit einer Geste zu verstehen gab, dass er alles später erklären würde. Sie deutete auf die Tür hinter ihm. *Da drin?*

Priest nickte. Sie wartete ab und ließ ihn vorausgehen. Das war nur vernünftig, doch war die zierliche Elinor Fox wirklich in der Lage, zwei erwachsene Menschen umzubringen? Alexia vielleicht, aber Simeon?

Diese Gedanken gingen Priest durch den Kopf, als er durch den Flur schlich. Er erreichte die Tür, drückte sie etwas weiter auf und spähte in den Raum. Die Bettdecke lag auf dem Boden, das Laken war in der Mitte auseinandergerissen. Er öffnete die Tür vollständig und betrachtete das Chaos.

Es sah aus, als wäre eine Bombe eingeschlagen. Beide Nachttische waren umgeworfen, der Inhalt ihrer Schubladen auf dem Boden verstreut. Der Vorhang war von der Stange und in Fetzen gerissen. Das Bett stand schief, weil ein Fuß fehlte.

Von Elinor Fox dagegen keine Spur.

»O Gott!«, rief Georgie, die nun neben Priest stand und den Schaden begutachtete. »War das ein wildes Tier?«

»So ähnlich«, murmelte Priest.

Er inspizierte das Kopfteil. Die Handschellen und der zugehörige Schlüssel lagen in der Ecke. Fox hatte herausgefunden, wo der Schlüssel war, und die Handschellen über die Eisenstangen des Kopfteils geschoben – aber nicht bis zum Ende. Doch anstatt aufzugeben, hatte sie einfach die Stange verbogen.

»Wow«, sagte Georgie. »Sie hat Ihr Bett kaputtgemacht.«

Priest packte die verbogene Stange und rüttelte daran. Er konnte sie nur wenige Millimeter bewegen. Das hatte Fox ganz allein geschafft?

Er hatte das dumpfe Gefühl, dass er eine Mörderin erst gefangen und dann wieder freigelassen hatte.

»Sieht ganz so aus, als hätte es ihr nicht gefallen, an Ihr Bett gefesselt zu sein«, bemerkte Georgie.

»Nein. Da habe ich die Situation wohl falsch interpretiert. Ich dachte, wir hätten es mit einer obsessiven Neurotikerin zu tun. Aber anscheinend ist sie völlig wahnsinnig.«

Er verließ den Raum. Georgie folgte ihm. Dass Fox in einem Wutanfall das Gästezimmer verwüstet, den Rest der Wohnung jedoch nicht angerührt hatte und dann einfach verschwunden war, kam ihm recht unwahrscheinlich vor. Gemeinsam durchsuchten sie die Wohnung, doch alles war an seinem Platz.

»Wo ist sie wohl hin?«, fragte Priest.

»Wir sollten Rowlinson anrufen«, schlug Georgie vor. »Die Polizei wird sie schon finden.«

»Immer mit der Ruhe. Noch wissen wir nicht, was hier vor sich geht, und wenn sich die Met einschaltet, versauen sie's früher oder später. Selbst unter Rowlinsons Kommando.«

»Aber sie könnte für zwei Morde verantwortlich sein!«

»Sie ist womöglich eine Psychopathin, und sie hat ziemlich scharfe Krallen, aber als Bruder eines Serienkillers kann ich Ihnen versichern, dass sie das noch lange nicht zur Mörderin macht.«

»Das habe ich auch nicht ge…« Georgie senkte den Blick und verstummte. »Moment mal. Wieso ist der Fußboden nass?«

Er hielt inne und folgte ihrem Blick. Sie hatte recht. Von ihrer Position in der Küche aus konnte Priest deutlich die Wasserspur sehen, die vom Wohnzimmer zur Eingangstür führte.

Priest sah genauer hin. Es waren mehrere kleine Pfützen, als hätte jemand ein bis zum Rand gefülltes Wasserbehältnis durch den Raum getragen. *Was zum Teufel … o nein.*

Priest lief ins Wohnzimmer. Einen Augenblick später

schrie er entsetzt auf und kehrte in die Küche zurück. Georgie sah ihn verblüfft an.

»Sie hat Hemingway mitgenommen«, sagte er wütend. »Die irre Schlampe hat meinen Fisch entführt.«

# 49

Georgie stellte den Tee vor Charlie auf den Tisch. Die Entführung seines Fischs hatte ihn tief erschüttert – oder die Tatsache, dass er eine mutmaßliche Doppelmörderin hatte entkommen lassen. So oder so, er war völlig durch den Wind.

Er war in die Küche geschlurft, hatte sich an den Frühstückstisch gesetzt und den Ofen angestarrt. Um sich zu beschäftigen, hatte Georgie die Schränke durchsucht, bis sie auf sechs Kartons mit Earl Grey und einige weitere, ihr völlig unbekannte Teesorten gestoßen war. Sie wusste, dass er gelegentlich Zitrone zum Tee nahm, doch da nirgendwo eine aufzutreiben war, musste er mit Milch vorliebnehmen.

»Was will sie denn mit Hemingway?«, murmelte er, während sie sich ihm gegenübersetzte.

»Keine Ahnung.« Sie wollte gerade eine tröstende Bemerkung machen, als ihr etwas einfiel. Ein Gedanke, der sie schon geraume Zeit beschäftigte. »Wissen Sie«, sagte sie und wartete, bis er ihr auch richtig zuhörte. »Vielleicht war sie es gar nicht.«

»Doch. Sie weiß genau, wie sehr ich an dem Fisch hänge.«

»Ich meine nicht den Fisch, sondern die Morde.«

Priest sah sie an und trommelte tief in Gedanken mit den Fingern gegen die Tasse.

»Sie war uns immer einen Schritt voraus«, sagte er. »Sie wusste, dass der Junge auf dem Foto Julian Greenwood ist, sie wusste, dass er Dominiques unehelicher Sohn ist, sie wusste von der Beziehung zwischen Mims und Simeon. Und ich dachte, sie wäre so gut informiert, weil sie eine neugierige, aber auch tüchtige Reporterin ist.«

»Ist sie ja womöglich auch.«

»Ich weiß nicht so recht«, sagte er genervt. »Das ergibt doch alles keinen Sinn.«

Georgie stand auf und holte sich ein Glas Leitungswasser. Ein merkwürdiges und ganz und gar unsympathisches Gefühl überkam sie: Sie wollte, dass Fox die Mörderin war, doch warum? Weil das eine einigermaßen brauchbare Erklärung für dieses Durcheinander dargestellt hätte? Oder weil sie sie einfach nur nicht leiden konnte? Und was, wenn es tatsächlich Fox gewesen war? Dann hatte sie ihre Reaktion auf Simeons Leiche mit kaltblütiger Präzision gespielt.

Georgie lehnte sich gegen das Waschbecken, dachte alle Möglichkeiten durch und kam immer wieder zu demselben Schluss: *Wieso hätte Fox Simeon töten und dann in den Kofferraum ihres eigenen Wagens legen sollen? So dumm ist sie nicht.*

»Wir müssen sie finden«, sagte Priest.

»Okay«, flüsterte Georgie.

»Da sie jetzt eine Geisel hat, sollten wir vorsichtig vorgehen.«

Georgie begriff nicht sofort. »Eine …? Ach so, Ihren Fisch.«

»Na los.« Charlie nahm das Jackett vom Stuhl.

Georgie zögerte. »Glauben Sie wirklich, dass Sie Alexia mit einem Schneidbrenner die Augen aus dem Schädel gebrannt hat?«

»Das weiß ich nicht, aber ich will es herausfinden. Denn wenn sie es getan hat, ist eines ja wohl sonnenklar.«

»Was denn?«

Charlie schlüpfte in sein Jackett und scheuchte sie zur Tür. »Mein Fisch schwebt in Lebensgefahr.«

Priest und Georgie mussten sich durch eine kleine Menschenmenge drängen, die sich vor einer winzigen Galerie in Priests Wohnkomplex versammelt hatte: wohlhabende, hauptsächlich männliche Mäzene in Nadelstreifenanzügen, die goldfischglasgroße Rotweingläser schwenkten und sich auf gezwungene, abgehobene Art miteinander unterhielten, sowie ein paar Künstlertypen in geschmacklosen Tweedjacketts, die absurde Bärte zur Schau trugen.

»Die neueste Ausstellung eines französischen Künstlers«, erklärte Priest über die Schulter hinweg.

»Etwas früh am Tag für Wein«, bemerkte Georgie.

»Nicht in Frankreich.«

Sie machten sich auf den Weg zur Kanzlei. »Ich habe über das Haus in Norfolk nachgedacht«, sagte Georgie.

»Ich auch. Und wir sind zweifellos zu demselben Schluss gekommen.«

»Wieso stand der Keller unter Wasser? Das Haus ist zwei Meilen von der Küste entfernt. Es steht auf Lehmboden. Auf einer Anhöhe.«

»Richtig. Die Überschwemmung hat vielleicht keine natürlichen Ursachen – Solly hat sich das Grundbuch angesehen. Alexia wurde 1989 als alleinige Eigentümerin eingetragen. Zufällig in demselben Jahr, in dem sie das Haus in Kent kauften, in dem sie seither gewohnt haben. Auch hier ist Alexia die alleinige Eigentümerin.«

»Aber warum sollten sie den Keller fluten?«

»Vielleicht als Vorwand, um den plötzlichen Umzug zu rechtfertigen. Das würde auch erklären, weshalb sie das Haus nicht verkaufen wollten.«

»Irgendetwas muss 1989 passiert sein«, meinte Georgie. »Alexia und Dominique mussten ihr Haus verlassen, ohne Verdacht zu erregen.«

»Darf ich Sie mit der Recherche betrauen? Fangen Sie am besten im Bezirksarchiv an.«

»In Norwich? Na schön, wenn Sie meinen.«

»Prima.« Als sie die Straße überquerten, vibrierte Priests Handy. Eine Nachricht von Solly. Er hatte neben dem Nachrichtenaustausch mit USER3412 noch etwas anderes auf Simeons Nokia gefunden. »Ich muss los. Schaffen Sie das?«

»Aber sicher.« Sie schenkte ihm ein Lächeln, obwohl sie die Frage etwas verärgerte. »Ich nehme den Zug.«

»Haben Sie die Nachrichten nicht gesehen? Die Bahn streikt.«

»Oh.« Georgie dachte nach. Sie wollte nur ungern eine weitere Person hinzuziehen, doch Charlie war mit anderen Dingen beschäftigt und konnte sie nicht fahren. »Kein Problem, ich lasse mich hinfahren.«

»Sind Sie sicher?«

»Natürlich. Ich lasse mich vor dem Büro abholen.«

Priest fuhr zur Kanzlei zurück und stellte den Volvo direkt vor dem Piccolo Café ab. Das würde dem Inhaber zwar nicht gefallen, doch Priest hatte keine Zeit, sich einen anderen Parkplatz zu suchen. Dann stand er vor Sollys Büro, klopfte und wartete, bis der Buchhalter die Klinke desinfiziert und die Tür einen durch eine Linie auf dem Boden genau definierten Spalt weit geöffnet hatte.

»Ah, Priest. Endlich«, sagte Solly. »Sie haben mich gebeten, dieses Mobiltelefon darauf zu überprüfen, ob es neben der auf der SIM-Karte gespeicherten Nachrichten noch weitere Daten enthält.«

»Ja«, sagte Priest geduldig. »Das ist korrekt.«

»Dann freut es sie womöglich, dass es mir gelungen ist, mehrere gelöschte E-Mails, oder besser gesagt: mehrere Fragmente der zugehörigen Anhänge wiederherzustellen.«

»Aber nicht die E-Mails selbst?«

»Leider nicht. Allerdings konnte ich ein Dokument in seiner Gänze rekonstruieren, das für Sie unter Umständen von Interesse sein könnte, obwohl Sie nicht genau definiert haben, was für Sie *von Interesse* ist. Es wäre also angeraten, dass Sie selbst entscheiden, ob das fragliche Dokument für die gegenwärtig von Priest & Co bearbeiteten Fälle relevant ist.«

Priest nickte. Wie immer verstand er nur die Hälfte von dem, was Solly von sich gab, aber er würde es ja gleich mit eigenen Augen sehen.

Solly hatte das Dokument bereits ausgedruckt und reichte es Priest, der es eilig überflog.

»Und den Absender konnten Sie nicht herausfinden?«, fragte Priest.

»Nicht mit Sicherheit, aber ich vermute, dass es sich um dieselbe Person handelt, die unter dem Alias USER3412 mehrere Nachrichten verfasst hat«, sagte Solly. »Hilft Ihnen das weiter?«

»Das weiß ich noch nicht«, sagte Priest und rieb sich den Kopf. »Ich sage Ihnen Bescheid.« Er stand auf.

»Wo wollen Sie denn hin?«, fragte Solly und bewaffnete sich mit einer Packung Feuchttücher und einer Flasche No-Name-Desinfektionsspray aus dem Supermarkt.

»Ich werde meinen Bruder besuchen.«

»Ach ja, richtig, der berühmte Serienmörder. Sehr schön. Wenn es Ihnen nichts ausmacht, würde ich jetzt gern den Stuhl desinfizieren, auf dem Sie gerade gesessen haben. Einen schönen Tag noch, Priest.«

Beim Verlassen der Kanzlei winkte Georgie Maureen, die noch immer hinter dem Empfangstresen stand, fröhlich zu. Sobald sie aus der Tür war, nahm sie das Handy heraus und rief Li an.

»Hi, ich bin's«, sagte sie, sobald Li abhob.

»Wird aber auch Zeit. Ich verhungere. Sollen wir uns was zu essen besorgen?«

»Können wir unterwegs in Norwich anhalten?«

»Was?«, fragte Li nach einer längeren Pause.

»Das kommt dir hoffentlich nicht ungelegen. Es ist eine lange Fahrt, aber du hast gesagt, dass du heute noch nichts vorhast, daher …«

»Klar, warum nicht? Ein Mädelsausflug. Wir könnten auch eine alte Bekannte von mir besuchen, die vor ein paar Jahren da raufgezogen ist.«

»Du bist Spitzenklasse, Li. Ich hol dich in einer Viertelstunde ab.«

*Norwich.*

Elinor Fox kniff die Augen zusammen. Sie hatte sich sehr konzentrieren müssen, um das Telefongespräch von ihrem

Versteck unter der Treppe zur Kanzlei aus belauschen zu können, doch es hatte sich gelohnt.

*Ich kann mir schon denken, wo du hinwillst.*

Jetzt brauchte sie Georgie nicht länger folgen, weil sie bereits wusste, wo sie hinwollte. Sie musste nur noch den Fisch holen.

Fox zog sich die Kapuze über den Kopf, wartete, bis Georgie vorüber war und tauchte in der Menge unter.

# 50

Die Datenfragmente, die Solly aus Simeons Handy extrahiert hatte, stellten Priest vor ein Rätsel. Dass der Text möglicherweise in Verbindung mit demjenigen stand, der Simeon in diese dunkle Verschwörung hineingezogen hatte, fand Priest hochinteressant. Er saß auf dem Parkplatz der Fen-Marsh-Hochsicherheitseinrichtung und las, so schnell er konnte, doch es war viel zu viel. Seiten über Seiten mit der Geschichte eines in einem Keller eingesperrten Mädchens.

*Was soll das?*

Er übersprang den Mittelteil und blätterte an den Schluss. Die Geschichte endete mit der Flucht des kleinen Mädchens und ihrer Holzpuppe.

*»Na los«, flüstert sie der Puppe zu. »Wir gehen gemeinsam.«*

Das erleichterte Priest ungemein. Er hatte das grauenvolle Schicksal des Mädchens nur schwer ertragen. Puppen waren ein immer wiederkehrendes Thema in der Geschichte, und obwohl es nur eine Geschichte war, verspürte Priest realen Hass auf den perversen Peiniger des Mädchens.

Hin und wieder wurde der Fortgang der Handlung durch Passagen unterbrochen, in denen das Mädchen über ihre Gefangenschaft nachdachte oder aus dem Fenster starrte.

*Das Mädchen schließt die Augen und denkt an die Kirchturmspitze, die man knapp hinter den Bäumen sehen kann. Wenn sie sich auf die Kisten stellt, kann sie über das Tal hinweg bis zur Kirche blicken. Dieses einfache Bild, eine auf den Kopf gestellte Eistüte hinter den Bäumen, spendet ihr Trost. Beruhigt sie. Schenkt ihr Hoffnung. Gott wartet dort auf sie.*

Priest packte die Papiere zusammen und steckte sie in eine Tasche. Diese Geschichte musste irgendeine Bedeutung für den Fall haben. Nur welche?

Der Parkplatz war fast voll belegt. Priest sah über die Dächer der anderen Fahrzeuge hinweg zum Eingang der Hochsicherheitseinrichtung. Die Fassade mit den großen pfirsichfarbenen Ziegelsteinen und dem türkisen Sims wirkte viel einladender als die düsteren roten Backsteine von Broadmoor. Doch der Schein trog – das nagelneue Fen Marsh war zwar nur eine kleine Einrichtung, aber zu den beinahe achtzig Patienten zählten einige der berüchtigtsten Kriminellen des Landes. Priest hasste die Anstalt.

Er musste sein Handy, seinen Geldbeutel und den sonstigen Inhalt seiner Taschen am Empfang abgeben und wurde in den Wartebereich geschickt. Nach ein paar Minuten erschien eine Krankenschwester. »Sie wollen zu Dr. Priest?«, fragte sie nervös.

»Doktor? Nennen Sie ihn immer noch so? Ich möchte wetten, dass man ihm die Doktorwürde längst aberkannt hat.«

Sie zuckte mit den Schultern. »Er besteht darauf.«

Priest stand auf. »Dann wollen wir den lieben Onkel Doktor nicht länger warten lassen.«

William Priest legte die Papiere auf den Tisch zurück, drehte sich zur Seite, schlug die Beine übereinander und verschränkte die Hände vor dem erhobenen Knie. Seine »Denkerpose«, wie Priest wusste. Hinter ihm standen wieder die beiden Pfleger, traten ängstlich von einem Fuß auf den anderen und warfen sich besorgte Blicke zu. Anscheinend hatten sie bereits die Erfahrung gemacht, dass es nichts Gutes bedeutete, wenn Dr. Priest die Beine übereinanderschlug. Doch darauf konnte er jetzt keine Rücksicht nehmen.

»Das ist ja widerlich«, krächzte William.

»Was aus dem Mund eines Serienkillers wirklich etwas heißen will.«

William machte eine wegwerfende Handbewegung. »Kinder sind eine viel zu leichte Beute. Ich habe einmal einen Mann mit einer Käsereibe getötet, und der war, na, so ungefähr dreiundzwanzig Jahre alt. Das ist meine absolute Grenze. Außerdem war es bei mir nie etwas Sexuelles.«

*Jedenfalls nicht im konventionellen Sinn,* dachte Priest, verbiss sich die Bemerkung aber.

»Das ist der Bericht einer äußerst grausamen Kindesmisshandlung in Form eines Pseudo-Tagebuchs«, sagte William. »Wer ist der Autor?«

»Glaubst du, dass der Bericht echt ist?«

»Das war schon immer dein Handicap, Charles. Du wusstest nie, was Realität ist und was nicht.«

Priest beachtete die spitze Bemerkung nicht weiter. »Anscheinend wurde sie als Puppe verkleidet. Hat ihn das … erregt?«

»Ja, ich glaube schon. So lächerlich es sich auch anhören mag.« Ein Pfleger hustete – vielleicht hatte er ja wirklich einen Frosch im Hals. William dagegen fasste es als persönlichen Angriff auf. »Da gibt's gar nichts zu lachen, Anton! Wenn Sie es für paradox halten, dass ich trotz der Gräueltaten, die ich vollbracht habe, den sexuellen Missbrauch an einem Kind zutiefst verdamme, sollten Sie sich meine Akte noch einmal genauer ansehen. Darin steht nämlich, dass es sich bei einem Großteil meiner Opfer um Pädophile handelte. Ich habe meine Wut stets an denen ausgelassen, die es auch verdient hatten.« Er wandte sich wieder Priest zu. »Ein paar Börsenspekulanten waren auch darunter.«

»Konzentrier dich, Wills.«

»Verzeih. Wo war ich?«

»Die Puppe«, half ihm Priest auf die Sprünge.

»Ach ja.« William lehnte sich zurück. »Wenn ich mich nicht irre, gibt es eine sehr verstörende Subkultur, deren männliche Angehörige sich aus den verschiedensten psychologischen Gründen als lebendige Puppen verkleiden. Diese Leute werden *masker* genannt, glaube ich. Dass allerdings jemand sexuelle Erregung bei einem als Puppe verkleidetem Kind empfindet, liegt zwar im Bereich des Möglichen, aber von so etwas habe ich noch nie gehört.«

»Eine Perversion, von der du noch nie gehört hast? Gibt's so was überhaupt?«

»Ja, unglaublich, nicht wahr? Einer Puppe wohnt eine unerreichbare Attraktivität inne. In unserem Fall scheint dem Täter kein realer Mensch perfekt genug, daher braucht er eine Puppe. Eine perfekte Kreatur, die er schänden kann. Der Kerl ist Abschaum, Charles. Abschaum.«

»Da kann ich dir nur zustimmen«, sagte Priest und rieb

sich die Schläfen. »Was glaubst du, wer hat das geschrieben?«

»Da kommt nur eine begrenzte Zahl von Personen infrage. Der Täter, die Frau, die am Anfang erwähnt wird, das Opfer oder jemand, der mit der Geschichte vertraut war. Es könnte natürlich auch sein, dass das Ganze nur erfunden ist, um dich auf eine falsche Fährte zu locken.«

»Wenn es das Opfer war ...«

»Dann spricht es von sich selbst in der dritten Person. Eine leider nur zu vertraute Vorstellung, nicht wahr, Bruderherz?«

Priest war die beunruhigende Ähnlichkeit zu der Krankheit, unter der er und William litten, sofort aufgefallen. Beide erlebten gelegentlich tranceartige Episoden, in denen sie sich selbst wie von außen beobachteten.

Worüber Jessica genau Bescheid wusste, wie er sich nun voller Scham erinnerte.

»Charles, ich weiß, dass du dich nur ungern mit unserem gemeinsamen Problem auseinandersetzt, aber irgendwann wird dir nichts anderes übrig bleiben.«

»Mir geht's immer besser«, sagte Priest und sah an den weiß getünchten Wänden vorbei und durch das Fenster hinaus in den Garten, wo mehrere Patienten herumspazierten oder Unkraut jäteten. *So endet man, wenn man Gespenster sieht.* Priest wollte schlucken, doch seine Kehle war plötzlich staubtrocken.

»Mach dir keine Vorwürfe, Charles.«

»Mache ich nicht.«

»Du bist ein schlechter Lügner. Die meisten, die unter einem Depersonalisationssyndrom leiden, hadern mit sich. Was habe ich falsch gemacht? Hätte ich etwas anders machen müssen? Ich bezweifle, dass es dir anders geht. Dabei hast du schlicht und einfach eine genetische Disposition dafür. Die Wahrscheinlichkeit, dass du dieses Gen erbst, lag bei fünfzig Prozent. Unsere Schwester hatte in dieser Hinsicht Glück. Aber dich hätten deine Geister, wie du es so schön nennst, zwangsläufig früher oder später heimgesucht.«

Priest wandte sich ab. William hatte recht. Er hatte beinahe zwei Jahre damit zugebracht, jeden Aspekt seines Lebens auf den Prüfstand zu stellen, ohne zu einem Ergebnis zu kommen. Deshalb konnte er sich auch nicht von William lösen. So verrückt, pervers und gefährlich William auch war, er war der Einzige, der seinen jüngeren Bruder wirklich verstand.

*Und das war ein überaus beängstigender Gedanke.*

»Vielleicht hast du recht«, gestand Priest. Er war auf einmal sehr müde.

»Hm. Wo hast du das überhaupt her? Du liest doch sonst nicht solche Sachen. Hat das mit unserem Gespräch von neulich zu tun?«

»Schon möglich.«

»Aha. Und wahrscheinlich ist das alles höchst vertraulich. Nun, ich werde wie immer schweigen wie ein Grab. Ach, Bruderherz ...« Priest wollte gerade aufstehen, als ihm William sanft eine Hand auf den Arm legte. »Wenn du diesen Perversen findest, der kleine Mädchen als Puppen verkleidet, dann schick ihn doch mal bei mir vorbei.«

Das 1879 gegründete New Playhouse Theatre befand sich am Ende mehrerer rosafarbener, grauer und weißer viktorianischer Reihenhäuser an einer Kreuzung in Soho, ganz in der Nähe des John-Snow-Denkmals. Das Theater hatte am 23. November 1961 seine Pforten geschlossen. Seitdem stand das kreisförmige Gebäude leer. Man hatte mehrere Versuche unternommen, das Theater wieder zu eröffnen, doch eine in den Neunzigerjahren durchgeführte Untersuchung war zu dem Ergebnis gekommen, dass eine Renovierung aufgrund der massiven statischen Probleme viel zu kostspielig war. Auch der vorläufig letzte Anlauf, der 1992 durch ein Investorienkonsortium unternommen wurde, scheiterte ein Jahr später. Daraufhin war das Gebäude in Vergessenheit geraten und in den Besitz eines hiesigen Geschäftsmanns namens Sir Eric Warner gelangt.

Sir Eric wollte das beste aus dem nutzlosen Gemäuer machen und beantragte den Umbau in ein Wohnhaus. Ein äußerst kostspieliges und kaum rentables Vorhaben, aber Sir Eric konnte nicht mit ansehen, wie das Gebäude immer weiter verfiel. Deshalb war seine Freude groß gewesen, als sich ein Interessent gemeldet hatte, der das Theater für ein nicht näher spezifiziertes Kunstprojekt nutzen wollte. Sir Eric öffnete dem Mann, der mit einem weißen Ford Mondeo gekommen war, überschwänglich die Tür zum Foyer.

Ein Kunstprojekt – warum auch nicht? Wenn das Theater irgendwann abgerissen werden musste, weil die notwendigen Genehmigungen zum Umbau nicht zu bekommen waren, schien eine letzte Vorstellung nur angemessen.

Sir Eric beobachtete den Interessenten bei der Führung durch den Theatersaal genau und kam zu dem Schluss, dass er sich am Telefon ganz anders angehört hatte. Aber er schien wirklich mit Leidenschaft bei der Sache zu sein. Er stellte eine Menge Fragen, hauptsächlich zur Akustik. Sir Eric konnte diese bedauerlicherweise nur unzureichend beantworten, gab sich aber zuversichtlich, dass es möglich war, Mikrofone im Raum zu installieren, um einen Monolog oder dergleichen aufzuzeichnen.

Von besonderem Interesse war der Kontrollraum, obwohl sich dort schon lange keine technischen Gerätschaften mehr befanden. Als sein Gast das kleine Fenster entdeckte, von dem aus sich die Bühne beobachten ließ, kannte seine Begeisterung keine Grenzen.

»Für den Theaterbetrieb ist die Beleuchtung der Bühne und des Publikumsbereichs bedauerlicherweise nicht ausreichend. Ist das ein Problem?«, fragte Sir Eric.

»Ach, ich glaube nicht. Jedenfalls keins, das sich nicht lösen ließe.«

Trotz des seltsamen Gehabes, das sein Besucher an den Tag legte, war es ein durchaus erfolgreiches Treffen. Sie einigten sich auf eine bescheidene Summe und schlugen ein. Sir Eric sah dem davonfahrenden Ford Mondeo hinterher.

Ein Kunstprojekt. *Wie aufregend.*

# 51

Li fuhr einen hellgelben Mini Cooper S Roadster, eine Spezialanfertigung mit schwarzen Streifen auf der Kühlerhaube und passenden gelbschwarzen Sitzen. Georgie fand das Auto ebenso lächerlich wie rasant. Sie hätte das Heulen des Zweilitermotors, mit dem die kleine vierrädrige Biene über die Überholspur der M11 bretterte, noch etwas mehr genossen, hätte sie nicht gewusst, dass sie den Wagen mit Prostitution finanziert hatte.

Li hatte zu Georgies Missfallen das Verdeck heruntergeklappt, sodass ihr das Haar ins Gesicht peitschte und sie schreien musste, um sich über den Fahrtwind hinweg Gehör zu verschaffen. Li dagegen schien selbst bei hundertfünfzig Sachen nicht zu frieren, obwohl sie nur eine Gucci-Lederjacke und eine hautenge Jeans trug.

»Gibt's denn keine Bibliothek, die nicht so weit weg ist?«, rief Li.

»Das ist keine Bibliothek, sondern die Bezirksverwaltung von Norwich«, brüllte Georgie zurück. »Das Bezirksarchiv, um genau zu sein.«

»Ein altes Gemäuer mit lauter alten Büchern, Georgie. Eine Bibliothek also.«

Georgie zuckte mit den Schultern. Vielleicht hatte Li ja gar nicht so unrecht.

»Wonach suchen wir überhaupt?«, fragte Li.

»Nach Zeitungen aus dem Jahr 1989.«

»Für die Arbeit?«, fragte Li ehrlich überrascht.

»Tja, das hat mit dem, was du so treibst, nicht viel zu tun«, rief Georgie. Li lachte, obwohl es Georgie eigentlich ernst gemeint hatte. »Jedenfalls bin ich dir wirklich sehr dankbar, dass du mich fährst. Du musst nicht bei mir bleiben, wenn du nicht willst. Besuch doch deine Bekannte und hol mich in ein paar Stunden wieder ab.«

»Kommt gar nicht infrage. Ich helfe dir gern, du Dummerchen. Meine Bekannte kann warten. Aber wenn wir hier einen Auftrag für deinen schnuckeligen Chef erledigen, könntest du mich ihm bei Gelegenheit ja mal vorstellen.«

»Klar.«

Georgie war sich der Tatsache bewusst, dass das nicht besonders ehrlich klang, aber die Vorstellung, dass Charlie Li kennenlernte, gefiel ihr aus irgendeinem Grund überhaupt nicht. Vielleicht, weil sie sich für Lis Beruf schämte? Oder weil Li so verdammt gut aussah?

*Beides wahrscheinlich.*

Als sie den Motorway verließen, wurde Li gottlob etwas langsamer. Georgie umklammerte trotzdem in scharfen Kurven unwillkürlich den Türgriff.

»Wusstest du, dass die Schilder mit den Pfeilen auf enge Kurven hinweisen?«, fragte Georgie und strich sich zum hundertsten Mal das Haar aus der Stirn.

»Jetzt sei nicht so ein Angsthase. Übrigens – hast du über unser Gespräch von neulich nachgedacht?«

Georgie blickte auf ihren Schoß. War ja klar, dass Li

früher oder später die Sache mit Martin ansprechen würde. Dabei hatte sie überhaupt kein Problem damit, sich mit Li darüber zu unterhalten – ihre Mitbewohnerin war von einer ansteckenden Zuversichtlichkeit. Doch in gewissem Sinne war sie auch unberechenbar. Sie hatte gesagt, dass man *etwas unternehmen* müsse. Was sollte das denn heißen? Georgie war sich ziemlich sicher, dass Li *etwas unternehmen* fundamental anders definierte als sie selbst. Li hatte es zwar nicht ausgesprochen, doch sie hatte gewisse Möglichkeiten. Mrs. White, ihre geheimnisvolle Zuhälterin, war eine sehr mächtige Frau, und Li war eines ihrer besten Pferde im Stall. Wenn Li etwas wollte, würde sie es auch bekommen.

Georgie zitterte. Sie wollte ja auch Gerechtigkeit. Doch das war etwas anderes als Rache.

»Noch nicht, entschuldige. Ich hatte so viel um die Ohren. Ständig sterben irgendwelche Leute, da muss ich ohne Ende Überstunden machen.«

Li lachte wieder, obwohl Georgie auch diese Bemerkung nicht als Scherz gemeint hatte.

»Schon gut«, sagte sie. »Gib mir einfach Bescheid, wenn du so weit bist. Ich hätte da schon ein paar Ideen.«

*Jede Wette.* »Vielen Dank, Li. Ich glaube, so langsam bin ich drüber hinweg.«

»Klar.« Li nickte, als glaubte sie Georgie kein Wort, was diese abermals zum Erröten brachte. »Deshalb schläfst du ja auch immer noch bei Licht.«

Sie wollte gerade protestierten, als ihr einfiel, dass Li recht hatte. *Aber wie soll ich denn keine Angst vor der Dunkelheit haben?* Im Dunklen geschahen schlimme Dinge. Georgie zog sich den Mantel fester um die Schultern und lehnte sich an die Beifahrerseite. Sie hasste die

Dunkelheit. Lächerlich, ja, aber manchmal wurde *die Dunkelheit lebendig und wollte dich fressen.*

Wie von Li vorhergesagt entpuppte sich das Bezirksarchiv von Norfolk als ein düsterer Raum, in dessen Mitte vier Schreibtische gezwängt waren. Zwischen den rundherum aufgestellten Bücherregalen fanden sich diverse Schränke und Arbeitsplätze. Der Archivar, ein älterer, stämmiger Mann mit roter, fleckiger Haut, der sich nur als Vern vorstellte, war nicht besonders begeistert davon, Georgie und Li durch den ansonsten menschenleeren Raum zum Zeitungsarchiv des Jahres 1989 führen zu müssen.

»Hier wären wir. Tun Sie, was Sie nicht lassen können«, sagte er in einem behäbigen Norfolk-Akzent. »Ein Schulprojekt, ja?«

Li legte den Kopf schief und sah ganz so aus, als wollte sie ihn gleich zurechtweisen. »Wir müssen etwas nachrecherchieren«, sagte Georgie freundlich. »Für die Uni.«

»Na schön. Ist wahrscheinlich besser, als arbeitslos auf der Straße rumzuhängen.«

Vern drehte sich ohne ein weiteres Wort um und humpelte davon.

»Besonders höflich ist der ja nicht«, sagte Li, solange er noch in Hörweite war.

Georgie öffnete wahllos Schubladen. Nur wenige waren beschriftet, und mehrere Etiketten bereits abgefallen, doch sie enthielten zweifellos Mappen mit Zeitungen aus dem betreffenden Zeitraum. Hauptsächlich handelte es sich um die *North Norfolk News* und die *Eastern Daily Press,* aber gelegentlich fanden sich auch vergilbte, eselsohrige Ausschnitte aus überregionalen Zeitungen, wenn diese über ein Thema aus der Gegend berichtet hatten.

»Wonach suchen wir denn genau?«, fragte Li, nahm eine Mappe heraus und blies den Staub weg.

»Nicht weit von hier liegt ein kleines Küstendorf namens Tome. Wir müssen herausfinden, ob dort um das Jahr 1989 herum etwas Interessantes passiert ist.«

»Interessant heißt …«

»Alles Mögliche. Hier.« Georgie nahm eine gelbliche Karte von Norfolk aus einer Schublade und breitete sie auf dem Tisch aus. Dann zeigte sie Li, wo sich Tome befand. »Da. Alles im Umkreis ist wichtig, von den Dörfern hier und an der Küste bis rauf zu …« Georgie sah genauer hin. Die Landzunge war beschriftet, obwohl keine Siedlung darauf zu erkennen war. »Devil's Point.«

Li nickte und blätterte in einer Mappe. »Alles klar.«

Eine Stunde verging. Zwei. 1989 war in diesen Breiten ein eher ruhiges Jahr gewesen. Durch ein kleineres Erdbeben in der Nähe von Ipswich war ein Mann aus Sheringham aus dem Bett gefallen. Mehrere Hunde waren vermisst gemeldet worden, obwohl die Fälle anscheinend nichts miteinander zu tun hatten. An einem Strand in der Nähe war jemand ertrunken, interessanter wurde es nicht. Als die dritte Stunde anbrach, verlor Georgie langsam alle Hoffnung.

»Mal sehen, ob ich irgendwo Kaffee auftreiben kann«, verkündete sie und stand auf. »Und wenn wir in einer halben Stunde nichts gefunden haben, hören wir auf und vergessen das Ganze.«

»Ist das dein Ernst?«, fragte Li. »Jetzt bin ich gerade so richtig schön dabei. Du kannst dir nicht vorstellen, wie viele Unfälle im Juli 1989 durch Enten verursacht wurden.«

Georgie grinste. Sie meinte, sich an einen Getränkeautomaten im Flur zu erinnern. »Warte!«, rief ihr Li auf halbem Weg hinterher. »Sieh dir das mal an.«

Sie lief zurück und warf einen Blick über Lis Schulter. Li hatte eine Doppelseite mit einem Bericht über eine Frau vor sich ausgebreitet, die während eines Thailandurlaubs von einem Tiger angefallen worden war.

»Da geht's um Thailand, nicht um Norfolk«, bemerkte Georgie, die beim besten Willen nicht erkennen konnte, was das mit ihrer Suche zu tun hatte.

»Aber nein«, sagte Li und deutete aufgeregt auf einen kleineren Artikel in der unteren Ecke. »Da.«

»Die Polizei sucht nach der Leiche eines jungen Mädchens, das am Nachmittag des 1. November 1989 mehreren Zeugenaussagen zufolge von Devil's Point gesprungen ist. Eine Gruppe Ortsansässiger hatte das Mädchen – deren Identität noch nicht geklärt ist – am Rand der Klippe stehen sehen und die Polizei gerufen. Augenzeugenberichten zufolge war das Mädchen vom Fels gesprungen, ihr Leichnam konnte bisher jedoch noch nicht geborgen werden. Die Polizei bittet um sachdienliche Hinweise.«

Sie kringelte den Artikel ein und versah ihn mit einem dicken Fragezeichen.

»Devil's Point«, sagte Li. »Das ist ...«

»Keine zwei Meilen von Tome entfernt«, vollendete Georgie.

»Vielleicht wurde ja später noch mal darüber berichtet.«

Georgie nahm die Mappen mit den Zeitungsausgaben der beiden Monate heraus, die zeitlich auf die Ausgabe mit dem winzigen Artikel folgten, und blätterte sie durch, während Li Suchbegriffe in ihr Smartphone tippte. Eine halbe Stunde später waren sie immer noch nicht fündig geworden.

»Der Vorfall wird nicht mehr erwähnt«, sagte Georgie verwirrt. »Als hätte er niemals stattgefunden.«

»Hier. Eine Website namens *Verschwörungen, Mythen und urbane Legenden*. Das verschwundene Mädchen von Devil's Point. Ein Hinweis auf den Zeitungsartikel … anscheinend haben die Zeitungen wirklich nicht weiter darüber berichtet … dann … oh. Das Mädchen ist eine Außerirdische. War ja klar.«

»Sie ist keine Außerirdische«, ertönte eine Stimme hinter ihnen. Georgie fuhr vor Schreck zusammen, sodass ihr ein Ringbuch aus der Hand fiel und klappernd auf dem Boden landete.

»Sind Sie wahnsinnig, sich so anzuschleichen?«, fragte Li empört.

»Das Mädchen von Devil's Point«, sagte Vern. »Suchen Sie etwa nach ihr?«

»Wissen Sie etwas darüber?«, fragte Georgie, hob das Ringbuch auf und legte es auf den Tisch zurück. Die Ringe waren aufgeklappt und die Seiten überall verstreut. Sie fing an, sie einzusammeln.

»Ich war dabei«, verkündete er.

Georgie hielt inne und sah sich den Archivar genauer an. Die silbernen, drahtigen Barthaare standen vom Gesicht ab und verliehen ihm ein katzenartiges Aussehen. Die wässrig-grauen Augen unter den buschigen weißen Brauen strahlten eine ruhige Autorität aus. Vern war wohl doch mehr als ein grantiger alter Mann.

»Sie waren am 1. November 1989 am Devil's Point?«, fragte Li so präzise wie möglich, um keine Zeit zu verschwenden.

»Richtig. Und das Mädchen hab ich auch gesehen, und sie war ganz sicher keine Außerirdische. Sie war höchstens zehn Jahre alt und hatte hübsches, langes blondes Haar, das weiß ich noch genau. Und traurige Augen. Sehr traurige Augen.«

»Was ist passiert?«, fragte Georgie, legte das Ringbuch beiseite und setzte sich neugierig auf.

»Wir waren mit dem Geschichtsverein von Tome dort. Ich hielt einen Vortrag. Über Geister, wisst ihr? In Devil's Point geht der Geist eines keltischen Seemanns um. Er hat gesehen, wie die Sonne im Meer versank, und wollte ihre Essenz einfangen. Dämliche Geschichte und wahrscheinlich erstunken und erlogen, aber die Leute haben sich dafür interessiert. Wie dem auch sei – als wir zum Rand der Klippe kamen, stand sie da, mit dem Rücken zu uns, in einem weißen Kleid. Wir gerieten in Panik und schrien sie an, weil sie so nahe am Rand war. Dann schlichen wir vorsichtig auf sie zu, und sie drehte sich zu uns um. O Gott, den Blick, den sie uns zugeworfen hat, werde ich bis zu meinem Tod nicht vergessen. *Wenn ihr näher kommt, springe ich*, bedeutete dieser Blick. Wir haben die Polizei gerufen, und kurz darauf kam Rose. Wahrscheinlich dachte sie, wie dumm wir doch alle sind und …«

Der Alte verstummte und sah traurig zu Boden. Die Erinnerung war sichtlich schmerzhaft. Georgie hatte Mitleid mit Vern.

»Sie ist gesprungen?«, fragte Li skeptisch. »Einfach so?«

»Wie ein kleiner Vogel«, flüsterte Vern. »Ein Vogel, der noch nicht flügge ist. Rose wollte sie vom Rand wegholen, aber … sie ist gesprungen.«

»In der Zeitung stand, dass ihre Leiche nie gefunden wurde.«

»Stimmt«, sagte Vern, sobald er sich wieder in der

Gewalt hatte. »Wir haben überall nachgesehen. Rose ist so weit die Klippen hinuntergeklettert, wie sie konnte, aber das Mädchen ist wohl auf einen Felsen geprallt und … wurde vom Meer verschlungen. Das stand damals nicht in der Zeitung. Ich wäre ja mit Rose runter, aber …« Vern deutete auf sein Knie. »Alte Fußballverletzung. Ich hätte es nie die Klippe runtergeschafft.«

Alle schwiegen. Georgie spielte mit dem Reißverschluss ihrer Jacke – unschlüssig, was sie darauf sagen sollte. Niemand wusste, wer das Mädchen war oder woher sie kam, und dann hatte sie das Meer fortgespült. Einfach ausgelöscht. Tragisch. *Das Meer ist wie die Dunkelheit,* dachte sie. *Es kann einen ebenfalls verschlingen.*

»Sie haben eine gewisse Rose erwähnt«, sagte Li.

»Genau, Rose. Sie war damals bei der Polizei und gerade hierhergezogen. Ab und zu höre ich von ihr.«

»Könnten Sie Rose bitte anrufen?«, fragte Georgie. »Wir würden gerne mal mit ihr reden.«

»Klar, warum nicht«, sagte Vern und nahm ein riesiges Handy aus der Tasche. »Ich bin auf Facebook mit ihr befreundet. Ich schreibe ihr eine Nachricht.«

»Facebook?«, fragte Li staunend.

»Na klar«, sagte Vern, der Lis Verblüffung nicht zu bemerken schien. »Ich stupse so gern andere Leute an. Mal sehen, Rose … Rose … ach ja, da. Sie lebt ein ganzes Stück von hier entfernt im Süden, aber ich weiß nicht genau, wo. Sie ist Rektorin an einer kleinen Grundschule. Bei der Polizei hat's ihr wohl nicht gefallen. Ich sage ihr Bescheid, dass Sie nach ihr gefragt haben.«

»Vielen Dank«, sagte Georgie. Die Vorstellung, dass der bärtige Archivar andere Leute auf Facebook anstupste, ließ sie schmunzeln.

»Okay, schon passiert. Wieso interessieren Sie sich überhaupt so sehr für diese alte Geschichte?«

Georgie starrte geistesabwesend an den Bücherregalen vorbei auf die gegenüberliegende Wand. Dann hatte sie einen Einfall und rechnete kurz nach: Vom Alter her konnte es hinkommen. Sie näherten sich der Wahrheit, das spürte sie. »Weil wir nicht glauben, dass das Meer das Mädchen vom Devil's Point geholt hat. Wir glauben, dass sie noch lebt.«

# 52

Priest hörte sich mit Neugier und Beklommenheit an, was Georgie im Bezirksarchiv herausgefunden hatte. Der Zeitungsartikel war ungefähr zu derselben Zeit erschienen, als Alexia und Dominique Elias aus dem Haus in Norfolk ausgezogen waren.

»Elinor Fox hat mir im Café erzählt, dass sie früher in Norfolk gelebt hat. An der Küste«, erklärte Georgie aufgeregt. »Wenn das Mädchen vom Devil's Point noch lebt, wäre sie jetzt etwa in Fox' Alter. Und sie hat dieselbe Haarfarbe.«

»Wenn es sie überhaupt gibt«, sagte Priest. Er musste zugeben, dass es nicht auszuschließen war, doch noch wusste er nicht, wie das alles zusammenpasste.

»Wir sollten uns noch mal Elias' altes Haus in Norfolk vornehmen«, schlug Georgie vor. »Wir konnten es uns beim ersten Mal gar nicht richtig ansehen, weil wir Alexias Leiche gefunden haben. Glauben Sie, dass die Polizei noch dort ist?«

»Das ist eher unwahrscheinlich. Ich schätze, dass ein Beamter vierundzwanzig Stunden lang die Tür bewacht hat, mehr nicht. Bei den vielen Budgetkürzungen können sie es sich nicht leisten, ein Haus mitten in der Pampa längerfristig zu observieren. Vielleicht haben sie auch

Kameras aufgestellt. Ich schlage vor, Sie fahren wieder zurück.«

»Okay«, sagte Georgie zögerlich, und Priest war sich sicher, dass sie zu diesem Haus fahren würde, auch wenn er es ihr untersagte. »Vielleicht holen wir uns auf dem Weg noch was zu essen und …«

»Georgie«, unterbrach er sie, »die Kameras werden auf die Vorderseite des Hauses und die Eingangstür gerichtet sein. Es sind höchstens drei, nicht mehr, und sie decken auf keinen Fall das ganze Grundstück ab. Nehmen Sie den Hintereingang und halten Sie sich vom Eingangsbereich fern.«

»Danke, Charlie. Ich melde mich, sobald wir fertig sind.«

»Wer ist denn *wir?*«, fragte Priest misstrauisch.

»Ich und Li, meine Mitbewohnerin. Sie hat mich hierhergefahren.«

»Ist das die Halbjapanerin?«

»Ja«, stotterte Georgie. Sie hätte nicht damit gerechnet, dass sich Priest so ein Detail merkte, immerhin hatte er Li bisher nur einmal gesehen. Aber er vergaß ja auch kein Gesicht.

»Seien Sie vorsichtig«, sagte er und legte auf.

Jessica saß vor seinem Schreibtisch und wartete geduldig, bis er den Anruf beendet hatte. Sie trug ein schwarzweiß gestreiftes Top und einen Bleistiftrock und sah umwerfend aus. Wieder kam sich Priest in ihrer Gegenwart viel zu schäbig vor. Auf seiner Jeans war ein Tintenfleck neben der Tasche.

»Charlie, wo zum Teufel bist du diesmal wieder hineingeraten?« Sie sah ihn mit zusammengekniffenen Augen argwöhnisch an.

»Das ist keine große Sache. Nur eine Verleumdungsklage.«

»Wenn ich es nicht besser wüsste, würde ich vermuten, dass du Georgie soeben erklärt hast, wie man unerlaubt einen Tatort betritt. Was hat das mit der Verleumdungsklage zu tun?«

Priest versuchte es mit einem Themenwechsel. »Tee?« Jessica verdrehte die Augen.

»Und die junge Frau von neulich hatte selbstverständlich auch mit diesem Fall zu tun«, stellte sie trocken fest.

Priest ließ die Hände sinken. Sie hatte ihn ertappt. Er wusste nicht, was er darauf antworten sollte. »Wenn ich jetzt *Ja* sage, würdest du mir glauben?«

»Das geht mich alles nichts an, Charlie. Wir sind ja nicht zusammen. Du kannst tun und lassen, was du willst. Genau wie ich.«

Priest verspürte erst Scham und dann brennende Eifersucht. *Genau wie ich.*

Sie sah ihn finster an. Sie wollte eine Erklärung, und er hatte keine. Sie war nicht einfach nur so vorbeigekommen. Es war ihr wichtig, und er druckste nur herum.

»Es tut mir leid«, sagte er. »Ich bin in solchen Dingen nicht besonders gut.«

»Wenn ich wüsste, was *solche Dinge* sind, würde ich dir zustimmen.«

Hätte er es doch einfach nur aussprechen können. Es war so einfach und doch unmöglich. Er musste ihr nur eingestehen, was er wollte, was er fühlte. Aber dann fiel ihm ein, was für eine Katastrophe seine Ehe mit Dee gewesen war, welch schwere emotionale Wunden er davongetragen hatte. Die Narben waren noch frisch und schorfig. Er hatte keine Angst vor einer Scheidung –

scheiden ließen sich auch Leute, die weit weniger hart im Nehmen waren als er, und die kamen auch darüber weg. Nein, es war die grässliche Vorstellung, dass seine Gefühle für Jessica in einer Welt, in der nichts völlig real schien, auch nur simuliert waren. Genau wie es seine Gefühle für Dee gewesen waren.

Deshalb ließ er niemanden zu nahe an sich heran. Aus Selbstschutz. Wenn er sich niemandem anvertraute, konnte er auch die Wahrheit für sich behalten.

Doch diesmal war es etwas anderes, weil Jessica Ellinder anders war.

»Ich bin geistig nicht immer voll da«, sagte er und beobachtete sie genau, wartete auf eine Reaktion. »Ich habe einen Dachschaden.«

Jessica stand auf. Sein Herz machte einen Satz. *Jetzt hab ich's schon wieder vermasselt.* Doch zu seiner Überraschung wirkte sie überhaupt nicht wütend. »Okay. Ich bin bereit, auf den Vorschlag einzugehen, den du vor einer Weile gemacht hast.«

»Welcher Vorschlag?«

»Wir fangen von vorne an.«

Sie wartete, bis er ihre Worte verarbeitet hatte. Dann überkam ihn grenzenlose Erleichterung. Sie lächelte, und das Lächeln erreichte ihre Augen. Er wollte gerade antworten, als es an der Tür klopfte und Maureen ins Zimmer stürmte.

»Das kam gerade für Sie an, Charlie. Es wäre dringend, sagte der Kurier.« Sie gab ihm den Umschlag. Er wollte ihn gerade öffnen, als er bemerkte, dass Jessica zur Tür ging.

»Wir essen heute zu Abend«, sagte sie. »Ich schreib dir eine SMS. Und jetzt will ich dich nicht länger von deiner Verleumdungsklage abhalten.«

Sie deutete mit dem Kopf auf den Umschlag, lächelte und verließ den Raum.

Priest sah ihr hinterher, dann riss er den Umschlag auf. Eine weitere Nachricht mit Datum und Uhrzeit. *Was will Jack denn schon wieder? Wir haben uns doch erst gestern getroffen.*

Worum es auch ging, es war eilig. Das Treffen würde in weniger als einer Stunde stattfinden.

Li hielt vor der Hecke, die das Elias-Anwesen in der Nähe der kleinen Stadt Tome umschloss. Dann reckte sie den Hals und versuchte hindurchzuspähen.

»Das ist es?«, fragte sie skeptisch.

»Das ist es.« Georgie löste den Sicherheitsgurt.

»Willst du da wirklich allein reingehen?«

»Mir passiert schon nichts, versprochen. Besuch deine Bekannte und hol mich in einer Stunde wieder ab. Ich seh mich nur mal um.«

»Wie kommst du da überhaupt rein?«

Georgie suchte die Hecke nach dem Eingang ab. »Keine Ahnung. Ich quetsch mich einfach durch.«

»Okay. Sei vorsichtig.«

Sie stieg aus, winkte Li zum Abschied zu, zwängte sich durch den Spalt in der Hecke und ging den Abhang zum Haus hinauf. Eine leichte Brise fuhr durch die Bäume, Vögel kreisten über ihr – unwillkürlich musste sie an einen Geierschwarm denken.

*Angeblich kreisen Geier gar nicht über Aas. Sie kreisen über allem, was bald Aas sein wird.*

Georgie fröstelte und lief die Böschung hinauf. Dann befolgte sie Charlies Rat und schlich zum Hintereingang. Die Tür war abgeschlossen, die Fenster vernagelt – bis auf eines. Jemand hatte die Bretter vor einem schmalen Fenster an der Ecke entfernt und die Scheibe eingeschlagen. Vielleicht Jugendliche, die ins Haus eingebrochen waren. Georgie zwängte sich hindurch, wobei sie darauf achtete, sich nicht an den Scherben zu schneiden, die noch im Rahmen steckten.

Im Haus hinter dem Polizeiabsperrband und den Hinweisschildern war es totenstill. Es roch immer noch nach Schimmel, etwas stärker sogar. Die Bodendielen knarrten unter ihren Schritten, und vor ihrem geistigen Auge erschien der geflutete Keller und Alexias zur Hälfte im Wasser treibender Leichnam.

»Hallo?«, rief sie.

Ihre Stimme hallte durch den leeren Flur. Selbstverständlich wusste sie, dass sie allein hier war, doch es tat einfach gut, eine Stimme zu hören. Sie trat einen Schritt vor, dann machte sie vor Schreck einen Satz, als die Tür hinter ihr ins Schloss fiel.

Panisch wirbelte sie herum.

*Es war nur der Wind.*

Jetzt war sie sich nicht mehr so sicher, dass es eine gute Idee gewesen war hierherzukommen. Das Haus war dunkel, und hinter den geschlossenen Türen konnte sich alles Mögliche verbergen. Nur die Tür zum Keller, wo sie Alexias Leiche gefunden hatten, stand offen.

*Sie haben sie inzwischen sicher abtransportiert. Sie haben sie ganz bestimmt nicht hier liegen lassen.*

Georgie ging durch den Flur, bis die Vordertür in Sicht kam. Sie konnte keine Kameras erkennen, aber es war trotzdem unvorsichtig. Sie sollte umkehren. In diesem Haus gab es nichts als Tod. Tod und Verwesung und Schimmel. Und Dunkelheit.

Sie wollte sich gerade umdrehen, als sie etwas hörte. Zuerst hielt sie es für einen tropfenden Wasserhahn, doch sobald sie mit rasendem Herzen weiter in den Flur ging, begriff sie, dass es kein Wasserhahn war. *Ding … ding … ding.* Leise Musik kam die Treppe hinauf, die in den Keller führte.

# 53

Georgie starrte die dunkle Treppe hinab, und es lief ihr kalt den Rücken hinunter. Die Finsternis erwartete sie. Wie in ihren Albträumen. Schon spürte sie, wie sie vom Ende der Treppe aus ihre feuchten Hände nach ihr ausstreckte.

Sie wich zurück. Wie lächerlich. Die Finsternis hat keine Hände. *Da unten ist überhaupt nichts,* ermahnte sie sich.

Georgie kehrte zur Treppe zurück, die in den ersten Stock führte. Dahinter war die Eingangstür. Die Musik wurde mit jedem Schritt leiser – sechs Schritte weiter war sie kaum noch zu hören. Genauso verhielt es sich, wenn sie auf die andere Seite an der Treppe vorbei in Richtung Küche ging. Auch hier wurde die Musik leiser. *Sie kommt definitiv aus dem Keller.*

Sie schlich sich auf Zehenspitzen zur Treppe und stellte sich auf die oberste Stufe. Das Ende der Treppe lag im Dunklen. Georgie nahm ihr Handy aus der Tasche. Ihre Hände zitterten so sehr, dass sie es erst beim dritten Versuch schaffte, den Bildschirm zu entsperren. Das Licht des Displays war erbärmlich schwach. *Verdammtes billiges Mistding!* Da sie ihre E-Mails ausschließlich auf ihrem iPad las, besaß sie nur ein uraltes Handy mit billigem LED-Bildschirm. Es hatte noch nicht einmal eine Kamera, von einer Taschenlampenfunktion ganz zu schweigen.

Georgie hielt den Atem an und lauschte wieder. Es war eine einfache Melodie, viele Arpeggios, gespielt auf einem Xylophon. Wie ein Kinderlied, doch sie erkannte es nicht. Hin und wieder war eine Note schief, wodurch die Melodie falsch und unheimlich klang. *Ding, ding, ding …*

Noch einmal sah sie sich um. Das Haus war leer, außer ihr war niemand hier, sie hatte es von oben bis unten durchsucht. Nun ja, vielleicht nicht bis ganz unten. Sie war überall gewesen, außer im Keller.

Langsam drehte sie den Kopf und starrte ein weiteres Mal angsterfüllt in die Dunkelheit. Sie wusste, dass sie ihre Furcht überwinden und auf wackligen Beinen und lediglich im Schein des schwachen Handydisplays die Treppe hinuntergehen musste. Georgie schloss die Augen. Das Herz schlug ihr bis zum Hals. Die Melodie wiederholte sich ständig, die schiefe Note zerrte an ihren Nerven.

*Es gibt nur wenige Monster, die die Angst wert sind, die wir vor ihnen haben.* Georgie atmete entschlossen aus. Sie war bereit. *Ding, ding, ding …* Sie ging die ersten Stufen hinunter.

Als sie unten ankam, war die Melodie so langsam, dass die Noten nicht mehr zueinander zu gehören schienen, sondern nur noch einzelne, willkürliche Klänge waren. *Ding. Ding. Ding.* Georgie ließ die Hand auf der Suche nach dem Lichtschalter über die feuchten Ziegel gleiten. Dann hatte sie ihn gefunden und betete, dass der Strom nicht abgeschaltet worden war. Sie drückte darauf. Zu ihrer großen Erleichterung wurde der Keller plötzlich von einer einzelnen, nackten Glühbirne erhellt, die über ihr baumelte. Das trübe Licht spiegelte sich auf der Wasserfläche vor ihr, die so ruhig war wie ein riesiger Spiegel.

Die Beamten von der Spurensicherung hatten den Strom also nicht wieder abgestellt, sie hatten lediglich die Hochleistungsscheinwerfer mitgenommen, nachdem Alexia Elias' Leichnam abtransportiert worden war. Der widerwärtige Gestank des Todes hing noch in dem unterirdischen Raum.

Georgie schluckte. Egal, was für ein Mensch Alexia gewesen war – diese enge, düstere Backsteinkammer war das Letzte, was sie in ihrem Leben gesehen hatte.

Im Licht erkannte Georgie, dass die ersten zwanzig Meter des Kellerbodens höher waren als der Rest. Die wenigen Stufen, die in die Vertiefung hinunterführten, verschwanden beinahe völlig im Wasser, das im hinteren Teil des Kellers von einer Wand zur anderen reichte. *Besonders tief kann es doch unmöglich sein, oder?* Das Wasser war so ruhig, dass es an eine dunkle, undurchsichtige Glasplatte erinnerte. Wie die schwarzen Tümpel in den Waitomo-Höhlen. Der kurze, aufregende Besuch dort war eine Etappe der dreimonatigen Backpackertour gewesen, die sie nach ihrem Uniabschluss durch Neuseeland gemacht hatte.

Ihre Brust bebte. Als die letzte Note verklang, glaubte Georgie die Quelle der Musik zu erkennen.

In einer kleinen, altarähnlichen Nische im Mauerwerk jenseits des Wassers.

Ihre Kehle schnürte sich zusammen – jemand spielte ein grausames Spiel mit ihr.

Mehrere Minuten lang ging sie hin und her und überlegte fieberhaft. Das schwache Licht der Glühbirne über ihr warf tiefe Schatten. Georgie hasste Schatten – Schatten waren eine Bedrohung und mit der gefürchteten Dunkelheit im Bunde. Sie musste sich entscheiden. Sollte sie Charlie anrufen? Nein, das hatte keinen Zweck. Er würde sie auslachen und sagen, dass jemand den Gegenstand aus einem bestimmten Grund dort deponiert hatte – genau wie jemand das Foto in Simeons Geheimraum platziert hatte: damit er gefunden wurde. Ein weiterer Hinweis, dem sie folgen sollten.

Ein Blick auf das Handy verriet ihr, dass sie sowieso keinen Empfang hatte.

*Na dann, ich muss einfach nur durchs Wasser waten und das Ding holen, und schon bin ich hier wieder raus.*

»Okay«, sagte Georgie laut und atmete tief durch. »Mit Schuhen oder ohne?«

Sie sah auf ihre weißen Chucks hinunter – das Wasser würde sie ruinieren, außerdem hatte sie dann die ganze Fahrt zurück nach London nasse, kalte Füße. Vorausgesetzt, dass Li nicht vergaß, sie wieder abzuholen.

»Ohne Schuhe.«

Georgie zog die Schuhe aus und krempelte sich die Hose bis zu den Knien hoch. *Toll, ich sehe aus wie eine viktorianische Frau im Badeanzug. Das wird ein Riesenspaß, ich hab's doch gleich gesagt.*

Sie ging ein paarmal auf und ab, nahm allen Mut zusammen und steckte einen Zeh ins Wasser. »Scheiße, ist das kalt!« Ruhig bleiben, Georgie. Immer mit der Ruhe.

Sie biss die Zähne zusammen und machte einen Schritt ins Wasser. Ihr Fuß verschwand, gefolgt von ihrem Knöchel und einem Großteil ihrer Wade.

»Mist!«

Sie ging eine Stufe und dann noch eine weitere Stufe hinunter. *Hat ja viel gebracht, die Hose hochzukrempeln,* dachte sie. Das Wasser reichte ihr beinahe bis zu den Hinterbacken. Sie schloss die Augen und überlegte, ob sie wieder umkehren sollte. *In den Waitomo-Höhlen gab es Aale, die so lang wie ihr Bein waren.* Der Gegenstand in der Nische vor ihr glänzte. Georgie atmete schwer, teils aus Angst, teils wegen des kalten Wassers.

Sie hätte schwören können, dass der Gegenstand Augen hatte. *Er beobachtet mich.*

Sie drehte sich um. Nur ein paar Schritte, und sie war wieder in Sicherheit. Doch jetzt aufzugeben kam nicht infrage. Sie war ja sowieso bereits völlig von stinkendem Wasser durchnässt.

*Halt durch, Someday.*

Georgie stapfte durchs Wasser. Es war ihr egal, ob sie nass wurde oder nicht, sie wollte nur so schnell wie möglich die andere Seite erreichen. Sie erreichte eine weitere Stufe, und danach reichte ihr das Wasser bis zur Taille. Dann flachte der Boden allmählich ab, war aber immer noch uneben. Sie spürte scharfe Kanten – in diesem schlammigen Wasser konnte alles Mögliche liegen. Mit jedem Schritt wurde sie nasser und kälter, dann hatte sie endlich die gegenüberliegende Seite des Beckens erreicht.

*Siehst du? War doch gar nicht so schlimm.*

Sie griff in die Nische – eigentlich nur ein mehrere Ziegelsteine großes Loch in der Wand – und nahm den Gegenstand heraus. Sie hielt ihn ins Licht. Es war eine alte, abgegriffene Holzpuppe in einem fadenscheinigen roten Kleid. Vom Gesicht waren nur noch zwei verblichene schwarze Augen übrig. In ihrem Rücken steckte ein Schlüssel, der sich einmal herumdrehen ließ, woraufhin erneut die Melodie ertönte, nur langsamer und mühsamer als vorher. Was von dem einst blonden Haar der Puppe noch übrig war, war schmutzig und verfilzt.

Georgie erstarrte mit der Puppe in der Hand. Die Melodie erstarb erneut, und eine weitere Woge der Angst brach über sie herein. Sie hatte eine Bewegung im Augenwinkel bemerkt.

Langsam drehte sie den Kopf und hoffte inständig, dass es nur eine optische Täuschung gewesen war. *Hab keine Angst vor der Dunkelheit, Georgie.* Ihre Lippen zitterten. Sie fürchtete sich und war gleichzeitig wütend. Es fühlte sich an, als würde Eiswasser durch ihre Adern laufen.

Elinor Fox hockte neben einem Eimer am Ufer und beobachtete sie interessiert. Ihr langes blondes Haar ähnelte dem der Puppe. Sie hatte die Augen aufs Wasser gerichtet.

»Hallo, Georgie. Wie schön, dich hier zu treffen.«

Georgie verzog das Gesicht und suchte nach einer passenden Antwort, aber ihr fehlten die Worte. Sie schaffte ein Keuchen, mehr brachte sie nicht heraus. Das Herz klopfte ihr bis zum Hals.

»Das im Café ist ja nicht so gut gelaufen«, sagte Fox. Ihre Stimme hallte von den Wänden wider, sodass sie aus allen Richtungen zugleich zu kommen schien. »Aber ich will trotzdem, dass wir Freunde werden.«

Georgie drehte sich zu Fox um. Sie konnte nicht einfach auf sie zurennen, dafür war das Licht zu schwach und Fox zu weit weg. Die Journalistin hockte einfach nur da und blickte geradeaus. *Was hat sie vor?*

»Georgie, willst du meine Freundin sein?«, fragte Fox, sah aber immer noch etwas abwesend aus.

Georgie wusste nicht, was sie tun sollte, also nickte sie nur. *Lass mich einfach gehen. Lass mich bitte gehen.*

»Ja oder nein?«, brüllte Fox.

»Ja!«

Fox nickte. »Sehr gut.« Sie stand ruckartig auf. Georgie hielt den Atem an. »Ah, du hast meine Puppe gefunden.« Georgie sah auf das schäbige Ding in ihren Händen herab. *Ihre Puppe?* »Du hättest übrigens gar nicht durchs Wasser laufen müssen. Am Rand ist ein Absatz, da ist es nur ein paar Zentimeter tief. Aber das konntest du ja nicht wissen.«

Georgies Zähne klapperten, doch sie gab sich alle Mühe, keine Schwäche zu zeigen. »Woher wissen Sie das alles?«

Fox zuckte mit den Schultern, als hätte sie sich diese Frage noch nie gestellt. »Keine Ahnung. Manchmal habe ich Schwierigkeiten, mich an bestimmte Dinge zu erinnern.«

Damit trat Fox den Eimer um. Wasser und etwas Graues ergossen sich in das Becken. Georgie sah genauer hin, aber das Wasser war zu trüb. *Was zum Teufel hatte Fox da zu ihr hineingekippt?* Es war auf der Stelle im Becken verschwunden.

*Moment. War das etwa …?*

»Du machst dir keine Vorstellung, wie schwierig es ist, einen Feuerfisch in einem Mietwagen von London nach Norfolk zu transportieren«, sagte Fox. »Ich kann dir sagen … das ist so gut wie unmöglich. Ich dachte schon, er würde draufgehen, und habe immer wieder Evian nachgekippt. Aber jetzt ist der Kleine so froh und munter wie bei deinem Lover im Aquarium.«

Georgie wollte schlucken, doch dafür war ihre Kehle

viel zu trocken. Sie ließ den Blick hektisch übers Wasser schweifen, aber der Fisch war nirgendwo zu sehen.

»Ich dachte ja erst, das wären bloß hübsche Fische«, sagte Fox. »Dabei sind sie wirklich interessant, wusstest du das? Bevor ich hierhergefahren bin, hab ich mich auf Wikipedia informiert. Die Flossenstacheln sind hochgradig giftig. Hör dir das an.« Sie nahm ihr Handy heraus und las vor. »›Das Gift der Pteroinae kann zu extremen Schmerzen, Übelkeit mit Erbrechen, Atembeschwerden, Krämpfen, Schwindel, Rötung der betreffenden Hautpartien, Kopfschmerzen, Taubheitsgefühle, Parästhesie‹ – also Prickeln und Kribbeln der Haut –, ›Sodbrennen, Durchfall und übermäßigem Schwitzen führen. In seltenen Fällen kann es auch zu einer vorübergehenden Lähmung der Gliedmaßen, zum Herzstillstand und sogar zum Tod kommen.‹ Beeindruckend, nicht wahr?«

»Ich …« Georgie brachte kaum einen Ton heraus. Ihr Hals wurde immer dicker, sie bekam keine Luft. »Ich habe …«

Fox grinste. »Ja, ich weiß.«

Georgie erstarrte. Sie weiß es. *Passen Sie auf, dass Sie nicht von einer Biene gestochen werden,* hatte sie im Café zum Abschied gesagt.

»Du hast Anaphylaxie. Der ganze Kram, den ich gerade vorgelesen habe, wird dir wohl erspart bleiben, weil du zuerst mal einen anaphylaktischen Schock bekommst und dann … na ja, dann werden wir sehen. Vielleicht ertrinkst du ja, wer weiß.«

Georgie stand wie angewurzelt da und sah sich um. Sie atmete flach und hektisch und spürte, wie ihr Blutdruck sank und alles vor Augen verschwamm. Ihre Beine wurden immer schwächer und würden bald nachgeben. Sie glaubte, in der Ecke eine Bewegung zu erkennen. War das der Feuerfisch, der die Oberfläche durchbrach? Er konnte überall sein. Das Wasser war so trüb, dass sie nicht mal ihre eigenen Füße sah.

Sie blickte auf, wollte etwas sagen, irgendetwas, doch Fox war bereits an der Treppe und warf ihr noch einen letzten bedrohlichen Blick über die Schulter zu.

»Tut mir leid, aber bei Rivalinnen kenne ich keine Gnade, Georgie«, sagte Fox. »Und für jemanden, der angeblich so schlau ist, bist du scheißdämlich.«

Fox drückte auf den Lichtschalter, und Georgie stand im Dunklen.

# 54

*Du musst keine Angst vor der Dunkelheit haben.*

Georgie konnte sich nicht bewegen. Das Wasser reichte ihr bis zur Hüfte, und sie spürte ihre Beine und Füße nicht mehr. Sie konzentrierte sich auf ihre Atmung. Durch die Nase einatmen, durch den Mund ausatmen. Jeder Muskel ihres Körpers war angespannt, und sie kämpfte gegen die wachsende Panik an. *Bleib ruhig. Wenn du jetzt ausflippst, fängst du an zu hyperventilieren.*

Das Licht des Handys reichte nicht weit in die Dunkelheit, die sie umgab, seit Fox das Licht ausgeschaltet und sie *allein hier unten* gelassen hatte. In der Finsternis …

*In der Finsternis!*

Dann fiel ihr ein, dass Fox die ganze Zeit hier unten gewartet haben musste, sie aus den Schatten dabei beobachtet hatte, wie sie die Schuhe ausgezogen und durchs Wasser gewatet war. Georgie wurde übel.

Der Feuerfisch, der irgendwo vor ihr seine Bahnen zog, war sicher auch in Panik geraten, immerhin hatte man ihn gerade in viel zu kaltes Süßwasser geworfen. Vielleicht starb er ja bald. Georgie verkniff sich die Tränen – das war die einzige Hoffnung, die ihr blieb: dass der Fisch starb und sie es lebendig aus dem Wasserbecken schaffte.

*Denk nach!*, schrie sie innerlich, schloss die Augen,

sah Martins gieriges Lächeln vor sich, kurz bevor er das Licht ausschaltete, verscheuchte das Bild und dachte an zu Hause. *Wenn man sich im Supermarkt aus den Augen verloren hat – findet man sich dann schneller, wenn einer bleibt, wo er ist?*

Nein, es war effektiver, wenn sich beide in Bewegung setzten. Das andere Ufer war höchstens zwanzig Meter entfernt. Mit vor Kälte zitternden Händen rollte sie die Hosenbeine hinunter. Der Stoff kam ihr furchtbar dünn vor. Warum habe ich nur diese Jeans angezogen? Der Feuerfisch hatte Flossen mit harten, nadelspitzen Strahlen. Wenn er sich bedroht fühlte, und davon konnte man ausgehen, würde Hemingway jedem potenziellen Feind, der sich näherte, seine Stacheln in den Leib rammen. Georgies Körper würde sofort auf das Neurotoxin reagieren und ihr Immunsystem auf Hochtouren Histamin produzieren. Ihre Lunge würde anschwellen, sie würde nicht mehr atmen können und womöglich sogar einen Anfall bekommen.

Fox hatte recht: Wenn sie vom Gift gelähmt ins Wasser fiel, würde sie in weniger als einer Minute ertrinken.

»Na los, beweg dich!«, befahl sie sich.

Ein Plätschern in der Nähe ließ sie innehalten und beinahe die Fassung verlieren. Es war nicht weit entfernt gewesen. Durchbrach in diesem Augenblick eine Rückenflosse die Wasseroberfläche und schoss auf sie zu? *O Gott. O Gott!* Sie zitterte und richtete das schwache Handylicht in die Richtung, aus der das Geräusch gekommen war. Sie sah kaum ihre Beine im Wasser.

Am besten war wohl, sie rannte so schnell sie konnte durch das Wasser.

Dann erregte ein weiteres Geräusch ihre Aufmerksamkeit. Die Tür am oberen Ende der Treppe öffnete sich, und Licht fiel auf die Ziegelwände.

»Georgie?«, rief eine Stimme.

Ihr Herz setzte mehrere Schläge aus. *War das möglich?*

»Li!«, rief sie.

Schritte. Li lief die Treppe hinunter. »Scheiße, was treibst du denn da unten?« Ihre Mitbewohnerin ahnte offensichtlich nicht, in welcher Gefahr Georgie schwebte.

»Am Ende der Treppe ist ein Lichtschalter. Auf der linken Seite!«, rief Georgie.

Einige quälende Augenblicke später flackerte die Glühbirne auf. Li sah sich erstaunt im Keller um, dann bemerkte sie Georgie, die am gegenüberliegenden Ende bis zur Hüfte im Wasser stand, und ihre Miene wechselte von verblüfft zu besorgt.

»Ist das ein Schwimmbecken?«, fragte Li. »Schade, dass ich keinen Bikini dabeihabe.«

»Im Wasser ist ein Feuerfisch!«, rief Georgie. »Er ist ungefähr so groß wie ein Fußball und schwarz-Weiß gestreift. Und er hat eine Menge giftiger Flossen. Ich muss wissen, wo er ist, damit ich aus dem Wasser raus kann.«

Li zögerte, und beinahe sah es so aus, als wollte sie gleich loslachen, weil sie das alles für einen Scherz hielt.

»Meine Anaphylaxie!«, kreischte Georgie verzweifelt. »Die Bienenstichallergie! Wenn mich der Feuerfisch sticht, passiert das Gleiche!«

Allmählich dämmerte es Li. Sie rannte zum Beckenrand und ließ das Licht des Handys über das Wasser schweifen. »Mach ein paar Schritte nach vorn«, wies Li sie an. »Sieh zu, dass du Bewegung ins Wasser kriegst.«

»Aber ich …«

»Nun mach schon!«

Georgie tat wie geheißen, obwohl sie nicht wusste, wie lange sie ihre Beine noch trugen. Mit einem Mal kamen sie ihr so schwach vor, dass sie sich fragte, weshalb sie nicht auf der Stelle einknickten.

»Konzentrier dich nur auf meine Stimme«, sagte Li. Ihr Ton hatte etwas Tröstliches, eine Besonnenheit, die Georgie nicht von Li kannte. Aber sie war sehr dankbar dafür. Das rettete ihr womöglich das Leben.

»Noch ein paar Schritte«, sagte Li und ging zur anderen Seite hinüber. Georgie watete weiter. Es ging furchtbar langsam voran, doch jeder kleine Schritt war einer in Richtung Sicherheit. Wenn Li das Wasser im Auge behielt, konnte sie rechtzeitig reagieren, falls …

»Da ist er!« Li deutete auf etwas in der Ecke hinter ihr. Anscheinend war der Feuerfisch aufgetaucht. Georgie konnte ihn nicht sehen, aber sie durfte keine Zeit verlieren. Wenn der Fisch hinter ihr war, dann …

»Lauf!«, schrie Li.

Georgie stapfte los, watete durch das Wasser, dass es nur so spritzte. Der Steinboden zerschnitt ihre Füße, sodass der Schmerz ihre Beine hinauffuhr, aber es war ihr egal. Sie hatte den Rand des Beckens beinahe erreicht, konnte beinahe Lis ausgestreckte Hand packen – als sie auf etwas Spitzes trat. Um es sich nicht in den Fuß zu bohren, gab ihr Bein unwillkürlich unter ihr nach. *Das war's dann wohl.* Georgie ruderte hilflos mit den Armen, während sie ins Wasser zurückfiel. Sie würde in diesem Keller sterben, genau wie Alexia Elias. Fox hatte gewonnen.

Sie schmeckte das faulige Wasser in ihrem Mund, schluckte Schlamm und Dreck. Ihre Hände ertasteten die rauen Steinkanten des Beckenbodens. Sie konnte nicht atmen, bekam keine Luft. Panik ergriff sie, und sie konnte keinen klaren Gedanken mehr fassen.

Gerade als sie glaubte, das Bewusstsein zu verlieren, spürte sie, wie sich Hände unter ihre Achseln schoben. Etwas bewegte sich im Wasser, jemand rief etwas, und dann durchbrach ihr Kopf die Oberfläche. Li war ins Wasser gesprungen und hatte sie herausgezogen, die Stufen hinaufgezerrt, sie wie einen nassen Sack auf die Seite geworfen und war schließlich erschöpft neben ihr zusammengebrochen.

Georgie schnappte nach Luft und erbrach schlammiges Wasser. Alles tat weh – ihre Lunge fühlte sich an, als stünde sie lichterloh in Flammen.

Doch die Erleichterung war unbeschreiblich. Sie lebte noch.

Die tropfnasse Li setzte sich auf, rollte sich herum, legte einen Arm um Georgie und lachte. »Ach du Scheiße«, keuchte sie. »Hast du nicht gesagt, du willst dich nur mal umsehen?«

»Tut mir leid«, entgegnete Georgie ebenso atemlos. Jedes Wort schmerzte. »Ich weiß auch nicht, was da los war.«

»Du hättest um ein Haar das Bewusstsein verloren.«

»Ich dachte, ich wäre auf den Fisch getreten. Irgendwas hat unter mir nachgegeben. Vielleicht ein brüchiger Stein oder so.«

»Du bist in Panik geraten. Das kann jedem mal passieren.«

»Danke. Gott sei Dank hast du den Fisch hinter mir gesehen.«

»Hab ich gar nicht.« Li grinste. »Keine Ahnung, wo das verdammte Vieh ist.«

# 55

Priest trat einen Schritt zurück und sah sich erst das Gebäude vor ihm und dann noch einmal die Nachricht in seiner Hand an. Die Adresse stimmte, aber weshalb wollte ihn Jack Oldham in einem lange aufgegebenen Theater treffen?

Das New Playhouse wurde seinem Namen nicht gerecht – weder war es neu noch konnte man es in diesem Zustand als Theater bezeichnen. Mehrere rissige Stufen führten zu vier mit von Werbepostern für längst vergangene Aufführungen bedeckten Türen hinauf. Anscheinend hatte irgendjemand auf diesem Weg versucht, die Erinnerung an frühere Zeiten am Leben zu erhalten, doch wenn man der öffentlichen Bekanntmachung an der Wand daneben Glauben schenken wollte, war eine Wiedereröffnung ausgeschlossen. Nächstes Jahr um diese Zeit würde das Theater bereits zu einem Wohnhaus umfunktioniert sein.

Priest überlegte. Sonst hatte er sich mit Jack ausnahmslos an öffentlichen Orten getroffen, doch der Elias Foundation stand das Wasser bis zum Hals, und wenn es um Mord und Korruption ging, waren vierundzwanzig Stunden eine lange Zeit. Womöglich hatte sich die Situation dramatisch geändert und Jack hielt erhöhte Sicherheitsmaßnahmen für geboten – doch selbst dann hätte es ein ruhiges Café genauso getan.

Priest rüttelte an den Türen. Die letzte Tür auf der rechten Seite ließ sich öffnen. Die Scharniere quietschten. Die Poster über Tür und Angel hatten Risse: Anscheinend war bereits jemand hier. Im mit Spinnweben verhangenen Vorraum standen zwei verlassene Ticketbuden. Der Teppich war zerfleddert, der Betonboden mit Müll übersät: Überall lagen Styroporbecher, Eintrittskarten, Chipstüten und Flugzettel herum.

Eine bis auf ein Platzanweiserhütchen nackte Schaufensterpuppe saß in einer der Buden.

In der Nachricht waren sogar Reihe und Sitzplatznummer angegeben. Allmählich wurde Priest etwas mulmig zumute. Jack war Geschäftsmann mit wenig Sinn für Theatralik und hätte ihn sicher im Foyer getroffen. Irgendjemand spielte hier ein grausames Spiel mit Priest, und Jack Oldham war es ganz sicher nicht.

Priest rieb sich verwirrt die Stirn. Früher hätte er sich einfach nur an die Dienstvorschriften halten und Verstärkung rufen müssen, doch jetzt war er auf sich allein gestellt. Priest sah sich um. Es war gefährlich, aber er musste das Risiko eingehen. Für Simeon. *Jetzt gibt es kein Zurück mehr.*

Vorsichtig ging er weiter. Eine wenig vertrauenserweckende Treppe zu seiner rechten führte einem verblassten Schild zufolge zu den Rängen. Das Parkett erreichte man hinter einem Barbereich.

Er öffnete die Tür zur Theaterbar, als sich vor ihm plötzlich etwas bewegte. Priest riss die Arme hoch, um sein Gesicht zu schützen, und die Tür vor ihm fiel wieder krachend ins Schloss. Während der Lärm noch durchs

Gebäude hallte, begriff er, dass es nur eine Taube gewesen war. Das blöde Vieh war durch die Tür geflogen, sobald sie sich geöffnet hatte, und war durch ein Loch in der Decke des Foyers verschwunden.

*Ich bin zu alt für so was.*

Priest öffnete ein weiteres Mal die Tür und betrat den Barbereich. Der Kronleuchter über ihm brannte, obwohl die Hälfte der Birnen defekt waren und mehrere unregelmäßig flackerten, was dem Raum eine düstere, unheimliche Atmosphäre verlieh. Der Getränkestand war völlig leer geräumt. In den Regalen lagen noch ein paar verstaubte leere Weinflaschen. In der Ecke standen Werkzeug und eine mit einer Plane bedeckte Leiter, als hätte irgendjemand vorgehabt, das Theater zu renovieren, dann aber angesichts der gewaltigen Aufgabe kalte Füße bekommen.

Er sah sich um. Keine Spur von Jack, dabei war Priest auf die Minute pünktlich. Er schnalzte mit der Zunge und dachte an das von Elinor in seine Einzelteile zerlegte Gästezimmer. Er wurde einfach nicht schlau aus ihr. Hatte Georgie recht, war sie das Mädchen vom Devil's Point? Hatte sie deshalb gemordet? Und warum?

Die Tür zum Parkett klemmte. Er stieß mit der Schulter dagegen. Sie öffnete sich mit einem furchterregenden Quietschen, und er taumelte in den eigentlichen Theatersaal, in dem es noch dunkler war als im Vorraum. Lediglich ein paar kerzenförmige Lampen an den Wänden spendeten mattes orangefarbenes Licht. Die Mitte des Zuschauerraums gähnte ihm entgegen wie ein Schwarzes Loch. Der Vorhang war geschlossen, sodass Priest eine Vorstellung davon bekam, wie klein das Theater eigentlich war. Es verfügte lediglich über ein paar Hundert Plätze, die Ränge miteingerechnet.

Priest ging den Gang hinunter. Bei jedem Schritt gaben die knarrenden Dielen unter seinen Füßen leicht nach. Ein abgestandener, muffiger Geruch hing in der Luft. Er erreichte Reihe H und erblickte eine Gestalt. Sie saß kerzengerade da, bewegte sich nicht, blickte starr geradeaus und hatte die Hände in den Schoß gelegt. Es war zu dunkel, um mehr erkennen zu können, doch für Elinor Fox war die Gestalt viel zu groß.

Er sah sich um, aber bis auf die Gestalt vor ihm, bei der es sich genauso gut um eine weitere Schaufensterpuppe handeln konnte, war niemand zu sehen.

*Na, dann Hals- und Beinbruch.*

Er ging durch die Reihe. Die Gestalt bewegte sich erst, als sich Priest neben sie setzte. Dann wandte ihm der Mann den Kopf zu und sah Priest mit eingefallenen, geröteten Augen an.

»Sie haben meine Nachricht erhalten«, krächzte der Mann.

»In der Tat. Sehr umsichtig von Ihnen, diesen Ort auszuwählen«, sagte Priest. »Wir dürfen uns selbstverständlich nicht gemeinsam in der Öffentlichkeit blicken lassen.«

»Nein«, stimmte ihm der Mann zu. »Immerhin sind Sie der Anwalt der Gegenseite.«

Priest erwiderte Dominique Elias' Blick. Seit er ihn vor dem Gerichtsgebäude gesprochen hatte, schien er um zehn Jahre gealtert zu sein. Sein Gesicht war verkniffen, die Wangenknochen traten hervor, seine Haut hatte einen leicht gelblichen Ton angenommen.

»Und jetzt?«

Dominique schluckte. Ohne zu antworten, richtete er den Blick auf die Bühne und starrte in aller Seelenruhe den Vorhang an. Vielleicht fand vor seinem geistigen Auge gerade eine großartige Vorstellung statt; er nickte im Takt einer unhörbaren Musik mit dem Kopf.

»Ich kenne dieses Theater noch aus meiner Kindheit«, sagte er gedankenverloren. »Ein wunderbarer, bunter Hort der Kultur. Und sehen Sie ihn sich jetzt an. Eine Ruine. Die Schauspieler sind tot und das Publikum auch.«

»Mein Beileid wegen Ihrer Frau«, sagte Priest, um ihn wieder ins Hier und Jetzt zurückzuholen. »Das muss Sie tief getroffen haben.«

Dominique nickte, obwohl es nicht so wirkte, als hätte er Priest überhaupt gehört. Er schlug ein Bein über das andere und sah Priest nachdenklich an.

»Ich musste hierherkommen, Mr. Priest. Ich hatte keine andere Wahl.«

»Dominique, man hat immer eine Wahl.«

Dominique lachte. »Wir wissen beide, dass das ein Trugschluss ist. Für Lebewesen, die so große Stücke auf ihre Freiheit halten, sind wir bemerkenswert unfrei.«

»Sie haben mich doch hierherbestellt.«

»Ich? Aber nein. Ich habe Ihnen die Nachricht zukommen lassen, aber Sie sind nicht auf *meine* Einladung hier.«

Priest sah sich um. *Wer hat mich dann hierherbeordert?* Von irgendwoher kam ein schwacher Windstoß. Die trüben Glühbirnen flackerten. Er beugte sich vor. Plötzlich wurde ihm bewusst, wie dunkel und still es im Saal war.

»Ich habe mit ihm gesprochen«, murmelte Elias.

»Mit wem?«

»Mit dem Puppenspieler. Mit demjenigen, der unsere Fäden zieht.«

Priest hielt inne. *Dem Puppenspieler?* »Und was hat er gesagt?«

»Er hat mir gesagt, was passiert, wenn ich mich nicht mehr von ihm lenken lasse.«

Dominique saß zusammengekrümmt da und atmete schwer und angestrengt.

Priest wartete auf eine Erklärung. Er wollte das Schweigen nicht brechen, als könnte Elias beim kleinsten Geräusch in tausend Teile zersplittern. Plötzlich setzte sich Elias auf und sah Priest an. Seine Augen lagen so tief in den Höhlen, dass sie kaum zu erkennen waren.

»Würden Sie kurz hier warten, während ich den Vorhang aufziehe? Es würde mir große Freude bereiten, noch einmal die Bühne zu sehen. Selbst in diesem grauenhaften Licht.«

»Tun Sie, was Sie nicht lassen können.«

Dominique hatte sichtlich Mühe, sich aufzurichten. Er sah aus, als hätte er starke Schmerzen. Dann humpelte er zur Bühne und ging durch eine Tür. Kurze Zeit später hob sich der Vorhang quälend langsam. Dominique tauchte darunter auf. Er keuchte, war aber sichtlich zufrieden mit seiner Leistung.

»Herrlich«, sagte er und sah sich begeistert um.

Priest rutschte unruhig auf seinem Sitz herum. Er hatte ein ungutes Gefühl in der Magengegend. *Irgendetwas ist hier faul. Mehr als faul sogar.*

»Das Puppentheater hat mir immer am besten gefallen, Mr. Priest«, verkündete Dominique von der Mitte der Bühne aus. »Die Marionetten wirkten so lebendig, obwohl sie nur Parasiten waren, versorgt von ihrem Wirt: dem Puppenspieler. Und Sie und ich, wir sind auch nur Puppen, Mr. Priest.«

Priest verschränkte die Hände hinter dem Kopf und beobachtete den alten Mann dabei, wie er über die Bühne rannte und alles mit kindlicher Neugier betrachtete. Es war ein trauriges Schauspiel. *Er hat den Faden verloren. Sozusagen.* »Ich komme mir aber gar nicht wie eine Puppe vor«, rief Priest ihm zu. »Ich glaube, dass ich selbst über mich bestimmen kann.«

»Aber sicher glauben Sie das. Sie glauben, Sie hätten die Kontrolle über sich. Eine Puppe glaubt das auch, aber ist es die Wahrheit? Das möchte ich doch stark bezweifeln. Sie können so wenig über sich bestimmen wie ich über mich.«

»Was ist mit Julian, Dominique? Wer bestimmt über ihn?«

Dominique seufzte, breitete die Arme aus und blickte verzweifelt zur Decke. »Mein Junge. Ich liebe ihn, Mr. Priest. Überrascht es Sie, das zu hören? Ich habe seiner Mutter viel Geld bezahlt und seinen Werdegang genau verfolgt. Immerhin ist er mein Sohn. Glauben Sie nicht, dass ich mich nicht für ihn interessiere.«

»Wir haben in Simeons Wohnung ein Foto von ihm gefunden. Darauf stand er auf einem Abhang vor ihrem alten Haus in Norfolk. Dem Haus, aus dem Sie und Alexia 1989 ausgezogen sind. Jemand hat das Foto manipuliert und es dort für uns platziert. Waren Sie das?«

Dominique war zur Mitte der Bühne zurückgekehrt und starrte zu den Rängen hinauf. Fast sah es so aus, als wollte er gleich anfangen zu singen. Priest setzte sich mit klopfendem Herzen auf.

»Wer ist es, Dominique? Wer ist Ihr Puppenspieler?«

Der Puppenspieler zerrte die Tasche aus dem Auto, blieb stehen, wischte sich den Schweiß von der Stirn und betrachtete den Eingang des New Playhouse. Die letzte Tür auf der rechten Seite stand einen Spalt offen. Sehr gut. Alles verlief nach Plan.

Er warf sich die Tasche über die rechte Schulter und schlich sich hinein. Priest und Elias mussten sich inzwischen im Theatersaal befinden, doch er konnte sich nicht darauf verlassen, dass sie auch Platz genommen hatten. Daher musste er darauf achten, so wenig Lärm wie möglich zu machen.

Im Foyer war niemand außer der dämlichen Schaufensterpuppe. Der Puppenspieler ging die Treppe zu den Rängen hinauf, blieb jedoch kurz vor dem Ende des Durchgangs stehen und schloss eine kleine Tür auf, die man leicht hätte übersehen können. Es hatte lange gedauert, den Besitzer des Theaters ausfindig zu machen und ihm unter dem Vorwand eines geplanten Kunstprojekts den Schlüssel abzuschwatzen.

Der Puppenspieler betrat den kleinen Raum und setzte sich vor das Kontrollpult, auf dem sich selbstverständlich keine Elektronik mehr befand; sie war schon vor Jahrzehnten abgebaut worden. Der Puppenspieler blickte durch ein kleines, vor Schmutz blindes Fenster auf den Publikumsbereich hinunter, wo sich Priest und Elias in diesem Augenblick befinden sollten. Und tatsächlich saß der Anwalt auch brav auf seinem Platz. Elias dagegen stand auf der Bühne. Er hatte den Vorhang hochgezogen, als wollte er ein Einmannstück zum Besten geben.

»Oh, das ist perfekt«, murmelte der Puppenspieler. »Perfekt.«

Er öffnete die Tasche, dann zog er das Fenster einige Zentimeter weit auf, damit er hören konnte, was unten gesprochen wurde. Er legte ein iPhone so auf das Kontrollpult, dass die Kamera durch den Fensterspalt gerichtet war, und startete die Aufnahme. Falls Elias nicht plötzlich zu schreien anfing, war die Tonqualität bestenfalls beschissen, doch der Puppenspieler hatte überall im Theater Mikros aufgestellt. Schließlich war nicht garantiert, dass Priest und Elias auf ihren Plätzen sitzen blieben. Die Aufnahme lief bereits.

Wenn Elias sein Geständnis ablegte, würde es die ganze Welt erfahren.

# 56

Priest wurde das Gefühl nicht los, dass Dominiques Auftritt im wahrsten Sinne des Wortes inszeniert war. Er wirkte ratlos, trat von einem Bein aufs andere und wusste nicht, wohin mit seinen Händen. Anscheinend wartete er auf etwas, doch worauf?

Er fing an zu sprechen. Erst so leise, dass sich Priest vorbeugen musste, dann immer lauter, bis seine Stimme den Saal ausfüllte und seine merkwürdige Rede hundertfach vom Echo verstärkt wurde, das von den sich ablösenden Tapeten widerhallte.

»Als ich meine Tochter zum ersten Mal missbraucht habe, war sie fünf Jahre alt«, krächzte er mit bebender Stimme. »Es war nicht Alexias Tochter, sondern das Kind einer anderen Frau. Sie wurde mir anvertraut, ich sollte sie aufziehen. Aber ich missbrauchte meine Macht, sperrte sie in den Keller, zog sie an wie eine Puppe, und wir spielten miteinander, bis ich …« Elias verstummte, und seine Augen füllten sich mit Tränen. Er räusperte sich, würgte beinahe und zitterte am ganzen Körper. »Ich bin pädophil, ein Kinderschänder, krank und ohne Moral. Aber ich habe mir einen Rest Menschlichkeit bewahrt. Ich bin zur Liebe fähig, denn ich habe meine Tochter geliebt und liebe meinen Sohn immer noch. Aber ich kann meine Bedürfnisse nicht im Zaum halten, und deshalb bin ich von mir selbst angewidert. Meine Tochter Elinor war in jeder Hinsicht perfekt.«

Während sich jahrzehntelang zurückgehaltene Schuldgefühle ihre Bahn brachen, wurden Priests Augen vor Schreck immer größer.

Er umklammerte die Armlehnen noch fester und beobachtete wie gebannt das Schauspiel, das sich ihm darbot. *Scheiße auch, Georgie hatte recht. Elinor ist das Mädchen vom Devil's Point. Deshalb hat sie auch nicht mehr alle Tassen im Schrank.*

»Eines Tages ist uns Elinor entwischt. Ist sie mir entwischt.«

Tränen liefen über das Gesicht des alten Mannes, doch er redete standhaft weiter. Anscheinend war er fest entschlossen, die Dämonen, die ihn heimsuchten, ein für alle Mal auszutreiben. *Das wird Ihnen auch nichts mehr nützen, Dominique.*

»Meine Frau Alexia wusste, was ich da trieb, wozu ich fähig war. Aber sie versuchte nicht, mich aufzuhalten ... manchmal half sie mir sogar. Wir teilten dieselben ... *Bedürfnisse,* verstehen Sie? Diese Bedürfnisse mussten auf unterschiedliche Weise befriedigt werden, aber ihr Ursprung war derselbe. Wir kümmerten uns gut um Elinor. Wir badeten sie, ernährten sie ordentlich, sie bekam Spielsachen und durfte fernsehen. Wir lasen ihr vor und spielten mit ihr. Sie war ein glückliches Kind. Und wir verlangten im Gegenzug lediglich von ihr, sich wie eine Puppe anziehen zu lassen und zu tun, was man ihr sagte.«

Priest hatte genug gehört. Wütend sprang er auf und lief zur Bühne. »Das reicht, Dominique!«

Dominique geriet zusehends in Panik. Er sprach immer schneller, als wollte er sich so viel wie möglich von der Seele reden, bevor Priest ihn erreichte.

»Ich war oft bei Tome am Meeresufer und habe den Sonnenuntergang beobachtet. Dort konnte ich zumindest etwas Frieden finden. Ich höre noch immer ihre Stimme, ihren Schrei. Er verfolgt mich. Dort will ich hin – wo die Sonne im Wasser versinkt. Bringen Sie mich dorthin. Dorthin, wo die Sonne …«

Priest war am Bühnenrand. »Dominique!«

Alles passte zusammen – es war immer nur um Rache gegangen. Rache für das, was Dominique seiner Tochter mit Alexias Hilfe angetan hatte. Simeon hätte Alexia zu Fall bringen sollen, doch er hatte einen Rückzieher gemacht und war deshalb ermordet worden. Dann hatte jener ominöse Puppenspieler sein Vorhaben erweitert: Er wollte Dominique und Alexia nicht nur ruinieren, er wollte ihre Verbrechen öffentlich machen.

*Nichts sehen, nichts hören, nichts sagen.*

Dominique hatte sein Geständnis abgelegt. Nun folgte der Schuldspruch.

*Moment! Dominique hat mich bestimmt nicht hierher beordert, damit ich mir das alles anhöre.* Das war jemand anderes. Priest stolperte über die vorderste Sitzreihe. Er schrie vor Wut und Schmerz auf, als sein Bein zwischen zwei Sitzen stecken blieb.

Ein Schuss ertönte, und Priest warf sich auf den Boden.

Der Puppenspieler lauschte der Aufzeichnung über Ohrhörer, die mit dem MacBook verbunden waren, das er gestern aufgestellt hatte. Unter einem Sitz in der ersten Reihe befand sich ein Mikrofon, das Elias' Worte glasklar aufgezeichnet hatte. Er hatte gestanden, genau wie es ihm der Puppenspieler befohlen hatte.

Er nahm das Gewehr aus der Tasche. Elias war weiter entfernt, als der Puppenspieler erwartet hatte, aber noch in Schussweite. Allerdings stellten seine ruckartigen Bewegungen eine zusätzliche Schwierigkeit dar.

Der Puppenspieler schob den Gewehrlauf durch das Fenster und betrachtete den Hinterkopf des Anwalts durchs Zielfernrohr. Er stellte die richtige Entfernung ein und atmete tief durch. Wie gern er Charlie Priest den Kopf von den Schultern geschossen hätte, doch obwohl Elinor mehr als einmal in Priests Wohnung gewesen war, gehörte das nicht zu seinem Plan.

Der Puppenspieler richtete die Waffe auf die Bühne, wo Elias stand und in Richtung Kontrollraum starrte. Er konnte ihn von dort aus doch nicht etwa sehen, oder?

Priest war aufgestanden. Er brüllte etwas und störte Dominiques Geständnis. Konnte dieser nervtötende Dreckskerl nicht wenigstens ein paar Minuten Ruhe geben? Der Puppenspieler war außer sich vor Wut.

Er zielte. Er musste das ganze früher als geplant beenden, doch er hatte ja genug aufgezeichnet. Schon bald würde er die Daten jedem nur erdenklichen sozialen Medium zur Verfügung stellen. Elias' Schicksal würde in wenigen Stunden besiegelt sein.

Priest lief auf die Bühne zu. Jetzt oder nie.

*Für Elinor!*

Das Gewehr machte einen Satz, die Kugel schoss donnernd aus dem Lauf und auf ihr Ziel zu. Priest war bereits in Deckung gegangen, Elias dagegen regte sich noch. Die Kugel hatte seine Schulter durchbohrt. Er taumelte, doch tödlich getroffen war er nicht.

Panisch legte der Puppenspieler erneut an.

Priest sah verblüfft zu, wie Dominique nach hinten geschleudert wurde. Ihm war sofort klar, was hier vor sich ging. Als junger Polizeibeamter hatte er einen sechsmonatigen Kurs am National Police Firearms Training Centre in Kent absolviert. Er wusste, wie sich ein Gewehrschuss anhörte.

Priest duckte sich hinter den Sitz und hielt nach dem Schützen Ausschau. Der Kontrollraum unterhalb der Ränge. *Scheiße!* Er sah den Gewehrlauf aus dem Fenster ragen. Der Schütze beugte sich vor, um besser sehen zu können.

Dominique brach auf der Bühne zusammen.

Ein weiterer Schuss prallte von einem Sitz neben ihm ab. Priest presste sich gegen den Boden. Er hatte keine Waffe, um das Feuer zu erwidern. *Wenn mich der Schütze treffen wollte, hätte er das längst getan.* Ein vierter Schuss ertönte und schlug etwas weiter entfernt ein. Priest spähte durch die Lücke zwischen zwei Rückenlehnen, sah aber nichts.

Er kroch unter den Sitzen hindurch zum Gang und dem schwach leuchtenden AUSGANG-Schild an der Wand, doch es war hoffnungslos. Bis er die Tür erreichte, war der Schütze längst über alle Berge.

# 57

Und so war es auch – als Priest den Kontrollraum erreichte, war dieser bis auf das leergeschossene Gewehr und die dazugehörige Tasche leer.

*Verdammte Scheiße!*

Er sah auf die Bühne hinunter. Dominiques Leichnam lehnte gegen die rückwärtige Wand. Eine Blutspur führte mitten über die Bühne. Priest war direkt in die Falle getappt: Er hatte als Zeuge fungiert, während Dominique seine Sünden gestanden hatte. Dominique hatte recht gehabt: Sie waren beide nur Puppen.

*Doch wer ist der Puppenspieler?*

Das Telefon klingelte. Es war Rowlinson.

»Priest?« Rowlinson klang besorgt. »Das Labor hat Simeons Obduktionsbericht geschickt.«

»Und?«

»Simeon ist nicht an Sauerstoffmangel, sondern an einer Kohlendioxidvergiftung gestorben. Er ist zwar erstickt, aber nicht, weil jemand seinen Kopf in Frischhaltefolie eingewickelt hat. Das Stück, das wir in seinem Mund gefunden haben, sollte uns auf eine falsche Fährte führen.«

»Eine Kohlendioxidvergiftung«, wiederholte Priest und überlegte fieberhaft. »Er hat sich durch seinen eigenen Atem vergiftet. Vielleicht in einem luftdicht verschlossenen Raum?«

»Was bedeutet, dass ihn der Mörder möglicherweise Stunden oder Tage vor seinem Tod in der Gewalt hatte.«

»Ach du Scheiße.« Priest starrte die Sporttasche auf dem Boden an, und plötzlich wurde ihm einiges klar. *Die habe ich schon mal irgendwo gesehen.*

»Das bedeutet, dass wir die Alibis der *Real-Byte*-Redaktion samt und sonders in die Tonne treten können.«

»Tiff, Dominique Elias wurde soeben vor meinen Augen erschossen.«

*»Was?* Und wer hat ihn erschossen?«

Da fiel Priest ein, wo er die Tasche gesehen hatte: Am ersten Verhandlungstag im Gerichtssaal. »Derselbe, der auch Simeon und Alexia umgebracht hat. Karl Jones, der IT-Spezialist bei *The Real Byte*.«

»Woher willst du das wissen?«

»Weil seine Tasche hier liegt.«

Karl Jones schwitzte aus ihm bisher völlig unbekannten Poren. Er hatte nicht geplant, Gewehr und Tasche zurückzulassen, aber wie hätte er ahnen können, dass der beschissene Anwalt so schnell war? Anstatt beim ersten Schuss in Deckung zu gehen und da auch zu bleiben, hatte er tatsächlich versucht, in den Kontrollraum zu gelangen.

Wenigstens hatte er das Handy und das MacBook mitgenommen. Er hatte sein Geständnis – nun konnte der Junge das Gleichgewicht wiederherstellen.

Inzwischen musste auch der Spediteur mit dem Safe auf dem Weg sein.

Er hatte Julian mit Medikamenten außer Gefecht gesetzt und in den Kofferraum des Mondeo-Kombi gestopft, den er hinter dem Theater abgestellt hatte.

Julian zu überlisten war ein Kinderspiel gewesen. Karl hatte behauptet, sein Onkel zu sein, und ihm sogar einen gefälschten Brief seiner Mutter gezeigt. Sie hatten ihn noch nicht mal gelesen! Zum Glück war der Junge ebenso schwer von Begriff wie sein verbrecherischer Vater.

Karl setzte sich hinters Steuer, warf das MacBook auf den Beifahrersitz und kramte nach dem Zündschlüssel. Ein dumpfes Geräusch drang aus dem Kofferraum, in dem Julian lag. Karl hatte seine Hände und Beine mit Isolierband gefesselt und ihm den Mund zugeklebt. Als er ihn in den Kofferraum geworfen hatte, war sein tränennasses Gesicht gerötet gewesen, und seine Nase lief wie ein Wasserfall.

»Ist nichts Persönliches«, hatte Karl gesagt und den Kofferraumdeckel geschlossen. »Dein Vater hat meine Elinor nicht geliebt. Er behauptet es zwar, aber das war gelogen. Er ist ein Kinderschänder. Ein dreckiger Kinderschänder. Deshalb blieb sie mir auch versagt. Aber dich hat er auch geliebt, und daher bist du Teil des großen Plans.«

Er ließ den Motor an, fädelte sich in den Verkehr ein, wendete und trat aufs Gas. »Bevor du wiedergeboren werden kannst, musst du den Tod erfahren«, murmelte er.

Priest sprang in Rowlinsons 5er-BMW. Ein Streifenwagen mit drei uniformierten Beamten folgte dem DCI, der mit plärrender Sirene durch London bretterte.

Rowlinson hatte in Erfahrung gebracht, dass Karl Jones in einem Reihenhaus in einer Vorstadtsiedlung wohnte, wo die Kinder an Schultagen an der Ecke herumlungerten und Joints rauchten und die meisten Leute ihren Sperrmüll – Sofas oder Waschmaschinen – einfach im Vorgarten abstellten.

Rowlinsons Männer brachen die Tür mit einem Rammbock auf und stürmten das Haus. Ein paar Minuten später hatten sie es durchsucht. Von Karl keine Spur.

Priest folgte Rowlinson hinein. Als Erstes fiel ihm die Hitze auf. Der Thermostat an der Wand war auf die höchste Stufe eingestellt. Priest schaltete ihn ab.

»Anscheinend mochte er es so heiß«, rief Rowlinson und besah sich die Flugblätter und Broschüren auf dem Büfett im Flur.

»Ungewöhnlich heiß.« Ihm fiel ein, dass auch in Simeons Wohnung die Heizung voll aufgedreht gewesen war. *War das Jones' Werk, oder hatte uns Simeon damit etwas sagen wollen?*

Bis auf das Büfett war der Flur leer. Der schmutzige Holzboden setzte sich in der kleinen Küche fort. Links ging es ins Wohnzimmer, rechts war eine Treppe. Das Erdgeschoss war auffallend sparsam möbliert. Im Wohnzimmer stand ein beiges Zweisitzersofa, das auch gut in ein Altenheim gepasst hätte. In einer Ecke war ein großer Flachbildfernseher, in der anderen ein Schrank. Es stank nach Schweiß.

Der erste Stock war um einiges interessanter.

In Karls Schlafzimmer herrschte Chaos. Kleidungsstücke waren auf dem Boden verstreut und Schubladen herausgezogen. Der Kleiderschrank stand offen. Es sah beinahe so aus, als hätte man den Raum durchsucht, doch Priest hatte eine andere Vermutung.

»Anscheinend ist er Hals über Kopf abgehauen«, sagte er und sah sich um.

»Du glaubst, dass er noch mal hier war, nachdem er Dominique erschossen hat?«, fragte Rowlinson.

Priest spähte in die Schubladen. »Nein. Ich glaube, dass er das Chaos hier vorher veranstaltet hat. Er weiß, dass das Spiel vorbei ist. Er will den letzten Akt nur etwas beschleunigen.«

»Und was ist der letzte Akt?«

»Das weiß ich noch nicht«, sagte Priest, zog einen Stuhl heran, stieg darauf und inspizierte die Oberseite des Kleiderschranks. »Hier oben ist eine staubfreie Fläche von der Größe eines Koffers. Ich schätze mal, dass er verreisen will.«

»Jones soll sofort zur Fahndung ausgeschrieben werden«, befahl Rowlinson einem in der Tür stehenden Sergeant. »Und verständigen Sie den Grenzschutz.«

Der Sergeant grunzte eine Bestätigung und eilte davon.

»Sir?«, rief jemand aus dem Nebenraum. »Das sollten Sie sich mal ansehen.«

Priest folgte Rowlinson in einen weiteren Raum, der anscheinend als Gästezimmer gedacht war, von Jones aber zu einem Büro oder Kontrollzentrum umfunktioniert worden war. Vor einer Wand stand ein langer, maßgeschreinerter Schreibtisch, in der Ecke drei Computerbildschirme und ein Server, von dem mehrere verschiedenfarbige Kabel durch den Raum zu kleineren Rechnern führten. Zwei Ventilatoren zu beiden Seiten des Servers sorgten für die nötige Kühlung. Auf einem Monitor war ein Anmeldebildschirm zu sehen, die beiden anderen waren schwarz.

»Schicken sie mir so schnell wie möglich ein paar Techniker hoch«, wies Rowlinson den Beamten an, der ebenfalls davonrannte und dabei hektische Befehle in sein Funkgerät sprach. Priest und Rowlinson standen allein im Zimmer.

Eine Wand war vollständig mit Fotografien in unterschiedlicher Größe und Qualität bedeckt. Sie zeigten ausschließlich einen Menschen.

»Das ist Elinor Fox«, sagte Rowlinson beunruhigt. Er betrachtete ein Foto von Elinor, das anscheinend bei einer Party aufgenommen worden war. Sie stand an einem Tresen, trug ein langes rotes Kleid, hielt ein Weinglas in der Hand und lachte mit mehreren anderen Menschen. Offenbar bekam sie gar nicht mit, dass sie fotografiert wurde.

»Das hier auch«, sagte Priest. Auf einem Bild stand Elinor mitten in einer Menschenmenge und richtete ein Diktiergerät auf jemanden, der sich außerhalb des Bilds befand. Auf dem nächsten ging sie mit einer Einkaufstasche die Oxford Street hinunter; Elinor, wie sie in ihr Haus in Blackheath ging, wie sie es wieder verließ, wie sie in einem Supermarkt einkaufte, ihr Auto in eine Waschstraße fuhr, mit Freunden auf einem grasbewachsenen Hügel saß oder einen Mann in einer Bar traf. Auf mehreren Bildern, die wahrscheinlich noch zu Studienzeiten gemacht worden waren, hatte Elinor kürzeres Haar und dünnere Arme. Und niemals schien sie zu ahnen, dass sie gerade fotografiert wurde.

»Ach du Scheiße«, murmelte Priest. »Das ist schon ein bisschen obsessiv, findest du nicht auch?«

»Sieh dir das mal an«, sagte Rowlinson und reichte Priest ein Polaroidfoto mit abgegriffenen Ecken. Es war gegen die Sonne aufgenommen, sodass die Leute darauf kaum zu erkennen waren. Priest musste genau hinsehen, dann konnte er Elinor Fox in einem kurzen schwarzen Kleid ausmachen. Es schien sich um einen Abschlussball oder eine ähnliche Festivität zu handeln. Sie lächelte in die Kamera, sodass ihre Zahnspange zu sehen war. *Ist das etwa …?* Priest betrachtete den großen dünnen Mann mit Brille neben ihr. Er trug einen Bart und langes Haar und hatte den Arm etwas ungelenk um ihre Hüfte gelegt, was ihr nicht besonders zu gefallen schien.

»Das ist Karl Jones, oder?« Priest war sich nicht hundertprozentig sicher. Der Karl Jones, den Priest kannte, sah völlig anders aus, aber seine Haltung ähnelte der des Mannes auf dem Foto durchaus.

»Ich weiß nicht so recht. Ich glaube nicht, aber ich habe ihn ja auch nur einmal getroffen.«

»Irgendetwas ist anders, aber dieser Mann neben Elinor ist ganz sicher Karl.«

Rowlinson musterte das Bild. »Wirklich? Waren die beiden mal zusammen?«

»Sie scheint sich in seiner Gegenwart nicht besonders wohlzufühlen. Außerdem ist das das einzige Bild, auf dem die beiden gemeinsam … Moment mal.« Priest nahm ein weiteres Bild von der Wand, das anscheinend an demselben Abend aufgenommen worden war. Zumindest trug Elinor dasselbe Kleid. Sie stand zwischen zwei anderen Männern in einer Gruppe. Karl war in der zweiten Reihe, doch sein Blick ruhte ganz eindeutig auf ihr.

»Wie er sie auf diesem Bild ansieht, gefällt mir gar nicht.«

»Elinor hat mir erzählt, dass sie zu Studentenzeiten von einem Stalker verfolgt wurde«, stöhnte Priest. »Ich hielt das für ein unwichtiges Detail.«

»Sieh dir das an, Priest. So eine Scheiße.« Rowlinson gab ihm ein weiteres Foto und bedeutete ihm, es umzudrehen.

Priest las laut vor, was mit Bleistift auf die Rückseite geschrieben war. »Der Ball der drei Affen. Fünfzehnter Mai 2001.«

»Die drei Affen. Nichts sehen, nichts hören, nichts sagen.«

»Herr im Himmel«, murmelte Priest. »Karl Jones hat das alles von Anfang an geplant. Er hat sogar Simeon als Zeugen für *The Real Byte* angeheuert.« *Das bedeuteten also die Initialen im Nachrichtenwechsel zwischen Jones und Simeon: Nis, Nih, Nis: Nichts sehen, nichts hören, nichts sagen. Das hätte mir gleich auffallen müssen.*

Rowlinson drehte sich zu Priest um. »Priest, was zum Teufel soll das Ganze?«, fragte er.

»Rache. Es geht alles nur um Rache. Dominique ist Elinors leiblicher Vater, aber Alexia ist nicht ihre Mutter. Dominique hat gesagt, dass ihre leibliche Mutter sie bei ihm abgeliefert hätte. Was wohl heißen soll, dass sie eines Tages vor ihrer Tür stand. Deshalb konnten sie sie auch bei sich zu Hause verstecken: Niemand wusste, dass Dominique ein Kind hatte. Er hat mir gestanden, sie missbraucht zu haben. Er hat sie wie eine Puppe angezogen. Alexia hat geholfen, aber missbraucht wurde sie von Dominique. Sie waren beide durch und durch pervers. Niemand wusste von Elinors Existenz. Sie hielten sie in dem inzwischen überfluteten Keller in ihrem Haus in Tome eingesperrt. Doch sie konnte fliehen. Und dann lernte sie Karl kennen. Er verliebte sich in sie und stalkte sie. Irgendwie hat er herausgefunden, was ihr als Kind zugestoßen war, und wollte sich in ihrem Namen rächen.«

Rowlinson fuhr sich mit der Hand übers Gesicht. »Meine Güte.«

Priest durchsuchte den Raum nach einem Hinweis darauf, was Karl als Nächstes vorhatte. Unter dem Schreibtisch lag eine abgegriffene rote Mappe. Er blätterte sie durch. Weitere Tagebucheinträge in demselben merkwürdigen, distanzierten Stil wie diejenigen, die Solly auf Simeons Handy gefunden hatte, außerdem Patientenakten und psychiatrische Gutachten. Der Adressat sagte ihm nichts, doch es ging eindeutig um Elinor. Mehrere Wörter sprangen ihm ins Auge: *unterdrückte Erinnerungen. Reaktion auf extrem traumatische Erfahrung. Amnesie.*

*Daher wusste er so gut Bescheid.*

»Wenn deine Theorie stimmt«, sagte Rowlinson, »dann sind bereits alle tot. Simeon, Alexia, Dominique. Die Sache ist abgeschlossen, oder? An wem sollte er sich jetzt noch rächen wollen?«

Priest blieb stehen und starrte die Fotografien an der Wand an. *Ja, an wem? Karl hatte sie alle aus dem Weg geräumt. Den Mann, der Karl bei seinem Vorhaben, Alexia zu Fall zu bringen, verraten hatte. Alexia, die zugelassen hatte, dass ihr Mann Elinor missbrauchte, und natürlich Dominique selbst. Es sei denn …*

Er riss ein weiteres Bild von der Wand. Dieselbe Fotomontage, die sie in Simeons Geheimraum gefunden hatten – Julian Greenwood vor dem Haus in Tome. Ganz in der Nähe von Devil's Point, wo Elinor angeblich ins Meer gesprungen war.

»O nein.« Die Erkenntnis traf Priest wie ein Schlag. »Tiff, du musst sofort in Erfahrung bringen, ob jemand Julian als vermisst gemeldet hat.«

# 58

Helena Greenwoods Welt war aus den Fugen.

Noch vor wenigen Stunden hatte sie eine Zigarette geraucht, die Kippe aus dem Autofenster geworfen und auf den Schulschluss gewartet. Normalerweise hätte sie es nicht gewagt, auf dem Schulparkplatz zu rauchen, aber heute war die Nikotindosis dringend notwendig gewesen. Scheiß auf den Elternbeirat. Sie konnten ihr gern eine schriftliche Verwarnung schicken.

Julian hatte letzte Woche an drei von fünf Tagen die Schule geschwänzt. Sie hatte einen weiteren Brief der Schulleiterin erhalten – eine Schreckschraube Ende sechzig, die man schon längst in Pension hätte schicken sollen. Die alte Ratte hatte sich doch tatsächlich darüber beschwert, dass die Schulbehörde eine Anwesenheitsquote von neunzig Prozent verlangte und Julian dieses hehre Ziel gefährdete.

Scheiß auch auf Frau Rektorin. Die hatte ja keine Ahnung, wie schwer das Leben als alleinerziehende Mutter war.

Und schließlich: Scheiß auf Dominique. Sein Geld nahm sie gern, doch seine gönnerhafte Nachricht von gestern Abend konnte er sich sonst wohin stecken: *Ist alles okay bei euch? Geht es Julian gut?* Komisch, in den letzten zehn Jahren hatte er sich so gut wie überhaupt nicht für Julian interessiert, und plötzlich schickte er ihr vier Nachrichten an einem Abend.

Jetzt wusste sie, weshalb.

Sie hatte sich gerade die nächste Zigarette anstecken wollen, als der Schulgong ertönte. Überall um sie herum verließen die Eltern ihre Autos. Sie schob die unangezündete Zigarette in die Packung zurück, richtete sich im Rückspiegel das Haar, stieg aus dem Fiat und knallte die Tür ebenso fest zu wie die vielen Mercedes- und BMW-Besitzer um sie herum. Egal, wie teuer ein Auto auch war – das Geräusch, mit dem die Tür zuknallte, war immer dasselbe.

Helena war über den Pausenhof marschiert, ohne sich um die Blicke der anderen Eltern zu kümmern. Als sie den Eingang erreichte, strömten bereits die ersten Kinder aus der Schule.

Zu glauben, dass ein zehn Jahre älterer Mann, der mit einer erfolgreichen Geschäftsfrau verheiratet war, diese *für sie* verlassen würde, war reichlich naiv von ihr gewesen. Für Helena? Eine Kundenbetreuerin bei der Post? Dominique war jeden Tag zur selben Uhrzeit in die Filiale gekommen, stets mit diesem blöden Grinsen im Gesicht. Mal hatte er ein Paket aufgegeben, dann hatte er Briefmarken gekauft. Dann war er einfach so gekommen, und irgendwann war sie auf seine höfliche, sanfte Art hereingefallen. Auf die Massagefunktion der Sitze in seinem Bentley. Daran hätte sie sich gewöhnen können. Es wäre ein völlig anderes Leben gewesen.

*Dumme Kuh.* Julian, das Ergebnis ihrer kurzen Affäre, hatte ihr Leben tatsächlich verändert, und zwar zum Positiven. Bis heute. Jetzt lag ihr Leben in Trümmern.

Sie hatte mit verschränkten Armen vor dem Schuleingang gestanden, hatte nach Rauch gestunken und den bitteren Teergeschmack in ihrem Mund bereut. Dabei hatte die Zigarette noch nicht einmal geholfen. Die Eltern, die an ihr vorbeigingen, umarmten ihre Kinder und überschütteten sie förmlich mit Lob. Gelegentlich warf ihr jemand einen mitleidigen Blick zu oder winkte halbherzig, was sie nicht erwiderte.

Dann waren alle weg. Der Pausenhof war leer.

Ärgerlich war Helena zum Eingang marschiert. Gerade, als sie die Schule betreten wollte, kam ihr eine untersetzte Frau entgegen. Sie war etwa halb so groß wie Helena und hatte wirres, wuschiges Haar. Die Konrektorin, deren Namen Helena jedoch vergessen hatte. Sie trug eine grauenhafte Kombination aus Lila und Braun, als hätte sie ihre Klamotten in den Achtzigerjahren auf dem Flohmarkt gekauft.

»Ach, Miss Greenwood.« Die Frau war sichtlich überrascht, sie zu sehen. »Sie hier?«

»Ich will Julian abholen. Wie jeden Tag.«

»Aber«, sagte die dicke Frau verwirrt, »aber Julian wurde bereits nach dem Mittagessen abgeholt.«

Helena war vor Schreck erstarrt. Sie erinnerte sich nur undeutlich an das, was als Nächstes geschah. Julian war nach dem Mittagessen abgeholt worden, und niemand in dieser beschissenen Schule hatte ihr sagen können, von wem? Angeblich hatte sich der Mann als Julians Onkel ausgegeben. Die Konrektorin war in Panik geraten und hatte mit Gott und der Welt telefoniert. Der Rektor war zum Golfurlaub in Portugal. Dabei waren noch nicht einmal Schulferien!

Das Schlimmste war, dass sich niemand so richtig Sorgen um Julian machte – *ach, so etwas kommt vor, der taucht schon wieder auf.* Stattdessen machten sie sich Sorgen um die gottverdammte Anwesenheitsquote.

Sie hatte so lange auf die Wagentür eingeschlagen, bis ihre Fäuste eine Delle im Metall hinterlassen hatten. Die untersetzte Frau hatte ihr geraten, sich zu beruhigen, dann hatte sie Tee gekocht und die Polizei angerufen. *In dieser Reihenfolge. Unglaublich!*

»Julian!«, hatte sie geschrien. »Wo *zum Teufel* bist du nur hin?«

Nun saß Helena Greenwood händeringend vor dem Telefon. Sie hatte die Vorhänge zugezogen und den Riegel vor die Tür gelegt. Woher der halbe Wohnblock plötzlich von Julians Verschwinden wusste, war ihr ein Rätsel. Nachbarn, die sie sonst auf der Straße noch nicht einmal gegrüßt hätten, schickten ihr nun ermutigende Nachrichten und die besten Wünsche. Ein paar waren sogar persönlich vorbeigekommen.

»Helena, können wir Ihnen irgendwie helfen?«

*Ja. Finden Sie meinen Sohn und bringen Sie ihn zu mir zurück!*

Helena hatte gelächelt, gute Miene zum bösen Spiel gemacht und die Tür wieder geschlossen.

*Wieso klingelst du nicht endlich?*

»Julian hat keinen Onkel«, hatte sie der Konrektorin mitgeteilt.

»Aber er hatte einen Brief von Ihnen dabei.«

*Dumme Nuss!*

Dann hatte Dominique angerufen.

»Hallo, Helena.« Seine Stimme war dick wie Teer gewesen. »Ich wollte mich nur mal erkundigen, ob es Julian gut geht.«

»Nein!«, hatte sie geschrien. »Julian geht es *überhaupt nicht gut*. Jemand hat sich als sein Onkel ausgegeben und ihn von der Schule abgeholt. Warst du das?«

Schweigen am anderen Ende der Leitung. Sie hätte aus der Haut fahren können.

*»Warst du das?«*

»Nein«, hatte Dominique leise geantwortet, doch das Zittern in seiner Stimme war unüberhörbar gewesen. Helena hätte aus der Haut fahren können. »Nein, das war ich nicht.«

»Erst meldest du dich beinahe zehn Jahre lang nicht, dann plötzlich erkundigst du dich ständig nach Julian, und jetzt ist er verschwunden. Kannst du mir das erklären, Dominique?«

»Ich ... nein, kann ich nicht, aber ...«

»*Dominique!* Verarsch mich nicht!«

Sie hatte ihn weiter angeschrien, er hatte weiter geleugnet, etwas davon zu wissen, und schließlich hatte sie aufgelegt. Selbstverständlich hatte sie das alles der Polizistin erzählt. Sie würde sich sofort darum kümmern, hatte sie gesagt. Seitdem war eine Stunde vergangen.

Dass Julian nur ein Zettel neben hundert anderen Zetteln auf irgendjemandes Schreibtisch war, brach ihr das Herz.

»O Julian«, flüsterte sie. »Komm bitte zurück.«

# 59

Rowlinsons BMW war mit eingebautem Blaulicht und Sirene ausgestattet. Von beidem machte er regen Gebrauch, als er auf die Überholspur des Motorway fuhr und Vollgas gab. Sie hatten keine Zeit gehabt, um Verstärkung anzufordern, und die anderen Beamten waren vor Ort geblieben, falls sie sich irrten und Karl Jones doch nach Hause zurückkehrte.

Rowlinson beendete das Telefonat mit der Dienststelle und überbrachte Priest die schlechte Nachricht. »Julian wurde heute Nachmittag als vermisst gemeldet. Seine Mutter hat vor der Schule auf ihn gewartet, aber da hatte ihn bereits ein Mann abgeholt, auf den Jones' Beschreibung passt. Jones hat sich als Onkel des Jungen ausgegeben und sogar einen Brief der Mutter vorgezeigt. Das hat die Schule vermasselt. Ich bin mir sicher, dass in dieser Angelegenheit noch Köpfe rollen werden.«

Priest nickte und wandte seine Aufmerksamkeit wieder dem roten Ordner zu. Während sie allmählich London hinter sich ließen, suchte er verzweifelt im Tagebuch nach brauchbaren Hinweisen.

*Das Mädchen schließt die Augen und denkt an die Kirchturmspitze, die man knapp hinter den Bäumen sehen kann. Wenn sie sich auf die Kisten stellt, kann sie über das Tal hinweg bis zur Kirche blicken. Dieses einfache Bild, eine auf den Kopf gestellte Eistüte hinter den Bäumen, spendet ihr Trost. Beruhigt sie. Schenkt ihr Hoffnung. Gott wartet dort auf sie.*

»Wo fahren wir hin?«, fragte Rowlinson.

»Nach Devil's Point.«

»Weshalb?«

»Ich glaube, Dominique wollte mir vor seinem Tod noch etwas sagen. Er hat einen Ort erwähnt, an dem die Sonne hinter dem Wasser untergeht.«

»Aber Norfolk liegt an der Ostküste.«

»Ja, aber Devil's Point blickt nach Westen über The Wash. Der Felsen zeigt also zur Bucht hin und ist daher einer der wenigen Punkte an der Ostküste, wo man die Sonne im Meer untergehen sieht.«

Sie mussten den Wagen eine Viertelmeile von den Klippen entfernt auf einem Schotterparkplatz abstellen. Neben dem Parkplatz waren ein Aussichtspunkt und mehrere Picknicktische – offensichtlich stellte er im Sommer einen beliebten Zwischenstopp für Reisende an der Küste dar. Vom Parkplatz führte ein Trampelpfad durch die Heidelandschaft bis zur Spitze der Klippe. Ob Devil's Point auch mit dem Auto zu erreichen war, entzog sich ihrer Kenntnis. Priest wollte sich sowieso eher unauffällig nähern, und das war mit einem 400 PS starken Wagen nur bedingt möglich.

Sie stiegen aus. Priest sah sich um. Weit und breit war niemand zu hören. Möwen kreisten über ihnen und kreischten verärgert. Ihm war leicht schwindlig. Rowlinson hatte den Biturbomotor des BMW zu Höchstleistungen angetrieben, wodurch die Fahrt lediglich eineinhalb

Stunden gedauert hatte. Und dabei hatte er Priest ständig mit Fragen bombardiert: Was, wenn er sich irrte? Was, wenn Karl ganz woanders und Julian bereits tot war?

»Wir haben Dominique Elias unter die Lupe genommen«, sagte Rowlinson, als sie den Trampelpfad betraten.

»Ist er vorbestraft?«

»Nein. Allem Anschein nach hat er ein völlig unauffälliges Leben geführt. Er war zwanzig Jahre als Banker tätig, für die Öffentlichkeit war er den Großteil seines Lebens jedoch in erster Linie Alexia Elias' Ehemann. Und er hatte genug Geld, um sich jeden Wunsch zu erfüllen.«

»Jede Wette.«

»Was steckt wirklich dahinter?«

»Sie hat Spendengelder abgezweigt und auf Offshorekonten deponiert. Jack Oldham, der Vorstandsvorsitzende der Stiftung, konnte ihr das nie beweisen. Sie hat die richtigen Leute geschmiert, sodass wir ihr nie auf die Spur gekommen sind.«

»Ihr hättet uns Bescheid geben sollen.«

»Haben wir ja, aber das hat euch nicht interessiert. Budgetkürzungen und keine Beweise, hieß es.« Rowlinson hatte zumindest so viel Anstand, sich zu schämen, obwohl er nicht für diese Entscheidung verantwortlich gewesen war. »Aber zurück zu Dominique.«

»Ja. Eine Sache war dann doch interessant.«

»Lass mich raten. Eine Anschuldigung.«

»Zwei. Eine 1998, die andere 2001. Er hat sich jedes Mal freiwillig zur Vernehmung gemeldet und wurde nie angeklagt.«

»Wo war das?« Priest spürte, wie sich seine Kehle zusammenschnürte. Er ballte die Hände zu Fäusten. Der Tod war zu gut für Dominique gewesen.

»In einem von der Elias Foundation betriebenen Kinderheim in Sussex.«

»Gott der Gerechte. Wie alt waren die Kinder?«

»Neun und zehn.«

Priest wandte sich angewidert ab.

»In diesem Augenblick wird sein Haus in London durchsucht«, sagte Rowlinson, doch das konnte Priest nicht besänftigen.

Sie kamen auf dem gewundenen Pfad nur langsam voran. Zu langsam für Priest, der irgendwann einfach den Felsen hochkletterte. Rowlinson folgte ihm die steile Anhöhe hinauf. Gelegentlich kreuzte der Pfad ihren Weg. Sie stiegen über Farn und Moos, rutschten gelegentlich ab, kamen dem Gipfel aber immer näher.

»Eins ist mir noch nicht ganz klar«, rief Rowlinson. »Was hat Julian getan, dass Jones so wütend auf ihn ist?«

»Gar nichts, das ist ja der springende Punkt. Julian durfte ein normales Leben leben. Karl wollte Alexia und Dominique für das bestrafen, was sie Elinor angetan haben. Und er will Julian bestrafen, weil es ihm besser erging als ihr. Er will alles ins Gleichgewicht bringen. Das ist seine kranke Vorstellung von Karma.«

»Aber Alexia und Dominique sind tot!«, keuchte Rowlinson, der allmählich zurückfiel. Priest wartete nicht auf ihn. Sie konnten den Gipfel bereits sehen und mussten nur noch einmal den Pfad überqueren, um ihn zu erreichen. »Er kann sie nicht mehr bestrafen.«

»Er tut es für Elinor, nicht für die beiden«, rief Priest.

Er sprang über einen Felsen am Rande der Klippe und landete auf einem mit Dornbüschen und kleinen Bäumen bewachsenen Plateau. Vor ihnen ragte eine Felswand auf, der Pfad führte zu beiden Seiten daran vorbei.

Er blieb stehen und starrte ungläubig geradeaus.

*Was in Gottes Namen ist das?*

Rowlinson schloss zu Priest auf, keuchte und wischte sich den Mund mit dem Ärmel ab. Zuerst bemerkte er gar nicht, was am Ende der Klippe war, weil sein Blick dem Pfad folgte, der sich die Böschung hinabwand und an der felsigen Nordseeküste endete. Die Sonne war beinahe hinter dem Horizont verschwunden und überzog den Himmel mit leuchtenden Rot- und Violetttönen.

»Tiff«, keuchte Priest. »Da.«

Am Rand der Klippe stand ein wuchtiger, rechteckiger Stahltresor mit einer Zahlenscheibe in der Mitte. Er war groß genug, um einen kleinen Jungen darin einzusperren. Auf dem Safe stand eine Kiste. Als Priest näher kam, sah er, dass es sich um einen aus verschiedenen Bestandteilen zusammengebauten Apparat mit zwei übereinanderliegenden runden Knöpfen und einem einfachen Digitaldisplay handelte. Links neben dem Kasten klebte ein Stück Karton an der Tresortür. Auf dem Karton stand: NIMM MICH WEG.

Priest hob die Hand, doch Rowlinson hatte den Karton bereits gepackt und vom Tresor gerissen.

»Ich hab die Spielchen satt«, knurrte er.

»Nein, warte!«

Rowlinson warf den Karton weg. Er hatte über einer weiteren, grob in den Lack des Tresors eingeritzten Botschaft geklebt.

Priest las sie und atmete tief aus.

**REGELN:**
**DER TRESOR DARF NICHT GEÖFFNET WERDEN.**
**DER TRESOR DARF NICHT BEWEGT WERDEN.**

**ES DARF NUR EIN KNOPF GEWÄHLT WERDEN.**

»O Gott«, keuchte Rowlinson.

Plötzlich erschienen Ziffern auf dem Display. 0:59.

»Mist. Wahrscheinlich wurde das Ding aktiviert, als ich den Karton abgerissen habe.«

Priest untersuchte die Rückseite des Kastens. Zwei schwarze Kabel führten von dort in verschiedene Richtungen. Er folgte ihnen um den Tresor herum, hob sie auf und trug sie zu einem ein paar Meter entfernten Grashügel.

Rowlinson sah sich um. »Meine Güte. Mit dem Sprengstoff hier kann man den ganzen Berg sprengen.«

Die Sprengstoffladungen waren in einem Halbkreis auf der Felsenkante arrangiert, die über die Klippe hinausragte. Unter ihnen brachen sich die Wellen krachend am Steilufer. Wenn sie nicht bereits durch die Explosion starben, würden sie zusammen mit dem Felsvorsprung ins Meer stürzen.

Priest wandte sich wieder dem Tresor zu. Der letzte Sonnenstrahl verschwand hinter dem Horizont. Der Countdown lief weiter.

0:58

0:57

0:56

»Welcher Knopf?«, fragte Rowlinson panisch. »Wir sollen einen aussuchen. Den oberen oder den unteren?«

Priest sah sich den Kasten noch einmal an. Karl hatte die Apparatur selbst zusammengebaut. Es war fachmännische Arbeit. Der Kasten war an den Tresor geschraubt – wenn sie die Kabel einfach herauszogen, würde das sicher sofort zur Detonation führen.

Ein kühler Wind kam auf. Schweiß stand auf Priests Stirn. Rowlinson trat hinter ihm von einem Fuß auf den anderen. Er war der Panik nahe.

»Na los, Priest. Sie kennen dieses Arschloch besser als ich. Welcher Knopf ist es?«

0:44

0:43

Priest schloss die Augen und sah Karls Gesicht vor sich. Der große, schüchterne Karl. Ein Computerfreak. Obsessiv. *Denk nach! Was war mit dem Tagebuch? Hatte Karl es verfasst? War es deswegen in der dritten Person geschrieben? Aber woher wusste er die vielen Einzelheiten?*

Nein, das war unmöglich – *aber wenn Karl es nicht geschrieben hat, wer dann? Elinor?*

»Das große Finale«, murmelte er.

»Ja, das ist mir auch klar. Unten oder oben?«

0:35

0:34

»Unten heißt, dass wir unten im Wasser landen. Ich sage, wir nehmen den oberen Knopf«, rief Rowlinson.

»Und wenn oben heißt, dass wir in die Luft fliegen?«

Rowlinson tänzelte um den Kasten herum. Seine Hände kamen den Knöpfen gefährlich nahe. Priest stellte sich sicherheitshalber zwischen den Tresor und den Polizisten.

*Immer mit der Ruhe. Denken wir ganz logisch.*

»Wie hat Elinor überlebt?«, fragte er mehr sich selbst als Rowlinson.

»Keine Ahnung!«, rief Rowlinson aufgeregt. »Vielleicht hatte sie Glück. Vielleicht hat sie die Felsen verfehlt, ist ins Wasser gefallen und zum Strand geschwommen.«

0:28

0:27

»Er will, dass wir überleben. Na ja, vielleicht will er nicht unbedingt, dass *wir* überleben, aber Julian schon. Er will nicht, dass Julian oder Elinor sterben.«

»Dann müssen wir auf einen von diesen Scheißknöpfen *drücken*.«

0:24

»Warte!«, rief Priest. »*Wer* ist in dem Tresor?«

»Was? Julian? Weiß ich doch nicht. Ist ja auch egal! Wir werden so oder so sterben!«

»Karl will, dass wir überleben, genau wie Elinor damals. Das ist nicht das große Finale, Tiff. Das ist nur ein Ablenkungsmanöver. Aber weshalb?«

»Das rettet uns auch nicht den Arsch, Priest. Oben oder unten?«

0:20

0:19

»Keine Ahnung. Diese Wahl hat überhaupt nichts mit Karls bisheriger Symbolik zu tun.« *Oben oder unten? Wieso ist das so wichtig? Vielleicht bedeutet es nicht oben oder unten, sondern etwas anderes? Norden oder Süden? Aufwärts oder abwärts?*

0:17

0:16

»Oben!«, schrie Rowlinson. »Zum Himmel hoch. Zu Gott.«

»Nein. Das hat für Karl keine Bedeutung. Elinor ist seine Göttin.«

Die Wellen krachten immer lauter und lauter gegen den Felsen. Wie die Vorboten des nahenden Verderbens. Er schloss die Augen, verscheuchte alle Gedanken, die ihm durch den Kopf schossen – Jessica, Sarah, Tilly. Und Elinor. *Was habe ich getan?*

»Priest, wir müssen irgendetwas unternehmen!«, drängte Rowlinson.

»Schon klar! Aber ich kann nicht nachdenken, wenn du mich ständig anschreist!«

0:13

0:12

Priest sah Alexias verstümmeltes Gesicht vor sich, Karl Jones im Kontrollraum hinter einem Scharfschützengewehr, das Foto von Julian vor dem Haus in Norfolk. *Nichts sehen, nichts hören, nichts sagen.*

»Was willst du, Karl?«

Seine Gedanken kehrten zu Jessica zurück. Würde er sie jemals wiedersehen? Oder war das hier der letzte Vorhang?

0:11

0:10

0:09

»Priest, *tu irgendwas*!«

Rowlinson verlor die Fassung. Er stürzte vor, schubste Priest beiseite und wollte an den Kasten gelangen. Priest konnte den verzweifelten Vorstoß nur abwehren, weil er stärker und schwerer war. Er packte Rowlinsons Hände, die nur Zentimeter vom unteren Knopf entfernt waren, und schubste ihn heftig gegen die Brust. Der Polizist fiel hintenüber aufs Gras, fluchte und schrie.

»Was tust du denn da, du verdammter Irrer!«

0:04

0:03

Priest wandte sich wieder dem Kasten zu. Vor seinem geistigen Auge sah er, wie die Klippe explodierte und alles mit sich ins Meer riss.

0:02

Rowlinson schrie etwas Unverständliches. Am liebsten hätte er etwas zurückgeschrien, einige stimmungsvolle letzte Worte.

0:01

Und plötzlich wusste Priest, was er zu tun hatte.

# 60

Das Display blieb einige Sekunden lang bei null stehen. Nichts geschah. Priest drehte sich um. Rowlinson saß im Gras, die Arme vor dem Gesicht, als hätte er sich so gegen die Bombe schützen können. Langsam ließ er die Hände sinken und blickte sich um.

»Was ist passiert?«, fragte er.

»Nichts.«

»Welchen Knopf hast du gedrückt?«

Priest zögerte, wartete, ob es noch weitere Überraschungen gab, aber das Display hatte sich abgeschaltet. Er trat einen Schritt zurück und untersuchte den Tresor.

»Keinen von beiden, und das war auch der Witz an der Sache. Karl wollte, dass wir gar nichts unternehmen. Wahrscheinlich hätten beide Knöpfe die Sprengladungen hochgehen lassen. Entweder einschreiten oder der Natur ihren Lauf lassen – das war die eigentliche Entscheidung.«

Rowlinson stand auf und klopfte sich ab. »Scheiße, das hättest du auch früher sagen können.«

»Hm«, murmelte Priest gedankenverloren. »Ja, stimmt schon. Entschuldige, alter Freund.«

Rowlinson stellte sich neben ihn. Er war völlig außer Atem, sein Gesicht war gerötet. »Ich dachte wirklich, dass wir gleich draufgehen.«

Priest untersuchte die Zahlenscheibe des Tresors. »Ja, das dachte ich bis kurz vor Schluss auch.«

Das Schloss des Tresors klickte, und die Tür sprang auf. Priest zog sie ganz auf und spähte hinein. Dann wandte er sich ab, rieb sich die Augen und sah noch einmal hinein. *Dieser Dreckskerl!*

»Leer«, teilte er Rowlinson mit und stand auf.

Schweigend und mit zitternden Lippen drängte sich Rowlinson an Priest vorbei und sah selbst hinein. Dann wirbelte er herum.

*»Was soll die Scheiße?«,* brüllte er in Richtung Meer. »Wir haben für ein bisschen heiße Luft unser Leben riskiert?«

»Das war nur ein Ablenkungsmanöver«, sagte Priest. »Karl hat etwas ganz anderes vor.«

»*Was?* Was denn?«

Priest stellte sich mit dem Rücken zum Safe und blickte in Richtung Küste. Vom Parkplatz unter ihnen führte ein Pfad durch das Marschland. An seinem Ende konnte er ein paar Häuser ausmachen. Tome, vermutete er. Mehrere Straßenlampen brannten in unregelmäßigen Abständen, darüber ragte der Kirchturm auf. *Devil's Point war nur ein Köder gewesen. Karl hatte gewusst, dass wir ihm nicht widerstehen können.* Priest ärgerte sich über seine eigene Dummheit. Er hatte sich übertölpeln lassen und konnte nur hoffen, dass sein Fehler nicht tödlich war.

»Priest?«

»Er will Elinor. Er will, dass sie wieder mit ihrem Halbbruder vereint ist.«

»Aber weshalb?«

»Weil er das für die einzige Möglichkeit hält, das Gleichgewicht wiederherzustellen.«

Rowlinson hatte sich wieder beruhigt, oder zumindest hatte es den Anschein. Er stand neben Priest und ließ den Blick über die dunstige Landschaft unter ihnen schweifen. Irgendwo auf einem Hügel hinter Tome stand Alexias und Dominiques altes Haus und moderte vor sich hin.

*Das kleine Mädchen auf der Flucht ist weit gekommen.*

Ein Rätsel, das ihm das Tagebuch aufgegeben hatte, war gelöst. Auf der Fahrt hatte er einen Abschnitt gelesen, in dem Elinor aus einem schmalen Fenster blickte und gerade so eine Kirchturmspitze erkennen konnte. Dieser Anblick war tröstlich für sie gewesen. Eine Zuflucht, hatte sie geglaubt. Und doch war sie nach ihrer Flucht nicht zur Kirche, sondern auf Devil's Point hinaufgelaufen.

Was ihm beim Betrachten des Tals unter sich gar nicht so unplausibel vorkam. Ein kleines Mädchen, das so schnell wie möglich von einem schlimmen Ort davonrannte und keine Vorstellung von ihrer Umgebung hatte, konnte die Senke, in der Tome lag, leicht übersehen.

Und noch etwas anderes war offensichtlich: Elinor hatte Alexia und Dominique nicht umgebracht. Sie war das Opfer, nicht die Rächerin.

»Ich kapier's immer noch nicht«, sagte Rowlinson. »Wieso stellt es das Gleichgewicht her, wenn Elinor und Julian zusammentreffen?«

»Das allein reicht nicht«, antwortete Priest und sah zur Kirche hinüber.

»Sondern?«

»Wie bringt man eine Waage ins Gleichgewicht, wenn in einer Schale etwas Schweres liegt?« Priest wandte sich zu Rowlinson um.

Der verzog frustriert das Gesicht.

»Man legt auch in die andere Schale ein Gewicht. Ist doch klar.«

»Das ist die einzige Möglichkeit. Oder man nimmt alle Gewichte heraus.«

Rowlinson warf einen ebenso verängstigten wie wütenden Blick auf den Tresor. »Aber er wollte doch, dass wir uns in die Luft sprengen, oder nicht?«

»Du und ich? Nein, ich glaube, er wollte, dass wir den Test bestehen, aber wenn wir versagt hätten, wäre er wohl auch nicht allzu enttäuscht gewesen.«

»Aha.« Rowlinson nickte. Dass er gerade dem Tod von der Schippe gesprungen war, verlieh ihm eine gewisse Gemütsruhe. »Und wie sollen wir ihn jetzt aufhalten? Hat er Elinor eigentlich auch in seiner Gewalt?«

»Ja, ganz bestimmt. Er ist ein Meister darin, seine Spielfiguren zur richtigen Zeit am richtigen Ort aufzustellen. Uns eingeschlossen.«

Rowlinson rieb sich verzweifelt das Gesicht. »Und wo ist er jetzt?«

Priest deutete mit dem Kinn auf die Kirche. »An einem Ort, an dem sich Elinor sicher fühlt.«

Karl Jones stellte den weißen Mondeo vor der Sankt-Martins-Kirche in Tome ab. Die Kirche befand sich auf einer kleinen Erhebung am Rand des Dorfes. Ihr Name stand mit schwarzen, altertümlichen Buchstaben auf einer vergilbten Plakette, darunter war zu lesen, dass sich der Pfarrer um insgesamt vier Gemeinden kümmerte und der Gottesdienst daher nur an jedem letzten Sonntag im Monat hier stattfand.

Er öffnete den Kofferraum gerade so weit, dass er hineinspähen konnte. Julian schlief. Auf dem Weg nach

Norden war er immer unruhiger geworden, hatte an jeder roten Ampel geschrien und Karl angefleht, ihn freizulassen. Karl hatte angehalten und ihm eine kleine Dosis Ketamin verpasst. Kurz darauf waren die Schreie verstummt. Die Wirkung des Ketamins würde noch ungefähr eine Stunde anhalten. So konnte er ihn im Auto lassen, während er in der Kirche war, und ihn später holen.

Die Straßenlampe vor der Kirche war kaputt, doch die Kirche selbst war beleuchtet. Karl trottete an den schiefen Grabsteinen vorbei den Hügel hinauf. Als er näher kam, hörte er das leise Wimmern der Orgel. Mit klopfendem Herzen ging er auf die Tür zu. Er wusste, wer auf der anderen Seite auf ihn wartete. Wessen zarte Finger die Tasten drückten und die traurige Melodie spielten. Nur für ihn.

Er schob die Tür auf und blickte hindurch.

Es war nur eine kleine Kirche mit sieben, acht Bankreihen. Der Mittelgang führte zu einem Podest mit dem Altar. Dahinter stand ein eindrucksvolles, drei Meter hohes Kreuz vor einem Buntglasfenster. Karl war die Geschichte, die auf dem Fenster dargestellt war, völlig unbekannt.

Da war sie. Sein Engel. Sie fuhr mit zwei Fingern gedankenverloren über die Orgeltasten. Ihr Haar war zu einem Pferdeschwanz gebunden. Er wünschte, sie würde etwas Feminineres tragen, ein schwarzes Kleid wie das, das sie auf dem Ball der drei Affen angehabt hatte. Aber auch in der schwarzen Jeans und der beigen Jacke war sie so perfekt wie immer. So perfekt wie die junge Frau, die vor so vielen Jahren mit ihm getanzt hatte.

Karl stand wie gebannt in der Tür. Irgendwann bemerkte sie seine Anwesenheit, drehte sich zu ihm um und schenkte ihm ein hypnotisches Lächeln.

Das sofort wieder verschwand, sobald sie ihn erkannte. Er hatte nichts anderes erwartet, immerhin hatte er sie getäuscht. Hatte ihr eingeredet, der Anwalt wollte sie heute Abend in der Kirche treffen. Eine Lüge, doch nur so hatte er sichergehen können, dass sie auch wirklich kam. Priest war der eigentliche Lügner, Priest mit seinem Geld und seinen Muskeln. *Er kennt dich nicht so gut wie ich dich kenne, Elinor.*

»Elinor?«, hauchte er mit einer Stimme voller Hoffnung und Neugier. Wie ein Kind.

Sie runzelte die Stirn und wandte sich wieder der Orgel zu. »Entschuldigen Sie«, murmelte sie. »Ich hatte jemand anderen erwartet.«

Er trat einen Schritt vor und zog den Kopf unter der Kirchentür ein. »Nein, hast du nicht. Ich bin's, Elinor.«

Überrascht sah sie ihn an. Wahrscheinlich, weil er ihren Namen kannte. »Wer sind Sie?« Sie stand auf und trat zum Lesepult, um besser sehen zu können.

»Ich bin's«, wiederholte Karl. »Ich … ich weiß, es ist lange her«, stammelte er. Irgendetwas hinderte sein Gehirn daran, die richtigen Worte zu finden. *Ich klinge ja wie ein Idiot!* Sie war wunderschön, wie sie so dastand, die Hüften leicht schräg. Spielerisch. Wie das kleine Mädchen, das sie vor ihrem Sprung von Devil's Point gewesen war.

Sie starrte ihn an. Dann dämmerte es ihr. *Sie erkennt mich!*

»Ich heiße Karl Jones, aber an der Uni haben mich alle mit meinem zweiten Vornamen angesprochen – Michael. Elinor, du erinnerst dich doch an mich?«

Ihre Lippen öffneten sich – oh, welch bezaubernder Anblick. Sie machte einen vorsichtigen Schritt, aber es war auf jeden Fall ein Schritt in seine Richtung.

»Michael Jones?«, fragte sie leise. »O Gott.«

»Genau!« Karl lachte und kam durch den Gang auf sie zu. Er hätte jubeln können vor Freude, seine Euphorie kannte beim Anblick ihres Körpers, ihrer Hüften, ihrer Arme und der sich hebenden Brüste unter der Jacke keine Grenzen. Neue Energie durchfuhr ihn, er war wie in einem ungekannten Rausch. *Endlich!*

»Nein«, flüsterte sie und ging rückwärts zum Altar hinüber. »Bleib, wo du bist.«

»Ich werde … ich tue dir doch nichts«, stotterte er. »Bitte! Ich würde dir nie wehtun, *Elinor!*«

»Du … du siehst so … anders aus.«

Karl lachte. »Aber sicher! Ich habe mich verändert. Und du auch! Aus dir ist eine wunderschöne Frau geworden, Elinor.« Wahrscheinlich hatte sie recht, obwohl er seinem Aussehen keine große Bedeutung beigemessen hatte. Den Michael Jones, der wie ein Hippie herumgelaufen war, gab es schon lange nicht mehr.

»Ich … was tust du hier? Was willst du von mir?«

Er rannte los. Sein Werk war beinahe vollendet, und genau wie in seinen Träumen würde er nun bei ihr sein. Bei ihr und Julian. Als eine Familie.

Die plötzliche Bewegung erschreckte Elinor so sehr, dass sie auf dem Steinboden ausrutschte. Sie kreischte, dann prallten sie gegeneinander. Karl lief mit seinem ganzen Gewicht in sie hinein, sodass sie zu Boden ging. Er spürte ihren zierlichen Körper in seinen Händen, ihre warme Haut. Er roch ihr Haar. Es war so berauschend, dass er den Verstand zu verlieren drohte.

»Nein!«, schrie sie und wehrte sich vergebens, heulte und zappelte wie ein Tier in der Falle.

»Schon gut.« Er war so außer Atem, dass er kaum ein

Wort herausbrachte, doch irgendwie musste er sie beruhigen. Sie bändigen. Sie geriet in Panik, schnappte nach Luft. Er nahm die Spritze aus der Tasche und nahm die Kappe ab. Sobald sie die Injektionsnadel sah, riss sie vor Schreck die Augen auf.

»Warte!«, flehte sie. »Warte!«

»Es ist nur ein Traum, Liebste. Wie die Träume, von denen du mir geschrieben hast. Nur ein weiterer kleiner Traum.«

Er rammte die Nadel in ihren Nacken, drückte auf den Kolben und spritzte ihr das Ketamin in den Körper.

Wenige Minuten später hörte sie auf zu zappeln.

# 61

Priest riss das Friedhofstor auf und rannte die Böschung zur Kirche hinauf, wobei er den eigentlichen Weg mied und sich von Schatten zu Schatten vorarbeitete. Rowlinson folgte ihm und telefonierte dabei hektisch.

Kurz vor der Kirchentür blieb Priest stehen. Der weiße Mondeo, der an der Straße stand, war leer gewesen. Aus der Kirche dagegen drang Licht. Er hörte Schritte und leise Stimmen. Die Tür stand einen Spalt offen, dahinter war jedoch nur der Vorraum zu erkennen.

»Tiff, du gehst zum Hinterausgang«, befahl er.

»Wir sollten auf die Verstärkung warten. Die ist in zehn Minuten hier.«

»Dann ist es zu spät. Wir haben schon viel zu viel Zeit verloren. Geh zum Hinterausgang.«

Priest erstickte Rowlinsons Protest mit einem strengen Blick im Keim. Der Polizist grunzte entnervt und lief um die Kirche herum.

Priest öffnete die Tür und schlich sich in die Kirche.

Da traf ihn der Geruch – sein Magen drehte sich um.

Karl Jones stand vor einem riesigen Kreuz mit dem Rücken zu Priest auf dem Altar. Seine Gestalt zeichnete sich vor dem dunklen, kreisrunden Fenster ab. Er schien es beinahe reumütig anzublicken. Wartete. Beobachtete.

Elinor und Julian lagen zu Karls Füßen auf dem Altar. Ihre Gliedmaßen baumelten reglos herab. Elinors lange Arme berührten den Boden. Priest hielt den Atem an, konzentrierte sich auf Elinor, achtete auf die kleinste Bewegung. Auch der Junge lag beängstigend still da.

Plötzlich kam ihm ein grässlicher Gedanke: *Ich komme zu spät.*

Karl hielt etwas in den Händen. Als er es über den Kopf und ins Licht hob, konnte es Priest deutlich sehen – glattes, glänzendes Metall. Entsetzt beobachtete Priest, wie sich Karl eine durchsichtige Flüssigkeit über den Kopf schüttete. Sobald er selbst, Elinor und Julian mit Benzin durchtränkt waren, warf er den Kanister in die Ecke. Klappernd landete er auf dem Boden.

»Karl«, sagte Priest ruhig.

Karl hielt inne und drehte leicht den Kopf, obwohl er Priest so höchstens aus dem Augenwinkel sehen konnte.

»Sie haben es geschafft«, sagte er und wandte sich wieder um. »Ich bin beeindruckt und auch erleichtert. Ich wollte, dass Sie dies mit ansehen. Obwohl mich Ihr Tod ehrlich gesagt nicht allzu schwer getroffen hätte.«

Priest ging ein paar Schritte auf ihn zu. Benzin lief in die Fugen zwischen den Bodenplatten und über die Kirchbänke entlang, wo es die mit den Familienwappen bestickten Betkissen durchtränkte. Selbst die Wände waren mit dunklen Brennstoffflecken überzogen. Karl musste das Zeug fässerweise ausgekippt haben.

*Ein kleiner Funke, und es wird mächtig brenzlig.*

»Ist doch besser, dass ich hier bin, oder?«, fragte Priest. »Sonst hätte ich den Augenblick verpasst, in dem Sie das Gleichgewicht wiederherstellen. Und darum geht es doch, nicht wahr?«

Sein Herz machte einen Satz, als Karl eine Streichholzschachtel aus der Tasche nahm und damit herumspielte, um Priest zu zeigen, wer hier das Sagen hatte. *Du machst wirklich keine halben Sachen, oder?*

»Egal, welchen Knopf wir gedrückt hätten, die Sprengladungen auf Devil's Point wären hochgegangen. Stimmt's, Karl?«, fragte Priest.

Karl schnaubte nur höhnisch. Priest machte einige weitere Schritte auf ihn zu, doch mit wachsender Panik begriff er, dass er es nicht rechtzeitig schaffen würde, bevor Karl den Altar in eine Flammenhölle verwandelte. Er hatte offenbar kein Interesse an einer Unterhaltung. *Denk nach!*

»Ich musste mich entscheiden, ob ich eingreifen oder der Natur ihren Lauf lassen sollte, richtig? Entweder ich drücke auf einen Knopf und handle, oder ich bleibe untätig. Und genau das wollen Sie von mir. Um mich zu beweisen, um Zeuge Ihrer Taten zu werden, musste ich einfach gar nichts tun.«

Karl nahm ein Streichholz aus der Schachtel.

»Und jetzt werden Sie diesen letzten Akt miterleben, Mr. Priest. Ich will, dass Sie Zeugnis ablegen. Sie waren reinen Herzens und haben die Prüfung auf Devil's Point bestanden. Das verrät mir, dass ich den richtigen erwählt habe. Werden Sie Zeuge dessen, was hier geschieht, und erzählen Sie ihnen davon. Dann ist mein Werk vollendet.«

»Wer ist *ihnen,* Karl?«

»Die Welt! Alle! Bald wird sich Dominiques Geständnis verbreiten wie ein Lauffeuer, und sie werden wissen, dass er nicht nur ein, sondern *drei* Opfer auf dem Gewissen hat!«

»Darum geht es hier?«, fragte Priest ungläubig. »Sie wollen eines von Dominiques Opfern sein, genau wie Elinor und Julian? Erst wollten Sie Alexia Elias mit dem Artikel in *The Real Byte* ruinieren. Und dann bot Ihnen Simeon seine Hilfe an, aber sie sind zu weit gegangen und haben ihm zu viel erzählt. Er bekam kalte Füße und brach die ganze Sache ab.«

»Er wollte zur Polizei gehen«, brüllte Karl und drehte den Kopf zur Seite.

»Und damit hätte er Ihnen alles verdorben«, fuhr Priest fort. »Deshalb haben Sie ihn ermordet. Sie haben Simeon am Tag vor der Gerichtsverhandlung in den Tresor gesteckt, und dort ist er gestorben. Und Sie hatten das perfekte Alibi. Zumindest eine gewisse Zeit lang. Genial. Ich vermute, dass Sie damit gerechnet haben, dass die Polizei früher oder später die Wahrheit herausfindet, aber sie wollten sich nur ein paar Tage erkaufen, um ihr Werk zu vollenden.«

»Simeon hatte keinen Nutzen mehr für mich. Aber ihn zu töten hat mir keine Freude bereitet.«

»Sie haben seine Leiche in Elinors Wagen gelegt, damit sie als Erste darüber berichten konnte. Aber Sie haben sich ja immer um sie gekümmert.«

»Sie haben ja keine Ahnung, was ich für sie empfinde.«

Karl sah zu dem Benzinkanister in der Ecke hinüber. Dieser letzte Satz hatte so verzweifelt geklungen, dass Priest atemlos stehen blieb.

»Haben Sie jemals ein so tiefes Verlangen gespürt, dass Sie auch nur für eine Minute der Erfüllung töten würden?«

Priest stand wie erstarrt da. Kannte er ein solches Verlangen? Er dachte an Jessica und die Zuneigung, die er für sie empfand, obwohl er sie in Wahrheit kaum kannte. Würde er für sie töten?

»Dass Alexia und Dominique sterben mussten, kann ich nachvollziehen«, sagte er, sobald er sich wieder in der Gewalt hatte. »Aber was ist mit dem Jungen? Warum wollen Sie ihn auch noch umbringen?«

»Sie begreifen den Tod als Bestrafung. Als das Ende. Dabei ist der Tod nur der erste Schritt zur Wiedergeburt. Wir drei sind die Opfer eines unerhörten Verbrechens. Gemeinsam müssen wir uns zurückholen, was uns versagt blieb.«

»Was blieb Ihnen denn versagt, Karl?«

*»Alles!«* Er wandte sich wieder zu Priest um. Benzin tropfte von seinem schwarzen Haar und seinem Bart. Seine Augen waren zwei dunkle, undurchdringliche Schatten. Er stand breitbeinig auf dem Altar. Ein beeindruckender Anblick.

»Sie wurde uns allen genommen, verstehen Sie das denn nicht?« Karl funkelte ihn irre an. »Sie war besudelt, aber selbst in diesem Zustand blieb sie mir versagt. Aber wie jeden Fehler kann man auch diesen durch Neuprogrammierung beheben. Was man ihr angetan hat, kann ich nicht rückgängig machen. Aber ich kann ihr zur Seite stehen. Damit sie nicht allein ist.«

»Und was ist mit Julian?«, fragte Priest ruhig. »Weshalb muss er neu programmiert werden?«

»Weil mit ihm sein Geschlecht ausstirbt und das Gleichgewicht wiederhergestellt ist. Jede Spur dieses bösen Mannes, seiner bösen Frau und ihrer Opfer werden vom Antlitz der Erde getilgt.«

»Aber Julian wurde nicht missbraucht, oder? *Sie* sind derjenige, der ihn zu einem Opfer macht.«

»Er wurde von seinem Vater im Stich gelassen. Ist das etwa kein Missbrauch?«

Wieder hob Karl das Streichholz und starrte an die Wand über Priests Kopf. Er schien sich in einem tranceähnlichen Zustand zu befinden. In der anderen Hand hielt er die Streichholzschachtel mit der Reibefläche.

*Ein kleiner Funke …*

Priest dachte nicht weiter nach. Sein Magen brannte, der Benzingestank war unerträglich. Er rannte schreiend und mit eingezogenem Kopf auf Karl zu, wartete darauf, dass ihn die Flammen verschlangen.

Er erreichte den Altar schneller als gedacht, doch Karl hatte sofort reagiert und das Streichholz angezündet. Die Flamme flackerte kurz auf und brannte dann ganz ruhig. Karl hob den Kopf zur Decke und streckte die Hand aus. Dann lief Priest in ihn hinein.

Priest hätte nie damit gerechnet, die Distanz zu Karl so schnell überbrücken zu können. Er prallte so heftig mit ihm zusammen, dass er ihn glatt vom Altar riss. Sie landeten auf dem Boden dahinter.

Die Flammen tanzten auf der großen Benzinpfütze, schlugen immer höher, breiteten sich in alle Richtungen aus, erfassten Karls durchtränkte Kleidung und steckten sie sofort in Brand.

Priest kroch zurück, glitt auf dem feuchten Boden aus, konnte sich den Flammen jedoch fürs Erste entziehen.

Karl stand auf. Sein Arm brannte, dann seine Schulter, dann hüllten ihn die Flammen vollständig ein, verzehrten sein Fleisch. Er heulte vor Schmerz und schlug wie wild um sich. Kurz bevor die Flammen das Altartuch erreichten, hob Priest den bewusstlosen Julian auf.

»Nein!«, schrie Karl und torkelte auf ihn zu. »Zurück!«

Priest trat Karl gegen die Brust, sodass er nach hinten taumelte und in das Flammenmeer fiel. Das Feuer umfing ihn, und er brüllte vor Schmerz und Wut. Seine Schreie hallten von den Wänden wider.

Priest warf sich Julian über die Schulter und wollte nach Elinor greifen, doch er war zu schwach, um sie auch noch aufzuheben. Also drehte er sich um und zerrte die beiden hinter sich her. Das Feuer verschlang den Altar und breitete sich rasend schnell aus.

Er schleifte Elinor und Julian in die gegenüberliegende Ecke. Das Feuer hatte bereits die Nordseite der Kirche erfasst, kroch den violetten Vorhang vor der Sakristei hinauf – die Flammen schlugen nun bis zum Fenster, und die Hitze war unerträglich. Priest sank so tief wie möglich an der Wand hinab, doch schon spürte er, wie das Feuer seine Gesichtshaut versengte.

Er hob den Arm, um sich zu schützen. Mehr konnte er nicht tun. Er saß in der Falle, da das Feuer bereits den hinteren Teil der Kirche erreicht hatte. Er kauerte auf dem einzigen Fleck, der vom Feuer verschont geblieben war, drückte Elinor und Julian fest an sich, obwohl er sich nicht sicher sein konnte, dass sie überhaupt noch lebten.

*Das ist der Tag des jüngsten Gerichts. Mein ganz persönlicher Weltuntergang.*

Er schnappte nach Luft. Wenn er nicht bei lebendigem Leibe verbrannte, würde er ganz sicher ersticken. Dunkle, dicke Rauchwolken umhüllten ihn. Allmählich stellte sein Gehirn den Betrieb ein. Ihm war, als zöge ein wütend kreischender Rabenschwarm über ihn hinweg.

Eine Sekunde lang verschwamm alles vor seinen Augen. Die Kirche wurde dunkel. Karls Schreie hatten sich in ein markerschütterndes Kreischen verwandelt. Dann verstummte er, und es war nur noch das Brüllen der Flammen und das Knistern verbrannten Fleisches zu hören.

Priest schloss die Augen. Er sah Jessicas Gesicht vor sich. Sie sagte etwas.

Seinen Namen?

»Priest!«

Das Feuer war ohrenbetäubend laut. Doch da war es wieder.

»Priest!«

Er öffnete die Augen. Rowlinson war vor ihm. Er sah aus, als würde er in der Wand stecken. Er streckte die Arme nach ihm aus und rief seinen Namen.

*Wie macht er das nur?*

Priest wollte den Arm heben, doch der war mindestens eine Tonne schwer. Unmöglich. Und auch Rowlinson konnte nicht echt sein. Eine Sinnestäuschung.

Dann umklammerte Rowlinson seine Hand. Weitere Hände erschienen. Elinor, Julian und auch er selbst wurden über den Boden gezogen.

Bevor er das Bewusstsein verlor, sah er den blassen Mond hinter der Kirche. Dann stürzte der Kirchturm mit einem dröhnenden Krachen ein.

# 62

Priest nahm den Rost aus dem Grill und drückte mit dem Pfannenwender auf die beiden Fleischklopse. Zufrieden mit ihrem Bräunungsgrad, legte er sie auf eine Brötchenhälfte und garnierte sie mit Salat, Rettich, Essiggurken, Ketchup, Mayonnaise und Käse. Dann schob er Georgie einen Burger über den Tisch zu.

»Ein Priest-Burger«, erklärte er.

Sie nahm ihn nach kurzem Zögern entgegen und drückte mit dem Finger auf das Brötchen. »Was ist denn ein *Priest-Burger*?«, fragte sie argwöhnisch. »Das ist doch ein ganz normaler Burger, oder nicht?«

»Mit einer ganz speziellen Zutat«, sagte Priest und nahm einen Bissen.

»Nämlich?«

»Kohle.«

Georgie nickte und biss vorsichtig hinein. »Gar nicht so schlecht.«

Georgie hatte ihm lang und breit erklärt, weshalb Hemingway ein so trauriges Ende gefunden hatte. Priest trug es mit Fassung und hatte ihr seinerseits erzählt, dass er mit angesehen hatte, wie Karl Jones Dominique in einem verlassenen Theater erschossen hatte. Dann berichtete er von den Ereignissen auf Devil's Point. Sie hatte einfach nur mit großen Augen dagesessen und ihm gebannt zugehört.

»Karl Jones, der dicke Computerfritze?«

»Genau der.«

Georgie nickte.

»Das scheint Sie nicht zu überraschen«, sagte Priest.

Georgie zuckte mit den Achseln. »Sobald Sie die Sache mit dem Safe erwähnt hatten, wusste ich, dass es einer von *The Real Byte* war. Oder Sie natürlich.« Das sagte sie so nüchtern, dass Priest die Spucke wegblieb.

»Es hätten genauso gut Sie sein können, wenn ich so darüber nachdenke«, gab er zurück.

Georgie sah ihn verwundert an. »Aber Sie wissen doch, dass ich es nicht war.«

»Das erscheint mir logisch, ja.«

»Waren das auf der Klippe eigentlich richtige Sprengsätze?«

»Ja, das hat das Bombenräumkommando bestätigt. Übrigens hätte sie jeder der beiden Knöpfe zur Detonation gebracht.«

Georgie stieß einen leisen Pfiff aus. »Er wollte Sie also tatsächlich umbringen?«

»Ich glaube, er wollte, dass ich den letzten Akt miterlebe. Aber wenn ich auf dem Felsen gestorben wäre, hätte ich sowieso keinen würdigen Zeugen abgegeben. Er hat es sozusagen dem Schicksal überlassen.«

»Und das alles nur für eine Jugendliebe. Glauben Sie, dass Karl geistesgestört war?«

»Das waren sie beide. Denken wir lieber nicht zu lange darüber nach.«

Priest aß seinen Burger auf und schob den Teller beiseite.

»Nur damit ich das richtig verstehe«, sagte Georgie und zupfte die Gurkenscheiben aus ihrem Burger. »Elinor Fox wurde von ihrem Vater missbraucht. Sie erinnert sich nicht daran, gleichzeitig erinnert sie sich aber doch an alles und schreibt es in ein Tagebuch, ohne zu merken, dass sie über sich selbst schreibt. Und das hat Karl irgendwann herausgefunden.«

»Karl hatte Kopien ihrer Krankenakten. Wie er an die gelangt ist, weiß ich noch nicht. In seinem Haus war der Arztbrief eines Psychiaters, in dem es um Elinors fragilen Geisteszustand ging. Sie war lange Zeit in der Psychiatrie, doch inzwischen kommt sie allein zurecht. Bis vor Kurzem zumindest.«

»Was fehlt ihr denn?«

»Sie hat eine komplexe Persönlichkeitsstörung. Das Interessante ist aber, wie sie mit ihren Erinnerungen umgeht. Die Hirnforschung unterscheidet das *implizite* und das *explizite* Gedächtnis, und für beide Bereiche sind völlig unterschiedliche Hirnareale zuständig: Die Amygdala ist für die Verarbeitung der *impliziten* Erinnerungen – beispielsweise emotionaler Reaktionen – zuständig, der Hippocampus für das *explizite* Gedächtnis, also die ganz gewöhnlichen Erinnerungen, an die man sich bewusst erinnern kann.«

»Also ist ihr *implizites* Gedächtnis unversehrt und das *explizite* beschädigt?«

»Genau. Elinor hasst Alexia und Dominique Elias, kann sich aber nicht erklären, weshalb. Sie weiß, wie es ist, als kleines Mädchen fünf Jahre lang in einem Keller eingesperrt zu sein, ahnt aber nicht, dass sie dieses Mädchen ist. Zu ihrem eigenen Schutz hat ihr Gehirn diese Erinnerung sozusagen ausgelagert. Sie begriff das Ganze als Fiktion, als etwas, das sie sich ausgedacht hat. Eine Gruselgeschichte.«

Georgie biss in den Hamburger. »Trotzdem wollte sie mich mit Ihrem Fisch umbringen.«

»Vielleicht wollte Sie Ihnen auch einfach nur Angst machen.«

»Nein. Sie wusste, dass ich unter einer Anaphylaxie leide.«

»Haben Sie das der Polizei erzählt?«

Georgie dachte einen Augenblick lang nach, dann schluckte sie. »Sie wird sehr lange Zeit in der Psychiatrie verbringen. Egal, was ich sage, oder?«

»Schon möglich. Aber das macht Hemingway auch nicht wieder lebendig.«

Sie schmunzelte. Dann fiel ihr etwas ein. »Wissen Sie noch, wie uns am ersten Tag Dominique vor dem Gerichtsgebäude über den Weg gelaufen ist?«

»Ja.«

»Er hat sie gesehen. Elinor. Sie haben mit ihm gesprochen, und da hat er sie auf der Treppe gesehen. Das ist mir gerade eben erst wieder eingefallen. Er hat mitten im Satz aufgehört zu reden. Er kann sie nach all den Jahren unmöglich wiedererkannt haben, aber trotzdem war er plötzlich wie verwandelt.«

Priest dachte an jenen Tag zurück – sie hatte recht. Damals hatte er Elinor noch nicht gekannt, doch Georgie hatte sie inmitten der anderen Reporter entdeckt.

Bevor er gründlicher darüber nachdenken konnte, platzte Georgie schon mit der nächsten Frage heraus: »Wenn Karl Simeon getötet hat, weil er die Wahrheit sagen wollte, warum hat er dann seine Leiche in Elinors Auto gelegt?«

»Ganz einfach: damit Elinor als Erste darüber berichten konnte, und das hat sie ja auch getan. Er wusste, dass die Ergebnisse der Spurensicherung ihre Unschuld beweisen würden. Es war ein Geschenk für sie.«

Georgie schnaubte. »Da wären mir eine Schachtel Pralinen und Blumen von der Tankstelle lieber.«

»Sie sind aber leicht zufriedenzustellen.« Priest lächelte, und sie lächelte zurück. »Ach, das hätte ich fast vergessen.« Er legte einen Zettel vor ihr auf den Tisch. Sie nahm das Papier und faltete es auseinander.

»Was ist das?«

»Ein Brief von Simeon an Mims. Sie hat mir eine Kopie gegeben.«

»Aber Simeon ist …«

»Tot, ja. Nach wie vor. Den hat er ihr lange vor seiner Ermordung geschrieben.«

»Und wieso kam er jetzt erst an?«

»Er hat ihn per Luftpost einem Kurierdienst in Kalifornien geschickt, der auf ungewöhnliche Fälle spezialisiert ist. Er musste der Firma jeden Tag um dreiundzwanzig Uhr eine SMS schicken. Die Kurierfirma hatte den Auftrag, Mims den Brief zukommen zu lassen, sobald die SMS ausblieben.«

Georgie betrachtete den sorgfältig von Hand geschriebenen Brief. »Sie sollte den Brief also nur erhalten, wenn ihm etwas zustieß, das ihn vom Senden der SMS abhielt.«

»Genau. Obwohl er der ersten Zeile nach zu urteilen wohl eher mit einer überstürzten Flucht und nicht mit seinem Tod gerechnet hat.«

*Liebe Mims,*

*Wenn du das hier liest, bin ich bereits im Exil. Begib*

*dich nicht auf die Suche nach mir und erzähl niemandem außer Charlie Priest von diesem Brief. Ich vertraue ihm, und du musst ihm auch vertrauen. Ihm und mir.*
*Dominique und Alexia Elias' Taten werden ans Licht kommen, da bin ich mir sicher. Ich weiß nur nicht mehr, auf welcher Seite ich stehe. Es ist alles so verwirrend. Ich kann Gut nicht mehr von Böse unterscheiden. Vor langer Zeit lernte ich einen Mann kennen, der mich so sehr von seinem Vorhaben überzeugt hat, dass ich mich voll und ganz seinem Kreuzzug verschrieben hatte. Dieser Mann heißt Karl Jones, auch bekannt als USER3412. Als wir anfingen, dachte ich noch, dass er Alexia Jones als korrupte Frau hinstellen wollte, die sich von einer Terrororganisation bestechen ließ.*
*Er nahm Kontakt mit mir auf, nachdem ich bei der Elias Foundation gekündigt hatte. Er gab sich als Journalist aus, der über den Skandal in der Türkei recherchierte, und versprach mir, mich als anonyme Quelle zu zitieren. Wir trafen uns mehrmals in einem Café in Soho. Bald wurden wir Freunde, vereint in unserer Abneigung Alexia Elias gegenüber. Wir wussten beide, dass sie korrupt war, konnten es aber nicht beweisen. Und eines Tages kam er mit der Idee an, dass wir keine Beweise, sondern nur eine glaubhafte Aussage brauchten.*
*Ich erklärte mich bereit, mir eine Geschichte auszudenken und die entsprechenden Dokumente zu fälschen. Was im Nachhinein betrachtet ziemlich dumm von mir war, aber wir wollten sie mit allen Mitteln zur Rechenschaft ziehen.*
*Jetzt glaube ich, dass sich der Plan entweder geändert*

*hat oder dass es von vornherein um etwas anderes ging.*
*Als ich Karl vor Kurzem besuchte, sah ich ein Foto auf seinem Tisch liegen. Ich nahm es an mich, weil ich den Jungen darauf von meiner eigenen Recherche her kannte: Es war Dominique Elias' Sohn. Erst später bemerkte ich, dass das Bild manipuliert war.*
*Was das zu bedeuten hat, weiß ich nicht, aber es ist sicher wichtig. Ich habe das Foto versteckt, aber Priest wird es sicher finden – vielleicht sogar mit deiner Hilfe. Wer weiß, was als Nächstes passiert. Wenn ich mir etwas habe zuschulden kommen lassen, bin ich bereit, dafür zu büßen.*
*Ich habe eine Spur für Charlie Priest gelegt, der er folgen kann, wenn mir etwas zustößt. Du musst Priest kontaktieren und ihn dazu bringen, der Spur zu folgen. Und gib ihm mein Handy, es liegt an seinem üblichen Platz.*
*Ich weiß, dass du gegen die ganze Sache warst, aber ich war der Meinung, das Richtige zu tun, so falsch es im Nachhinein auch war. Du bist mir nichts schuldig, aber ich bitte dich um deine Hilfe. Ich hoffe, dass du mich als denjenigen in Erinnerung behältst, der ich war, und nicht als den, zu dem ich geworden bin.*
*Es tut mir aufrichtig leid.*
*In Liebe*
*Simeon*

Georgie blickte entsetzt auf. »Wir haben richtig vermutet. Wir sollten den Geheimraum in der Bristol Road und das Foto von Julian finden. So wollte uns Simeon auf die Sprünge helfen.«

»Er hat uns mehrere Hinweise hinterlassen. Mir fiel sofort auf, wie merkwürdig das Haus auf dem Bild aussah. Und er hat die Heizung aufgedreht, damit es in der Wohnung so warm war wie in Karls Haus. Wir sollten stutzig werden. Der Brief war nur eine weitere Vorsichtsmaßnahme. Wären wir nicht von selbst darauf gekommen, hätte uns Mims irgendwann das Handy ausgehändigt.«

»Nicht zu vergessen der Spindschlüssel am Schlüsselbund deiner Schwester.«

»Eine weitere Spur, die uns zum Handy führen sollte.«

Georgie schüttelte ungläubig den Kopf. »Wieso hat er Sie nicht einfach angerufen oder Ihnen auf irgendeinem anderen Weg eine Nachricht zukommen lassen?«

»Das ergibt sich aus dem Brief.« Priest atmete tief aus. »Mims sagte, dass er den Brief laut Poststempel vor einem Monat nach Amerika geschickt hat. Da hatte mir Simeon noch nichts zu sagen – nur, dass er sich das mit den Bestechungsgeldern ausgedacht hatte, doch damit wäre auch der Prozess verloren gewesen. Und sonst hatte er nichts gegen Alexia in der Hand, jedenfalls nicht zu diesem Zeitpunkt. Nur Spekulationen und Mutmaßungen, und damit hätten wir den Prozess nicht gewonnen.«

»Aber er ahnte, dass es hier noch ein Geheimnis aufzudecken gab, und das hatte mit Julian zu tun. Er wusste nur nicht, was das war, deshalb hat er Ihnen diese vielen Hinweise hinterlassen. Er hatte gehofft, dass Sie es herausfinden. Und das haben Sie auch getan.«

»Aber nicht allein.« Priest zwinkerte ihr zu, und Georgie errötete. »Bereit?«, fragte er, stand auf und schlüpfte in sein Jackett.

Sie nahm einen letzten Anstandsbissen und folgte ihm.

# 63

Rose machte Tee. Priest und Georgie saßen am Küchentisch und blickten durch die Balkontür auf die gelben Felder hinaus, die sich bis zum Horizont erstreckten. Das Bauernhaus war von sanften Hügeln und goldenen Wiesen umgeben. Rose hatte ihnen bei ihrer Ankunft erzählt, dass sie an einem klaren Tag von ihrem Schlafzimmer aus das Meer sehen konnte.

Roses Gatte Dennis, ein stämmiger Mann in einem schwarzen Rollkragenpullover, der die sechzig längst überschritten hatte, saß neben ihnen und aß lautstark seinen Toast.

Sobald der Tee fertig war, stellte Rose Tassen und Untertassen vor ihre Gäste und setzte sich neben ihren Mann. Dann schenkte sie Tee ein, wobei sie ununterbrochen vor sich hin summte. Als sie fertig war, sah sie Priest an. Sie hatte silbergraues Haar, ein zierliches Gesicht und lächelte selbstbewusst. Priest konnte sich sehr gut vorstellen, dass sie einmal Schulleiterin gewesen war.

»Mr. Priest, ich nehme an, dass Sie die Wahrheit hören wollen.« Rose seufzte und schob ihm die Teetasse zu.

»Ach, Rose, das ist doch wirklich nicht zu viel verlangt«, grummelte Dennis. »Er hat uns *seine* Geschichte erzählt, nun erzähl ihm unsere.«

»Wenn es nicht zu viel Umstände macht«, warf Georgie ein.

Priest wusste selbstverständlich, dass die Menschen, die Elinor Mum und Dad nannte – Rose und Dennis –, nicht ihre leiblichen, sondern ihre Adoptiveltern waren. Doch sie waren trotzdem eine Familie.

Rose nickte, lächelte wieder und nahm einen Schluck Tee. Sie setzte die Tasse ab und starrte ihren Handrücken an, bevor sie das Wort ergriff.

»Ja, ich war an jenem Abend dabei, als wir Elinor an der Spitze von Devil's Point entdeckt haben. Dennis auch, aber da wusste ich noch nicht, dass ich ihn später mal heiraten würde. Damals war er noch ein Wichtigtuer, der mir ständig auf die Nerven ging. Na ja, daran hat sich auch nicht viel geändert. Damals war ich Polizistin, auch wenn ich mir heute nicht mehr erklären kann, was mich da geritten hatte. Mr. Priest, ich weiß nicht, ob Sie Ahnung vom Polizeidienst haben, aber als Frau hat man es da nicht leicht.«

»Das kann ich mir gut vorstellen«, sagte Priest. Seine Ex-Frau hatte sich über solche Probleme nie beklagt, aber andererseits hatte ihr ihre maskuline Art dabei geholfen, die ersten schwierigen Jahre zu überstehen.

»Das Ganze war gar nicht so kompliziert, wie Sie womöglich glauben. Elinor ist tatsächlich von der Klippe gefallen. Aber sie ist nicht gesprungen. Ich glaube, dass sie verwirrt und verängstigt war und gestolpert ist. Sie wollte sich ganz sicher nicht umbringen. Und sie hat es ja auch überlebt. Ich bin mit Dennis die Klippe hinuntergeklettert. Wir haben uns dort umgesehen, aber nichts gefunden. Das habe ich zu den anderen hochgerufen, dann sind alle nach Hause gegangen. Wahrscheinlich dachten sie, ich würde noch einen Bericht dazu schreiben, und das war's dann.«

»Unglaublich, dass sich die Leute einfach weiter um ihren eigenen Kram gekümmert haben. Als wäre nichts passiert«, fügte Dennis hinzu. »Das ist ein Skandal.«

»Ja, Dennis. Genau.« Rose seufzte. »Jedenfalls haben wir sie schließlich gefunden. Wie durch ein Wunder hatte sie die Felsen verfehlt und war ins Wasser gefallen. Das Meer hatte sie in eine kleine Höhle gespült, und als ich gerade umkehren wollte, wurde sie von einer Welle wieder ans Licht getragen. Als hätte sie mir Poseidon persönlich überreicht.«

»Es war das Schicksal und nicht Poseidon«, knurrte Dennis.

»Wie auch immer. Bis heute weiß ich nicht, wie sie das überlebt hat. Sie war so klein und zierlich. Wie gesagt: ein Wunder.«

»Bei einem Autounfall trägt ein entspannter Körper weniger Schaden davon«, erklärte Priest. »Dasselbe Prinzip gilt auch für einen Sturz aus großer Höhe. Vielleicht war sie so verwirrt, dass ihr Körper überhaupt nicht reagiert hat.«

Rose nickte. »Das könnte schon sein.«

»Was ist dann passiert?«

»Wir haben sie ins Krankenhaus gebracht. Ich wollte über Funk Verstärkung rufen, erreichte aber niemanden. Wir saßen stundenlang bei ihr. Sie hat kein Wort gesagt. Was hätten wir denn tun sollen? Sie dem Jugendamt übergeben? Ein Waisenhaus hätte sie nicht lange überstanden. Dennis hatte ähnliche Bedenken, und wir kamen überein, dass ich sie aufnahm. Am Anfang sollte es nur vorübergehend sein, bis wir uns irgendetwas anderes überlegt hatten, aber dann führte eines zum anderen … Dennis und ich kamen uns näher und … nun ja, es war einfach nicht richtig, sie wieder wegzugeben. Später zogen wir weg aus Tome und hierher. Um ein neues Leben anzufangen.«

»Wir haben beantragt, Elinor zu adoptieren«, erklärte Dennis. »Das Ganze dauerte zwei Jahre. Wir haben nie verraten, wie Elinor eigentlich bei uns gelandet war … aber das Wichtigste ist ja auch …«

Priest hob eine Hand. »Ich will mir nicht anmaßen, darüber zu urteilen. Sie haben das getan, was Sie für richtig hielten.«

»Das ist nett von Ihnen. Das kleine Mädchen hatte gar nichts außer den Kleidern, die sie am Leib trug, und ihre Puppe. Wir haben ihr eine Perspektive gegeben.«

»Eine Puppe?«, fragte Georgie neugierig.

»Ja«, sagte Dennis. »Eine kleine Holzpuppe. Zum Aufziehen. Sie hatte sie in ihr Kleid gewickelt. Ein schönes Stück, aus echtem Eschenholz.«

Georgie nickte lächelnd.

»Also hat Sie Ihren Nachnamen angenommen, ihren Vornamen aber behalten?«, fragte Priest.

»Den konnten wir ihr unmöglich nehmen«, sagte Rose. »Sie hat wochenlang nur ein einziges Wort gesagt – ihren Namen.«

»Und danach hat sie auch kaum gesprochen«, sagte Dennis.

»Das ist ja wohl kein Wunder«, wies ihn Rose zurecht. »Wenn man bedenkt, was sie durchgemacht hat.«

»Und das Tagebuch?«, fragte Priest.

»Das hat uns sehr beunruhigt«, sagte Dennis und schüttelte den Kopf. »Der Arzt hat gesagt, dass ihr Unterbewusstsein das Ganze verarbeiten musste und nach einem Ventil suchte. Ellie hatte keine Ahnung, dass sie eigentlich über sich selbst schreibt. Das nennt sich dissoziative Amnesie oder so ähnlich. Haben Sie schon mal davon gehört?«

Priest grinste. »Ja, kommt mir irgendwie bekannt vor.«

»Es war grauenhaft«, fuhr Dennis fort. »Man muss sich mal vorstellen, dass das keine erfundene Geschichte war, sondern eine unterdrückte Erinnerung, die hier an die Oberfläche kam. Gott sei Dank hat sie das nie begriffen – sie dachte, sie würde sich das alles nur ausdenken.«

»Wir haben gehört, dass diese schrecklichen Menschen, die ihr das angetan haben, inzwischen verstorben sind. Ich weine ihnen keine Träne nach«, sagte Rose.

»Woher wussten Sie, dass Alexia und Dominique Elias etwas damit zu tun hatten?«

»Sicher waren wir uns nie«, sagte Rose etwas abwehrend. »Aus irgendeinem Grund hegte Ellie eine morbide Faszination für sie, und wir wussten, dass sie in Tome gewohnt hatten … aber beweisen konnten wir nichts. Sie fragte mich ständig nach ihnen, und ich sagte, sie solle sich von ihnen fernhalten.«

*Was natürlich erst recht ihr Interesse geweckt hat,* dachte Priest. *Aber das konnten Sie ja nicht ahnen.* »Was ist mit Karl Jones? Wie passt der ins Bild?«

»Ach du meine Güte«, keuchte Rose und ließ den Kopf hängen. Dennis stand auf und kramte in einem Brotkasten auf der Küchenzeile. »Na schön. Also zunächst einmal kannten wir ihn als Michael. Damals redeten ihn alle mit seinem zweiten Vornamen an, weil es bereits zwei Karls in seinem Kurs gab.«

»Er sah ziemlich seltsam aus«, sagte Dennis. »Ganz anders als auf den Fotos in den Nachrichten. Angeblich hatte er vor ein paar Jahren einen schlimmen Verkehrsunfall und musste im Gesicht operiert werden.«

»Hat ihn Elinor deshalb nicht erkannt?«, fragte Georgie.

Rose nickte. »Das nehme ich an, ja. Der Michael, den wir kannten, hatte lange Haare, bis über die Schultern, und eine Brille. Und er war viel, viel dünner. Als sie über *The Real Byte* recherchiert hat, hat sie sich sein Foto wahrscheinlich gar nicht so genau angesehen. Kein Wunder, dass sie ihn nicht wiedererkannt hat.«

Das verstand Priest nur zu gut. Er hatte ihn auf dem Foto in seinem Haus auch nur deshalb erkannt, weil er gewusst hatte, dass es Karl war. Dass Elinor, die sowieso Probleme mit ihrem Gedächtnis hatte, diese Verbindung nicht herstellen hatte können, war nicht überraschend.

»Wie ging es weiter?«, fragte Priest.

»Sie haben sich auf der Universität kennengelernt. Sie studierten beide Medienwissenschaften, und Michael – Karl – war schwer in sie verschossen. Er hat ihr ständig Blumen, Grußkarten und Pralinen hierhergeschickt. Und Briefe, alle an Elinor adressiert. Ein paar hat sie gelesen, obwohl wir viele Briefe einfach weggeworfen haben, um Elinor nicht aufzuregen. Die Arme hatte genug durchgemacht, auch wenn sie sich nicht daran erinnern konnte.«

»Ich hätte ihn ja am liebsten erschossen, aber Rose war dagegen«, knurrte Dennis. »Dieser perverse Drecksack!«

»Dennis!«, rief Rose und warf ihm einen warnenden Blick zu. »Das reicht. Sie war sein Jugendschwarm, mehr nicht. Dachten wir zumindest.«

Priest nickte und nahm einen Schluck Tee. *Das war wahrscheinlich Wunschdenken, aber was hätten sie sonst tun sollen?*

»Wie dem auch sei, als wir das Tagebuch lasen, das Ellie geschrieben hatte, klingelten bei uns alle Alarmglocken«, fuhr Rose fort. »Sie hat uns alles zu lesen gegeben, und wir haben alles aufgehoben. Sie konnte gut schreiben, und wir haben sie immer dazu ermutigt. Allerdings haben wir ihr Gott sei Dank ausgeredet, sich einen Verlag für das Tagebuch zu suchen. Es war alles auf unserem Computer gespeichert – ihre Arbeiten, ihre Krankenakten, alles.«

»Wir dachten, da wäre es sicher«, warf Dennis ein.

»Bis der Computer ständig abstürzte. Wir brachten ihn zur Reparatur, und der Mann dort sagte, dass wir einen Virus auf dem Rechner hätten. Weißt du noch, wie dieser Virus hieß, Dennis?«

»Trojaner oder so.«

»Der Mann sagte, dass jemand den Computer gehackt und alle Daten darauf gestohlen hätte.«

»Selbstverständlich hatten wir keine Beweise«, sagte Dennis finster. »Aber ich habe immer vermutet, dass Karl dahintersteckt.«

Priest nickte. *Und diese Vermutung hat sich letztendlich als richtig herausgestellt.*

Karl Jones war über alles im Bilde gewesen, und in seinem Wahn hatte er geglaubt, einer Frau, die er kaum kannte, zur Gerechtigkeit verhelfen zu müssen. *Wie erbärmlich.*

»Mr. Priest, wenn Sie mir die Frage gestatten: Wie sind Alexia und Dominique gestorben?«, fragte Rose.

Priest biss sich auf die Lippen und atmete tief aus. »Rose, ich will es mal so sagen: Sie haben bekommen, was sie verdient haben.«

# 64

Priest lehnte mit verschränkten Armen und einem angewinkelten Bein an der Wand und pfiff »The Drugs Don't Work« von The Verve, dessen Melodie er einfach nicht mehr aus dem Kopf bekam. Polizisten eilten an ihm vorbei. Hin und wieder warf ihm einer einen argwöhnischen Blick zu, doch die meisten beachteten ihn gar nicht. Es war schon spät – sie waren direkt nach dem Besuch bei Rose und Dennis hierhergefahren – und daher auf dem Revier relativ ruhig. Es würde erst nach Mitternacht wieder laut werden, wenn die Betrunkenen eintrudelten.

Die Tür zu Verhörraum vier öffnete sich, und Rowlinson verließ kopfschüttelnd den Raum.

»Sie braucht Hilfe, Priest«, sagte er und schloss die Tür hinter sich. »Professionelle Hilfe.«

»Sie leidet unter dissoziativer Amnesie und hat ihr Kindheitstrauma teilweise unterdrückt. Aber ja, du hast recht: Sie braucht Hilfe.«

Rowlinson sah zu Boden. »Dir ist klar, dass ich dich nicht zu ihr lassen darf.«

»Fünf Minuten.«

»Nein.«

»Drei.«

»Priest …« Rowlinson sah ihn missbilligend an. Priest

wartete, bis er nachgab. Wie immer war es nur eine Frage der Zeit.

»Zwei.«

Priest setzte sich vorsichtig Elinor Fox gegenüber auf den Stuhl. Sie erinnerte an einen verletzten Vogel, der nicht so recht verstand, weshalb er nicht mehr fliegen konnte. Vor ihr stand ein halb geleerter Plastikbecher mit Tee, über ihren Schultern lag eine Decke. Sie hatte dunkle Ringe unter den Augen und war leichenblass.

Er erinnerte sich an die Geräusche der brennenden Kirche, an den Gestank, an den Augenblick, bevor er das Bewusstsein verloren hatte. Seine letzten Gedanken hatten Jessica gegolten. Ob Fox das wusste?

»Was ist mit Michael?«, fragte sie mit leiser, heiserer Stimme. Sie hatte Rauch eingeatmet, und ihre Kehle war noch geschwollen.

»Karl Jones ist tot.«

Sie nickte erleichtert. »Und was ist mit …«

»Georgie Someday ist gesund und munter. Tja, dumm gelaufen.«

»Ich wollte sie nur erschrecken.«

»Wir beide wissen, dass das gelogen ist. Du hast von ihrer Allergie gewusst.«

Fox schüttelte den Kopf. »Nein. Der Fisch ist doch sofort gestorben. Sie war nie in Gefahr.«

»Und was sollte das dann?«

Sie sah ihn an, und einen Augenblick lang war die alte Elinor zurück: die funkelnden, durchdringenden Augen, das verführerische Lächeln. »Ich hab's für dich getan, Schatz.«

»Weil ich eine rothaarige Frau erwähnt habe?«

Sie nickte traurig. Das Leuchten in ihren Augen erlosch. Priest stand auf.

»Damit war nicht Georgie gemeint«, sagte er. »Zwischen mir und Georgie ist gar nichts.«

Sie blickte erschrocken auf. »Wer … ach, die Frau, die plötzlich in deiner Wohnung war, als du mir den Zettel geklaut hast.« Sie dachte nach. »Aber du hast mich aus der Kirche gerettet.«

Ohne zu antworten, ging er zur Tür, wobei er sie nicht aus den Augen ließ. Er hatte sie warnen wollen. Er hatte sie mit Verachtung strafen wollen, damit sie ihre gemeinsame Nacht ebenso sehr bereute wie er.

Doch sie erwiderte ungerührt seinen Blick. »Es ist noch lange nicht vorbei, Charlie«, rief sie, als er an der Tür war.

Er sah sie noch ein letztes Mal an.

»Doch. Es ist vorbei.«

Georgie seufzte erleichtert auf. Sie hatte das Gespräch zwischen Charlie und der Frau, die versucht hatte, sie umzubringen, auf dem Bildschirm der Überwachungskamera mitverfolgt. Die Spannung zwischen den beiden war … unübersehbar. Dann erwähnte er die andere rothaarige Frau.

Sie schluckte schwer. Jessica Ellinder. Natürlich.

Einerseits war sie wütend auf Elinor, weil sie ihretwegen so viel hatte durchmachen müssen, andererseits hatte sie Mitleid mit ihr. Was waren schon fünf Minuten der Angst gegen fünf Jahre des systematischen Missbrauchs?

*Sie war nur ein Kind,* dachte Georgie. *Und in vielerlei Hinsicht ist sie das immer noch.*

Georgie wusste nicht so recht, was sich zwischen Fox und Charlie abspielte. Womöglich empfanden sie sogar eine gewisse Zuneigung füreinander. Doch das war nicht so wichtig. Sie war in Sicherheit, nur das zählte. Karl Jones war tot, Alexia war tot, Dominique war tot. Und wenn es jemand verdient hatte zu sterben, dann diese drei. Auf eine verquere Art hatte die Gerechtigkeit gesiegt.

»Miss Someday?«

Georgie fuhr zusammen. Sie hatte nicht mitbekommen, dass Tiff Rowlinson den Raum betreten hatte.

»Verzeihung, ich wollte Sie nicht erschrecken. Aber Ihr Chef lässt fragen, ob er Sie nach Hause fahren soll.«

»Ja«, sagte sie automatisch. »Ich komme.«

»Wollen Sie wirklich keine Anzeige gegen Fox erstatten?«

Georgie zögerte. Sie hatten genug Beweise, um sie wegen versuchten Mordes anzuklagen, obwohl Fox selbstverständlich mit mildernden Umständen rechnen durfte. Womöglich konnte sie sich sogar auf verminderte Schuldfähigkeit berufen. Doch Georgie hatte ihre Entscheidung längst getroffen.

»Nein. Ich finde, sie hat genug gelitten, meinen Sie nicht auch?«

# 65

Priest saß an Sarahs Küchentisch und versuchte, sich einen Reim auf das Bild zu machen, das Tilly gemalt hatte. War das ein Affe, der einen Bus fraß?

»Sehr schön«, sagte er und gab es ihr zurück. »Das ist wahrscheinlich das schönste Bild, das ich je gesehen habe.«

»Das ist ein Golfplatz«, sagte sie im Brustton der Überzeugung.

Er sah sich das Bild noch einmal an.

»Hey«, sagte er, während sich Sarah neben sie setzte, »willst du am Wochenende mit in die Zoohandlung kommen? Ich brauche einen neuen Fisch.«

»Darf ich einen Namen aussuchen?«, fragte sie mit vor Vorfreude großen Augen.

»Klar.«

Sie grinste, sprang vom Küchentisch und lief ins Wohnzimmer zurück.

»Weshalb brauchst du denn einen neuen Fisch?«, fragte Sarah, die neben ihm saß.

»Lange Geschichte.«

Im Hintergrund lief leise der Fernseher. *Channel 4 News* brachte Dominique Elias' Pädophiliegeständnis in einer stark gekürzten Version – dennoch würde es unweigerlich Beschwerden geben. Die unzensierte Fassung auf YouTube war bereits viral gegangen. Dann wurde zu einem Reporter geschaltet, der vor dem Geschäftssitz der Elias Foundation Jack Oldham um einen Kommentar bat zu der »ungewöhnlichen« Tatsache, dass Elias' Geständnis anonym an die wichtigsten Medien aller Länder geschickt worden war, in denen die Elias Foundation aktiv war. Jack Oldham hatte zusehends Schwierigkeiten damit, die Fragen zu beantworten.

Sie legte Jacks Visitenkarte vor ihm auf den Tisch.

»Danke.«

»Ach«, sagte Priest erfreut. »Also hast du den Auftrag bekommen?«

»Die Elias Foundation braucht dringend ein neues Image, und ich bin für die PR zuständig. Das ist eine Riesensache, Charlie.«

»Die sicher gut bezahlt wird.«

Sie zwinkerte ihm zu. Er stand auf und machte sich wieder auf den Weg. Eigentlich hatte er sich erkundigen wollen, ob sie den Auftrag bekommen hatte, doch fünf Minuten vor seiner Ankunft hatte ihn Jack angerufen und Sarahs Präsentation über den grünen Klee gelobt. Der Vorstand hatte einstimmig beschlossen, sie anzuheuern.

»Was ist mit der Gerichtsverhandlung?«, fragte sie.

»Da Alexia bis auf Dominique keine Familienangehörigen hatte, wurde eine hiesige Anwaltskanzlei mit der Verwaltung des Nachlasses betraut. Die Kollegen dort haben einen Blick auf den Prozess geworfen und entschieden, dass sie die Erbmasse nicht dafür aufwenden wollten – noch dazu, wenn es sich möglicherweise um ein illegal erworbenes Vermögen handelt. Der Prozess wurde eingestellt, was bedeutet, dass *The Real Byte* gewonnen hat. Wahrscheinlich wird es wegen der Gerichtskosten zu einer weiteren Verhandlung kommen, aber das hat noch Zeit.«

»Ende gut, alles gut.«

Priest wandte sich ab und dachte an Elinor. Vor einer Weile hatte er einen Anruf von Rose und Dennis erhalten. Sie hatten Elinor wieder »in die Klinik gebracht«, da sie um ihre geistige Gesundheit fürchteten.

»Fürs Erste jedenfalls.« Er spähte um die Tür ins Wohnzimmer und verabschiedete sich von Tilly, die ihm kurz zuwinkte. »Ich muss los«, teilte er Sarah mit. »Ich muss noch eine Menge Papierkram erledigen.«

Sie hob eine Augenbraue. »Aha. Kenne ich die Dame?«

Priest grinste. »Bis bald.«

Sie begleitete ihn zur Tür und zupfte ein Haar von seinem Jackett. »Es wird zwar noch einige Zeit dauern, aber früher oder später wird es eine neue Stiftung geben«, sagte sie. »Du machst dir keine Vorstellung, wie viel die Leute spenden.«

»Wirklich?«

»Ein einzelner Spender hat über eine Million gegeben.«

»Du machst Witze«, sagte Priest und grinste in sich hinein. »Wer hätte das gedacht?«

Es war später Nachmittag. Die Luft war drückend, und Regen kündigte sich an. Der diesige tiefblaue Himmel war mit wenigen Wölkchen übersät. Der Rauch eines kleinen Lagerfeuers stieg aus einem Schrebergarten auf und löste sich in Nichts auf.

»Und was ist schließlich mit dem Fisch passiert?«, fragte Li, riss eine weitere Seite aus einem Ordner und warf sie in die Flammen.

»Hemingway hat es nicht geschafft«, sagte Georgie und folgte ihrem Beispiel.

Sie hatten zwei alte Gartenstühle hinter einem Schuppen gefunden und sie sich kurz ausgeborgt. Nun saßen sie um das warme Feuer, das sie mit den Unterlagen über Martin fütterten.

»Du wolltest mich doch noch deinem Chef vorstellen«, sagte Li und zwinkerte.

»Mal sehen, was sich da machen lässt.«

»Schon gut.« Li lachte. »Das hat Zeit.«

Georgie lächelte und warf die nächste Seite ins Feuer.

»Wie hat dieser – wie heißt er noch? – DCI Rowlinson deinen Chef eigentlich aus der Kirche gerettet?«

»Durch einen Seiteneingang. Rowlinson hat ihn eingetreten, und glücklicherweise lag Charlie in der Ecke daneben.«

»Und der Junge? Julian?«

»Dem ist nichts passiert. Er ist wieder bei seiner Mutter. Ich glaube, an viel erinnert er sich nicht mehr.«

»Cool. Was für eine abgefahrene Geschichte.«

Sie saßen eine Weile da und lauschten dem Knistern des Feuers und dem Reißen des Papiers. Gelegentlich warf Georgie einen Blick auf die Akten, in denen die Arbeit von zwei Jahren steckte und die doch so schnell zu Asche verbrannten. Und mit jeder Seite verbrannte auch ein kleines Stück von Martin.

»Warum verfeuern wir diese Akten noch mal?«

»Weil ich sie nicht mehr brauche.«

»Aha.« Li dachte eine Weile lang nach. »Du hast ihn nicht bei der Polizei angezeigt.«

Es war weder ein Vorwurf noch eine Frage, nur eine einfache Feststellung. Trotzdem krampfte sich Georgies

Magen zusammen. Außer ihr, Martin und Li wusste niemand, was geschehen war. Und das schweißte sie auf gewisse Art zusammen.

»Ich weiß doch, wie das läuft«, sagte sie leise. »Ich bin freiwillig mit in sein Zimmer gekommen. Ich habe ihn freiwillig geküsst. Er ist nicht vorbestraft. Wir waren allein. Das reicht niemals für eine Anklage.«

»Verstehe.«

Li nickte. Georgie glaubte, im Feuerschein eine Träne in Lis Augenwinkel zu erkennen, und verspürte eine große Erleichterung. *Ich bin nicht allein. Jemand weiß Bescheid und nimmt Anteil.*

»Es ist sowieso viel zu lange her«, sagte sie schließlich.

»Du hättest es jemandem sagen sollen.«

»Ich weiß.«

Georgie sah wieder zu Li hinüber. Die Träne war verschwunden, doch etwas war geblieben: Wut. Das sah Georgie sofort. Sie kannte diesen Ausdruck von ihrem eigenen Gesicht.

Trotz des warmen Feuers zitterte sie. Dann begriff sie: Indem sie diese Akten vernichtete, verzichtete sie darauf, dass ihr Gerechtigkeit widerfuhr. Doch sie gab nicht auf. Sie würde ihre Gefühle niemals aufgeben.

»Ich war gestern Nacht ziemlich lange wach«, sagte Li nach einer Weile.

»Ach ja?«

»Ich bin an deinem Zimmer vorbeigegangen.«

»Und?«

Der Feuerschein spiegelte sich schimmernd in Lis Haar. Sie starrte wie gebannt in die Flammen.

»Du hast das Licht ausgeschaltet.«

Sie nickte und blickte auf den Ordner in ihrer Hand, in

dem sich nur noch wenige Seiten befanden. *Ich habe keine Angst mehr vor der Dunkelheit.*

Sie warf den ganzen Ordner ins Feuer. Gemeinsam sahen sie zu, wie er in Flammen aufging.

# 66

Jessica nahm noch einen Schluck Wein und legte die Hände auf Priests Frühstückstisch. Er hatte ihr den Rücken zugekehrt, wusste jedoch genau, dass sie ihn dabei beobachtete, wie er in seinen Schränken nach etwas – *irgendetwas* – Essbarem suchte. Aus dem Fernseher an der Wand waren leise die Nachrichten zu hören. Nordkorea hatte weitere Raketentests durchgeführt, dann folgte eine Wiederholung von Dominiques Geständnis und ein Kommentar von Jack Oldham, den ganz bestimmt Sarah für ihn vorbereitet hatte.

Jessicas SMS war eindeutig gewesen: *Abendessen, bei dir. Heute.* Er hatte keine Zeit gehabt, etwas vorzubereiten, und in seinen Schränken herrschte gähnende Leere.

»Wie wär's mit einem Thunfischsandwich?«, rief er über die Schulter.

Sie zuckte mit den Schultern und starrte ihn weiter durchdringend an. Wahrscheinlich amüsierte sie sich königlich über seine wachsende Panik.

»Wusstest du, dass Männer, die so tun, als könnten sie nicht kochen oder putzen, damit sie bemuttert werden, bei uns Frauen gar nicht gut ankommen?« Wieder hob sie das Glas an die Lippen.

Priest hielt inne und wandte sich zu ihr um. Sie grinste. Ihre Augen übten eine unwiderstehliche Faszination auf ihn aus.

»Besonders gluckenhaft kommst du mir gar nicht vor«, gab er zu bedenken.

»Bin ich auch nicht.«

»Dann dürfte ja wohl klar sein, dass ich wirklich ein beschissener Koch bin und nicht nur so tue.«

Sie nickte, als wären sie sich in einem wichtigen Punkt einig geworden. Dann schob sie ihm ihr Handy über den Tisch hinweg zu. »Ich will Chinesisch. Rindfleisch mit grüner Paprika und Schwarzbohnensauce.«

Er nahm das Telefon dankbar entgegen.

Sie hatte seinem Bericht über seine Begegnung mit Karl Jones und die Ereignisse am Devil's Point und in der Kirche gebannt gelauscht, gelegentlich die Augenbrauen hochgezogen oder leise gekeucht, sonst aber keine große Gefühlsregung gezeigt.

»Eines verstehe ich nicht«, sagte sie, als er gerade wählen wollte. »Wieso hat Dominique das alles so freimütig gestanden?«

»Karl hatte ihn bedroht«, erklärte Priest. »Wir haben erst später herausgefunden, dass Karl Dominique Bilder geschickt hat, auf denen Alexias entstelltes Gesicht zu sehen war. Die Botschaft war unmissverständlich: Wenn du deine Sünden gestehst, darfst du einen schnellen Tod erwarten. Andernfalls ist Julian an der Reihe.«

»Hm. Aber das machte eigentlich keinen Unterschied, weil Jones Julian in jedem Fall getötet hätte. Das hat von vornherein zu seinem perversen letzten Akt gehört.«

»Stimmt. Außerdem musste man Dominique nicht lange bitten. Er hatte so viele Jahre mit der Schuld gelebt, dass das Geständnis wie eine Befreiung gewirkt haben muss. Er wollte sich der Strafe für seine Taten stellen.«

»Welche Strafe er im nächsten Leben auch erhält, er hat sie verdient. Jones wollte, dass du alles mit ansiehst – aber zuerst musstest du dich würdig erweisen, indem du seine merkwürdige Prüfung bestehst. Um danach Zeugnis von seinem Werk abzulegen.«

»Er wollte ein Opfer sein, genau wie Julian und Elinor. Ein Märtyrer. Jeder sollte wissen, dass er sein Leben dargebracht hatte.«

Sie schenkte ihnen Wein nach. Zum ersten Mal konnte er sich in ihrer Gesellschaft entspannen. Hoffentlich beruhte dieses Gefühl auf Gegenseitigkeit.

Die Nachrichtensendung war vorbei.

»Was deine Krankheit betrifft ... ich wollte nur sagen, wie leid es mir tut, dass ich dich damit einfach so konfrontiert habe«, sagte sie. »Ich hätte etwas ... taktvoller sein sollen.«

Zu seiner Überraschung schien sie es aufrichtig zu meinen. *Jessica Ellinder entschuldigt sich.* »Es ist ja sowieso ein offenes Geheimnis.«

»Trotzdem hätte ich nicht so grob sein dürfen.«

»Ich habe es ja inzwischen mehr oder weniger unter Kontrolle.« Er ließ das Telefon sinken. Sie sah ihn immer noch an und wartete darauf, dass er ihr mehr erzählte. Über die Panikattacken, die Halluzinationen, die Augenblicke, in denen er *sich selbst* beobachtete. Um die Wahrheit zu sagen: Er hatte noch mit niemandem darüber gesprochen. Seine Ex-Frau Dee hatte nichts davon hören wollen und sich erst recht nicht die Mühe gemacht, es zu verstehen. Und daran war ihre Beziehung schließlich auch gescheitert. Doch hatte er es überhaupt *versucht*?

Hatte er es überhaupt *gewollt*? Womöglich war das der Unterschied – jetzt *wollte* er darüber reden. Vielleicht, weil er älter und reifer war. Vielleicht lag es aber auch an Jessica.

»Ich hatte mehrere Jahre lang eine Depersonalisationsstörung. Das ist eine Form der Dissoziativstörung, aber die Symptome sind so gut wie verschwunden. Hin und wieder habe ich noch eine Episode, aber im Großen und Ganzen geht's mir gut.«

»Wie fühlt sich das an?«

Er dachte eine Weile über die Frage nach, suchte nach den richtigen Worten. Es war nicht einfach zu beschreiben. Man konnte es eigentlich nur verstehen, wenn man es selbst erlebte. »Stell dir vor, dass du plötzlich begreifst – dass du dir *völlig siche*r bist –, dass dein Geist und dein Körper zwei verschiedene, voneinander unabhängige Dinge sind. Du bist dein Geist, hast aber keine Kontrolle mehr über deinen Körper. Manchmal siehst du ihn auch aus der Entfernung, wie bei einer außerkörperlichen Erfahrung. Und dann stellst du deine eigene Existenz infrage. Bin ich wirklich hier? Bin ich tot? Diese Dissoziation geht mit einer überwältigenden, nicht zu unterdrückenden Angst einher; du weißt, dass deine Existenz nur eine Fassade ist, dass die Zelle, die du bewohnst – dein Körper –, nicht mehr als ein widernatürlicher Haufen ekelhafter Chemikalien und Organe ist. Dann fragst du dich: Ist das die Wirklichkeit, und träume ich die Normalität nur?«

Jessica nickte langsam und nachdenklich. Das schien sie nicht weiter zu schockieren, doch als er ihr erzählt hatte, dass er in der Kirche fast gestorben wäre, hatte sie das auch nicht weiter aus der Fassung gebracht. Sie nickte einfach nur. »Das muss sich doch anfühlen, als würde man den Verstand verlieren.«

»Nein, im Gegenteil. Man fühlt sich, als hätte man *zu viel* Verstand. Man sieht alles überdeutlich und klar, die Gegenstände verändern ihre Größe, man hört alles. Plötzlich nimmt man alles so wahr, wie es wirklich ist, und begreift, dass alles ein riesiger Schwindel ist. Aber man ist der Einzige, der das weiß, und keiner will einem Glauben schenken.«

»Eine recht einsame Welt, oder?«

*Das kannst du laut sagen.* »Irgendwie schon. Aber man hat ja Menschen um sich, die es erträglicher machen. Menschen wie dich.«

Sie nahm noch einen Schluck Wein. Anscheinend hatte sie nicht die Absicht, das Gespräch wieder in erfreulichere Bahnen zu lenken.

»Hast du das mit dem Neuanfang ernst gemeint?«, fragte er schließlich.

»Wenn du willst.«

»Wenn *du* willst?«

»Ich will, dass du ein bisschen entspannter und nicht so begriffsstutzig bist.«

»Gleichfalls.«

Sie lachte und beugte sich vor. »Das ist ja schon mal eine gute Grundlage für eine Beziehung. Wir versuchen beide etwas weniger die Menschen zu sein, die wir wirklich sind.«

Wie so oft musterte sie ihn genau, was ihn sonst einschüchterte und aus der Fassung brachte. Für gewöhnlich fragte er sich, was zum Teufel sie von ihm wollte, doch diesmal lag es auf der Hand. Diesmal hatte er Jessica Ellinder durchschaut.

»Vielleicht lassen wir das mit dem Essen bleiben und gehen sofort ins Schlafzimmer?«, schlug er vor.

»Na also, geht doch«, sagte sie. »War gar nicht so schwer, oder?«

# Epilog

Schwester Marie nahm das Klemmbrett vom Betttisch und überflog die Akte des Neuzugangs. Marie hatte zunächst für eine Zeitarbeitsfirma in Fen Marsh gearbeitet und erst seit Kurzem einen richtigen Arbeitsvertrag. In dieser Abteilung herrschte hohe Personalfluktuation, dabei war dies noch ein relativ harmloser Flügel. Die total Durchgeknallten waren auf der anderen Seite des Innenhofs untergebracht.

Die Frau lag im Bett und starrte an die Decke. Bisher hatte sie noch nicht viel gesagt, nur ihren Namen genannt und einige Fragen beantwortet. Sie wusste, weshalb sie hier war, und sie wollte nicht hier sein, sondern zu Hause. Die übliche Geschichte. Durch die Medikamente war sie etwas abwesend. Schwester Marie hatte die Frau noch nicht gekannt, aber von den anderen gehört, dass sie letztes Jahr zehn Wochen hier verbracht hatte. Was genau den Rückfall verursacht hatte, war unklar, doch jetzt war sie wieder hier. Die Psychiaterin war unterwegs, ließ sich aber wie üblich Zeit.

Marie betrachtete die weichen Gesichtszüge der Frau, ihr blondes Haar. Im Gegensatz zur Durchschnittspatientin war sie sehr attraktiv. Marie hatte kein gutes Gefühl bei ihr.

»Hallo, Elinor.«

Elinor drehte sich zu Marie um und schien direkt durch sie hindurchzustarren. Der Krankenschwester lief es kalt den Rücken hinunter.

»Möchten Sie etwas Wasser?«

Keine Antwort.

Marie machte eine Notiz in der Krankenakte.

»Ihre Mutter …« Sie sah in die Akte. »Rose? Sie kommt später noch vorbei und bringt Ihnen die Sachen, die Sie haben wollten.«

Immer noch keine Antwort. Jedenfalls keine mündliche. Der Blick in Elinors Augen verunsicherte Marie. Er machte ihr Angst.

Marie nahm die Fotos heraus, die der Arzt ihr gegeben hatte. Sie hatten in Elinors Tasche gesteckt und mussten aus noch unbekannten Gründen sehr wichtig für sie sein. Es waren keine Familienfotos, eher Paparazzischnappschüsse wie in den Magazinen im Wartezimmer.

Die Bilder zeigten immer denselben Mann. Offensichtlich hatte er nicht geahnt, dass er gerade fotografiert wurde. »Wer ist das, Elinor?«

Elinor legte den Kopf auf dem Kissen leicht schräg.

»Das ist Charlie. Mein Ehemann.«

# Danksagung

Das Schreiben ist kein einsames Geschäft. Klar, am Anfang sitze ich allein mit ein paar wirren Ideen vor meinem Laptop, doch ohne die Unterstützung vieler Menschen wären dieser und auch der erste Charlie-Priest-Roman nie veröffentlicht worden.

Ein großer Dank gebührt dem Team bei Bonnier Zaffre für die unermüdliche Unterstützung und den Rückhalt. Ganz besonders danke ich Katherine Armstrong für ihr einfühlsames und intelligentes Lektorat, das der Geschichte eine ganz neue Dimension verliehen hat.

Ich danke Oliver, Grace und Archie, die mit mir unter meinem Dach leben und täglich mit meinen kleinen und großen Fehlern zurechtkommen müssen. Danke, dass ihr hier seid und dass ihr ihr seid. Auch wenn ihr es vielleicht nicht mitbekommt – für mich seid ihr ein ständiger Quell der Inspiration. Ich bin wirklich sehr, sehr stolz auf euch.

Dank und Applaus auch an Mum – nicht nur, weil du mich auf die Welt gebracht hast, sondern weil deine Anmerkungen zu diesem Roman äußerst hilfreich waren – dir entgeht kein noch so kleines Detail. Deinen Kommentar zum Aquarium im ersten Band habe ich nicht vergessen – so etwas würde wohl nur dir auffallen.

Vielen Dank an Denise (MIL) und Rick (FIL), weil ihr uns in jenen Wochen des Nomadendaseins aufgenommen habt. Danke auch an MIL für die Lektüre des ersten Entwurfs. Erst durch eure Kommentare konnte ich das Buch zur vollen Entfaltung bringen.

Und schließlich: Vielen Dank an Sie, lieber Leser. Wenn Sie *Die Puppe* gelesen haben, weil Ihnen *The Mayfly* gefallen hat, dann willkommen zurück! Ich hoffe, Priests neuester Fall hat Ihnen Spaß gemacht. Wenn Sie die Serie noch nicht kannten, dann danke ich Ihnen dafür, dass Sie mir eine Chance gegeben haben. Es gibt so viele talentierte Autoren und fantastische Bücher, daher fühle ich mich sehr geehrt, dass Sie Ihre Zeit geopfert haben, um mein Werk zu lesen.

Und schließlich will ich mich bei meiner Frau Jo bedanken. Wo soll ich da anfangen? Sie ist nicht nur meine beste Freundin und von Anfang an meine Begleiterin auf dieser Reise, sondern auch in allen Angelegenheiten meine wichtigste Beraterin. Deine Unterstützung hat uns durch schwierige Zeiten gebracht, und ich kann gar nicht oft genug betonen, wie unglaublich wichtig deine Anregungen für mich sind. Ohne deine Hilfe wäre Priest nicht Priest. Wie lange es her ist, dass wir unter der sizilianischen Sonne dem Klappern der Tastatur lauschten! Ich werde dich immer lieben.

Lieber Leser,

herzlichen Glückwunsch, Sie haben es bis zum Ende geschafft. Ich habe versucht, alle Fäden zusammenzuführen, damit die Bösen ihre gerechte Strafe bekommen und die Guten triumphieren.

Für mich war dieses Buch eine sehr turbulente Reise. Das Problem sind nicht die hunderttausend Wörter, aus denen es besteht – sondern die vierhunderttausend, die bei seiner Entstehung im Mülleimer landen.

Das Buch war nicht in dem Augenblick fertig, in dem ich das letzte Wort schrieb oder meine Lektorin die letzten Macken ausbügelte. Richtig fertig war es erst in dem Moment, in dem Sie es zu Ende gelesen haben.

Ein Buch ohne Leser ist nicht mehr als … nun ja, viele mit Symbolen und Zeichen bedeckte Papierseiten.

Momentan sitze ich an dem ersten Entwurf des dritten *Charlie-Priest*-Romans. Bald werde ich ihn meiner Frau zu lesen geben, damit sie mich auf meine vielen Fehler hinweist. Genau wie bei *Die Puppe* freue ich mich darauf, das Buch wachsen und gedeihen zu sehen, und bin schon sehr gespannt, was Sie davon halten.

Es wäre wirklich sehr nett, wenn Sie sich einen Augenblick Zeit nehmen und eine Kritik auf Amazon oder einer anderen Plattform schreiben. Jeder Schriftsteller ist für konstruktive Kritik dankbar, und frischgebackene Autoren wie ich sind sogar von ihnen abhängig. Wenn Sie die

Priest-Romane mögen, dann teilen Sie es der Welt mit. Andere Leser freuen sich über eine Lektüreempfehlung.

Noch einmal: Vielen Dank fürs Lesen.

Alles Gute,

James Hazel